Amanda Frost

Dreams

Zauber einer Nacht

Buch:
Diamonds are a girl's best friend? Von wegen! In Wirklichkeit gibt es nichts, was die Heidelbergerin Sophie mehr verabscheut als Juwelen. Und den Schmuckkonzern ihres Vaters übernehmen? Niemals!

So flüchtet sie kurzerhand in die USA, wo sie die Bekanntschaft des unnahbaren Hotelbesitzers Oliver macht. Dummerweise entspricht die liebenswerte Chaotin jedoch so gar nicht seinem bevorzugten Frauenbild. Mehr als eine heiße Affäre ist daher für ihn nicht drin. Ihr bleibt nur eins übrig: Um Olivers Herz zu erobern, muss sie endlich ihr Leben in den Griff bekommen.

Eine aufregende Reise durch Amerikas Westen beginnt – geprägt von Spannung und prickelnder Leidenschaft.

Eine junge Frau auf der Suche nach sich selbst – und der großen Liebe.

Autorin:

Anfang 2013 startete Amanda Frost die erfolgreiche Sternen-Trilogie, die es prompt in die Kindle Top 100 schaffte. Zuvor war Amanda viele Jahre international im Marketing und der Logistik großer Unternehmen tätig und lebte lange in der Schweiz, bevor es sie nach München zog. Als Tochter eines Rennfahrers liebt sie schnelle Autos und Motorräder genauso sehr wie Reisen in ferne Länder.

Mit „Dreams – Zauber einer Nacht“ erschien im Februar 2016 ihr siebtes Buch. In ihren Geschichten geht es grundsätzlich um die große Liebe, gewürzt mit einem guten Schuss Erotik.

Dreams
Zauber einer Nacht

von

Amanda Frost

Roman

Kapitel 1

„Bruno hat dir einen Heiratsantrag gemacht?“ Samanthas himmelblaue Augen weiteten sich ungläubig. „Ich dachte, ihr wärt bloß gute Freunde.“

Gedankenverloren beäugte Sophie die Bläschen, die in ihrem Champagnerglas um die Wette sprudelten. „Ja, der Meinung war ich bisher auch.“

„Woher dann der plötzliche Sinneswandel?“

Sophie zuckte mit den Schultern. „Ich habe Bruno erzählt, dass ich einen Riesenstreit mit meinem Vater hatte, da er mich für den Umsatzeinbruch im Edelsteinsektor verantwortlich macht. Daraufhin hat Bruno mir einen Deal vorgeschlagen.“ Sie hob den Blick. „Wie du ja weißt, ist Bruno Eigentümer eines weltweit agierenden Konzerns. Er ist andauernd auf Achse, hat weder Zeit für eine Frau, geschweige denn für eine Familie. Die Regenbogenpresse unterstellt ihm jedoch die absurdesten Affären. Daher hätte er gerne eine Frau an seiner Seite, die diese Spekulationen entkräftet.“

Hastig strich Sophie sich eine Strähne ihres langen brünetten Haars hinters Ohr. „Im Gegenzug würde er mir finanziell unter die Arme greifen, bis ich endlich auf eigenen Füßen stehe. Obendrein ist mein Vater einer seiner größten Konkurrenten im Goldhandel. So würde Bruno zwei Fliegen mit einer Klappe schlagen.“

Samantha musterte sie versonnen. „Ich weiß nicht, Sophie, willst du wirklich einen goldenen Käfig gegen den nächsten eintauschen?“

Sophie sprang auf und stakste auf ihren roten Stilettos ziellos durch den Raum. „Ich bin völlig hin-

und hergerissen. Irgendwie wächst mir gerade alles über den Kopf. Ich hasse meinen Job und würde lieber heute als morgen kündigen. Aber ich habe Angst, diesen Schritt zu wagen. Was, wenn ich mein Leben nicht alleine auf die Reihe bekomme?“

Samantha nickte verständnisvoll. „Ich hatte dir von Anfang an davon abgeraten, in den Schmuckkonzern deines Vaters einzusteigen. Damit hast du dich nur noch tiefer in seine Abhängigkeit begeben.“

„Wem sagst du das. Aber du weißt doch, dass der Alte nicht fair spielt. Hätte ich mich geweigert, wäre ich schon vor Jahren enterbt worden. Verdammt, Sammy, ich muss endlich da raus …“ Ihre Stimme brach. Verzweiflung schnürte ihr die Kehle zusammen. Sie räusperte sich. „Kann ich heute bei dir übernachten? Ich möchte im Moment nicht ins Haus meiner Eltern zurück.“

„Was für eine Frage! Selbstverständlich.“

Die beiden jungen Frauen, die unterschiedlicher nicht hätten sein können, blickten zerknirscht drein. Die eine, klein und blond, mit üppigen Formen gesegnet, verharrte im Schneidersitz auf dem Sofa. Ihre verwaschenen Jeans und das weite T-Shirt standen im krassen Gegensatz zu dem roten Kleid und den mörderischen High Heels ihrer Freundin, die mit ihrem gepflegten dunklen Haar und dem puppenhaften Gesicht eher an ein trendiges It-Girl erinnerte.

Besagtes It-Girl ließ sich gerade recht undamenhaft aufs Sofa plumpsen. „Vielleicht sollte ich es wirklich als Chance sehen, um endlich den Absprung zu schaffen. Mein Vater hält mich ohnehin für eine Null.“ Sie schnappte ihr Glas und nahm einen kräftigen Schluck, bevor sie erneut den Champagner hypnotisierte. „Genau das ist es! Ich kehre dem ganzen Luxus den Rücken und wage einen Neuanfang. Meine Schwester hat das schließlich auch durchgezogen. Was meinst du?“

Samantha schluckte vernehmlich. „Nur, dass deine Schwester die Unterstützung eines Mannes hatte.“

„Ich wusste doch, da war noch was.“ Frustriert griff Sophie nach der Champagnerflasche. „Oh, schon leer!“

Samantha schüttelte lächelnd den Kopf. „Sophie, wenn du nicht so unselbstständig wärst wie ein Rudel Gurken, hätte ich dir längst geraten, deinem Vater alles vor die Füße zu werfen. Aber in manchen Dingen liegt er leider richtig. Würde er nicht andauernd die Scherben hinter dir zusammenkehren, wäre seine Firma mittlerweile pleite.“

„Möglich, das hat er sich jedoch selbst zuzuschreiben. Ich wurde nun mal nicht zur Selbstständigkeit erzogen“, maulte Sophie trotzig. „Zudem verabscheue ich Schmuck genauso sehr wie die ganze abgehobene Kundschaft.“ Sie wischte sich verstohlen eine kleine Träne aus dem Augenwinkel. „Womit wir wieder bei Bruno wären.“

Samantha sinnierte ein paar Sekunden lang. „Eigentlich halte ich nichts von solchen Deals, aber in deiner momentanen Situation wäre das vielleicht wirklich die beste Lösung. Viele Politiker oder Adlige gehen Scheinverbindungen ein. Ihr könntet eine Ehe auf Zeit vereinbaren, danach würdet ihr euch in gegenseitigem Einvernehmen scheiden lassen. Ich würde dir einen hieb- und stichfesten Ehevertrag aufsetzen, sodass ein Teil seines Vermögens an dich übergeht. Du wärst eine gemachte Frau und niemals wieder von deinem Vater abhängig.“

„Da käme ich mir aber irgendwie schäbig vor.“

„Schon klar, du bist eben zu gut für diese Welt. Aber mit Naivität und Geradlinigkeit ist noch keiner zu Geld gekommen.“ Samantha schnappte die leere Flasche. „Warte, ich hole eine neue.“ Sie sauste davon. Kurz darauf stürmte sie mit einer weiteren Flasche Champagner und einem Laptop unter dem Arm ins Wohnzimmer zurück.

Sophie blickte in Richtung des Laptops und runzelte die Stirn. „Was hast du denn damit vor?“

Samantha hüpfte wieder auf das Sofa und warf den Computer an. „Nachsehen, ob eine Hochzeitsnacht mit diesem Bruno überhaupt zur Diskussion steht. Wie heißt der Typ noch mal? Meisenstein?“

Sophie kicherte. Mit ihren schrägen Gedankengängen vertrieb Samantha zumindest die düsteren Gedanken aus Sophies Kopf. „Bruno von Greifenstein.“

Samantha hackte hektisch auf die Tastatur ein. „Wow!“, platzte es einen Moment später aus ihr heraus. „Der Kerl ist Millionär? Den würde ich sogar nehmen, wenn er in einem Zelt hausen würde.“

Sie wirbelte den Laptop herum, auf dem ein dunkelhaariger Mann vom Bildschirm strahlte. Er trug ein schickes graues Hemd, farblich passend zu seinen leuchtenden Augen, die unter dichten Wimpern hervor jeglichen Beobachter in ihren Bann schlugen.

„Also, Sophie. Was ist dein Problem? Du warst schon mit hässlicheren Kerlen im Bett.“

„Samantha!“ Sophies Ton klang anklagend, während sie Bruno ins Visier nahm. „Zugegeben, er ist attraktiv, aber irgendwie hat es nie zwischen uns gefunkt.“

Samantha war in ihrer Euphorie jedoch nicht mehr zu bremsen. „Überleg doch mal, der Typ sieht aus wie ein Mann von Welt. Er ist im besten Alter und verfügt sicherlich über jede Menge Erfahrung mit Frauen. Das ist genau das, was du brauchst. Der könnte dich vielleicht endlich mal davon überzeugen, dass Sex etwas Wundervolles sein kann. Denn die grünen Jungs, mit denen du normalerweise in der Kiste landest, haben das bisher ja wohl nicht fertiggebracht.“

Sophie verdrehte die Augen. Samantha wollte einfach nicht verstehen, dass es im Leben Wichtigeres gab als Männer und Sex. *Aber was war das doch gleich noch mal?*

„Ach, Sammy, ich bin völlig durch den Wind. Ich benötige dringend ein wenig Zeit zum Nachdenken. Ich muss zuerst in mich gehen und mein Leben neu ordnen. Aber wie soll ich das anstellen, wenn mir morgen früh mein griesgrämiger Vater sofort wieder das schlechte Geschäftsergebnis vor Augen führt?“

„Du könntest dich krankmelden und vorerst bei mir Unterschlupf finden.“

Geistesabwesend spielte Sophie mit einem der Kissen auf Samanthas Sofa. Sie wusste nicht, ob es an der beruhigenden Wirkung des Alkohols lag oder ob ihr Vater endgültig den Bogen überspannt hatte, aber plötzlich brach eine Welle der Abenteuerlust über sie herein. Sie war nie ein risikofreudiger Mensch gewesen, doch nun tanzten Funken des Wagemuts in ihren großen dunklen Augen. „Ich hab’s! Ich setze mich einfach ab. Weit weg! Irgendwohin, wo mich keine Menschenseele findet. Dort treffe ich in aller Ruhe eine Entscheidung.“

Samantha stockte der Atem. Der Gedanke daran, ihre unbedarfte Freundin mutterseelenallein auf ein fremdes Land loszulassen, bescherte ihr Unbehagen. Denn ungeachtet ihrer siebenundzwanzig Jahre war Sophie manchmal an Naivität kaum zu übertreffen. „Hast du schon eine Idee, wo du hinwillst?“, erkundigte sie sich mit gesundem Argwohn.

„Natürlich!“, jubelte Sophie und zerrte ihre Kreditkarte aus der Handtasche. „Es gibt da einen Kindheitstraum. Los, gib mir die Nummer der Lufthansa!“

Kapitel 2

Oliver Malloy rückte die Lampe in seinem Arbeitszimmer zurecht und wandte den Blick der Pressemitteilung auf seinem Notebook zu. Herausfordernd starrte sie ihn an. Sollte er nun eine Gegendarstellung schreiben oder brachte das sowieso nichts? Wie hatte die Investorengruppe bloß davon Wind bekommen, dass er drauf und dran war, in den europäischen Hotelmarkt einzusteigen? Irgendwo in seiner Organisation musste es eine undichte Stelle geben.

Doch momentan hatte er Besseres zu tun, als einem Spitzel hinterherzujagen. Es war höchste Zeit, die leidige Rede für die anstehende Hoteleröffnung in Las Vegas in Angriff zu nehmen. So war es eben, wenn man auf einen Pressesprecher verzichtete und ein Imperium im Alleingang führte.

Nachdenklich griff er nach einem von Juanitas Fajitas, die seit einiger Zeit auf seinem Schreibtisch ausharrten. Zuerst hatte er die Leckerei mit Verachtung gestraft, doch letztendlich war der Duft zu verführerisch. Er nahm ein paar Bissen, wischte sich sorgfältig an der bereitgelegten Serviette die Finger ab und öffnete ein leeres Dokument. Im Geiste rief er sich das Publikum der Eröffnungsfeier vor Augen, was ihm auf der Stelle noch schlechtere Laune bescherte.

Es gab nichts, was er mehr verabscheute als diese gezwungenen Veranstaltungen, auf denen man vorwiegend mit Neidern und habgierigen Erzrivalen konfrontiert wurde. Er hasste das heuchlerische Getue der Bankiers, Stadträte und Regierungsbeamten, die ihm während der Bauphase nichts als Steine in den Weg gelegt hatten und jetzt anerkennend erwähnt werden wollten. Ganz zu schweigen von den aufgetakelten Weibern, die auf der Suche nach einem wohlhabenden Mann waren, und den Nutten, die von solchen Ereignissen angezogen wurden wie die Motten vom Licht.

Allein der Gedanke daran, dass er sich für diese aufgeblasene Gesellschaft und die Fatzken von der Presse in einen Smoking werfen müsste, ließ seine Stimmung endgültig in den Keller rutschen. Er krempelte die Ärmel seines karierten Flanellhemdes hoch und tippte gemächlich los.

Die Nacht kroch gerade über die Hecken im Garten und ließ Schatten über den Bildschirm tanzen. Irritiert schaute Oliver auf. Sein Blick fiel auf den wundervollen orange-roten Sonnenuntergang, der sich über der Wüste anbahnte. Die Straße, die an dem weitläufigen Grundstück vorbeiführte, zerschnitt die Landschaft wie ein endloses Band. So weit sein Auge reichte, konnte er nichts erkennen – außer trostlosen Büschen und vereinzelten Kakteen, deren Schatten den Umrissen von Keulen schwingenden Zwergen ähnelten. Wenn der Wind sie bewegte, schienen sie nach dem Boden zu schlagen.

Als Kind hatte er sich immer lustige Geschichten dazu ausgedacht, doch das war lange her. Damals hatte er in einer anderen Welt gelebt. In einem glücklichen, zufriedenen Umfeld, in dem es eine Zukunft gab. Es war eine Zeit gewesen, in der all die geliebten Menschen noch unter den Lebenden weilten.

Er verdrängte die frustrierenden Gedanken und ließ das prächtige Farbenspiel, das über den unendlichen Weiten Arizonas stattfand, auf sich wirken. Im Grunde genommen genoss er diese Einöde. Die Wüste war ihm ans Herz gewachsen. In gewisser Weise glich sie ihm. Zu großen Teilen war sie abgestorben, aber doch nicht tot. Nach außen hin strahlte sie überwältigende Ruhe aus. In Wirklichkeit jedoch war sie in ständiger Bewegung. Und das, was man hin und wieder für eine lebensrettende Oase hielt, entpuppte sich oft als Fata Morgana. Genau wie im wahren Leben.

Mit Gewalt riss er den Blick vom Fenster los und wandte sich abermals dem Bildschirm zu. Nachdenklich fuhr er sich mit einer Hand durch das zerzauste blonde Haar und ließ überrascht den Arm sinken, als es an der Tür läutete.

Verflixt! Wer störte denn jetzt? Man sollte doch meinen, man hätte so weit weg von jeglicher Zivilisation seine Ruhe. Das konnte doch nur wieder dieser jämmerliche Bürgermeister sein, der ihn seit Monaten mit der tolldreisten Idee quälte, mitten in der Wüste ein Hotel aus dem Boden zu stampfen.

„Bin schon unterwegs, Señor Malloy!“, rief da glücklicherweise seine Haushälterin aus der Küche.

Gute Juanita! Sie wusste einfach immer, wann er seine Ruhe benötigte.

Eine Minute später stand sie jedoch verlegen in der Tür. „Da ist eine Señorita am Tor, die sagt, ihr Auto hätte eine Panne. Soll ich sie hereinbitten?“

Malloy runzelte die Stirn. *Eine Frau?* Das fehlte ihm noch zu seinem Glück. „Sagen Sie bitte Mike, er soll sich ihrer annehmen. Ich habe Wichtigeres zu tun“, brummte er schließlich.

Juanita huschte davon, verpasste es allerdings in ihrer Hektik, die Tür des Arbeitszimmers zu schließen.

Kurz darauf vernahm Oliver Mikes dumpfe Stimme aus dem Garten. Als ehemaliger Marine sollte Mike problemlos in der Lage sein, ein Auto zu reanimieren. Es sei denn, sein Bodyguard versetzte die abendliche Besucherin mit seinem unheilvollen Aussehen dermaßen in Schrecken, dass diese nicht mehr fahrtüchtig war.

Da näherten sich schnelle Schritte dem Haus. Verdrossen knallte Oliver die Maus auf den Schreibtisch. *Verdammt noch mal!* So würde er nie eine vernünftige Rede zu Papier bringen. Inzwischen völlig aus dem Konzept gebracht, beugte er sich so weit zur Seite, dass er ein Stück des Flurs einsehen konnte.

Juanita stand in der geöffneten Haustür, die Arme in die Hüften gestützt, das Kinn nach vorne gereckt. Sie starrte in die Ferne. Schon ihr bloßes Auftreten war abschreckend genug, es wäre wahrscheinlich gar nicht nötig gewesen, Mike zu alarmieren. Doch dann – wider Erwarten - verzogen sich ihre Mundwinkel zu einem Lächeln.

Eine zierliche Frau tauchte auf. Ihre Schultern waren leicht gesenkt. Irgendetwas baumelte an ihrem Handgelenk, während sie sich mit der anderen Hand, sichtlich verunsichert, ein paar brünette Haarsträhnen aus dem Gesicht schob.

Potz Blitz! Kein Wunder, dass Juanita sich freute. Die Frau war noch ziemlich jung, schätzungsweise fünfundzwanzig Jahre alt. Mit ihren weit aufgerissenen dunklen Augen glich sie Audrey Hepburn, die zum Frühstück bei *Tiffanys* verabredet war. Und Juanita liebte Audrey Hepburn.

Während sich Malloy noch den Kopf darüber zerbrach, was eine solche Erscheinung in der Wüste zu suchen hatte, wischte seine Haushälterin ihre Finger an der Schürze ab, ergriff vorsichtig eine Hand der jungen Frau, bevor sie den anderen Arm um die schmale Taille des bibbernden Geschöpfes schlang, um sie ins Haus zu führen.

„Vielen Dank, dass Sie mich hereinlassen“, vernahm er kurz darauf eine leise Stimme, die in einem Akzent sprach, den er nicht sofort zuordnen konnte.

Nun erst recht neugierig geworden, rollte er den Schreibtischstuhl zur Seite, um die Ereignisse besser verfolgen zu können. Dummerweise hatte die ungebetene Besucherin ihm den Rücken zugewandt. Verständnislos schüttelte er den Kopf, als er erkannte, was da lose um ihr Handgelenk baumelte. Ein paar knallrote High Heels. Wahrlich nicht das geeignete Schuhwerk für einen Spaziergang durch die Wüste. Seine Augen hefteten sich auf ihre nackten Füße mit den sorgfältig lackierten Zehennägeln und dem goldenen Kettchen an einem Knöchel. Langsam wanderten seine Blicke an ihren Beinen hinauf.

Grundgütiger! Was für ein knackiger Arsch! Dieser steckte in einem kurzen schwarzen Rock. Darüber trug sie eine ärmellose rote Bluse, die ihre Wespentaille umschloss und farblich genau zu den Schuhen an ihrem Handgelenk passte. Das glänzende haselnussbraune Haar war, bis auf ein paar einzelne Strähnen, die sich vermutlich durch den Abendwind gelöst hatten, gekonnt hochgesteckt. Selbst die Sandspuren an ihren Füßen taten ihrer schlichten Eleganz keinen Abbruch.

Sie war etwa einen Meter siebzig groß und gertenschlank, genau wie Audrey Hepburn damals eben. Neben ihr auf dem Boden ruhte eine dieser unbezahlbaren Designer-Handtaschen, deren Marke sich Oliver partout nicht merken konnte. In diesem Moment hätte er eins seiner hochgezüchteten Pferde dafür verwettet, dass die junge Frau nicht in Arizona beheimatet war.

Während Juanita leise auf sie einredete, rieb sie immer wieder abwechselnd einen ihrer Füße am anderen Bein. Entweder war ihr der Marmorboden zu kalt oder sie war nervös.

Wie gebannt klebten Olivers Augen auf ihren Waden. Völlig unerwartet überkam ihn der Drang, sich das Mädel über die Schulter zu werfen und in sein Schlafzimmer zu verfrachten. Die Vorstellung, wie sich ihre Zehen mit den rot lackierten Nägeln verkrampften, wenn sie unter ihm kam, törnte ihn an. Keine Sekunde später hätte er sich am liebsten in den Hintern getreten. *Teufel aber auch! Das war genau die Art von Ablenkung, die er nicht gebrauchen konnte.*

Verärgert sprang er auf und feuerte mit einem Knall die Tür des Arbeitszimmers zu. Er hatte nicht die geringste Lust, sich länger Gedanken über dieses zappelige Geschöpf mit den nackten Füßen zu machen. Und noch weniger wollte er darüber nachdenken, was passieren konnte, wenn eine Frau nachts allein in der Wüste unterwegs war. Diese Erfahrung hatte er bereits einmal machen müssen.

Es war weit nach Mitternacht, als Oliver seinen Computer herunterfuhr. Nachdem im Haus endlich Ruhe eingekehrt und der unerwünschte Eindringling offenbar verschwunden war, hatte er es doch noch zustande gebracht, eine Rede aus dem Ärmel zu schütteln.

Ohne das Licht einzuschalten, wanderte er in den Salon, um sich bei einer Zigarre und einem Glas Whiskey zu entspannen. Er tastete nach einem der Lämpchen und stolperte über etwas.

„Was zur Hölle …?“, fluchte er leise vor sich hin.

Als der Raum in gedämpftes Licht getaucht wurde, registrierte er einen Schatten auf dem Sofa. Er wirbelte herum und traute seinen Augen nicht. Dort verharrte ein Bündel, in eine Decke gewickelt. Er konnte einzig einen Wirrwarr dunkler Haarsträhnen ausmachen.

Plötzlich kam Bewegung in das Häufchen. Ein paar braune Augen lugten unter der Decke hervor und blinzelten ihn erstaunt an. Im nächsten Moment tauchten ein paar volle Lippen auf, denen gleich darauf ein schriller Schrei entfuhr.

Mit einem Ruck schoss die junge Frau hoch. „Wer sind Sie? Und was haben Sie hier zu suchen?“, quiekte sie aufgeregt.

Sie sprang auf, stolperte dabei über die Stilettos, über die Oliver kurz zuvor gefallen war, und brachte sich mit zwei Sprüngen hinter dem Sofa in Sicherheit.

Er war einen Augenblick lang wie vor den Kopf gestoßen. Das durfte doch nicht wahr sein? Was hatte sie denn noch hier zu suchen? Kurzzeitig vergaß er all seine guten Manieren und unterzog sie einer unverblümten Musterung.

Allerdings musste er sich zähneknirschend eingestehen, dass sie aus der Nähe betrachtet, noch attraktiver war. Ihre fast schwarzen Augen mit den dichten Wimpern wirkten übernatürlich groß und unendlich tief. *Und dieser Mund!* Die Lippen weich und verführerisch schimmernd. Davon abgesehen, dass ihre schlanke Figur ein wenig knabenhaft anmutete, schien sie mit Beinen bis zum Hals gesegnet zu sein.

Ein paar Herzschläge später erlangte er endlich seine Fassung wieder. „Was ich hier mache? Das sollte ich Sie fragen.“ Seine Antwort musste ruppiger ausgefallen sein, als beabsichtigt, denn sie wich einen weiteren Schritt zurück.

„Ich darf hier übernachten“, setzte sie mit bockigem Unterton zu ihrer Verteidigung an. Dabei glitten ihre Blicke abschätzig über sein kariertes Hemd, das er lässig über der verwaschenen Jeans trug, bis hinunter zu den abgetragenen Cowboystiefeln. „Der Besitzer hat es mir erlaubt." Hochmut dominierte ihre Stimme. „Ich nehme an, Sie sind einer seiner Angestellten. Ich gehe nicht davon aus, dass ich mich vor Ihnen zu rechtfertigen brauche."

Dieses kleine Biest! Sie wollte ihn allen Ernstes für blöd verkaufen. Okay, auf das Spiel würde er sich einlassen. Es war höchst interessant, jemandem beim Lügen zuzuhören, wenn man die Wahrheit kannte. „Ach, hat er?"

Sie nickte hektisch. „Jawohl! Also fassen Sie mich bloß nicht an, sonst schreie ich Zeter und Mordio."

Er grinste anzüglich. „Das lag nicht in meiner Absicht. Es sei denn, Sie bestehen darauf."

„Scherzkeks", grummelte sie. „Also, was ist jetzt? Verschwinden Sie wieder, damit ich noch eine Mütze voll Schlaf bekomme?"

„War Mike nicht in der Lage, Ihr Auto in Gang zu setzen?"

Überrascht, dass er über ihre Misere im Bilde war, schüttelte sie den Kopf. „Nein. Also, das Problem ist …" Sie zuckte mit den Schultern. „Nun, der Tank war leer, und im Umkreis sind offenbar alle Tankstellen geschlossen. Daher muss ich wohl oder übel bis morgen früh hier ausharren."

Sophie musterte den Mann argwöhnisch. Er war hochgewachsen, mit breiten Schultern und schien allein durch seine physische Präsenz den ganzen Raum auszufüllen. Die Schatten der Wut, die sich gerade über sein Gesicht legten, verhießen sicher nichts Gutes.

„Sie wagen sich mit leerem Tank in die Wüste?", polterte er auch schon los, wobei seine sonore Stimme wie eine Lawine durch den Salon donnerte und sie vor Schreck beinahe tot umfallen ließ. „Mädchen, sind Sie denn von allen guten Geistern verlassen? Haben Sie auch nur den leisesten Schimmer, was dabei hätte passieren können?“

Für einen Augenblick hatte er es tatsächlich geschafft, sie einzuschüchtern. Doch rasch braute sich ein kleines Unwetter in Sophie zusammen. Was erlaubte sich dieser primitive Viehtreiber, sie in einem solchen Ton anzugehen?

Todesmutig reckte sie das Kinn in die Höhe. „Was fällt Ihnen ein, mich so anzufahren!“, machte sie ihrem Unmut lautstark Luft. „Hat man Ihnen nicht beigebracht, wie man sich einer Dame gegenüber verhält? Glauben Sie im Ernst, ich lasse mich von einem dahergelaufenen Cowboy anpöbeln?“

Um noch eins draufzusetzen, marschierte sie schnellen Schrittes um die Couch herum und baute sich vor ihm auf. Dabei bemerkte sie, dass er sie um Haupteslänge überragte.

In dieser Sekunde dämmerte ihr, dass sie Männern normalerweise mit zehn Zentimeter hohen Absätzen gegenübertrat, wohingegen momentan die Stilettos peinlicherweise auf dem Boden neben ihren Füßen ruhten. Wahrscheinlich wirkte sie barfuß mit ihrer durch den Schlaf zerrupften Frisur und den knittrigen Klamotten wie ein Bauerntrampel. Kein Wunder, dass dieser Farmer keinerlei Respekt vor ihr an den Tag legte.

Rasch zupfte sie ihren Rock zurecht, schob sich ein paar Haarsträhnen hinters Ohr und neigte sich zur Seite, um unauffällig nach ihren Schuhen zu angeln. Das Hineinschlüpfen erwies sich jedoch schwieriger als erwartet.

Ihr nächtlicher Besucher betrachtete sie derweil

mit hochgezogenen Augenbrauen und unergründlichem Gesichtsausdruck. „Dahergelaufener Cowboy?“, waren die einzigen Worte, die er zutage förderte, während er sich gedankenverloren am Kinn kratzte.

„Jawohl! Sie dürfen sich gerne bei mir entschuldigen“, fügte sie hinzu, um von dem Kampf mit dem letzten Riemchen, das nicht über den Zeh wollte, abzulenken.

Auf einem Fuß hüpfend, vollendete sie schließlich ihr Vorhaben. *Geschafft!* Die Schuhe befanden sich wieder dort, wo sie hingehörten. Sofort fühlte sie sich wohler. Sie richtete sich auf.

Ein schelmisches Zucken hatte sich mittlerweile um die Mundwinkel des braun gebrannten Mannes mit den blonden Haaren ausgebreitet. Er hatte die Auseinandersetzung mit den Sandalen sehr wohl mitbekommen und hegte offenbar keineswegs die Absicht, sich bei ihr zu entschuldigen. Immerhin schien sein Unmut inzwischen verraucht zu sein. Dafür machte sich dieser verdammte Mistkerl jetzt über sie lustig.

„Was?“, fauchte sie. „Warum starren Sie so?“ Anscheinend war dieser Cowboy nicht bloß unhöflich, sondern obendrein schwer von Begriff.

Doch in dem Moment, als er zu einer Antwort ansetzte, polterte ein dunkelhäutiger, mindestens zwei Meter großer Mann mit der Figur eines Grizzlys ins Zimmer. Der kurze Stoppelhaarschnitt betonte seinen übernatürlich breiten Nacken. Er trug ein weites T-Shirt mit dem aufgedruckten Namen einer Football- oder Baseballmannschaft, dazu eine enge Jeans, die seine muskulösen Oberschenkel wie eine zweite Haut umspannte.

Erschrocken wich Sophie zurück. Dann jedoch erkannte sie in ihm den Mann wieder, der ihr vor einigen Stunden mit einem Truck den Wagen in den Hof des ausladenden Anwesens geschleppt hatte. Sogleich verspürte sie Erleichterung.

Währenddessen flitzten die Blicke des Grizzlys verdutzt zwischen ihr und dem minderbemittelten Cowboy hin und her. „Oliver, was ist los? Ich habe Geschrei gehört."

Der Cowboy zog eine Braue hoch. „Das frage ich dich, Mike. Seit wann ist das hier ein Hotel?"

Mike rollte mit den Augen. „Nun mach doch nicht so einen Aufstand. Das Mädchen hatte kein Benzin mehr im Tank. Wir hätten bis nach Flagstaff fahren müssen, um eine Tankstelle zu finden."

Sophie beobachtete die beiden Männer irritiert, die sich verhielten, als wäre sie überhaupt nicht zugegen.

„Außerdem war die Kleine fix und fertig", rechtfertigte Mike erneut sein Handeln. „So konnte ich sie unmöglich auf die nächtlichen Highways loslassen."

Warum war dieser Berg von einem Mann einem Cowboy Rechenschaft schuldig? Ein ungutes Gefühl machte sich in ihren Eingeweiden breit, denn allmählich schwante ihr, dass sie einem Irrtum unterlegen war. Doch sie verdrängte diese einschüchternden Gedanken und schaute mutig in die Augen des vermeintlichen Viehtreibers, der sie unverwandt mit stoischem Gesichtsausdruck musterte.

Wer dieser Kerl wohl sein mochte? Und was hatte er auf dieser Ranch zu melden? Wobei man das Anwesen eigentlich kaum als Ranch bezeichnen konnte. Denn als Sophie nach einem mörderischen Marsch durch die Wüste dort angekommen war, hatte sie ein luxuriöses zweistöckiges Gebäude bestaunt – verborgen hinter einem hohen schmiedeeisernen Tor, umgeben von Palmen und Kakteen.

Sogar videoüberwacht war das Gelände. Beim Läuten hatte sie die kleine Kamera oben am Tor entdeckt, die sie wie ein einäugiges Monster angeglotzt hatte. Und das, wo Sophie doch erwartet hatte, mitten im Nirwana eher auf eine baufällige Hütte mit einer verzogenen Holztür zu treffen. Eine riesige Villa war das Letzte, mit dem sie gerechnet hatte.

Nun blitzten wieder wütende Funken in den Augen ihres Gegenübers auf. „Ich möchte mir jetzt gar keine Gedanken darüber machen, was ich von diesem verantwortungslosen Handeln halte. Das schlägt mir bloß aufs Gemüt.“ Mit einer flinken Bewegung fuhr er herum. „Mike, sorge bitte dafür, dass sie von hier verschwunden ist, bevor ich morgen früh den Salon betrete. Und gib acht, dass ihr nicht doch noch etwas passiert!“ Mit diesen Worten wanderte er, ohne Sophie eines weiteren Blickes zu würdigen, aus dem Raum.

Sophie sank fassungslos auf das Sofa. Manieren waren wohl etwas für andere Leute. „Herrje, wer war das denn? Der Kaiser von China?“

„Knapp daneben! Oliver Malloy ist der Besitzer dieser Ranch. Tut mir leid, ich konnte nicht ahnen, dass er heute Nacht noch einmal hier erscheinen würde.“ Mike zuckte mit den Schultern. „Ich bin lediglich sein Fahrer und Bodyguard.“

Sophie riss ungläubig die Augen auf. *Der Besitzer!* Ach du liebe Güte! Was hatte sie ihm alles an den Kopf geworfen? Aber wozu benötigte ein Farmer, der im Nirgendwo lebte, einen Bodyguard? „Was ist das bloß für ein Mensch? Wenn Sie nicht gekommen wären, hätte er mich vermutlich mitten in der Nacht vor die Tür gesetzt. Von Gastfreundschaft hat dieser ungehobelte Klotz wohl noch nie etwas gehört?", ging sie in die Offensive. Angriff war seit jeher die beste Verteidigung.

Mike hob abwehrend eine Hand. „Oliver ist kein schlechter Mensch. Er kann nur den Gedanken nicht ertragen, dass eine Frau in der Wüste eine Autopanne hat. Legen Sie sich wieder hin. Ich wecke Sie morgen in aller Herrgottsfrühe, dann schleppen wir Ihr Auto zur nächsten Tankstelle, und Sie können tagsüber reisen. Das ist sicherer. Gute Nacht."

Mit einer grazilen Bewegung, die man diesem Koloss von einem Mann gar nicht zugetraut hätte, wandte er sich ab und hatte das Zimmer verlassen, ehe Sophie noch etwas erwidern konnte.

Für ein paar Sekunden hockte sie nachdenklich da. Schließlich sprang sie auf, schnappte ihre Handtasche und flitzte zur Tür hinaus. Keine Minute länger wollte sie unter dem Dach dieses bärbeißigen Kerls verbringen. Lieber würde sie einer Klapperschlange in die Augen starren oder von einem anhänglichen Skorpion gezwickt werden.

Herrschsüchtige Männer, die sie an ihren Vater erinnerten, waren für alle Zeiten tabu.

Kapitel 3

„Oliver, die Kleine ist verschwunden“, fiel Mike am nächsten Morgen über ihn her, als er die Treppe herunterstapfte.

„Na, das will ich doch hoffen.“

„Nein, du verstehst nicht. Ihr Wagen steht noch draußen.“

„Logisch, wenn der Tank leer ist.“

In diesem Moment schoss Juanita aus der Küche. Wie üblich wirkte die zierliche Mexikanerin in dem knallroten Kleid und der gestärkten weißen Schürze wie aus dem Ei gepellt. Ihr langes schwarzes Haar war auf dem Rücken zu einem Zopf geflochten und wippte beim Laufen wild hin und her.

Um ihren Mund lag ein wütender Zug. „Señor Malloy, schämen Sie sich eigentlich nicht? Das arme Ding so zu erschrecken, dass sie bei Nacht und Nebel aus dem schützenden Haus geflohen ist. Jetzt machen Sie sich schleunigst auf die Suche nach ihr! Sobald Sie sie gefunden haben, bekommt sie als Allererstes ein vernünftiges Frühstück. Ach, und falls es Sie interessieren sollte, die Señorita heißt Sophie und ist bezaubernd …“

Mit diesen Worten machte sie auf dem Absatz kehrt und fegte wieder in Richtung Küche. „Ihre Eltern würden sich im Grab umdrehen, wenn sie dieses beschämende Verhalten mitbekämen“, versprühte sie noch ein letztes Mal ihr Gift, bevor die Küchentür hinter ihr ins Schloss donnerte.

Oliver Malloy blickte eine Sekunde lang drein, als hätte eine Katze gerade seinen Lieblingsgoldfisch verschluckt. Nachdenklich fuhr er sich mit der Hand durchs Haar. Juanita war eine der wenigen Personen, die in einem solchen Ton mit ihm reden durften, denn sie war für ihn wie eine Mutter und im Grunde genommen der gutmütigste Mensch der Welt. Wenn ihre Wut dermaßen entfacht war, war er wohl etwas übers Ziel hinausgeschossen. Obendrein lag sie mit ihrer Behauptung richtig: Bei seinen Eltern war Gastfreundschaft an der Tagesordnung gewesen.

Wie hatte er sich nur so gehen lassen können?

Er räusperte sich und wandte sich Mike zu, der ihn lauernd beäugte. „Mike, schick bitte ein paar Männer los, die das Gelände absuchen! Ich kann mir nicht vorstellen, dass es ihr gelungen ist, das Grundstück zu verlassen. Aber lass uns sicherheitshalber trotzdem die Straße abfahren." Mit diesen Worten marschierte er schnurstracks nach draußen.

Drei Stunden später brachen sie die erfolglose Suche ab. Sophie war und blieb verschwunden, wohingegen Oliver kurz vorm Hyperventilieren stand. Verflixt und zugenäht, wenn ihr wegen seiner Verbohrtheit etwas zugestoßen war, würde er sich das nie und nimmer verzeihen.

In der Absicht, sich einen Kaffee zu gönnen, steuerte er die Küche an. Wie vom Donner gerührt, bremste er ab. Dort saß die verloren gegangene Besucherin gemütlich mit Juanita an der Theke und widmete sich einem gigantischen Frühstück, bestehend aus Eiern, Speck, Würstchen, Toast und einem dampfenden Becher Kaffee. Allem Anschein nach hatte sie sich umgezogen, denn sie trug jetzt ein kurzes rotes Kleid, das den Blick auf zwei sexy Oberschenkel preisgab.

Er schnappte nach Luft und lief krebsrot an. „Ich fasse es nicht! Wir haben die ganze Wüste umgekrempelt. Mike ist gerade dabei, die Bilder der

Überwachungskameras auszuwerten. Danach wollte ich den Sheriff alarmieren. Wo zur Hölle haben Sie gesteckt?“, blaffte er seinen Überraschungsgast an. „Und, Juanita, warum haben Sie mich nicht benachrichtigt, als sie aufgetaucht ist? Da hätten wir uns das ganze Theater doch sparen können.“

Noch bevor Sophie antworten konnte, sprang Juanita auf und postierte sich schützend vor ihr, wie ein Raubtier, das sein Junges verteidigte. „Señor Malloy, kann ich kurz unter vier Augen mit Ihnen reden?“

Er rang erneut nach Luft, doch schließlich nickte er und wanderte gehorsam wieder zur Küchentür hinaus, Juanita dicht auf den Fersen.

Kaum waren sie im Flur angekommen, durfte er sich die nächste Gardinenpredigt anhören. „Ich kenne die Gründe sehr wohl, warum Sie so aufgebracht sind. Aber würden Sie sich jetzt bitte der jungen Frau gegenüber so verhalten, wie der Gentleman, zu dem man Sie erzogen hat. Das Mädchen hat keinem Menschen etwas zuleide getan. Und damit Sie es wissen, ich habe Sie absichtlich nicht über ihr Auftauchen informiert, da ich dachte, es geschieht Ihnen ganz recht, wenn Sie noch ein wenig länger mit Ihrem schlechten Gewissen hadern.“

Oliver schüttelte ungläubig den Kopf. Auch wenn er Juanita schätzte, hatte er für heute genug von ihrem gluckenhaften Gehabe. Beschwichtigend hob er die Hände. „Schon gut. Ich verspreche hoch und heilig, die Kleine nicht mit Haut und Haaren aufzufressen. Aber darf ich mir jetzt endlich einen Kaffee holen?“

Juanita taxierte ihn noch ein paar Sekunden lang argwöhnisch. Schließlich nickte sie und verschwand in den Angestelltentrakt.

Sophie stopfte sich gerade das letzte leckere

Würstchen in den Mund, als sich die Tür öffnete. Sie zuckte zusammen als nicht die mütterliche Mexikanerin, sondern der Herr des Hauses in der Tür stand, die er mit seiner stattlichen Figur und den breiten Schultern fast vollständig ausfüllte.

Aus wachen Augen musterte er sie. Im Tageslicht fiel ihr nun zum ersten Mal auf, dass diese von einem tiefen Blau waren. Und noch etwas wurde ihr bewusst: Der Mann war höllisch attraktiv. Wäre er nicht so ein selbstherrlicher Idiot, hätte er ihr durchaus gefallen können.

Sein blondes Haar schimmerte in der Vormittagssonne, die durch das Küchenfenster fiel. Es stand in einem interessanten Kontrast zu seinem braun gebrannten Teint. Sein Gesicht war nicht sehr markant. Nein, es war eher von schlichter Schönheit für einen Mann. Die Lippen voll und gleichmäßig. Leicht buschige Augenbrauen und dichte Wimpern umrahmten diese opalblauen Augen, die nach wie vor gefährlich funkelten.

Ungeachtet der Tatsache, dass er abermals in Jeans und Cowboystiefeln steckte, umgab ihn eine Aura der Macht. Wie hatte sie das in der vergangenen Nacht übersehen können? Eigentlich war ihr Auge in der Einschätzung von Menschen geschult, aber vermutlich war sie nach dem langen Flug und dem unerfreulichen Fußmarsch durch die Wüste zu sehr neben der Spur gewesen.

Sie zwang sich, den Hausherrn nicht weiterhin anzuglotzen, als hätte sie nicht mehr alle Tassen im Schrank, und senkte den Blick. Fakt war jedoch, dass sie von so viel ungezügelter Männlichkeit schlichtweg hin und weg war. Warum lebte dieses Prachtexemplar von einem Mann in einer solchen Einöde? Und was hatte sie ihm überhaupt getan, dass er einen derartigen Groll gegen sie hegte? Denn auch Juanita hatte ihr versichert, sie habe ihn einfach auf dem falschen Fuß erwischt.

Mit großen Schritten ging Oliver Malloy auf die Kaffeekanne zu, die auf einem Sideboard stand, goss sich eine Tasse voll und rutschte mit einer flinken Bewegung auf den Barhocker ihr gegenüber. Seine lebhaften Augen fixierten sie interessiert, was ihre Nervosität noch steigerte.

„Ich glaube, ich muss Sie um Verzeihung bitten", lenkte er zu ihrer Überraschung ein. „Ich habe wohl ein wenig überreagiert. Aber Sie machen sich anscheinend kein Bild davon, wie gefährlich die Wüste sein kann." In seiner Stimme wechselten sich verhaltene Wut und Besorgnis ab. „Entschuldigen Sie meine Unhöflichkeit. Ich habe mich noch nicht einmal vorgestellt." Er streckte ihr die Hand entgegen. „Oliver Malloy, aber das wissen Sie ja inzwischen sicherlich schon. Und ich muss Sie enttäuschen, ich bin kein dahergelaufener Cowboy, sondern der Besitzer dieser Ranch."

Sophies Wangen glühten, als sie zögerlich nach seinen Fingern griff. „Sophie, Sophie Bergmann", flüsterte sie. „Und das mit dem dahergelaufenen Cowboy tut mir leid, aber Sie haben mich fürchterlich erschreckt. Und ich verabscheue es, angeschrien zu werden."

Sie hatte den Eindruck, er würde ihre Hand einen Moment länger festhalten, als nötig. „Sophie, schöner Name", murmelte er kaum vernehmbar, bevor er die Stimme wieder erhob. „Wie sind Sie bloß auf die Idee gekommen, mit leerem Tank einen Trip durch die Wüste zu unternehmen?"

„Das lag nicht in meiner Absicht, aber meine Kreditkarte hat ganz plötzlich den Dienst eingestellt." In ihrem Magen bildete sich ein Knoten, denn sie ahnte, warum. Wenn ihr Vater die Karte hatte sperren lassen, saß sie ganz schön in der Patsche, denn einen Großteil ihres Bargeldes hatte sie am Vortag in dieser eleganten Shopping-Mall in Phoenix ausgegeben. Bei dem Gedanken daran brach ihr der kalte Schweiß aus. „Tja, und meine EC-Karte wollte an dieser Bruchbude von einer Tanke keiner nehmen. Also bin ich weitergefahren, in der Hoffnung, eine Bank zu finden, und …"

„Eine Bank, mitten in der Wüste?", unterbrach Oliver sie schroff. „Mein Gott, Mädchen, wo kommen Sie denn her? Wir sind doch hier nicht in New York."

Schmollend nippte Sophie an ihrem Kaffee. Dieser Kerl amüsierte sich schon wieder auf ihre Kosten. „Aus Deutschland", nuschelte sie schließlich. „Dort leisten wir uns den Luxus, sogar im abgelegensten Kaff eine Bank zu besitzen."

„Aus Deutschland?" Oliver zog verwundert die Augenbrauen hoch. „Ich habe mir schon die ganze Zeit den Kopf über Ihren Akzent zerbrochen. Aber was um Himmels willen haben Sie in Arizona verloren?"

„Urlaub."

Er starrte sie perplex an. Doch als sie nicht näher auf seine Frage einging, wechselte er das Thema. „Wo haben Sie eigentlich gesteckt, während ich die halbe Wüste nach Ihnen habe absuchen lassen?"

„In meinem Wagen. Ich hatte nämlich nicht das geringste Interesse, die Nacht unter Ihrem Dach zu verbringen. Ich wollte dort auf Mike warten, damit er mich zur nächsten Tankstelle schleppen kann. Doch Juanita hat mich aufgestöbert und überredet, wieder hereinzukommen. Ansonsten hätte ich sicher niemals mehr einen Fuß in Ihr Heiligtum gesetzt."

Er starrte sie einen Moment lang verdattert an, dann brach er völlig unverhofft in schallendes Gelächter aus.

Sophie gaffte ihn mit offenem Mund an.

Dumpfe, sonore Töne bahnten sich ganz tief aus seiner Kehle ihren Weg in die Freiheit und ließen ihren Körper vibrieren.

Hilfe! Der Mann war zum Dahinschmelzen, wenn er lachte.

„Mike ist ein solcher Trottel", gluckste er vergnügt. „Er hat das ganze Haus auf den Kopf gestellt, aber auf die Idee, einen Blick in Ihr Auto zu werfen, ist er anscheinend nicht gekommen." Grinsend blickte er auf ihren leeren Teller. „Noch eine Ladung Würstchen?"

„Herrje, nein!"

Er erhob sich. „Dann kommen Sie doch kurz mit rüber in den Salon, wir sind Juanita hier vermutlich nur im Weg. Sie muss das Mittagessen vorbereiten. Aber bevor ich Sie wieder auf die Wüste loslasse, würde mich zuerst noch interessieren, was Sie überhaupt an diesen gottverlassenen Ort verschlagen hat."

„Was für ein toller Raum!", entfuhr es Sophie, als sie den Salon betrat, in dem sie genächtigt hatte. „Das ist mir in der Dunkelheit völlig entgangen."

Das Zimmer war so behaglich eingerichtet, dass sie hier postwendend hätte einziehen können. Ein Hauch von Vanille lag in der Luft, womöglich von Zigarren. Ihr Blick fiel auf den offenen Kamin und die vielen goldenen Lämpchen, die den Raum mit der bräunlichen Ledersitzgruppe zierten.

Sie eilte auf ein Sideboard zu, welches mit einem riesigen Strauß Orchideen dekoriert war. Genüsslich schnupperte sie an den pinkfarbenen Blüten. „Ich liebe Blumen, sie machen das Leben bunt und fröhlich“, schwärmte sie ausgelassen.

Da schoss wie aus dem Nichts etwas Cremefarbenes auf sie zu. Sie quiekte erschrocken auf, ehe sie erkannte, dass es sich um einen flauschigen Hund handelte. Der kleine Kerl sprang an ihr hoch, wobei er mit seinen Pfoten unbeholfen an ihren Beinen herumkratzte.

„Aus, Buddy, aus!“, versuchte Oliver, ihn in seine Schranken zu verweisen.

Der niedliche Welpe hielt kurz inne und blickte sich gemächlich um. In der nächsten Sekunde attackierte er, unbeeindruckt von Olivers Befehl, erneut Sophies Waden.

Sophie unterdrückte ein Grinsen. So richtig zu kuschen schien auf dieser Ranch niemand vor dem Hausherrn, da konnte er sich noch so unausstehlich verhalten. Sie stellte ihre Tasche auf dem Boden ab und beugte sich zu dem putzigen Hund hinunter.

Er schaute sie aus seinen großen, treuherzigen Augen an und hatte auf Anhieb ihr Herz erobert. Als sie sich neben ihn kniete und ihn kraulte, kuschelte sich der Kleine prompt mit seinem Köpfchen an ihren Oberschenkel.

„Ach, ist der süß! Was ist das, ein Golden Retriever? Ich hätte für mein Leben gerne einen Hund. Wenn da nicht mein Vater wäre …“

Plötzlich setzte Olivers Herz für ein paar Schläge lang aus. Das Bild dieser unbekümmerten jungen Frau, mit dem Tier im Arm, ging ihm durch Mark und Bein. Erinnerte ihn an längst vergessene Zeiten, glückliche Zeiten, die niemals wiederkehren würden.

Das Mädchen erfüllte sein Haus mit Leben. Die winzigsten Dinge konnten sie in Begeisterung versetzen: wie Blumen oder ein kleiner Hund. Sophie strahlte über das ganze Gesicht und vermittelte den Eindruck, als wäre nach langer Finsternis die Sonne über seiner Ranch aufgegangen. Aber ihm war auch der Schatten nicht entgangen, der sich bei dem Gedanken an ihren Vater über ihre Augen gelegt hatte. Irgendetwas schien sie zu belasten.

Mit angehaltenem Atem beobachtete er, wie Buddy sich an ihre Beine schmiegte, wobei es sie nicht im Geringsten kümmerte, dass ihr Kleid darunter litt. Die beiden genossen ihr Tête-à-Tête sichtlich. So ließ sich Oliver in einem der Sessel nieder und beschloss, nicht weiter zu stören.

„Richtig erkannt. Es ist ein Golden Retriever. Wir hatten bis vor Kurzem einen Collie, der leider an Altersschwäche gestorben ist. Daraufhin hat mir ein Freund Buddy untergejubelt. Wie unschwer zu erkennen ist, hapert es bei dem kleinen Kerl noch ein wenig an Gehorsam. Er rast durchs Haus wie ein wild gewordener Steppenläufer."

Erstaunt sah sie auf. „Ein was?"

„Na, einer dieser Büsche, die ziellos durch die Wüste rollen."

„Oh, ein süßer Vergleich!" Als Sophie sich aufrichtete, bemerkte sie, dass ihr Gastgeber sie und den Welpen keine Sekunde aus den Augen ließ. Buddy fühlte sich offenbar vernachlässigt, denn er gab prompt ein herzzerreißendes Jaulen von sich.

Kurzerhand schnappte sie sich das Fellbündel, sank auf einen der Sessel und platzierte es auf ihrem Schoß. Der Kleine war so warm und weich, dass sie ihn gar nicht mehr hergeben wollte.

Oliver Malloy hingegen saß weiterhin regungslos da und brachte sie mit seiner stoischen Ruhe und seinen nicht zu deutenden Blicken so langsam an den

Rand der Nervosität.

„Haben Sie Verwandte oder Freunde in Arizona? Kann Mike Sie irgendwo absetzen?“, wechselte er unvermittelt das Thema.

„Weder noch, im Grunde genommen wollte ich in Kalifornien Urlaub machen, davon habe ich schon mein Leben lang geträumt. Leider waren alle Flüge ausgebucht, deswegen flog ich nach Phoenix. Was den Vorteil hat, dass ich den Trip nun mit einem Abstecher zum Grand Canyon und nach Las Vegas kombinieren kann.“

Oliver schaute sie einmal mehr an, als könne sie nicht bis drei zählen. „Alleine?“

Sie sah demonstrativ um sich. „Natürlich alleine! Oder sehen Sie sonst noch jemanden?“

Sein entsetzter Blick glitt über ihren Körper hinweg. „Mit diesen Schuhen? Und einem Kleid, das in manchen Ländern der Welt verboten wäre?“

Verwirrt spähte sie an sich hinab. „Was spricht dagegen? Ich will ja schließlich keine Wanderung unternehmen.“

„Schon klar, das haben Sie gestern Abend bereits ausreichend unter Beweis gestellt. Wie lange sind Sie eigentlich barfuß durch die Wüste gelaufen?“

Sophie rang erschrocken nach Luft. Die dunkle Gewitterwolke, die erneut in Olivers Pupillen aufzog, war unübersehbar.

„Ehrlich gesagt, habe ich dabei nicht auf die Uhr geschaut.“

„Ihnen ist schon bewusst, dass es da draußen einige nicht zu unterschätzende Gefahren gibt, oder?“

Ach, was er nicht sagte!

Mit Widerwillen ließ sie den Vorabend in ihrem Kopf Revue passieren, als dieser dämliche Mietwagen sie in Ermangelung von Benzin mitten im Nirgendwo hatte stranden lassen. Verzweifelt war sie eine Zeit lang um ihn herumgetigert, denn natürlich hatte ihr Handy in dieser Einöde keinen Empfang gehabt.

Als nach einer halben Stunde immer noch keine Menschenseele vorbeigekommen war, war sie letzten Endes, zitternd vor Kälte und Angst, lediglich mit ihrer Handtasche bewaffnet, losmarschiert. Die Absätze ihrer Stilettos hatten sich andauernd in kleinen Löchern am Straßenrand verfangen, die bei den eingeschränkten Lichtverhältnissen nicht zu erkennen waren. Was zuvor ausgesehen hatte wie weicher Wüstensand, hatte sich als harte Kruste entpuppt und sie mehrmals ins Wanken gebracht.

Doch da ihr ein verstauchter Knöchel auch nicht sehr verlockend erschien, hatte sie kurzerhand und trotz erheblicher Bedenken vor giftigem Getier, die Schuhe ausgezogen und war barfuß über den Sand neben der Straße gehüpft, wobei ihr der Abendwind eine mächtige Gänsehaut auf die Oberarme getrieben hatte.

„Mir wird ja wohl kein zweites Mal das Benzin ausgehen“, setzte sie zu ihrer Verteidigung an.

„Darauf würde ich nicht wetten.“ Oliver musterte sie und das Hündchen auf ihrem Schoß versonnen. Buddy schnarchte inzwischen selig. „Haben Sie zumindest ein Hotel gebucht?“

Wie erwartet, schüttelte sie den Kopf.

„Und wie wollen Sie das ohne funktionierende Kreditkarte bewerkstelligen? In Bargeld scheinen Sie auch nicht gerade zu schwimmen, sonst hätten Sie ja Ihren Tank füllen können, richtig?“

„Das mit der Kreditkarte werde ich klären. Wahrscheinlich einfach ein Missverständnis.“ Mit vorgetäuschtem Interesse fixierte sie Buddy.

Oliver konnte es nicht fassen. War die Kleine denn von allen guten Geistern verlassen? Sie allein in die Wüste zu entlassen, käme einem Selbstmordkommando gleich. Aber was sollte er mit ihr anfangen?

Fassungslos schloss er die Lider. *Unglaublich!* Dieses Wesen mit den großen unschuldigen Augen und dem Puppengesicht hatte es tatsächlich geschafft, ihn einzuwickeln. Er musste sie schnellstmöglich loswerden, bevor er sich ihretwegen noch zum Affen machte. Vielleicht half ja ein Appell an ihre Vernunft. „Sophie, Sie können das unmöglich auf eigene Faust durchziehen, das ist viel zu gefährlich. Bis Vegas sind es gut fünf Fahrstunden, und die Straße ist teilweise sehr unwegsam. Ich könnte mich mal schlaumachen, ob es von Phoenix oder Flagstaff aus geführte Bustouren gibt."

Trotzig reckte Sophie das Kinn in die Luft. „Auf gar keinen Fall! Ich hasse Busfahren. Aber Sie haben recht. Ich sollte mich jetzt auf die Socken machen, sonst schaffe ich das heute nicht mehr." Sie sprang auf, den kleinen Hund im Arm, als gehörte er zu ihr. „Könnten Sie Mike bitten, mich mitsamt Wagen zur nächsten Tankstelle zu schleppen? Und danke noch einmal, dass ich auf Ihrem *Grundstück* übernachten durfte."

Provozierend betonte sie das Wort Grundstück und brachte Oliver so langsam wieder auf hundertachtzig.

Durch Sophies hastiges Aufspringen wach geworden, reckte Buddy die Glieder und gähnte herzhaft. Vorsichtig setzte sie ihn auf dem Boden ab, danach sackte sie ein weiteres Mal auf die Knie. „Mach's gut, mein Süßer! Ich muss jetzt leider los", flüsterte sie dem Hündchen in verschwörerischem Tonfall zu.

Olivers Blick fiel auf ihr kurzes Kleid, das durch das Hinknien nach oben gerutscht war. Vor seinem geistigen Auge formierten sich Bilder, wie sich auf einem Rastplatz der erstbeste Trucker über Sophies stramme Schenkel hermachte. Da brannte eine Sicherung bei ihm durch. „Denken Sie noch nicht einmal daran, Sie werden keinesfalls in diesem Aufzug dort hinausgehen!“

Sophie glotzte ihn ungläubig an. Im nächsten Augenblick wurde sie weiß wie ein Laken. Langsam erhob sie sich. „Was glauben Sie eigentlich, wer Sie sind? Mein Vater? Zumindest legen Sie genauso ein herrisches Verhalten an den Tag. Natürlich werde ich gehen. Und zwar genau in diesem Kleid!“ Herausfordernd schaute sie abermals an sich hinab. „Ich muss mich nur noch von Juanita verabschieden. Sie war nämlich ausgesprochen nett zu mir.“

Sie griff nach ihrer Handtasche und unternahm den Versuch, sich davonzumachen.

Oliver schoss hoch. Mit zwei großen Schritten war er bei ihr und packte sie am Arm.

Sie jaulte auf. „Verdammt, lassen Sie mich los! Sie tun mir weh.“

Doch er tat nichts dergleichen. „Glauben Sie mir, Sie werden dieses Grundstück nicht im Alleingang verlassen!“

Sophies Augen weiteten sich, als sie zu begreifen schien, dass er es bitterernst meinte. Funken der Furcht kämpften in ihren Pupillen mit unterdrückter Wut um die Wette. „Ach, nein? Wer sollte mich denn begleiten? Sie vielleicht?“

Und bevor Oliver noch verstand, was er da gerade anrichtete, hörte er sich schon sagen: „Sie haben es erfasst. Es ist ja nicht so, als ob es eine Alternative gäbe.“

Sophie fiel die Kinnlade herunter. „Aber, warum sollten Sie das tun? Sie können mich doch noch nicht einmal leiden."

„Gut erkannt! Ich hasse nichts mehr als unselbstständige Frauen. Vor allem, wenn es sich um verzogene Gören reicher Eltern handelt. Doch ich könnte es mir niemals verzeihen, wenn Ihnen etwas zustoßen würde." Er blickte auf seine Uhr und dachte an den Bericht über den Verkauf der Hotelkette, der auf seine Fertigstellung wartete. Eigentlich konnte er keine freie Minute erübrigen. Was hatte er sich da nur eingebrockt? „Wie lange bleiben Sie hier in der Gegend?"

„Zehn Tage."

Er atmete erleichtert aus. „Gut, das sollte genügen. Ich habe heute ein paar wichtige Termine, die ich unmöglich verschieben kann. Währenddessen kann Ihnen Mike die Ranch und die Umgebung zeigen. Oder vielleicht möchten Sie ja eine Runde reiten. Es befinden sich einige prächtige Pferde in meinem Stall."

Seine Blicke sackten erneut demonstrativ auf ihr kurzes Kleid und die Stilettos ab. „Wohl eher nicht. Am besten legen Sie sich einfach auf der Terrasse in die Sonne, das erscheint mir am unbedenklichsten. Morgen werde ich Sie mit dem Grand Canyon vertraut machen; übermorgen nehme ich Sie mit nach Vegas, ich habe eh geschäftlich dort zu tun. Von dort aus können Sie dann runter nach Los Angeles. Die Strecke ist nur halb so gefährlich. In Ordnung?"

Sophie schluckte vernehmlich. „Habe ich eine Wahl?"

„Nicht wirklich. Ich lasse Ihnen eins der Gästezimmer zurechtmachen, da schlafen Sie gewiss besser als auf dem Sofa."

Mit fahrigen Fingern schob sie sich ein paar Haarsträhnen hinters Ohr. „Warum wollen Sie das tun?"

Gute Frage, nächste Frage!

„Ich habe keinen blassen Schimmer." Mit diesen Worten ließ er ihren Arm los und verschwand aus dem Salon.

Kapitel 4

Als Sophie am Abend das Gästezimmer betrat, war sie auf Anhieb begeistert von den restaurierten Holzmöbeln und dem einladenden Bett. Mit viel Liebe waren pastellfarbene Vorhänge an den Fenstern angebracht worden, die dem Zimmer eine freundliche Atmosphäre verliehen. Neben dem Schrank standen ordentlich aufgereiht ihr Koffer und die Einkaufstüten mit den Designerklamotten, die sie sich in der Shopping-Mall in Phoenix zugelegt hatte.

Erschöpft ließ sie sich auf die Matratze sinken. Sie war am Ende. Mike hatte ihr am Nachmittag das prächtige weiß gestrichene Herrenhaus mit den angeschlossenen Pferdestallungen und Dienstbotengebäuden gezeigt. Mit offenem Mund hatte Sophie das weitläufige Areal bestaunt, das an eine Mischung aus einem alten Südstaatenhaus und einer Hazienda erinnerte. Überall residierten gigantische Palmen und Kakteen, umgeben von gepflegtem Rasen. Hinter dem Gebäude hatte sie eine endlose Koppel mit Hunderten von Rindern entdeckt, die ebenfalls zu Olivers Grund und Boden gehörte.

Obgleich sie von Haus aus an protzige Villen und Grundstücke gewöhnt war, hatten die Größenverhältnisse sie aus dem Gleichgewicht gebracht. Dieses Land mit seinen grenzenlosen Weiten vermittelte ihr zum ersten Mal im Leben den Eindruck, frei zu sein. So musste sich ein Vogel fühlen, der endlich die Gitterstäbe seines Käfigs durchbrochen hatte. Nun musste sie bloß noch lernen, ihre Flügel auszubreiten und den Start in eine neue Existenz zu wagen.

Ihre Gedanken wanderten zu dem Besitzer der Ranch, den sie mit keinem Auge mehr zu Gesicht bekommen hatte. Ob er sie in der Tat am nächsten Tag zum Grand Canyon entführen würde? Überzeugt war sie nicht davon, denn der Mann schien seine Laune im Minutentakt zu verändern.

Allein bei der Vorstellung, mit ihm in ein enges Fahrzeug eingepfercht zu sein, bildeten sich kleine Klümpchen der Angst in ihrem Magen. Oliver Malloy erschien ihr unberechenbar. Aber eine Sache fuchste sie: Wie hatte er auf Anhieb erkannt, dass sich hinter ihrer sorgfältig aufgesetzten Fassade eine Person verbarg, die hin und wieder ein wenig unselbstständig war?

Hach, war das peinlich! Sie musste dringend an ihrem Auftreten feilen, um endlich als selbstbewusste Frau rüberzukommen. Warum war sie nicht einen Tick mehr wie ihre Freundin Samantha? Eine toughe Anwältin, die sich in dieser Welt skrupellos nahm, was sie wollte, und ihr Leben im Großen und Ganzen im Griff hatte.

Ob Oliver Malloy sich aufgrund ihrer Naivität als ihr Beschützer aufspielte? Was vielleicht nicht das Schlechteste war, denn das Gespräch mit der Bank, das sie am Nachmittag geführt hatte, hätte unheilvoller nicht sein können. Ihr alter Herr hatte tatsächlich ihre Kreditkarte sperren lassen, nachdem er die Abbuchung der Lufthansa entdeckt hatte.

Das mickrige Einkommen, das ihr Vater ihr bezahlte, reichte nicht einmal annähernd aus, um sich beim Umgarnen seiner abgehobenen Kundschaft standesgemäß zu kleiden. Daher hatte er ihr zähneknirschend eine Kreditkarte überlassen. Doch jetzt hatte er Sophie auf den Boden der Tatsachen zurückgeholt, denn das Guthaben auf ihrem Bankkonto war begrenzt. Des Weiteren musste sie in dieser Einöde erst einmal eine Bank oder einen Geldautomaten finden, der ihre EC-Karte nicht verachtungsvoll wieder ausspuckte.

Lieber Gott, was für eine Sackgasse!

Aber für den Moment war sie zu müde, um noch irgendeinen klaren Gedanken zu fassen. Der Jetlag zerrte unablässig an ihren Gliedern, so kroch sie ins Bett und war bereits eingeschlafen, als ihr Kopf nur das Kissen berührte.

Sophie wusste im ersten Augenblick nicht, wo sie sich befand, als es an die Tür klopfte und sie im Bett hochschrak.

„Hallo!“, hörte sie Juanita rufen. „Señorita Sophie, sind Sie wach?“

Juanitas mexikanischer Akzent brachte sie schlagartig in die Realität zurück. Sofort hatte sie die Ereignisse der letzten Tage wieder vor Augen: ihre überstürzte Flucht aus Heidelberg, der lange Flug nach Phoenix, das Missgeschick mit dem Wagen und nicht zu vergessen, ihr Einzug in die abgelegene Villa mitsamt cholerischem Besitzer.

„Ja“, antwortete sie, „kommen Sie doch herein.“

Juanita öffnete die Tür gerade mal einen Spaltbreit. „Señor Malloy ist in einer halben Stunde fertig. Dann würde er Ihnen gerne den Grand Canyon zeigen.“

Er hielt also wirklich Wort. „Geht klar, ich bin in ein paar Minuten unten.“

Voller Übermut sprang sie aus dem Bett und eilte ins Badezimmer. Sie suchte in ihrem Koffer nach Rock sowie T-Shirt und kramte die einzigen flachen Schuhe heraus, die sie sich eigens dafür gekauft hatte, falls einmal ein Marsch durch unwegsames Gelände anstehen sollte. Malloy würde Augen machen. Sie war durchaus in der Lage, sich vernünftig zu kleiden.

Nachdem sie dezentes Make-up aufgelegt hatte, schnappte sie ihre Sonnenbrille und ein neu erstandenes Seidentuch und stürmte erwartungsvoll nach unten.

Von dem Hausherrn fehlte jede Spur.

Buddy jedoch ließ nicht lange auf sich warten. Sophie war gerade im Begriff, die Küchentür zu öffnen, als das kleine Pelzknäuel auf sie zuschoss und sich schwanzwedelnd an ihre Waden schmiegte. Beim Betreten der Küche blieb sie wie schon am Vortag ungläubig staunend vor dem etwa sechs Quadratmeter großen Kochplatz in der Mitte des Raumes stehen. Die kupferne Abzugshaube glänzte wie ein gigantischer Spiegel und überdeckte drei riesige Pfannen, gefüllt mit Rühreiern, Speck und Würstchen, die auf dem Herd gemütlich vor sich hin brutzelten. Sie registrierte gerade noch, wie zwei Cowboys mit maßlos überladenen Tellern aus der Hintertür ins Freie stiefelten.

Nach einem ausgiebigen Frühstück wurde sie ganz unverhofft von guter Laune erfasst. Sie freute sich auf den Ausflug und die bevorstehenden Tage. Keinesfalls würde sie sich diese Hochstimmung von einem Griesgram wie Oliver Malloy verderben lassen. Aber wo steckte er überhaupt?

Suchend wanderte sie aus dem Haus und entdeckte ihren Gastgeber und seinen Chauffeur plaudernd an ein auffallendes knallrotes Cabrio gelehnt.

Ein Cabrio! Wie geil war das denn?

Aufgedreht wie ein kleines Kind, stürmte sie die Stufen hinunter. Die Blicke der beiden Männer signalisierten ihr jedoch, dass irgendetwas nicht stimmte.

„Echt jetzt? In den Klamotten?“, pöbelte Malloy sie auch schon an.

Augenblicklich befand sich ihre gute Laune im Sturzflug. Verwundert blickte sie an sich hinab. „Was ist denn nun schon wieder Ihr Problem? Ich habe die Stilettos extra gegen flache Schuhe ausgetauscht."

Er holte lautstark Luft. „Sie benötigen ein paar feste Stiefel. Außerdem wären Sie mit einer Jeans wesentlich besser gekleidet, als mit diesem Nichts von einem Rock."

Enttäuschung machte sich ob dieser Gardinenpredigt in ihr breit. Die negative Aura musste dem Mann in die Wiege gelegt worden sein. „Aber, das sind meine stabilsten Schuhe", murmelte sie kleinlaut. „Wir wollen doch keine Gebirgstour machen, oder?"

„Na ja, ein paar Meter werden wir schon zu Fuß zurücklegen müssen. Und Klapperschlangen gibt es hier fast überall."

„Igitt!" Sophie verzog angewidert das Gesicht. „Glauben Sie im Ernst, ich würde mich auch bloß in die Nähe einer Schlange begeben?" Hektisch sondierte sie den Boden, ob nicht irgendwo schon eines dieser widerlichen Biester lauerte. „Oliver, eine Frage: Meinen Sie, wir könnten Buddy mitnehmen? Er winselt so erbärmlich. Ich konnte ihn nur mit Müh und Not abwimmeln."

Oliver schüttelte ungläubig den Kopf. Abrupt drehte er sich zu Mike um. „Mike, kannst du bitte Juanita fragen, ob sie einen Hut und Sonnencreme erübrigen kann? Und bring Buddy und seine Leine mit." Er widmete seine Aufmerksamkeit wieder Sophie. „Also werden wir uns Arizona eben aus dem Auto ansehen. Schade, es wird Ihnen einiges entgehen!"

Sophie strafte ihn mit Missachtung. Diese Miesepeterei war ja unerträglich. Demonstrativ blickte sie die lange Ausfahrt entlang. Plötzlich stutzte sie. „Wo ist denn mein Wagen?“

„Den habe ich zurückgegeben. Sie bekommen in Vegas einen neuen.“

Ihr blieb die Luft weg. „Sie haben was?“ Empört stürmte sie auf ihn zu und stemmte die Hände in die Hüften. Nur um verärgert festzustellen, dass sie aufgrund der flachen Schuhe schon wieder zu ihm aufblicken musste. „Man hat Ihnen wohl nie beigebracht, andere Menschen um Erlaubnis zu fragen, bevor man über deren Besitztümer bestimmt? Außerdem war das Auto bereits bezahlt.“ Von was zum Geier sollte sie sich denn ohne funktionierende Kreditkarte ein anderes leisten?

Ihren Wutausbruch völlig ignorierend, öffnete er ihr galant die Wagentür. „Das Geld kriegen Sie zurück“, war alles, was er zu dem Thema beizutragen hatte.

Schäumend vor Wut, verharrte sie neben dem Fahrzeug. In hundert Jahren würde sie nicht zu diesem Tyrannen ins Auto steigen.

In dem Moment kam Mike mit einem ungeduldig an seiner Leine zerrenden Buddy zurück.

Doch Buddy, diese treulose Töle, fasste die geöffnete Tür als Einladung auf und sprang mit einem Hechtsprung in den Wagen, wo er es sich auf dem Boden vor dem Beifahrersitz gemütlich machte.

„Na los, steigen Sie schon ein!“ Oliver umrundete das Auto und rutschte lässig auf den Fahrersitz. „Wenn Sie nicht endlich in die Gänge kommen, schaffen wir es heute nicht mehr bis zum Grand Canyon und zurück.“

Okay, sie kapitulierte.

Was hatte sie schon für eine Wahl? Schmollend hier herumzustehen, war auch keine Lösung.

Mit mürrischem Gesichtsausdruck robbte sie in den flachen Sportwagen. Was mit dem kurzen Rock keine leichte Übung war. Da ihr Vater sie jedoch nötigte, während der Arbeitszeit spießige Kostüme zu tragen, kleidete sie sich privat betont unkonventionell. Sprich: trendige Kleider und Miniröcke. Zwar befand sich in ihrem Gepäck auch die eine oder andere Jeans, aber bei den hier vorherrschenden warmen Temperaturen erschienen ihr lange Hosen schlichtweg überflüssig.

Mit gerümpfter Nase begutachtete sie den Hut, den Mike ihr gereicht hatte. Sollte sie dieses zerfledderte Etwas und die unbekannte Sonnencreme allen Ernstes an ihr Haar und ihre Haut lassen?

„Was ist das für ein Auto?“, warf sie die Frage auf, um von Olivers verwunderten Blicken abzulenken, als sie sich zuerst das Tuch um den Kopf schlang und danach den abgenutzten Hut darauf stülpte.

„Eine Dodge Viper. Ich liebe diesen Wagen.“

Sophie horchte auf. Es gab also doch etwas, das ihren sauertöpfischen Begleiter begeistern konnte.

Tja, Jungs und ihre Spielzeuge!

„Arizona hat landschaftlich einiges zu bieten“, ergriff Oliver nach ein paar Minuten stillschweigender Fahrt das Wort. „Vor allem natürlich den Grand Canyon. Aber es gibt noch eine Menge anderer Sehenswürdigkeiten wie den Hoover Dam, Antelope Canyon, Horseshoe Bend und Monument Valley, allerdings kann man sich das unmöglich alles an einem Tag ansehen. Zusätzlich befindet sich hier das größte Indianerreservat der USA mit vielen idyllischen Dörfern. Aber auch dazu fehlt uns leider die Zeit.“

Da Sophie auf seinen kleinen Vortrag hin keinerlei Reaktion zeigte, spähte er neugierig zu ihr hinüber. Was er besser unterlassen hätte. Schlagartig geriet sein Blut in Wallung.

Seine Begleiterin verteilte gerade mit einem Finger ein paar Kleckse Sonnencreme auf ihren Beinen. Seine Augen hefteten sich auf ihre wohlgeformten Oberschenkel, und urplötzlich verstand er die Welt nicht mehr: Die Frau an seiner Seite törnte ihn definitiv an.

Er sollte verdammt sein! Wieso reagierte sein Körper ausgerechnet auf dieses zickige, verzogene Geschöpf? Er zwang sich, den Blick wieder nach vorne auf die Fahrbahn zu richten und seine Konzentration auf etwas anderes zu lenken. War aber nicht sonderlich erfolgreich. Er konnte es drehen und wenden, wie er wollte. Sophies spärliche Klamotten schrien geradezu danach, ihr vom Leib gerissen zu werden. Frustriert rutschte er tiefer in den Sitz. Das würde im wahrsten Sinne des Wortes ein harter Tag werden.

Derweil linste Sophie interessiert aus dem Cabrio und beäugte die imponierende Landschaft. Die Gegend unterlag ständigen Wechseln: Rötlich schimmernde Felsen gingen in grüne Wiesen und Wälder über, bevor diese sich in Wüste mit ausgefallenen Büschen und Sträuchern veränderten. Immer wieder entdeckte sie Kakteenarten, die ihr noch nie zuvor zu Gesicht gekommen waren.

Es war wie im Traum. Das Cabrio schnurrte zufrieden vor sich hin. Die Sonne strahlte vom Himmel und ihr pfiff der warme Frühlingswind um die Nase; so langsam hob sich ihre Laune wieder. Obendrein wurde sie von einem extrem gut aussehenden Mann chauffiert, auch wenn dieser ein Benehmen an den Tag legte wie der Sonnenkönig persönlich.

Sie unterzog ihn einer unauffälligen Musterung. Er starrte stur geradeaus, die Finger fest um das Lenkrad gekrampft. Irgendetwas schien ihn zu beschäftigen. Ihre Blicke glitten über seine kräftigen Oberarme und den flachen Bauch. *Wow!* Nichts als Muskeln – egal, wo sie auch hinschaute.

Am ersten Abend hatte sie sein Schlabberlook irritiert. Heute hingegen war nichts an seinen Klamotten auszusetzen. Er trug gepflegte Jeans, ein Paar Cowboystiefel, die allem Anschein nach nagelneu waren, und ein kurzärmeliges weißes Hemd, das seine Bräune hervorhob. Auf seinem Kopf thronte ein brauner Cowboyhut. Eigentlich nicht ihr Stil, aber zu Oliver passte das Outfit irgendwie.

Um sein Handgelenk hatte er sich einen ausgefallenen Chronografen geschlungen, den Sophie nach genauerem Hinsehen als eine der Uhren identifizierte, die ihr Vater in einem einbruchsicheren Safe aufbewahrte. Geld schien für ihren Begleiter offenbar eine untergeordnete Rolle zu spielen.

Seine wundervollen blauen Augen verbargen sich hinter einer eleganten goldenen Sonnenbrille. Wie alt er wohl sein mochte? Sie schätzte ihn auf Mitte dreißig. Die ersten kleinen Fältchen umspielten seine Augen, was seinem guten Aussehen jedoch keinen Abbruch tat. Im Gegenteil, es machte ihn höllisch interessant.

Ach, das Leben könnte so schön sein, wäre da nicht dieses Dilemma, das zu Hause beharrlich auf sie wartete. Allein bei dem Gedanken daran schien sich die Sonne zu verfinstern. Schnell versuchte sie, die dunklen Schatten zu verdrängen. Sie wollte ihre Zeit genießen.

„Erzählen Sie mir etwas von sich, Sophie?“, unterbrach Oliver jäh die Stille. „Was veranlasst eine

Frau wie Sie, Hals über Kopf in die Staaten zu fliegen? Vor wem flüchten Sie? Vor Ihrem Ehemann?“

So viel zum Thema Gedanken verdrängen! Aber war das wirklich so offensichtlich, dass sie sich quasi auf der Flucht befand? Anscheinend. Nun, zumindest ein paar Einzelheiten sollte sie preisgeben, wenn Oliver ihr schon in seinem Haus Zuflucht gewährte. Sie musste ihm ja nicht gleich die ganze Wahrheit auf die Nase binden. „Keineswegs. Ich brauchte einfach mal eine Auszeit.“

„Und das ist Ihnen so plötzlich eingefallen, dass Sie sich nicht einmal mehr Bargeld besorgen konnten?“

„Bereitet es Ihnen eigentlich Freude, ständig auf diesem kleinen Missgeschick herumzureiten?“

Er grinste. „Schon gut, ich werde es auf sich beruhen lassen.“

„Was Sie nicht sagen! Also gut, mein Vater leitet einen renommierten Schmuckkonzern, in dem ich angestellt bin. Er bedient vorwiegend das Luxussegment. Will heißen: handgefertigter Goldschmuck, unbezahlbare Uhren und geschliffene Edelsteine. Seine Kunden sind abgehobene Reiche, Promis und Adlige, die mir häufig den letzten Nerv rauben. Aber das ist nicht das einzige Problem, mein Vater ist zudem konservativer als der Vatikan. Äh, das ist die Stätte, wo der Papst wohnt …“

„Danke für die Unterrichtsstunde, Frau Lehrerin, aber ich kenne Rom.“

Sophie stutzte. Viele Amerikaner waren nicht einmal darüber im Bilde, wo Italien lag. Erneut fragte sie sich, wer der Mann an ihrer Seite war. Ein gewöhnlicher Farmer aus Arizona? Wohl kaum.

„Hervorragend, das erleichtert das Ganze. Wissen Sie, Oliver, ich bin jetzt siebenundzwanzig und habe mein halbes Leben in den besten Internaten Europas verbracht, danach habe ich – auf Wunsch meines Vaters hin – Betriebswirtschaft studiert und anschließend noch eine Lehre zur Goldschmiedin auf mich genommen. Doch irgendwie bin ich ihm nicht kreativ und geschäftstüchtig genug. Was daran liegen könnte, dass ich seine Begeisterung für Schmuck nun mal nicht teile. Außerdem ist der Job stinklangweilig. Ein einziges Mal hat mein Vater mich eine Vernissage organisieren lassen." Sie machte eine wegwerfende Handbewegung. „Ich darf gar nicht daran denken."

„Lassen Sie mich raten. Ihnen ist auf dem Weg dorthin das Benzin ausgegangen?"

Sophie schnaubte. „Danke, dass Sie mich alle paar Minuten daran erinnern!", pfiff sie ihn erneut an. „Nein, ich habe dort großzügig Champagner ausgeschenkt, um dieses reiche Pack bei Laune zu halten. Ich hielt es für einen cleveren Schachzug." Sie zuckte mit den Schultern. „Woher hätte ich auch wissen sollen, dass jede einzelne Flasche um die dreihundert Euro kostete und für ganz spezielle Kunden reserviert war?"

Oliver inspizierte sie interessiert. „Und was hat Sie der Spaß im Endeffekt gekostet?"

„Na ja, ein paar tausend Euro sind schon draufgegangen."

Oliver gluckste amüsiert und fing sich postwendend einen weiteren strafenden Blick ein. Teils wirkte er belustigt, teils hatte sie das Gefühl, er hätte nichts anderes von ihr erwartet. Unbehaglich rutschte sie auf dem sportlichen Ledersitz hin und her.

„Tragen Sie deswegen keinerlei Schmuck am Leib, von Ihrem Fußkettchen einmal abgesehen?", erkundigte er sich unvermittelt. „Weil Sie den Job hassen?"

Überrascht zuckte ihr Kopf in seine Richtung. Ihm war aufgefallen, dass sie ein Fußkettchen trug? Wann hatte er das denn bemerkt? „Woher wollen Sie denn wissen, dass ich keinen weiteren Schmuck an mir habe?“, äußerte sie gedankenlos.

Sein Blick wanderte langsam an ihrem Körper hinab. Verstohlen schnappte sie nach Luft. *Puh!* Hätte sie doch nur den Mund gehalten. Jetzt wurde ihr richtiggehend heiß.

„Ich hielt Sie nicht für eine Frau, die auf Intimpiercings steht. Sollte ich mich derart getäuscht haben?“ Ein provozierendes Lächeln umspielte seine Mundwinkel.

„Ja, nein …“ Sie winkte hastig ab. „Ach, vergessen Sie es! Das geht Sie überhaupt nichts an. Aber Sie haben tatsächlich ins Schwarze getroffen. Mein Vater besteht darauf, dass ich im Laden oder auf Messen die neueste Schmuckkollektion trage. Ständig lebe ich in der Angst, diese sündhaft teuren Teile zu verlieren. Daher kann ich in meiner Freizeit Schmuck nicht ertragen - bis auf das Fußkettchen. Das ist ein Geschenk meiner Schwester. Ich hänge sehr daran.“

Oliver nickte verständnisvoll. „Kann ich verstehen. Aber wir sind vom Thema abgekommen. Was hat Sie gleich noch mal in die Staaten verschlagen?“

„Ach ja, richtig. Vor zwei Tagen hatte ich einen Riesenstreit mit meinem Vater. Unsere Umsätze sind massiv eingebrochen, und er macht mich dafür verantwortlich. Daraufhin habe ich ihm offenbart, dass ich mich beruflich verändern möchte. Er ist völlig ausgetickt und hat mir einmal mehr angedroht, mich zu enterben. Ich habe über Nacht meinen Koffer gepackt und einen Flug gebucht. Ich benötige ein wenig Abstand, um mein zukünftiges Leben zu überdenken.

Auch wenn ich nicht die leiseste Ahnung habe, wie es weitergehen soll."

Sie seufzte theatralisch. „Und nein, ich bin nicht verheiratet und werde auch nicht von einem eifersüchtigen Ehemann verfolgt. Aber bitte lassen Sie uns das Thema wechseln. Ich möchte diese unangenehmen Dinge für die nächsten Tage so gut wie möglich aus meinem Kopf verdrängen, sonst kann ich das hier nämlich nicht genießen." Mit dem Arm beschrieb sie eine ausholende Bewegung in Richtung der Umgebung.

Um schnellstmöglich von sich abzulenken, drehte sie den Spieß um. „Jetzt sind Sie an der Reihe, erzählen Sie mir etwas von sich!"

Oliver zögerte ein paar Sekunden. *Würde sie überhaupt eine Antwort erhalten?*

„Was soll ich sagen", äußerte er schließlich. „Ich bin hier aufgewachsen und liebe diese Gegend. Ich habe in Los Angeles Architektur studiert und ..."

Ihr Kopf schoss herum. „Sie sind Architekt?"

Er nickte. „Nicht schlecht für einen dahergelaufenen Cowboy, oder?"

„Ich habe mich doch bereits bei Ihnen entschuldigt. Wollen Sie mir das jetzt ewig aufs Brot schmieren?"

Er lachte leise. Ein sonores, tiefes Geräusch, das Sophie durch Mark und Bein ging.

„Beruflich bin ich im Hotelgewerbe tätig. Ich erwerbe renovierungsbedürftige Hotels, verwandle sie in profitable Unternehmen und stoße sie wieder ab. Objekte, die mir ans Herz wachsen, bleiben allerdings in meinem Eigentum. Deswegen muss ich auch morgen nach Las Vegas – zur Eröffnung eines neuen Hotels. Der ursprüngliche Bauherr ist während der Wirtschaftskrise pleitegegangen. Ich habe ihm den

Rohbau abgekauft und es fertiggestellt. Es trägt den Namen *Dreams*, und ich hoffe, es wird dem gerecht."

Tausend Fragen schwirrten Sophie durch den Kopf. Er war also Architekt und besaß obendrein ein Hotel oder vielleicht sogar mehrere. Das erklärte so einiges. In dem Moment wurde ihr bewusst, dass er nicht ein einziges Wort über sein Privatleben hatte verlauten lassen. „Leben Sie alleine?", ging sie mutig in die Vollen.

„Wenn man Mike, Juanita und die restlichen Angestellten, die meine Ranch bevölkern, nicht mitrechnet, schon."

Sophie verdrehte die Augen. War dieser Kerl so begriffsstutzig oder mauerte er? „Nein, ich meinte … Haben Sie Familie?"

„Meine Eltern sind vor etwa zwei Jahren kurz hintereinander gestorben. Mein Vater hatte Krebs, meine Mutter folgte ihm nach ein paar Monaten, da sie das Alleinsein nicht ertrug."

„Oh Gott, das tut mir leid." Aber eigentlich brannte ihr etwas ganz anderes unter den Nägeln. „Sie haben keine Frau?"

Aus zusammengekniffenen Augen fixierte er sie. „Nein, und ich habe auch keinerlei Interesse daran. Zumindest nicht an etwas Langfristigem." Provozierend ließ er seine Blicke abermals über ihren Körper gleiten und machte damit unmissverständlich klar, was er mit diesen Worten zum Ausdruck bringen wollte.

Schlagartig wurde ihr Mund staubtrocken. Sie hätte schwören können, dass ihr Blut gerade einen Tick schneller durch ihre Adern floss. Selten war sie einem Mann begegnet, der das Thema Sex mit einer solchen Direktheit anging. An Selbstvertrauen mangelte es ihrem Begleiter jedenfalls nicht. Es war wohl besser, diesen Punkt nicht weiter zu vertiefen. So widmete sie ihre Aufmerksamkeit wieder der Landschaft.

Oliver unterbrach das Schweigen erst, als er den Wagen auf eine schmale steil ansteigende Straße lenkte, auf der reger Verkehr herrschte. „Wir erreichen jetzt den South Rim, das südliche Ende des Grand Canyon. Leider wimmelt es hier nur so von Touristen. Sie sind im Lauf der letzten Jahre eingefallen wie Heuschreckenschwärme.“

Sophie reckte den Hals. Auf der rechten Seite kam allmählich ein Wunder der Natur in Sicht, das mit nichts vergleichbar war. Terrassenartig geformte Felsen schimmerten in Hunderten von Farben in der Sonne. Keins der Bilder, die sie bisher gesehen hatte, wurde der immensen Größe und Tiefe des Grand Canyon gerecht. Sie war wie gefesselt von diesem einzigartigen Anblick.

Nach kurzer Zeit stoppte Oliver das Auto auf einem winzigen Parkplatz. Touristen musste man hier jedoch suchen. Kein Wunder, es gab ja auch nichts zu sehen.

Abwartend blickte Sophie zu ihm hinüber.

Er grinste, vermutlich ob ihres enttäuschten Gesichtsausdrucks. „Kommen Sie, wir klettern ein paar Meter hoch. Von dort aus hat man einen beeindruckenden Ausblick. Und das Beste ist, die wenigsten Leute wissen davon.“

Er band Buddy, der auf dem Fußboden selig schlummerte, mit der Leine am Lenkrad fest, dann stieg er aus und steuerte zielsicher einen felsigen Weg an, der steil nach oben führte.

Sophie hingegen verharrte in der Nähe des Wagens.

„Auf was warten Sie denn noch?“, rief Oliver ihr über die Schulter hinweg zu. „Eine Rolltreppe werden Sie hier kaum finden.“

„Was ist mit den Schlangen?“

„Schlangen?“

„Na, die Klapperschlangen.“

„Ach ja, die! Stampfen Sie beim Laufen einfach fest mit den Füßen auf. Das vertreibt sie im Normalfall.“

Sophie erstarrte. „Wie bitte?“

Er grinste. „Nun kommen Sie schon, ich nehme Sie mit. Bleiben Sie am besten auf dem Fußweg.“

Ohne Umschweife packte er sie an der Hand und zog sie hinter sich her den Pfad hinauf. Dabei realisierte sie, dass die spiegelglatten Sohlen ihrer neuen Schuhe nicht gerade das ideale Fortbewegungsmittel waren. Herrje, wie sollte sie jemals den Abstieg bewältigen?

Glücklicherweise erreichten sie bereits nach kurzer Zeit ein Plateau. Es ragte ein Stück in den Canyon hinein und gab einen unvergleichlichen Blick über die Felsformationen frei.

Allerdings zuckte Sophie bei jedem Rascheln im Gebüsch kräftig zusammen. Sie musste sich eingestehen, dass Oliver mit seinen rüden Worten recht gehabt hatte: Ihre Klamotten waren alles andere als wüstentauglich. Sie verfluchte sich selbst. Aber wie hätte sie auch ahnen sollen, dass ihr Ausflug nach Kalifornien mitten in der Wildnis enden würde?

„Sehen Sie ganz da unten den Colorado River?“ Oliver beugte sich weit nach vorne. „Er hat diese sagenhafte Schlucht über Millionen von Jahren hinweg in die Felsen gegraben und dabei die unterschiedlichsten Gesteinsarten freigelegt, daher dieses Kaleidoskop der Farben.“

„Äh, leider nein. Meine Schuhe sind zu rutschig. Sich vorzulehnen, käme einem Selbstmord gleich."

Oliver zog eine Augenbraue hoch, verzichtete aber auf jeglichen Kommentar. Stattdessen packte er sie am Arm. „Ich halte Sie fest! Nicht, dass wir den langen Weg ganz umsonst gemacht haben."

Ohne auch nur einen Moment auf eine Reaktion ihrerseits zu warten, schob er sie vor sich und schlang ihr alles andere als zaghaft seine Arme um die Taille.

Ob der Intimität erschrak sie. Doch dann begehrte etwas in ihr auf. *Ja, war denn das die Möglichkeit?* Für wen hielt sich dieser Farmer eigentlich? Sie würde ihn jetzt unverzüglich in seine Grenzen verweisen.

Schon wollte sie ihn von sich schieben, in diesem Augenblick jedoch spürte sie seine kräftigen Hände an ihrer Hüfte und seinen gestählten Körper im Rücken. Prompt verlor sie sich in dieser Berührung. Zähneknirschend musste sie sich eingestehen, dass ihr seine Arme ein ungewohntes Gefühl der Sicherheit vermittelten.

„Los, Sophie", raunte er ihr ins Ohr, „keine Angst. Es liegt nicht in meinem Naturell, arglose Touristinnen in den Grand Canyon zu schubsen."

Das Timbre seiner Stimme klang rau, aber vertrauenserweckend und jagte ihr einen wohligen Schauer über den Rücken. In dieser Sekunde ließ sie sich fallen. Eine Intuition verriet ihr, dass Oliver sie auffangen würde. Endlich war da jemand, an den sie sich anlehnen konnte, der ihr das Gefühl gab, nicht völlig allein auf der Welt zu sein. Sie fasste sich ein Herz, legte die Hände auf seine Unterarme und hielt sich an ihm fest. Vertrauensvoll beugte sie sich über den Abgrund.

Das Bild, das sich bot, war unbeschreiblich. Aber

was genoss sie gerade mehr? Den Blick aus schwindelerregender Höhe über den glitzernden Colorado River oder den Cowboy in ihrem Rücken, der ihr Schutz und Geborgenheit bot und andauernd heiße Wogen des Genusses durch ihren Körper schwappen ließ.

„Ist das nicht atemberaubend?“, hauchte Oliver in ihr Haar. „Ich liebe diese Landschaft.“ Ehrfurcht und Verzückung dominierten seine Tonfarbe.

Okay, es existierte also noch etwas außer Autos, das ihn begeisterte: tote Felsen. Die warme, lebendige Frau vor ihm schien er nicht einmal wahrzunehmen.

Sophie ließ sich alle Zeit der Welt, bewunderte das einzigartige Stück Natur, war aber mit den Gedanken ganz woanders. Anstandshalber trat sie nach einigen Minuten den Rückzug an, obwohl sie am liebsten den ganzen Tag in den starken Armen des Mannes verbracht hätte, der ihr so fremd und unheimlich war wie ein mongolischer Widerstandskämpfer.

„Danke, das war überwältigend.“

Widerwillig ließ Oliver sie los. Ihre Nähe hatte ihn in ein unerwartetes Hochgefühl versetzt. Ihm einen Kick verliehen, den er schon seit geraumer Zeit nicht mehr verspürt hatte. Sie roch frisch wie der Frühling nach einem langen, harten Winter. Der Wind hatte ihm ihre Haare ins Gesicht geweht, die sich auf seiner Haut wie reine Seide angefühlt hatten.

Er zehrte nach wie vor von ihrem Duft, als sie verlegen murmelte: „Äh, Oliver, ich glaube, Sie müssen mir ein wenig beim Abstieg unter die Arme greifen. Sie wissen … die glatten Sohlen.“

Schnell fand er in die Realität zurück. Mit so etwas hätte er ja eigentlich rechnen müssen. Er räusperte sich und griff wieder nach ihrer Hand. „Kein Problem, ich gehe voran. Falls Sie rutschen, halten Sie sich einfach an mir fest."

„Oliver", kreischte Sophie keine Minute später. „Was war das?"

Er hielt in der Bewegung inne und blickte suchend um sich. „Von was genau sprechen Sie?"

Sie ging hinter seinem breiten Kreuz in Deckung, wobei sie seine Hand dermaßen fest umklammerte, dass er befürchtete, sie würde ihm die Finger brechen. Mit dem anderen Arm wedelte sie in Richtung des Gebüschs. „Da, in der Hecke! Sehen Sie doch, sie bewegt sich. Bitte sagen Sie mir, dass Sie eine Waffe bei sich tragen!"

Oliver beäugte verdattert die Wacholdersträucher, unter denen jetzt eine spitz zulaufende fellige Schnauze mit einer schwarzen Nase zum Vorschein kam. Die Barthaare des Waschbären vibrierten leicht, als sein kompletter Kopf mit der schwarzen Banditenmaske sichtbar wurde.

Oliver unterdrückte den Drang, in schallendes Gelächter auszubrechen. Mit aufgesetzter Empörung wandte er sich Sophie zu. „Im Ernst? Zugegeben, die kleinen Biester sind schon ein wenig nervig. Aber soll ich ihn deswegen wirklich abknallen?"

Sophie starrte das pelzige Wesen ungläubig an. „Ach du meine Güte", flüsterte sie, während schlagartig alle Anspannung aus ihrem Körper wich. „Ich hielt ihn für eine Schlange." Die Erleichterung in ihrem Gesicht machte allerdings rasch unbändiger Wut Platz. „Das ist allein Ihre Schuld!", fauchte sie Oliver an. „Sie machen mich noch ganz paranoid." Sie entledigte sich seiner Hand und stolzierte mit großen Schritten davon.

Grinsend beobachtete Oliver den kleinen Waschbären, der sich prompt an Sophies Fersen heftete. Da sie ihn jedoch ignorierte, stellte dieser die Verfolgung nach kurzer Zeit ein und tapste beleidigt ins Gebüsch zurück.

Oliver setzte sich ebenfalls in Bewegung, den Blick auf Sophies süßen Knackarsch in dem kurzen Rock gerichtet. Das Thema mit den rutschigen Schuhen schien in Vergessenheit geraten zu sein.

Vor einem Felsen, der etwa einen Meter steil abfiel, bremste sie jedoch ruckartig ab. „Da komme ich nie im Leben unversehrt hinunter."

Oliver musterte sie irritiert. „Aber das ist doch bloß ein winziger Stein", unternahm er den Versuch, ihren Widerstand zu brechen.

Störrisch wie ein Esel schüttelte sie den Kopf. „Ganz sicher nicht! Ich werde mir nicht gleich am ersten Tag meines Urlaubs alle Gräten brechen. Gibt es keinen anderen Weg?"

Das hatte er nun davon! Was hatte er sich nur dabei gedacht, dieses Großstadtpflänzchen hierher zu bringen? Langsam nahm ein Plan in seinem Kopf Gestalt an. „Okay. Ich steige hinab und hebe Sie herunter. Nicht, dass wir hier noch Wurzeln schlagen."

Sie schien mitnichten von seinem glorreichen Vorhaben überzeugt zu sein, denn sie rümpfte die Nase. Problemlos meisterte er den Abstieg und platzierte sich unter ihr. „Stützen Sie sich einfach auf meinen Schultern ab, sodass ich Sie packen kann. Na los! Ich lasse Sie schon nicht fallen." Doch sie rührte sich nicht vom Fleck, so streckte er ihr seine Arme entgegen. „Wenn Sie nicht auf der Stelle da runterkommen, fahre ich ohne Sie zurück."

Sie riss kurz die schönen Augen auf, was ihm beinahe ein Schmunzeln entlockt hätte. Endlich nahm sie all ihren Mut zusammen, beugte sich zu ihm herab und legte ihre Hände auf seine Schultern.

Sogleich packte er sie an der Taille, wirbelte sie durch die Luft und stellte sie sicher neben sich ab. Sie hatte schon längst wieder festen Boden unter den Füßen, als ihre Finger noch immer auf seinen Schultern ruhten. Im Gegenzug hatte er nicht das geringste Interesse daran, die Hände von ihrer Hüfte zu nehmen.

Gemächlich hob Sophie den Kopf.

Oliver fühlte sich sekundenlang wie hypnotisiert, als er in ihren großen braunen Augen versank, Augen mit einer faszinierenden, bodenlosen Tiefe. Zu seiner Überraschung wandte sie den Blick nicht ab. Ihre Lider flatterten kurz, bevor ein Anflug von Verwunderung in ihren dunklen Pupillen aufflammte. Dann war da nur noch loderndes Feuer.

Ihm stockte der Atem. So blickte nur eine Frau drein, die geküsst werden wollte. Dessen war er sich sicher, denn er hatte in seinem Leben einige Frauen geküsst.

Einverstanden, wenn sie es darauf anlegte, konnte er ihr diesen Wunsch gerne erfüllen. Sie waren beide volljährig und ungebunden. Zumindest, wenn er Sophies Worten Glauben schenken durfte. Er atmete tief durch, während sein Verstand heftig den Kopf schüttelte und ihm davon abriet, einen schwerwiegenden Fehler zu begehen.

Doch Sophies volle rote Lippen waren einfach zu verführerisch. Langsam senkte er den Kopf zu ihr hinab, wobei er die Frau in seinen Armen automatisch näher an sich heranzog.

Bereitwillig ließ sie es geschehen.

Seine Blicke wanderten zwischen ihren großen dunklen Augen und den feucht schimmernden Lippen hin und her. Unbändiges Verlangen lag in ihren Pupillen, aber er erkannte auch ein Fünkchen Furcht, und das brachte ihn erneut ins Schleudern. Das Mädchen war so anders, als die Frauen, mit denen er sich normalerweise umgab. Sie war eine einzige Versuchung.

Ein wohliges Seufzen entfloh ihrer Kehle, als ihr Becken mit seinem in Kontakt kam.

„Sophie, sicher, dass du das willst?“, flüsterte er gegen ihren Mund.

Sie seufzte abermals, wobei ihr heißer Atem über sein Gesicht hinwegstreichelte und seine Haut prickeln ließ. „Keineswegs“, wisperte sie, „aber küss mich trotzdem. Ich muss wissen, wie es sich anfühlt.“

Doch er zögerte weiterhin.

„Bitte, Oliver“, forderte sie ihn leise auf.

Dieser gehauchte Wunsch gab ihm den Rest, wischte alle Bedenken davon wie ein warmer Sommerregen. Sanft senkte er seine Lippen auf ihre herab. Die Berührung war elektrisierend und verschlug ihm kurzzeitig den Atem.

Sophie zuckte im ersten Moment leicht zurück. Doch dann bot sie ihm willig ihren Mund an und sank gänzlich in seine Arme. Ihre Körperwärme vermittelte ihm ein behagliches Gefühl. Zärtlich ließ er seine Zunge über ihre Lippen gleiten, bis sie sie öffnete. Sie stöhnte verhalten, als er vorsichtig eindrang.

Ihr köstlicher Geschmack breitete sich in seinem Mund aus und vernebelte ihm das Gehirn. Genüsslich schmiegte Sophie sich enger an ihn und bescherte ihm prompt eine heftige Erektion, was jetzt auch ihm ein unterdrücktes Stöhnen entlockte.

Teufel noch mal! Wenn das so weiterging, käme

er nicht umhin, das nächste Motel anzusteuern. Sein Kuss wurde gierig, fordernd und wild. Sophie keuchte, während sich ihre Finger in seinem Haar vergruben und sie zu Wachs in seinen Händen wurde.

Schwer atmend löste er sich letztendlich von ihr. „Sophie, wir müssen auf der Stelle damit aufhören." Er musste dringend die Bremse treten, ansonsten würde er den langen Rückweg nicht überstehen, ohne über Sophie herzufallen.

„Nein, bitte, küss mich noch einmal", murmelte sie gegen seine Lippen. „Das tut so gut."

Er zog scharf die Luft ein. Gott, er war schließlich auch bloß ein Mann, und die Kleine rüttelte gerade mächtig an seiner Selbstbeherrschung. Denn im Grunde genommen stand ihm der Sinn schon danach, sie zu küssen, bis sie Sternchen sah. „Okay, auf deine Verantwortung", raunte er. Seine Hände legten sich um ihren Hintern und pressten ihr Becken gegen seinen pulsierenden Schwanz, was ihn noch härter werden ließ. Hemmungslos nahm er erneut mit seinen Lippen ihren Mund in Besitz.

Sie stöhnte auf, und dann war da nur noch ungezügeltes, sexuelles Verlangen, während die Welt um sie herum sich in Schemen verwandelte.

„Schau mal, Mami, eine Dodge Viper!", erklang plötzlich der Ausruf eines Kindes.

Oliver zuckte ertappt zurück und erblickte eine Familie mit zwei Kindern, die sich auf ihn und Sophie zubewegten. Da erst wurde ihm bewusst, was er hier gerade veranstaltete. Unter den neugierigen Blicken eines kleinen Mädchens ließ er seine Hände von Sophies Po rutschen.

Endlich riss auch diese die Augen auf und starrte ihn entgeistert an. Sie strauchelte leicht. Anscheinend hatte der Kuss nicht allein ihm weiche Knie beschert.

Hastig trat er einen Schritt zurück und brachte Abstand zwischen sich und Sophie. *Verflixt und zugenäht!* Ging es noch primitiver? Wie hatte die Situation dermaßen außer Kontrolle geraten können? Es hatte nicht viel gefehlt, und er hätte Sophie auf die Motorhaube der Viper geworfen und genommen. „Komm, wir müssen weiter! Es gibt noch mehr zu sehen."

Er wirbelte herum und hetzte auf den Wagen zu, der von einem kleinen Jungen aus großen Augen begutachtet wurde. Ein tapsendes Geräusch signalisierte ihm, dass Sophie ihm folgte. Fassungslos rutschte er in den Dodge, in dem Buddy vor sich hinschnarchte und gar nicht bemerkt hatte, dass er eine Zeit lang auf sich allein gestellt gewesen war.

Bis sie wieder in der Ebene angekommen waren, brachte Sophie nicht ein Wort über die Lippen. Der emotionale Aufruhr in ihrem Inneren fiel ständig wie ein Schwarm hungriger Barrakudas über sie her und ließ sie völlig verwirrt zurück.

Was war eigentlich in sie gefahren? Hatte sie sich in der Tat von einem wildfremden Mann küssen lassen?

Nein! Falsch!

Als Küssen konnte man das beim besten Willen nicht mehr bezeichnen. Er hatte sie erobert, sie mit Haut und Haaren in Besitz genommen. Ein Typ, dem sie aufgrund seiner herrischen und cholerischen Art schon mehrfach am liebsten den Hals umgedreht hätte.

Doch aller Vernunft zum Trotz hatte sie diesen heißen Kuss genauso sehr genossen wie Olivers kräftige Hände auf ihrem Po. Allein sein verschleierter Blick hatte Stromstöße durch ihren Körper gejagt.

Und die Erektion, die sie an ihrer Hüfte nur allzu deutlich gespürt hatte, war auch nicht von schlechten Eltern gewesen. Nicht im Traum hätte sie vermutet, dass dieser verbitterte Kerl überhaupt auf sie reagieren würde.

Ein Glück, dass diese nervige Familie gerade noch rechtzeitig aufgetaucht war. Sie war nun wirklich nicht um die halbe Welt gereist, um sich in weitere Komplikationen zu verstricken. Sie wollte lediglich herausfinden, ob sie endlich den Schritt wagen sollte, die Firma ihres Vaters zu verlassen. Obendrein musste sie entscheiden, ob eine Hochzeit mit Bruno zur Diskussion stand. Und ein weiterer Mann war bei diesen vielen Unbekannten so hilfreich wie ein Schnupfen. Ab sofort würde sie sich von Oliver fernhalten. Sobald er sie am morgigen Tag in Las Vegas abgeliefert hatte, würden sich ihre Wege ohnehin niemals wieder kreuzen.

Gedankenverloren starrte Sophie auf die vorbeifliegende Landschaft. Sie wartete darauf, dass ihr Begleiter erneut den Tourguide heraushängen ließ. Bisher hatte er jede Situation souverän gemeistert. Doch der erwartete Small Talk blieb aus. Allmählich nahm die Stille etwas Bedrückendes an, lastete wie ein bleischweres Gewicht auf ihren Schultern.

Verdammt, warum hatte sie ihren iPod nicht eingesteckt? Musik brachte sie grundsätzlich zur Ruhe, ließ die nervigen Stimmen in ihrem Kopf eine Zeit lang schweigen. Couragiert beugte sie sich nach vorne und schaltete das Autoradio ein. Countrymusik flutete augenblicklich den Wagen. Nicht gerade ein Highlight, aber immer noch besser als diese unerträgliche Ruhe. Glücklicherweise intervenierte Oliver nicht. So lehnte sie sich schon ein wenig entspannter zurück und ließ die Gitarrenklänge auf sich wirken.

Ihr fiel ein Stein vom Herzen, als Oliver das Fahrzeug letztendlich anhielt. Sein Blick war in die Ferne gerichtet. „Da hinten siehst du das Wupatki National Monument. Es handelt sich dabei um Relikte früherer Indianersiedlungen. Wir kommen leider mit dem Auto nicht näher dran, und hier besteht durchaus die Gefahr, dass die eine oder andere Schlange darauf wartet, sich in deinen süßen Waden festzubeißen." Er hatte wieder das zynische Grinsen aufgesetzt, das sie so verabscheute.

Sie reckte sich, um die Ruinen, die in einem faszinierenden Rot erstrahlten, besser ins Visier nehmen zu können. Normalerweise hätte sie dieser Anblick fasziniert, aber irgendwie gingen ihr die zerfallenen Bauwerke gerade am Arsch vorbei.

Wenige Minuten später bremste Oliver erneut. „Und das ist der Sunset Crater Vulcano."

In einiger Entfernung bemerkte sie einen imposanten Vulkankegel, dessen oberer Rand rot in der Sonne leuchtete.

„Leider sind wir noch ein paar Stunden zu früh dran", plauderte Oliver schon weiter, „bei Sonnenuntergang verstärkt sich die rote Farbe, und es wirkt, als hätte die Spitze Feuer gefangen. Daher der Name."

Sophie heuchelte Begeisterung, aber da ihr die Lust auf Sightseeing für heute vergangen war, kam ihr Olivers nächste Frage entgegen: „Bist du eigentlich hungrig? Hier in der Nähe gibt es einen hervorragenden Mexikaner."

Obwohl sie sich nicht darüber im Klaren war, ob sie in seiner Gegenwart auch bloß einen einzigen Bissen hinunter bekäme, stimmte sie zu. Alles war besser als die beengte Atmosphäre in dem Wagen.

Die idyllische Hazienda lag in einer Senke, umgeben

von gigantischen Kakteen, die wie Soldaten über sie zu wachen schienen.

Sogleich war Sophie Feuer und Flamme. Der kleine Zwischenfall war vergessen. „Wow, man hat tatsächlich das Gefühl, sich in Mexiko zu befinden. Das ist ja der Wahnsinn! Ich habe noch nie so riesige Kakteen gesehen“, rief sie voller Euphorie.

Oliver parkte den Wagen auf einem Sandstück neben dem Restaurant. „In manchen Gegenden werden diese stacheligen Gesellen bis zu fünfzehn Meter hoch, aber das ist weiter im Süden, an der mexikanischen Grenze. Sie heißen übrigens Saguaros und werden steinalt … Aber lass uns hineingehen, ich habe einen Bärenhunger. Im Gegensatz zu dir habe ich nämlich sehr zeitig gefrühstückt.“

Sophie ignorierte die unterschwellige Anschuldigung. *Na herrlich!* Er war wieder ganz der Alte. Offenbar hatte sie den emotionalen Moment am Grand Canyon überbewertet.

Sanft weckte sie den kleinen Hund, der neugierig das Köpfchen reckte. Während er noch herzhaft gähnte, packte sie ihn, stieg aus und setzte ihn auf dem Boden ab.

Schlagartig war er wach, schüttelte sich und nahm die Umgebung in Angriff. Sofort sauste er in die entgegengesetzte Richtung des Restaurants los, kam jedoch schlitternd zum Stillstand, als die Leine in Sophies Hand ihm Einhalt gebot. Er wirbelte herum und flitzte zurück, wobei sich die Kordel um Sophies Füße schlang.

Hektisch versuchte sie, dieser Falle zu entgehen. Doch für ihre glatten Sohlen war dieses Gezappel zu viel. Bei Buddys nächstem Wendemanöver rutschte ihr Fuß auf dem Sand weg. Sie kippte wie in Zeitlupe mit einem unterdrückten Aufschrei nach hinten um.

Von ihrem Jammerlaut erschreckt, hielten Oliver und das Hündchen abrupt in der Bewegung inne. Buddy mutmaßte wohl, sie wolle mit ihm spielen und hüpfte auf sie zu, um ihr das Gesicht abzulecken.

Oliver wollte schon zur Hilfe eilen, doch als er zur Kenntnis nahm, dass sie in einem weichen Sandhügel gelandet war, wandelte sich seine Sorge in Schadenfreude. Er hatte ihr doch gleich gesagt, dass sie vernünftiges Schuhwerk benötigte.

So verharrte er bewegungslos und ließ sich den köstlichen Anblick auf der Zunge zergehen. Die Leine war mehrmals um Sophies lange Beine gewickelt. Ihr kurzer Rock war nach oben gerutscht und brachte ein winziges weißes Höschen zum Vorschein. Auch das T-Shirt hatte sich hochgeschoben und bot freien Ausblick auf ihren Bauch. Da sie vollauf damit beschäftigt war, Buddy einzufangen, bevor er sie von oben bis unten vollsabberte, war sie nicht imstande, ihre Kleider zurechtzurücken.

Vor allem das weiße Spitzenhöschen hatte es Oliver angetan. In seinem Kopf formierten sich im Bruchteil einer Sekunde nicht jugendfreie Bilder, ließen ihn tatsächlich darüber nachdenken, Sophie hier auf dem warmen Wüstenboden zu nehmen. Die Vorstellung ihrer langen Beine, fest um seine Hüfte geschlungen, raubte ihm den Verstand.

Herrgott noch mal, er konnte es nicht länger leugnen! Er wollte die Kleine in seinem Bett.

War er denn von allen guten Geistern verlassen? Er verabscheute unselbstständige, verwöhnte Frauen wie die Pest. Was er bevorzugte, waren Frauen, die mit beiden Füßen im Leben standen und knallharten, unverbindlichen Sex mochten.

Nichtsdestotrotz war ihm die Hose gerade mächtig zu eng. Unerbittlich drückte seine Erektion gegen den harten Stoff der Jeans und bereitete ihm Unbehagen. So riss er sich letztendlich zusammen, zwang sich den Blick von Sophies Höschen zu nehmen und schlenderte gemächlich auf sie zu.

Er fing den aufgedrehten Hund ein, löste ihn von der Leine und nahm ihn auf den Arm. Gerne hätte er Sophie Hilfe angeboten, doch er befürchtete, dass sie dabei die verräterische Beule in seinem Schritt entdecken könnte. Also machte er seinem Ruf als unkultivierter Farmer einmal mehr alle Ehre.

Als Sophie sich letzten Endes hochrappelte, stellte sie mit Entsetzen fest, dass ihre Klamotten ein Eigenleben entwickelt hatten. Schnell zerrte sie Rock und T-Shirt nach unten. Verstohlen schielte sie in Olivers Richtung.

Er tat unbeeindruckt, war aber nicht wirklich imstande, ein Grinsen zu unterdrücken. „Du hättest mir sagen müssen, dass du lieber mit Buddy im Sand spielen möchtest, anstatt etwas zu essen."

Mit knallrotem Kopf sprang sie auf. „Phhh!", zischte sie, während sie sich den Dreck aus den Haaren und der Kleidung klopfte. Wütend stolperte sie hinter ihm her auf das Restaurant zu. „Du bist und bleibst ein wahrer Gentleman. Weder hast du mir hochgeholfen noch interessiert es dich, ob ich mich verletzt habe."

Oliver lachte schallend auf. „Und hast du?"

„Nein!"

„Na, siehst du."

Kaum hatten sie Platz genommen, schlurfte eine füllige Mexikanerin auf sie zu und ließ die Speisekarten, oder besser gesagt, das, was nach Jahrzehnten davon übrig war, auf den Tisch fallen.

Oliver wechselte ein paar spanische Worte mit der Frau.

„Soll ich dir mit der Karte helfen?“, wandte er sich Sophie zu. „Es ist alles auf Spanisch.“

„Nicht nötig. Ich komme zurecht.“

Als die Bedienung zurückkehrte, orderte Sophie in fließendem Spanisch Nachos und ein Mineralwasser. Anschließend tauschte sie noch ein paar Floskeln mit der Mexikanerin aus.

Oliver nahm sie mit ungläubigem Staunen ins Visier. Schließlich schmunzelte er. „Was soll ich bloß mit dir machen? Du bist wohl immer für eine Überraschung gut. Wie viele Sprachen sprichst du?“

„Hmm, lass mal überlegen: Deutsch, Englisch, Spanisch. Ich war lange in einem Internat in der Schweiz, in Gstaad. Dort habe ich Französisch und Italienisch gelernt. Ach ja, und ein paar Worte Russisch und Portugiesisch. Vater versucht mich obendrein, zu Mandarin und Arabisch zu überreden, da wir in geschäftlichem Kontakt mit diesen Ländern stehen, aber bisher konnte ich mich nicht dazu durchringen.“

Oliver hatte es die Sprache verschlagen. Es gab wenige Menschen, die ihn noch in Erstaunen versetzen konnten. Sophie was das gerade gelungen.

Auf dem Heimweg passierten sie die belebte Innenstadt von Flagstaff.

Neugierig schaute Sophie um sich. „Können wir hier noch ein bisschen durch die Läden bummeln?“

„Nein, tut mir leid, ich habe eine Verabredung zum Abendessen.“ Oliver verstummte einen Moment und schien sich etwas durch den Kopf gehen zu lassen. „Hättest du Lust, mich zu begleiten? Ich treffe mich mit zwei befreundeten Paaren in einem der besten Steakhäuser der Gegend. So käme ich mir nicht wieder wie das fünfte Rad am Wagen vor.“

Prompt stimmte Sophie zu. „Warum nicht? Ich hatte eh nichts anderes vor."

Die angespannte Atmosphäre zwischen ihnen hatte sich verflüchtigt. Genau wie Sophies gute Vorsätze, sich von Oliver fernzuhalten. So lehnte sie sich entspannt zurück und genoss die Rückfahrt, bis sie letztendlich die Ranch erreichten.

„Du kannst dich gerne noch frisch machen", bot er ihr an. „Können wir so um halb sieben fahren?"

„Geht klar."

„Ach, eins noch. Ich bin mir nicht sicher, ob es dir bereits aufgefallen ist, aber wir befinden uns hier im Wilden Westen. Könntest du den Versuch unternehmen, dich ein wenig dezenter zu kleiden." Er grinste anzüglich. „Es ist ja nicht so, als ob mir deine kurzen Röcke unangenehm wären, aber wenn den Männern hier eine Frau in deiner Aufmachung begegnet, vergessen sie ganz schnell ihre guten Manieren und mutieren zu Höhlenmenschen."

Sie warf ihm einen strafenden Blick zu. „Wer hätte das gedacht", brummte sie. Rasch sprang sie aus dem Wagen und marschierte in Richtung des Hauses, sich Olivers spöttischer Blicke in ihrem Rücken sehr wohl bewusst.

Kapitel 5

Voller Überraschung starrte Sophie am Abend auf ein Auto, das eine Mischung zwischen Militär- und Mondfahrzeug zu sein schien. Ein Glück, dass sie sich Olivers Rat zu Herzen genommen und Jeans gewählt hatte. In einem ihrer engen Röcke hätte der Einstieg problematisch werden können, denn sie war gezwungen, ein gutes Stück nach oben zu klettern.

Interessiert ließ sie ihre Blicke durch den Wagen schweifen. „Was ist das jetzt schon wieder für ein Fahrzeug? Hast du irgendwo auf deinem Grundstück einen Autosalon versteckt?“

Oliver grinste. „Ein Hummer. Sagt dir das etwas?“

„Ich habe zwar schon davon gehört, aber noch nie einen in natura gesehen. Der ist ja so breit wie ein Bus.“

„Der Wagen eignet sich nicht nur hervorragend für die Highways und die Wüste, sondern ist darüber hinaus unglaublich bequem“, belehrte er sie.

Was mitnichten übertrieben war. Auch wenn der riesige Ledersitz sie mit Haut und Haaren zu verschlingen schien, fühlte sie sich darin richtiggehend wohl. „Erzähl mir von deinen Freunden, die wir treffen werden“, forderte sie Oliver auf.

Er machte eine wegwerfende Handbewegung. „Da gibt es nicht viel zu berichten. Ich kenne die vier seit einer Ewigkeit. Mit den beiden Jungs, Robin und Jack, bin ich aufgewachsen. Ihre Frauen, Dana und Mary, stammen auch aus der Nähe. Sie sind die besten Kumpels, die sich ein Mann wünschen kann … Ach ja, und ignoriere es einfach, falls sie den Versuch unternehmen sollten, uns zu verkuppeln. Das probieren sie seit Jahren vergeblich.“

„Was genau hast du eigentlich gegen Frauen?“

Oliver blickte einen Moment lang verblüfft drein, danach schüttelte er verärgert den Kopf. „Wie oft soll ich dir denn noch erklären, dass ich an einer Beziehung nicht interessiert bin?“ Prompt hatte sich sein lockerer Tonfall in Luft aufgelöst.

Schon gut, sie hatte verstanden! Keine weiteren Fragen in dieser Hinsicht.

Den Rest der Fahrt hüllte ihr Fahrer sich in gepflegtes Schweigen. Glücklicherweise kam schon nach wenigen Minuten ein hell erleuchtetes Gebäude mit einer protzigen Leuchtreklame in Sicht, die den Nachthimmel in ein rötliches Licht tauchte.

Als Oliver abbremste, hechtete Sophie unverzüglich aus dem hohen Wagen und schaute sich neugierig um. Das Restaurant war die gigantischste Blockhütte, die ihr je vor Augen gekommen war. Im Freien standen jede Menge Tische und Stühle. Tagsüber in der Sonne musste die Atmosphäre herrlich sein. Es war einladend, wenn auch kitschig aufgemacht und trug den Namen *Mandys Steakhouse.*

In diesem Moment ließ sie ein Rascheln am Boden zusammenzucken. Entgeistert beäugte sie den flauschigen Waschbären, der gerade Anstalten machte, sich an ihre Beine zu schmiegen.

„Oliver, gibt es die hier eigentlich überall?“

Er folgte ihrem Blick. Verwundert zog er eine Augenbraue hoch. „Das glaube ich jetzt nicht“, staunte er. „Normalerweise sind Waschbären menschenscheu. Aber du scheinst eine spezielle Anziehungskraft auf sie auszuüben. Interessant.“ Er wandte sich ab und wanderte auf die Eingangstür zu.

Sophie zögerte noch einen Augenblick, dann ließ sie das süße Tierchen gezwungenermaßen links liegen und folgte Oliver.

Rauchgeschwängerte Luft in Verbindung mit einer unangenehmen Lautstärke schwappte ihnen beim Eintreten entgegen.

„Keine Angst, es ist bloß hier vorne an der Bar so laut, hinten ist es gemütlicher“, raunte Oliver ihr zu.

Da erschien wie aus dem Nichts eine übermäßig stark geschminkte Blondine, die die Fünfzig bestimmt seit geraumer Zeit überschritten hatte. Ihre üppigen Brüste wippten unter der viel zu engen Bluse. Sie rauschte auf Oliver zu und warf sich in seine Arme, bevor sie ihn herzhaft auf den Mund küsste. „Schätzchen, wie schön, dass du mich mal wieder mit deiner Anwesenheit beehrst“, röchelte sie mit kehliger Stimme.

Mit der Blondine im Arm stolperte er einen Schritt zurück. „Ja, Mandy, ich habe dich auch vermisst, aber in letzter Zeit war ich ständig unterwegs.“

Im ersten Moment war Sophie schockiert ob dieser Intimität. Doch schnell wurde ihr bewusst, dass Oliver vehement versuchte, sich aus der innigen Umarmung zu lösen. Amüsiert beäugte sie seine fruchtlosen Bemühungen. Blondie musste in ihrem früheren Leben ein Krake gewesen sein.

Oliver lehnte sich derweil krampfhaft zurück, um nicht weitere knallrote Lippenstiftspuren verpasst zu bekommen. „Übrigens, ich habe jemanden mitgebracht. Das ist Sophie, eine Bekannte aus Europa“, startete er ein verzweifeltes Ablenkungsmanöver und deutete in ihre Richtung.

Und tatsächlich, die Taktik funktionierte. Sofort ließ die Blondine von ihm ab und begutachtete Sophie von Kopf bis Fuß.

„Das hättest du nicht erwähnen müssen, dass die Kleine nicht von hier ist“, keifte sie freundlich wie eine Klapperschlange los. „Kann sie uns überhaupt verstehen?“

Oliver zuckte mit den Schultern. „Keine Ahnung, sie hat es nicht so mit Sprachen.“

„Deine Freunde sind übrigens schon da“, wechselte Mandy urplötzlich das Thema. „Am üblichen Tisch.“ Sie drehte sich um, warf Oliver ein letztes verheißungsvolles Lächeln zu, vermied es aber, Sophie eines weiteren Blickes zu würdigen. Dann rauschte sie davon.

„Mannomann, im ersten Moment dachte ich echt, da läuft was zwischen euch“, platzte es aus Sophie heraus.

Er hob abwehrend beide Hände in die Luft. „Gott bewahre! Du hast mich heute Abend sicherlich vor weiteren Charmeoffensiven ihrerseits gerettet.“

„Dabei wärt ihr ein so schönes Paar“, spottete Sophie, während sie ein Taschentuch aus ihrer Handtasche zerrte. „Lass mich mal, du bist über und über mit Lippenstift beschmiert.“ Vorsichtig rubbelte sie ihm die rote Farbe vom Gesicht, erstaunt darüber, wie weich sich diese sonnengebräunte männliche Haut anfühlte.

Als sie nach ein paar Sekunden immer noch zugange war, schien Oliver sich allmählich blöde vorzukommen. „Los jetzt! Lass uns nach hinten gehen, bevor es auch noch der letzte Gast mitkriegt.“ Kurzerhand packte er Sophie am Arm und zog sie quer durch das Restaurant hinter sich her.

Cowboys in Flanellhemden und Jeans bevölkerten den Raum. Die Frauen waren teils überhaupt nicht geschminkt, teils leuchteten sie wie Weihnachtsbäume. Die meisten trugen knielange Röcke und plumpe Stiefel. Sophie war zutiefst beeindruckt von den riesigen Gürtelschnallen. Hätte sie nicht irgendwann einmal die alten John-Travolta-Filme gesehen, hätte sie diese Teile glatt für Mordwerkzeuge gehalten. Der Geruch von Bier, Spareribs und Steaks hing schwer in der Luft.

Üblicherweise war in den Staaten das Rauchen in Lokalen verboten, hier jedoch schien keiner daran Anstoß zu nehmen. Selbst der Sheriff, der locker an die Wand gelehnt, das Geschehen verfolgte, hielt eine Zigarre in der einen und ein Bier in der anderen Hand. Die gesamte Gesellschaft vermittelte einen rauen, aber herzlichen Eindruck.

Trotzdem – oder gerade vielleicht deswegen - kam Sophie sich wie ein Alien vor, und so wurde sie auch von den meisten Gästen gemustert. Vor allem von den weiblichen, denen Olivers Ankunft so lange ein Lächeln entlockte, bis sie bemerkten, dass er in Begleitung erschienen war. In dem Moment fiel ihnen die gute Laune schlagartig aus dem Gesicht und schien auf dem Boden zu zerbersten.

Letztendlich gelangten sie vor einem Tisch zum Stillstand, an dem zwei Paare lautstark debattierten.

Eine der Frauen blickte auf und stieß einen spitzen Schrei aus. „Olli, na endlich!“ Sie schoss hoch und fiel Oliver um den Hals, woraufhin auch die zweite Frau aufsprang und ihre Arme um ihn schlang. Nachdem die beiden zur Ruhe gekommen waren und Oliver die Männer mit Handschlag begrüßt hatte, richteten sich vier fragende Augenpaare auf Sophie.

Mit sanfter Gewalt schob Oliver sie nach vorne. „Das ist Sophie, eine Bekannte aus Deutschland. Ich hoffe, es geht in Ordnung, dass ich sie mitgebracht habe.“

Die Frau, die zuvor den Schrei von sich gegeben hatte, stapfte schnurstracks auf Sophie zu und riss sie ebenso herzlich in die Arme. „Hi, ich bin Dana“, quietschte die Unbekannte los. „Schön, dich kennenzulernen, Sophie!“ Anschließend wandte sie sich Oliver zu. „Als ob wir etwas dagegen hätten, wenn du mit einer netten Frau an deiner Seite auftauchst.“

Als endlich alle ihre Plätze eingenommen hatten, beäugte Sophie ihre Tischnachbarn unauffällig. Dana und Mary hätten Schwestern sein können. Beide zeichneten sich durch stark blondiertes Haar aus, waren braun gebrannt und schlecht geschminkt. Ihre Kleidung bestand, wie die der meisten anderen weiblichen Gäste, aus hochgeschlossenen Blusen und langen Röcken. Die Männer hingegen hätten unterschiedlicher nicht sein können. Robin wirkte auf Sophie wie einer der hiesigen Farmer, wohingegen Jack einen weltmännischeren Eindruck vermittelte.

Nachdem sie sich eine Zeit lang ausgiebig über den neuesten Klatsch und Tratsch aus der Umgebung ausgetauscht hatten, galt alle Aufmerksamkeit plötzlich ihr. Sie musste eine Menge Fragen über sich ergehen lassen. Über Europa. Warum sie ganz alleine reiste? Wo sie denn diese bezaubernden Klamotten und die glänzenden Haare herhatte? Und viele Tausend Sachen mehr.

Aber im Großen und Ganzen war es eine nette und unkomplizierte Unterhaltung. Wenn auch manchmal ein wenig peinlich, denn Dana war Meisterin darin, jedes verwertbare Fettnäpfchen zu treffen. „Sag mal, Sophie, ich habe schon die ganze Zeit über das Gefühl, dass du irgendjemandem ähnelst. Nur wem?“ Nachdenklich legte sie die Stirn in Falten.

Oh, nein, nicht schon wieder die Audrey Hepburn-Nummer!, schoss es Sophie durch den Kopf. Doch zu spät.

„Audrey Hepburn!“, riefen die drei Männer wie aus einem Munde.

Sofort färbten sich Sophies Wangen puterrot.

Himmel, sie konnte schließlich am allerwenigsten etwas dafür, dass sie dieser begnadeten Schauspielerin ähnelte.

„Ach, richtig!", ließ Dana nicht locker, „das ist doch die Sängerin, die mit diesem Fußballspieler verheiratet ist, nicht wahr?"

„Nein, Liebes", verbesserte Robin sie, „du meinst Victoria Beckham. Audrey Hepburn war eine geniale Schauspielerin. Leider ist sie schon lange tot."

„Oh, schade", flötete Dana, kein bisschen befangen. „Aber ich wusste doch, dass Sophie mich an jemanden erinnert."

Gott sei Dank wurden in diesem Augenblick die Getränke serviert, sodass das lästige Thema zum Ende kam. Als kurz darauf das Essen anrollte, verschlug es Sophie die Sprache. Das Steak war so groß wie der Bodensee und ragte links und rechts über den Tellerrand hinaus. Aufgrund Platzmangels musste die Beilage auf einem Extrateller gereicht werden. Nichtsdestotrotz schmeckte es ausgezeichnet; mit Ausnahme von Sophie schienen auch alle an solche Portionen gewöhnt zu sein, denn die Teller ihrer Tischnachbarn leerten sich ruckzuck, wohingegen ihrer am Ende immer noch den Eindruck vermittelte, sie hätte ihn nicht einmal angerührt.

Nach ein paar weiteren Runden Bier konnte sich Dana schließlich nicht mehr zurückhalten. „Oliver, jetzt verrat uns endlich, wo du dieses hinreißende Geschöpf aufgestöbert hast. Seit wann kennt ihr euch? Und wie lange bleibst du in Arizona, Sophie?"

Oliver grinste verschmitzt, als hätte er bereits auf diese Frage gewartet. „Sophie ist im Schmuckbereich tätig. Solche Kontakte sind für einen Hotelier unerlässlich. Sie verbringt hier ihren Urlaub und stand gestern ganz überraschend vor meiner Tür." Er warf ihr einen schelmischen Seitenblick zu. „Ich bringe sie morgen noch nach Vegas, dort wird sie ihre Rundreise fortsetzen. Das ist alles. Du brauchst gar nicht erst weiterzubohren, Dana."

Sophie starrte ihn ungläubig an. *Heiliger Strohsack, der Mann war definitiv mit Vorsicht zu genießen!* Mit ein paar Sätzen hatte er die komplexe Situation auf den Punkt gebracht, ohne auch nur annähernd etwas preiszugeben, was der Wahrheit nahekam. Wenngleich sie ihm insgeheim dankte, dass er die blamable Sache mit dem leeren Tank nicht ausgeplaudert hatte.

Und o Wunder! Dana schien die Antwort zufriedenzustellen. Anscheinend wurde ihr nicht einmal bewusst, dass sie rein gar nichts erfahren hatte. Stattdessen flüsterte sie ihr zu: „Es ist immer das Gleiche mit ihm. Wenn er mal eine sympathische Frau mitbringt, dann ist es grundsätzlich nur für einen Abend. Aber wenn du mal wieder in der Nähe bist, musst du uns unbedingt besuchen kommen."

Unterdessen setzte in einer anderen Ecke des Restaurants Countrymusik ein. Minuten später stürmten ihre vier Tischgenossen die Tanzfläche.

„Puh!", atmete Oliver auf und lehnte sich lächelnd zurück. „Manchmal ist Dana richtiggehend anstrengend."

Versonnen musterte Sophie ihren Begleiter, der momentan einen recht entspannten Eindruck an den Tag legte. Seine Freunde und die Umgebung schienen eine beruhigende Wirkung auf ihn auszuüben. Gott, wäre dieser Mann immer so charmant, würde er auf jede Frau den Effekt einer todbringenden Waffe ausüben.

„Oliver, na endlich!", ließ sie da eine schrille Stimme zusammenzucken.

Sophies und Olivers Köpfe schossen unisono herum.

Neben dem Tisch hatte sich eine dralle Rothaarige aufgebaut, die Oliver unter dichten schwarzen Wimpern hervor anblinzelte. „Du hattest mir beim letzten Mal einen Tanz versprochen, schon vergessen?“

Er schüttelte den Kopf. „Tut mir leid, Daisy, den nächsten Tanz habe ich bereits der jungen Dame mir gegenüber zugesagt.“ Er griff über den Tisch hinweg nach Sophies Hand. Der Blick, mit dem er sie bedachte, hätte sie dazu gebracht, einen Meineid zu schwören.

Folglich nickte sie hastig.

Daisy zögerte für den Bruchteil einer Sekunde, bevor sie schmollend abzog.

Ohne seine Hand loszulassen, lehnte Sophie sich über den Tisch und fixierte ihn eindringlich. „Wer zur Hölle bist du wirklich, Oliver Malloy? Du bist nie und nimmer der Eigenbrötler, für den ich dich bisher gehalten habe. Jedes weibliche Wesen in diesem Schuppen ist scharf auf dich. Du bräuchtest lediglich mit dem Finger zu schnippen und könntest sie alle haben. Warum bist du so unnahbar?“

Er setzte die Bierflasche an die Lippen und nahm einen großen Schluck, während er Sophie über den Rand der Flasche hinweg betrachtete, ohne mit der Wimper zu zucken. Lässig ließ er die Flasche auf den Tisch sinken. „Ich war verheiratet. Meine Frau kam bei einem Unfall ums Leben. Und mit ihr mein Interesse an jedweder Beziehung. Und jetzt komm, lass uns tanzen gehen, bevor Daisy wieder auftaucht!“

Sophie schnürte es die Kehle zu. Diese Offenbarung zog ihr den Boden unter den Füßen weg. Sie hatte Oliver den Stempel eines gefühllosen Idioten aufgedrückt. Doch das genaue Gegenteil war der

Fall. Der Tod seiner Frau schien ihm das Herz gebrochen zu haben. Seine Aussage ließ keinerlei Raum für weitere Fragen, deswegen hielt sie wohlweislich den Mund.

Oliver erhob sich und zog sie ebenfalls hoch.

„Halt, Oliver, warte!“, quiekte sie entsetzt auf. „Diese Countrymusik ist absolut nicht mein Ding.“

Ruckartig bremste er ab. „Hmm, das hatte ich nicht bedacht.“ Gedankenverloren kratzte er sich am Kinn. „Einen Walzer oder eine Rumba werden wir dieser Band hier kaum abringen können. Aber ich glaube, ich habe da eine Idee.“

Er marschierte quer durch den Raum auf die Band zu, wo er eifrig auf einen der Musiker einredete. Als er zurückkehrte, zuckte ein selbstsicheres Grinsen um seine Mundwinkel. „Ich habe die Band gebeten, die Schmuserunde einzuleiten. Einen Foxtrott kriegst du doch hin, oder?“

„Das ist ja wohl das kleinste Problem“, erwiderte sie leicht verschnupft.

Und tatsächlich, nach dem nächsten Song wurde das Licht gedimmt, und es erklang *I will always love you* von Whitney Houston. Sofort musste Sophie an *Bodyguard* und Kevin Costner denken. Auf Samanthas Wunsch hin hatte sie sich diesen Film immer wieder reinziehen müssen, so wie jede verdammte Hollywoodschnulze, denn ihre Freundin war süchtig nach diesen Schmachtfetzen. Wundersamerweise konnte sie sich in dieser Umgebung jedoch extrem gut in den Film hineinversetzen. Das Lied hatte zwar nach wie vor einen ziemlichen Country-Touch, aber Oliver lag richtig, mit Foxtrott sollte es gehen.

Und wenn nicht, hätte das auch nichts an ihrer Situation geändert. Oliver nahm ihre Hand und führte sie zur Tanzfläche. Er legte einen Arm um ihre Hüfte, bevor er sie mit einem Ruck eng an sich zog.

Im ersten Moment erschrak sie. Unauffällig spähte sie um sich und registrierte, dass dieser Tanzstil hierzulande wohl an der Tagesordnung war. *Okay, kapiert: Nicht kleckern, sondern klotzen!* Forsch schlang sie einen Arm um Olivers Nacken.

Als hätte dieser nur darauf gewartet, packte er sie fester und dirigierte sie über das Parkett, wobei er nicht den geringsten Zweifel daran aufkommen ließ, wer hier die Führung innehatte. Sie konnte es kaum fassen. Dieser Rancher konnte sogar tanzen. *Und wie!* Welche Überraschungen hielt dieser Mann wohl noch für sie parat?

Von ihm gehalten zu werden, war ein prickelndes Gefühl und löste eine innere Unruhe in ihr aus. Durch den dünnen Stoff ihres T-Shirts spürte sie deutlich seine starke Hand auf ihrem Rücken, und die Stelle schien zu brennen wie Feuer. Minuten später warf sie einem Instinkt folgend alle Bedenken über Bord. Todesmutig schob sie auch noch den zweiten Arm um Olivers Nacken und ließ den Kopf gegen seine Schulter sinken.

Er erstarrte für den Bruchteil einer Sekunde.

Ups! Da war sie wohl ein wenig übers Ziel hinausgeschossen. Gleich würde er sie von sich stoßen. *Doch weit gefehlt!* Sie bemerkte seine andere Hand an ihrer Taille, mit der er sie gegen seinen Körper drückte.

Schlagartig fielen auch noch die letzten Hemmungen von ihr ab. Sie war wie berauscht von der Atmosphäre, der verrauchten Luft und den blitzenden Lichtern, die die Menschen abwechselnd in einen Rot- und dann wieder Blauschimmer tauchten. Die Musik hüllte sie ein wie eine kuschlige Decke und verfrachtete sie ins Land der Träume. Zügellos sank sie in die Arme dieses Cowboys, genoss seine harte Brustmuskulatur und seine gestählten Oberschenkel, die beim Tanzen unablässig ihren Körper berührten.

Alle Umstände gerieten in Vergessenheit: die Misere, die sie in Heidelberg erwartete, dass sie sich mitten in der Wüste befand und so gut wie pleite war, und dass sie den Mann, der sie fest und sicher über die Tanzfläche führte, eigentlich hasste.

Erst, als er sich erneut versteifte und sie ein Stück von sich schob, landete sie wieder in der Realität. Irritiert blickte sie auf. „Was stimmt nicht? Bin ich dir auf den Fuß getreten?“ Sie registrierte, dass Olivers Mimik sich verändert hatte. Der entspannte Gesichtsausdruck von eben war Geschichte.

„Wenn das bloß das einzige Problem wäre“, knurrte er. Er atmete tief durch und versuchte, seine Fassung wiederzuerlangen. Diese Frau brachte ihn völlig um den Verstand. In dem Moment, als sie sich vorbehaltlos in seine Arme geworfen hatte, war es um ihn geschehen gewesen.

Er wollte sie! In seinem Bett. Er in ihr drin. Sie unter ihm, seinen Namen stöhnend. Das Blut pochte heftig in seinen Lenden. Einzig weil er Sophie frühzeitig von sich geschoben hatte, war ihr sein Zustand wohl entgangen, denn genau wie am Nachmittag war ihm die Hose gerade mächtig zu eng.

Er beobachtete Sophie in der gedämpften Beleuchtung. Ihr puppenartiges Gesicht, die ausdrucksstarken Augen, die ihn fragend musterten. Die rot schimmernden Lippen, die unablässig um einen Kuss zu betteln schienen.

In seinem Kopf herrschte ein heilloses Durcheinander. Sein Körper hingegen wollte nur eins: sie packen, nach Hause verfrachten und hemmungslos über sie herfallen. Doch ein Bauchgefühl ließ ihn davon Abstand nehmen, flüsterte ihm pausenlos zu, dass sie ihm nichts als Ärger bescheren würde.

Auf der einen Seite kleidete sie sich wie ein Vamp und weckte die kühnsten Männerträume, auf der anderen Seite wirkte sie schüchtern und unerfahren wie eine Sechzehnjährige. Oder spielte sie einfach bloß ein Spiel, um ihn auf Touren zu bringen?

Alles an Sophie war zart, mädchenhaft, filigran. Normalerweise waren seine Affären selbstbewusst, lasziv und sich darüber im Klaren, was sie wollten. Nämlich entweder schonungslosen Sex oder sein Geld. Natürlich ließ das viel Raum für Interpretationen. Und das eine schloss das andere nicht zwangsläufig aus. So gönnte er sich auch den Luxus der einen oder anderen Geliebten – über die Staaten verteilt. Das war seit jeher die unverbindlichste Art und Weise, um an Sex zu kommen.

Und nun, Sophie!

Sie war so gar nicht seine Kragenweite, vermittelte nicht einmal annähernd den Eindruck einer Frau, die am allerersten Abend mit einem Mann ins Bett stieg.

„Komm, ich brauche einen Drink!" Mit großen Schritten eilte er auf die Bar zu. Ohne ein weiteres Wort zu verlieren, bestellte er zwei Whiskey und drückte Sophie einen davon in die Hand.

Argwöhnisch linste sie in das Glas. „Eigentlich trinke ich so etwas nicht."

„Warum wundert mich das jetzt nicht? Hätte ich mir ja denken können, dass du eher der Baileys-Typ bist."

„Baileys-Typ?"

„Ja, Likör eben. Süßes, girliehaftes Zeug."

Sophie verdrehte die Augen. Couragiert griff sie

nach dem Whiskey. „Von wegen. Liegt es in deiner Absicht, mich abzufüllen?“

„Weit gefehlt. Eher möchte ich uns beiden die Chance geben, ein wenig runterzukommen, bevor wir einen folgenschweren Fehler begehen.“

Ein paar Wimpernschläge lang starrte sie ihn verwundert an, plötzlich schien ihr die Erkenntnis zu kommen. „Oh, du meinst …? Verstehe.“ Eine sanfte Röte legte sich über ihre Wangen. „Okay, auf deine Verantwortung.“

Während er sich seinen Whiskey in einem Zug einverleibte, spähte sie abermals in das Glas, roch an der honigfarbenen Flüssigkeit und verzog angewidert das Gesicht. Dann jedoch schüttete sie den Drink hinunter. Sie lief rot an, wedelte mit einer Hand vor dem Mund umher, als wolle sie ein paar aufdringliche Fliegen verscheuchen, und bekam einen Hustenkrampf.

Als sie mit Tränen in den Augen Luft holte, hatte Oliver die dringend benötigte Zerstreuung gefunden. „Noch einen?“

Widerwillig nickte sie.

Nach dem zweiten Whiskey entschied Oliver, den Abend seinen Lauf nehmen zu lassen. Er manövrierte Sophie zur Tanzfläche zurück und riss sie ungestüm in seine Arme, was sie widerstandslos geschehen ließ.

Ihre Hände lagen nun zärtlich in seinem Nacken, ihr Kopf ruhte entspannt an seiner Schulter. Anscheinend hatte der Whiskey auch noch den letzten Rest Anstand aus ihrem Gehirn vertrieben: Sie schmiegte sich verheißungsvoll an ihn.

Prompt loderte in ihm erneut das Verlangen auf, sie schnellstmöglich nach Hause zu schaffen. Vor seinem geistigen Auge stiegen Bilder auf, wie er

Sophie bis zur Bewusstlosigkeit küsste, und zwar an jeder verdammten Stelle ihres Körpers. Doch das wollte er sich für später aufheben, wenn nicht vier Freunde ein paar Schritte entfernt lauerten, deren oberstes Ziel es war, ja nichts zu verpassen. Da tat ihm die Band unerwartet einen Gefallen. Sie schwenkte auf Countrymusik um. Postwendend griff er nach Sophies Hand und lotste sie auf den Ausgang zu.

Als die laute, schnelle Musik einsetzte, schreckte Sophie hoch wie aus einem Traum. Kurz darauf taumelte sie orientierungslos hinter Oliver her, ohne den leisesten Schimmer zu haben, was hier gerade gespielt wurde. Vollkommen gleich! Sie konnte sich nicht erinnern, sich jemals so wohlgefühlt zu haben wie in seinen Armen. Sie war ihm dabei ziemlich nahe gekommen und hatte seine Erregung gespürt; auch ihr Körper hatte heftig auf ihn reagiert und sehnte sich geradezu nach weiteren Berührungen.

Durch einen Seitenausgang verließen sie das Restaurant. Wie ein kühles Tuch legte sich die frische Nachtluft über Sophie und ließ sie gierig nach Sauerstoff schnappen. Verwundert registrierte sie, dass Oliver nicht den Weg zum Parkplatz einschlug, sondern in die entgegengesetzte Richtung lief.

Er umrundete mit ihr die Hütte, dann blieb er abrupt stehen, und ehe sie sich versah, hatte er sie gegen die Wand gedrückt und seine Hände rechts und links von ihrem Kopf platziert.

Das Mondlicht spiegelte sich in seinen unerhört blauen Augen, die sie mit unvergleichlicher Intensität musterten. Er löste eine Hand von der Wand und spielte mit einer ihrer Haarsträhnen, die ihr der Nachtwind ins Gesicht gepustet hatte. Zärtlich fuhr er ihr mit einem Finger über die Wange.

Wie aus heiterem Himmel schwappte eine heftige Welle der Lust durch ihren Körper. Ermutigt durch den Whiskey, reckte sie das Kinn in die Luft und blickte Oliver herausfordernd an. „Nun komm schon! Warum küsst du mich nicht endlich?"

Seine Augen wurden eine Nuance dunkler. „Weil es dieses Mal ganz gewiss nicht beim Küssen bleiben wird." Er lächelte und schüttelte kaum merklich den Kopf. „Sophie, was soll ich mit dir anfangen?"

„Das muss ich dir jetzt nicht wirklich erklären, oder?", provozierte sie ihn. „Verrätst du mir, was genau dein Problem ist?"

„Du passt kein Stück in mein übliches Beuteschema."

Sie runzelte die Stirn. „Du meinst, mir fehlen die wasserstoffblonden Haare und das schlechte Makeup?" Sie schaute an sich hinab. „Oh, die aufgepumpten Möpse nicht zu vergessen."

Erneut schüttelte er lächelnd den Kopf. „Keineswegs. Es ist eher so: Die Frauen, mit denen ich mich normalerweise einlasse, wissen genau, was die Stunde geschlagen hat."

Hoppla! Von wie vielen Frauen redete dieser Kerl? Das hörte sich ja nach einem ganzen Harem an. Zweifellos, er übte eine gewisse Faszination auf die Damenwelt aus. Aber warum zur Hölle küsste er sie nicht endlich?

„Und das wäre?"

„Sex."

Nie hatte es jemand fertiggebracht, dieses Wort mit solch einem erotischen Unterton auszusprechen. Ihr ganzer Körper schien sich zu entzünden. Ihr Blut kochte, das Atmen fiel ihr schwer. Sie war wie im Rausch, und das bewirkte nicht allein der Alkohol, sondern auch die Ausstrahlung und Nähe dieses beeindruckenden Mannes. „Und wie kommst du darauf, dass ich etwas anderes will?“

„Ehrlich gesagt, tappe ich in Bezug auf deine Intentionen völlig im Dunkeln. Ich habe nicht die leiseste Ahnung, wonach dir der Sinn steht.“

Na ja, vielleicht lag das daran, dass sie sich genauso wenig darüber im Klaren war. Unschlüssig starrte sie ihn an und versank einmal mehr in seinen blauen Augen. In diesem Moment schickte sie ihren Verstand in Urlaub. Sie hatte in ihrem Leben zwei kurze Affären gehabt. Für den ersten Typen hatte sie noch Wochen später geschwärmt, wohingegen der zweite die totale Null gewesen war.

Eigentlich hatte sie sich vorgenommen, diese Schmach kein drittes Mal über sich ergehen zu lassen. Doch momentan hatten sich all die guten Vorsätze in Luft aufgelöst. Sie war schließlich eine Frau und durfte ihre Meinung nach Herzenslust ändern. Und gerade konnte sie sich nichts Besseres vorstellen, als die Nacht in den Armen dieses ungehobelten Cowboys zu verbringen und dabei kurzfristig alles zu vergessen, was sie belastete. Ungeachtet dessen, wie sie sich am nächsten Morgen fühlen würde.

Verführerisch langsam schob sie ihre Arme um Olivers Nacken. Er beäugte ihr Tun mit unbeweglicher Miene, doch in seinen Pupillen schienen kleine Teufel zu tanzen.

„Ich will dich“, flüsterte sie, als er nach wie vor keinen Vorstoß unternahm, um ihr näherzukommen. „Los, Cowboy, küss mich!“ Sie reckte den Kopf und hauchte Oliver einen federleichten Kuss auf den Mundwinkel. Ein knisternder Impuls durchfuhr sie bei dieser sanften Berührung, gefolgt von dem nächsten, als Oliver sie gänzlich unerwartet mit seinem Körper gegen die Wand presste und seine Lippen fest auf die ihren drückte. Ein Feuer der Lust raste durch ihren Unterleib, ihr Pulsschlag beschleunigte sich. Die sexuelle Energie zwischen ihnen war nahezu grcifbar.

Viel zu schnell ließ Oliver jedoch wieder von ihr ab.

„Du bist dir wirklich sicher?“, wisperte er gegen ihren Mund, wobei sein heißer Atem prickelnd über ihre Haut hinwegtanzte.

„Oliver, willst du es zuerst noch schriftlich?“

Als er sie erneut küsste, durchströmte ein brennendes Verlangen sie mit solcher Macht, dass sie ein Stöhnen nicht länger unterdrücken konnte. Automatisch öffneten sich ihre Lippen und ließen seine Zunge in ihren Mund eindringen. Ihr ganzer Körper erbebte, während sich eine köstliche Wärme zwischen ihren Schenkeln ausbreitete.

Ihm schien ihre heftige Reaktion nicht entgangen zu sein, denn prompt vertiefte er den Kuss. Ihre Zungen verschmolzen. Sophie war zu keinem klaren Gedanken mehr fähig. In ihrem ganzen Leben war sie noch nie so geküsst worden. Es war faszinierend, welche Schauer der Erregung dieser Mann durch ihren Schoß jagen konnte.

Er presste sein Becken fest gegen ihre Hüfte. Als sie seine Härte spürte, entfuhr ihr ein leiser Schrei der Verzückung; eins ihrer Beine wickelte sich wie ferngesteuert um Olivers Oberschenkel. Sogleich schob er sie an der Wand der Hütte ein Stück nach oben. Während er sie mit einer Hand fest und sicher hielt, stahl sich seine andere Hand langsam unter ihr T-Shirt. Sanft glitten seine Finger über ihren Busen und die harten Brustwarzen, was ihr einen weiteren unterdrückten Schrei entlockte.

Schwer atmend ließ er plötzlich von ihr ab und

verschlang sie mit einem hungrigen Blick, der sie vor Freude erzittern ließ. *Großer Gott!* Noch nie hatte sie ein Mann so angesehen. Eine Minute später löste er jedoch ihr Bein von seiner Hüfte und stellte sie ab.

„Verdammt, Sophie, ich kann dich hier nicht nehmen, und auch nicht im Wagen." Seine Stimme klang rau. „Der Sheriff hasst mich wie die Pest. Wenn er uns ertappen würde, wäre ich geliefert. Komm, wir sagen rasch den anderen Bescheid, dann schaffe ich dich in mein Bett."

Er packte erneut ihre Hand und zog sie ins Restaurant zurück. Im Eiltempo verabschiedeten sie sich von seinen Bekannten, die sie mit wissenden, aber auch ein wenig anzüglichen Blicken bedachten.

Sophies Kopf schien vor Scham zu zerbersten. Dennoch zollte sie Olivers Verhalten Bewunderung. Wann hatte ein Mann jemals so unverhohlen gezeigt, dass er sie wollte?

Dana drückte sie zum Abschied einmal mehr fest an sich. „Er ist der beste Kumpel, den man sich vorstellen kann", flüsterte sie ihr verschwörerisch zu. „Aber verlieb dich ja nicht in ihn. Er würde dir das Herz brechen."

Erst während der Heimfahrt kam ihr Gehirn allmählich wieder in die Gänge. Oliver war extrem schweigsam und jagte den Hummer wie einen Rennwagen durch die Nacht. Ab und an blickte er zu ihr herüber, äußerte aber kein Wort. Was im Grunde genommen ein Segen war, denn die Gedanken schienen in ihrem Schädel wie kleine Feuerwerkskörper zu explodieren.

Der Satz, den Dana ihr zugeflüstert hatte, ging ihr nicht aus dem Kopf. Ständig redete sie sich ein, ihn in ihrem leicht alkoholisierten Zustand falsch verstanden zu haben. Doch ihre Überzeugungskraft ließ zu wünschen übrig. Wortfetzen flatterten wie Aasgeier durch ihren Schädel, stürzten sich unentwegt auf sie und versetzten ihr einen Hieb nach dem nächsten: *„Du passt nicht in mein Beuteschema ... Die Frauen, mit denen ich normalerweise verkehre ... Sie wollen Sex ... War verheiratet ... Sie kam bei einem Unfall ums Leben ... Wird dir das Herz brechen."*

Zu Hause steuerte Oliver ohne Umschweife die Treppe zu den Schlafzimmern an.

Plötzlich verließ Sophie der Mut. Die sexuelle Selbstsicherheit, die dieser Mann ausstrahlte, schüchterte sie ein. Zum ersten Mal seit ihrer Ankunft waren ihr die englischen Vokabeln abhandengekommen. Verzweifelt kramte sie in ihrem Gehirn danach. „Äh, Oliver, könnten wir vielleicht kurz reden?"

Er fegte wie ein Wirbelwind herum und bremste so abrupt ab, dass sie auf ihn auflief. Seine Hände landeten auf ihrer Hüfte, dann legten sie sich um ihren Po. „Entschuldige, Süße. Aber reden ist das Letzte, woran ich gerade Interesse habe." In seinen Augen loderte ein Feuer, das sie zu verzehren schien und ihre Nervosität noch schürte.

Gott, in was hatte sie sich da hineinmanövriert? In ihrer momentanen Situation! Das machte doch alles noch komplizierter. Sie war in die Staaten geflogen, um ihr Leben in den Griff zu bekommen, nicht um sich in das Bett des erstbesten Viehtreibers zu werfen. Sie dachte an Bruno, dem sie versprochen hatte, sich das mit der Hochzeit durch den Kopf gehen zu lassen. In diesem Moment wusste sie, dass sie das hier nicht durchziehen konnte. Das wäre einfach nicht fair Bruno gegenüber.

„Oliver, ganz kurz, bitte."

Sie bemerkte sein Zögern. Er sondierte ihre Gesichtszüge, bis seine Augen an ihren Lippen hängen blieben.

Hilfe! Wenn er sie jetzt küsste, wäre sie verloren.

Glücklicherweise ließ er von ihr ab und schob sie mit Weltuntergangsstimmung in den Salon. Er wies auf einen Sessel, in den sie erschöpft fiel.

„Was genau ist dein Problem?"

Sie blickte auf. Er hatte sich mit dem Rücken gegen die Fensterbank gelehnt, die Arme vor der Brust verschränkt, und fixierte sie ungeduldig. Urplötzlich hatte er nichts mehr von dem heißblütigen Lover, der sie kurz zuvor in seinen Armen gehalten hatte. Nein, bei genauerer Betrachtung war er wieder der herrische Macho, der sie terrorisierte, ihr die Luft zum Atmen raubte.

Hilflos zupfte sie an ihrem Haar herum. „Ich bin gerade völlig neben der Spur. Entschuldige, aber mein Leben ist ein einziges Durcheinander. Ich brauche einen Moment, um mich zu sammeln."

„Vielleicht kann dir ja ein weiterer Whiskey dabei auf die Sprünge helfen?"

Sie schüttelte vehement den Kopf. „Nein, der Alkohol verwirrt mich noch mehr."

Was Oliver aber nicht davon abhielt, sich einen einzuschenken. Er nahm ein paar große Schlucke und taxierte sie weiterhin wie ein Raubtier seine Beute. In seinen Augen spiegelte sich so vieles wider: Erregung, Leidenschaft, aber auch ein Fünkchen Verdruss.

„Also, los jetzt! Raus mit der Sprache! Was beschäftigt dich?"

Okay, Geduld schien nicht gerade seine Stärke zu sein. „Oliver, das heute war ein wundervoller Tag, aber ich glaube, es wäre ein Riesenfehler, jetzt mit dir zu schlafen. Nicht, dass ich es nicht will. Aber es würde mich vermutlich völlig um den Verstand bringen. Es tut mir so leid."

Eiseskälte blitzte in seinen Augen auf. Als er schließlich antwortete, schien es ihm schwerzufallen, die Fassung zu bewahren. „Das kann ja wohl nicht dein Ernst sein? Was treibst du hier eigentlich für ein Spiel? Erst machst du mich heiß, und jetzt sagst du Nein. Dir ist schon klar, dass es mit meiner Beherrschung nicht mehr weit her ist? Ist es das, was du willst? Mir die Kontrolle rauben? Willst du mich betteln sehen, oder was schwebt dir vor?"

„Bitte unterstell mir nicht solche Dinge. Mir fehlt die Erfahrung, um in dieser Hinsicht irgendwelche Spiele zu spielen."

„Oder beabsichtigst du, mir mein Verhalten von gestern heimzuzahlen, indem du mich jetzt kaltblütig abservierst?", zischte er verärgert. „Herrgott, Sophie. Ich bin so hart, dass es schon fast schmerzt. Und das seit heute Nachmittag."

Automatisch heftete sich ihr Blick auf seinen Schritt. „Das war mir nicht klar."

Er verzog das Gesicht. „Nun tu nicht so, als wäre dir das entgangen. Also, rede jetzt endlich Klartext mit mir! Belastet dich das Dilemma mit deinem Vater so sehr? Oder liegt es an mir? Habe ich etwas falsch gemacht?"

„Es liegt nicht an dir."

Fieberhaft trommelte er mit den Fingerspitzen einer Hand auf die Fensterbank. „Es geht also um deinen Vater?"

Sie zwang sich, ihm wieder in die Augen zu sehen. Schließlich gab sie sich einen Ruck. Er hatte die ganze Wahrheit verdient. „Ja, im Prinzip schon. Aber da ist noch mehr.“

Er schnaubte. „Also, doch ein Mann.“

„Nein, das heißt … Ja, vielleicht. Es dreht sich um eine Hochzeit. Aber lass es mich erklären …“ Ihre letzten Worte glichen einem Flüstern, doch sie schienen zu Olivers Ohren durchgedrungen zu sein, denn er knallte das Whiskeyglas mit einer solchen Wucht auf die Fensterbank, dass diese vibrierte.

Sophie zuckte zusammen. Anscheinend hatte sie sich gerade um Kopf und Kragen geredet. „Oliver, ich … bitte …“

Brüsk schnitt er ihr das Wort ab. „Du bist also doch auf der Flucht vor einem Mann. Du hast mich von Anfang an belogen. Ich hasse nichts mehr, als zum Narren gehalten zu werden. Geh mir einfach aus den Augen! Ich will dich nicht mehr sehen“, donnerten seine Worte wie eine Kanonenkugel durch den Raum. Er drehte sich um und stierte scheinbar interessiert aus dem Fenster. „Und wage es ja nicht wieder, mitten in der Nacht das Haus zu verlassen! Ich werde die Wüste kein zweites Mal nach dir durchkämmen lassen.“

Wie festgefroren verharrte sie noch einige Sekunden lang, bevor sie aufsprang und in ihr Zimmer flüchtete. Dort ließ sie sich erschöpft aufs Bett fallen.

In diesem Moment brachen die ganzen unterdrückten Emotionen der letzten Tage wie eine Sturzflut über sie herein. Verzweifelt schluchzend weinte sie sich in den Schlaf.

Kapitel 6

Sophie träumte gerade von einem Square Dance-Wettbewerb, als ein mörderisches Hämmern den Takt der Musik störte. Irritiert schlug sie die Augen auf. Sie lag vollständig bekleidet in einem fremden Bett. Ihr Kopf schmerzte, die geschwollenen Augen brannten, und sie war versucht, sich die Decke über den Kopf zu ziehen und alles um sich herum zu vergessen.

„Hallo!“, hörte sie da Juanitas Stimme, während das penetrante Klopfen erneut erschallte. „Señorita Sophie, so wachen Sie doch auf!“

„Immer mit der Ruhe“, grummelte sie. „Oder brennt es irgendwo?“

Juanita öffnete die Tür wie üblich lediglich ein winziges Stück. „Señor Malloy will in einer halben Stunde los. Er sagt, wenn Sie bis dahin nicht fertig sind, wird er ohne Sie fahren. Aber das glaube ich nicht“, fügte sie eine Oktave leiser hinzu, „er ist nicht der Typ Mann, der eine Frau im Stich lässt.“ Mit diesen Worten schloss sie die Tür.

Langsam lichtete sich der Nebel in Sophies Kopf. Ihr peinlicher Abgang im Salon kam ihr wieder in den Sinn. *Schon verstanden!* Oliver war nicht gut auf sie zu sprechen.

Mühsam quälte sie sich aus dem Bett und schleppte sich ins Bad. Nachdem sie im Eiltempo geduscht hatte, streifte sie sich ein leichtes weißes Sommerkleid über, passende Pumps dazu und packte ihre Siebensachen zusammen. Sie schulterte ihre Handtasche, warf einen letzten wehmütigen Blick in das gemütliche Zimmer und schlurfte hinaus.

In der Küche wartete Juanita schon mit dem üblichen gigantischen Frühstück. Auch ihr kleiner Freund Buddy hielt bereits sehnsüchtig nach ihr Ausschau. Er sprang augenblicklich auf und kuschelte sich an ihre Beine.

Um Olivers Geduld nicht zu sehr zu strapazieren, verschlang sie hastig einen Pfannkuchen, schüttete eine Tasse Kaffee hinunter und drückte den putzigen Hund noch einmal fest an sich. „Du wirst mir fehlen, mein Süßer“, flüsterte sie Buddy zu, während dieser hingebungsvoll ihr Gesicht ableckte. Flugs setzte sie das Tier ab, das sofort lauthals losbellte.

„So, Juanita, ich muss jetzt leider los. Vielen Dank für alles. Es war wundervoll, zwei Tage hier wohnen zu dürfen. Vielleicht sehen wir uns ja irgendwann wieder.“

Sie wollte der Mexikanerin die Hand geben, doch soweit kam sie nicht, denn plötzlich wurde sie von der kleinen Person fest an sich gedrückt.

„Ich wünsche Ihnen alles Gute für die Zukunft“, bekundete Juanita, „und seien Sie Señor Malloy nicht böse. Er ist ein herzensguter Mensch, auch wenn er manchmal ein wenig übers Ziel hinausschießt.“

Als Juanita sie endlich losließ, flüchtete Sophie geradezu aus der Küche. Ihre Kehle war wie zugeschnürt. Dass Buddy lauthals hinter ihr herjaulte, hob ihre Stimmung nicht gerade.

Als sie die Tür nach draußen öffnete, glaubte sie, ihren Augen nicht zu trauen. Vor dem Haus parkte eine ellenlange, schwarz glänzende Limousine. Die Strahlen der Morgensonne brachen sich auf dem polierten Dach, ließen es schimmern und blendeten Sophie mehrere Wimpernschläge lang.

Oliver und Mike lehnten ein Stück davon entfernt an der Hauswand und unterhielten sich. Oliver in einen dunklen Anzug gehüllt, ausnahmsweise einmal ohne Cowboystiefel, dafür mit schwarzen Budapestern, einem weißen Hemd und einer dezent gestreiften Krawatte.

Donnerwetter! Der Mann war eine Augenweide. Warum noch mal hatte sie dieses Prachtexemplar in der vergangenen Nacht abgewiesen?

Sie riss ihre Augen von Oliver los und begutachtete Mike. Dieser trug einen grauen Anzug mit dazu passender Krawatte und hielt eine Chauffeursmütze in der Hand. Auch ihn erkannte man in dieser Aufmachung kaum wieder.

Als die beiden Männer sie entdeckten, kam augenblicklich Bewegung in sie.

Oliver knurrte etwas, das sich wie *Na endlich!* anhörte und verschwand im Heck der Limousine.

Mike hielt ihr galant die Autotür auf.

Interessiert spähte sie ins Innere des Wagens. *Wow, ziemlich luxuriös!* Zwischen den sich gegenüberstehenden ledernen Sitzbänken befanden sich ein Flachbildschirm sowie eine Bar mit mehreren Glashaltern.

Oliver verschanzte sich mit einer Zeitung in der Hand auf der hinteren Sitzbank. Als sie Anstalten machte, sich zu ihm zu gesellen, ließ er für einen Moment die Zeitung sinken. „Vorne bei Mike siehst du wesentlich mehr von der Landschaft. Ich muss ohnehin einige Telefonate führen.“ Eine Sekunde später war er wieder hinter dem Wirtschaftsblatt verschwunden.

Autsch! Die Zeichen standen eindeutig auf Sturm. Sophie atmete tief durch, um ruhig und gelassen zu klingen. „Guten Morgen, erst einmal. Und nein danke, ich möchte dir Gesellschaft leisten, denn ich schulde dir eine Erklärung.“

Ohne auf das Knurren zu achten, das hinter der

Zeitung hervorkam, rutschte sie kurzerhand neben ihn. Was kein Leichtes war, da er sich ziemlich breitgemacht hatte.

Mike hingegen schloss eilig die Wagentür, hastete um das Fahrzeug herum und fuhr los. Offensichtlich wollte er nicht zum Zeugen weiterer unangenehmer Diskussionen werden.

Sophie schaute sich neugierig um. Über ihrem Kopf entdeckte sie in einer Halterung ein Radio, einen CD- sowie einen DVD-Player. Außerdem befanden sich dort ganze Armeen von Knöpfen, deren Funktion sie nicht zuordnen konnte. Interessant wäre es gewesen, diese Schalter einem Test zu unterziehen, aber sie hegte den leisen Verdacht, dass Oliver momentan nicht in der Stimmung für derartige Spielereien war.

So öffnete sie ihre Handtasche, um sich zu schminken, was sie in der morgendlichen Hektik vergessen hatte. Mit Erschrecken bemerkte sie die verheulten roten Augen. Flugs kramte sie eine dunkle Sonnenbrille hervor und schob sie sich auf die Nase.

Unterdessen führte Oliver mehrere Telefonate. Der Ton, in dem er seine Gesprächspartner abfertigte, ließ sie erst einmal Abstand davon nehmen, ihn anzusprechen.

„Das kommt überhaupt nicht infrage!“, bellte er ins Telefon. „Ich nutze später meine Beziehungen in den Aufsichtsrat und lasse diesen Idioten feuern.“ Wütend drückte er das Gespräch weg und wählte erneut.

In ihrem Magen stieg ein mulmiges Gefühl auf. Ob er immer so mit anderen Menschen umsprang?

„Was ist, Carter, wie hat Seattle auf das Angebot reagiert?“, erkundigte er sich derweil. „Wie, Sie sind sich nicht sicher?“ Er schnaubte. „Wissen Sie was, ab jetzt kümmere ich mich persönlich darum. Ich spiele Seattle gegen Vancouver aus. So werden wir den Zuschlag schon erhalten. Ach, und Carter, haben Sie die undichte Stelle in der Firma endlich ausfindig gemacht? Ich habe nämlich kein gesteigertes Interesse daran, dass der Preis in die Höhe schießt. … Verstehe, anscheinend bleibt mir nichts anderes übrig, als selbst nach Europa zu fliegen. Gut das war's vorerst." Er schaltete sein Handy aus und versank wieder hinter dem Wirtschaftsblatt.

Sophie war bis ins Mark erschüttert. Was zum Geier hatte er mit Europa am Hut? Bisher stellte er für sie eine flüchtige Bekanntschaft dar, fernab der Heimat. Doch die Tatsache, dass er beabsichtigte, sich in nächster Zukunft auf europäischen Boden zu begeben, brachte ihn ihr unwillkürlich näher. Umso wichtiger war es, das Missverständnis der vergangenen Nacht aus dem Weg zu räumen.

Sie fasste sich ein Herz und betrat das Minenfeld. „Oliver, ich muss mit dir reden. Könntest du bitte kurz die Zeitung weglegen?"

„Reden? Glaubst du wirklich, das ist das, wonach mir der Sinn steht?", kam eine unfreundliche Antwort hinter dem Papier hervor.

„Oliver, bitte, gib mir eine Chance!"

Als er weiterhin nicht reagierte, braute sich ein heftiger Gewittersturm in ihr zusammen. Verdammt noch mal, sie kroch hier zu Kreuze, und dieser arrogante Macho interessierte sich keinen Pfifferling dafür. Fuchsteufelswild kletterte sie zu ihm hinüber und riss ihm die Zeitung aus den Fingern.

Überraschung blitzte in seinen Augen auf, und seine kühle Fassade bekam einen Riss. Offensichtlich passierte es einem Oliver Malloy nicht häufig, einer solchen Behandlung ausgesetzt zu sein.

„Verrätst du mir, was das werden soll?“, brummte er unwirsch. „Ich bringe dich jetzt nach Vegas, anschließend gehen wir beide getrennte Wege. Außerdem unterhalte ich mich grundsätzlich nicht mit Leuten, deren Augen ich nicht sehen kann.“

Gemächlich schob sie sich die Sonnenbrille auf den Kopf.

Völlig perplex bemerkte Oliver ihre geschwollenen Augen. Kaum zu glauben, selbst mit diesem verheulten Gesicht wirkte sie noch ansprechend. Und das ohne Botox oder Silikon, geschweige denn aufwendigem Make-up. Schon lange war er keiner Frau mehr begegnet, die dermaßen durch Natürlichkeit punktete.

„Kann Mike uns hören?“, wollte sie ein wenig kleinlaut wissen.

„Im Moment nicht. Aber falls du Wert darauf legst, lässt sich das einrichten.“

„Nein, nein! Ich möchte dir nämlich die ganze Geschichte erzählen. Ich denke, das bin ich dir schuldig.“

„Wenn es denn unbedingt sein muss. Aber mach schnell! Ich habe noch einiges zu erledigen.“

„Gut, ich versuche es.“

Ihre Nervosität schien den ganzen Wagen zu erfüllen, während sie auf der Bank hin und her rutschte, bis sie endlich eine adäquate Sitzposition gefunden hatte. „Ich hatte ja erwähnt, dass mein Vater mit dem Gedanken spielt, mich zu enterben, wenn ich mich nicht seinem Willen füge …“

„Ich verstehe nicht ganz, was das mit heute Nacht zu tun hat“, fiel er ihr ins Wort.

„Das möchte ich dir ja gerade erklären. Das mit dem Enterben ist keineswegs eine leere Drohung, denn er hat das bereits bei meiner Schwester durchgezogen. Beatrice. Sie hat während eines Studienaufenthaltes in Mailand einen Italiener kennengelernt und sich unsterblich in ihn verliebt. Als sie ihn meinen Eltern vorstellte, bekam mein Vater zuerst einen Tobsuchtsanfall und danach um ein Haar einen Herzinfarkt. Sie heiratete Giovanni. Noch am gleichen Tag machte mein Vater sein Versprechen wahr. Jetzt lebt sie als arme Frau in Italien und ist gezwungen, sich jeden Cent vom Mund abzusparen."

„Ist sie denn ansonsten mit ihrem Leben zufrieden?"

„Oh ja, sehr sogar. Die beiden haben zwei süße Bambini, und sie lieben sich über alles. Ich stecke ihr ab und zu heimlich etwas Geld zu, wenn ich sie besuche. Aber Giovanni ist sehr stolz. Wir müssen immer aufpassen, dass er uns nicht auf die Schliche kommt. Ach, du müsstest die zwei Kleinen sehen, sie sind so niedlich …", geriet Sophie ins Schwärmen.

„Na, dann ist doch alles in bester Ordnung!" Rigoros schnitt er ihr erneut das Wort ab; die Richtung, in die das Gespräch abdriftete, zehrte an seinen Nerven.

„Du machst dich schon wieder über mich lustig."

„Nein, das ist mein voller Ernst. Hätte sie deiner Meinung nach jemanden heiraten sollen, den sie nicht liebt, nur weil er deinem Vater besser in den Kram gepasst hätte?"

„Siehst du, Oliver, genau da liegt mein Problem." Sie rückte etwas näher an ihn heran und legte ihm gedankenverloren eine Hand auf den Oberschenkel.

Die Berührung ließ ihn zusammenzucken. Obgleich er sich grün und blau über sie geärgert hatte, begehrte er sie weiterhin. Wie sie so dasaß, mit ihren verheulten Augen und dem dünnen weißen Sommerkleidchen, erschien sie ihm schöner und erregender als je zuvor.

Er räusperte sich. „Würdest du bitte deine Hand zu dir nehmen. Deinetwegen bin ich die halbe Nacht mit einem Ständer durchs Haus gelaufen. Und ich hatte noch keine Gelegenheit, mich irgendwo abzureagieren. Also komm mir besser nicht zu nahe."

Als hätte sie in eine Steckdose gefasst, zog sie die Hand ruckartig zurück. „Entschuldige bitte, das ist mir gar nicht aufgefallen, äh, ich meine, das mit der Hand." Ein Anflug von Röte zierte jetzt ihre Wangen und ließ sie noch entzückender aussehen. „Gut, wo war ich stehen geblieben? Es gäbe da eventuell eine Lösung meines Problems. Vor einigen Jahren habe ich auf einer Messe einen der führenden Unternehmer im Goldhandel kennengelernt. Er heißt Bruno von Greifenstein und ist ein erbitterter Konkurrent meines Vaters. Schon mehrfach hat er mir einen Job in seiner Firma angeboten. Doch ich kann nicht wechseln, du weißt ja, warum."

Sie seufzte verhalten. „Nach dem Streit mit meinem Vater traf ich Bruno zufälligerweise in einer Kneipe. Ich beichtete ihm mein Elend, woraufhin er mir einen Vorschlag unterbreitete." Mit fahrigen Fingern schob sie sich eine Haarsträhne hinters Ohr. „Er bat mich, seine Frau zu werden."

Oliver blieb für einen Moment die Luft weg. „Du nimmst mich auf den Arm, oder?"

„Keineswegs."

„Liebst du ihn denn?"

Sie schüttelte den Kopf. „Nein, wir sind bloß gute Freunde. Aber eine solche Ehe würde uns beiden Vorteile bringen. Ich käme endlich bei meinem Vater raus, und Bruno könnte seinen angeschlagenen Ruf zurechtrücken. Du musst wissen, er ist einer der bekanntesten Unternehmer Deutschlands. Da er jedoch nicht verheiratet ist, unterstellt man ihm ständig die abwegigsten Affären."

„Das glaube ich jetzt nicht. In welcher Welt lebst du eigentlich? Du ziehst allen Ernstes eine Ehe mit ihm in Betracht?"

Sie zuckte mit den Schultern. „Ich bin an einem Punkt angelangt, an dem ich einfach nicht mehr weiterweiß." Verzweiflung schien ihr die Luft abzustellen, als sie sich in den Sitz sinken ließ und ihm dabei schon wieder gefährlich nahe kam. „Vielleicht verstehst du jetzt, warum ich mitten in der Nacht meinen Koffer gepackt habe und von zu Hause verschwunden bin. Außer meiner Freundin Samantha weiß keine Menschenseele, wo ich stecke. Ich bin nicht hierhergekommen, um mich auszutoben, was du wahrscheinlich vermutet hast. Ich wollte schon lange nach Kalifornien. Es ist ein Kindheitstraum. So habe ich mir diese Auszeit genommen, um mir über meine Zukunft Gedanken zu machen."

Sie zupfte gedankenverloren an einer Haarsträhne herum. „Das mit dir war alles andere als geplant. Der gestrige Tag war so traumhaft, dass ich irgendwann meine Gehirnzellen ausgeschaltet und nur noch deine Nähe genossen habe. Erst als mir klar wurde, dass der Abend in deinem Bett enden würde, bin ich zu mir gekommen und hatte ein schlechtes Gewissen."

„Jetzt tu nicht so, als wäre irgendetwas gegen deinen Willen geschehen. Und wieso hast du diesem Bruno gegenüber überhaupt ein schlechtes Gewissen?" Er schlug sich mit einer Hand theatralisch gegen die Stirn. „Jetzt verstehe ich. Du schläfst mit ihm?"

Sophie riss die Augen auf. „Nein, um Himmels willen! Obwohl Samantha meint, das wäre die Lösung."

Oliver fiel die Zeitung aus der Hand. „Was wäre

die Lösung?"

„Ihn zu heiraten, mit ihm zu …" Sie wedelte mit einer Hand in der Luft umher. „Na, du weißt schon. Und sollte es auf Dauer nicht funktionieren und zu einer Scheidung kommen, könnte ich dennoch einen Teil seines Vermögens beanspruchen. Aber …"

„Ist die Frau noch bei Verstand?", unterbrach Oliver sie erneut. „Für wie minderbemittelt haltet ihr die Männerwelt eigentlich? Schon mal was von Eheverträgen gehört?"

Sophie winkte ab. „Nun mach mal halblang. Erstens ist Sammy Anwältin und kennt sich mit solchen Dingen aus. Und zweitens habe ich ja auch nicht gesagt, dass ich das tun werde. Es ist nicht mein Stil, mit Männern ins Bett zu steigen, die mich nicht ansprechen."

Er fuhr sich versonnen mit der Hand durchs Haar. „Hast du auch nur einen Schimmer, wie dein zukünftiges Leben aussehen würde, falls du diesen Mann heiraten solltest? Ich habe in meinen Hotels Unmengen von Frauen kennengelernt, die mit Industriemagnaten liiert sind. Diese Frauen sind die einsamsten Wesen der Welt. Sie haben zwar Geld wie Heu, doch das beschert ihnen keinen Orgasmus. Ihr Liebesleben beschränkt sich darauf, Nachkommen zu zeugen. Sobald das erledigt ist, werden sie aufs Abstellgleis geschoben. Danach werfen sie sich jedem x-beliebigen Mann an den Hals, um endlich wieder einmal vernünftigen Sex zu haben. Oder aber sie stürzen sich in eine Affäre mit dem Chauffeur oder dem Gärtner."

„Das habe ich doch längst getan", entfuhr es Sophie. Erschrocken schlug sie sich eine Hand vor den Mund.

Doch zu spät!

„Du hast was getan?“

„Mit dem Gärtner geschlafen“, murmelte sie gesenkten Hauptes. Sie zuckte theatralisch mit den Schultern. „Ja, verdammt! Es hat sich einfach so ergeben.“

Es war das erste Mal an diesem Tag, dass ein Lächeln um Olivers Mundwinkel tanzte. Die entwaffnende Ehrlichkeit dieser jungen Frau brachte ihn trotz seiner aufgestauten Wut zum Schmunzeln.

Sie runzelte verärgert die Stirn. „Hör endlich auf, mich auszulachen!“, fauchte sie und erinnerte ihn an eine ungezähmte Wildkatze. „Ich schütte dir mein Herz aus, und du amüsierst dich darüber. Gott, ich merke ja gerade selbst, dass ich mein Leben nicht im Griff habe. Du musst es mir nicht ständig unter die Nase reiben.“

Sie strafte ihn mit einem vorwurfsvollen Blick. In ihren Augen schwammen Tränen. Gewiss hatte sie nicht die leiseste Ahnung, wie sehr er sich zurückhalten musste, um sie nicht in seine Arme zu reißen und ihr zu zeigen, wie aufregend ihr Leben sein könnte.

„Hör zu, Sophie“, setzte er nach kurzem Schweigen wieder an. „Diese Entscheidung musst du ganz alleine treffen. Überlege dir, ob du in der Tat deine besten Jahre an der Seite eines Mannes verbringen willst, den du nicht liebst. Du bist intelligent genug, um dir ein neues Dasein aufzubauen. Lerne endlich auf eigenen Füßen zu stehen! Und falls du Startschwierigkeiten haben solltest, rufst du mich an: Ich bringe dich in einem meiner Hotels unter. Mit deiner Ausbildung und den Sprachkenntnissen wärst du für jedes exklusive Resort dieser Welt eine Bereicherung.“

Überrascht riss sie die Augen auf. „Das würdest du wirklich für mich tun? Trotz allem … Danke schön. So langsam verstehe ich, warum deine Angestellten so große Stücke auf dich halten. Aber es ist nicht so einfach. Ich hänge sehr an meiner Mutter. Und sie leidet fürchterlich darunter, kaum mehr Kontakt zu meiner Schwester zu haben. Ich möchte nicht, dass das auch in meinem Fall eintritt. Weißt du, sie hat es auch nicht gerade leicht mit meinem Vater."

„Deine Einstellung in allen Ehren. Aber du kannst nicht die Verantwortung für das Leben deiner Mutter übernehmen. Sie hat ihn sich selbst ausgesucht, vergiss das nicht." Er blickte ihr herausfordernd in die Augen. „Ach, und noch etwas: Ich würde meine Hand dafür ins Feuer legen, dass du es binnen kürzester Zeit verabscheuen würdest, mit einem Mann verheiratet zu sein, der dir im Bett nicht gibt, was du brauchst. Dazu bist du viel zu temperamentvoll und heiß."

Nun sah Sophie rot. Was glaubte dieser Kerl eigentlich, wer er war? Die Lebenserfahrung in Person? „Woher willst ausgerechnet du das wissen? Wer bist du? Ein Farmer, ein Cowboy aus Arizona. Ich habe die Landpomeranzen gesehen, mit denen du dich normalerweise vergnügst. Wie kannst du dir ein Urteil über meine Bedürfnisse erlauben?"

Im Bruchteil einer Sekunde nahm ein gefährliches Glitzern von seinen Augen Besitz. Er bedachte sie mit einem Blick, der sie um ein Haar dazu gebracht hätte, mitten in der Wüste aus dem Auto zu springen.

„Egal, wer auch immer ich bin. Glaube mir, mit Frauen kenne ich mich ein wenig aus. Ich habe dich heute Nacht in meinen Armen gehalten. Ich weiß, was für ein Vulkan da unter der Oberfläche brodelt. Leider hast du mir nicht die Gelegenheit gegeben, ihn zum Ausbrechen zu bringen. Aber ich kann dir versichern, solltest du diesen Bruno heiraten, wirst du das irgendwann bereuen."

„Du bist ja verrückt! Größenwahnsinnig, was auch immer." Demonstrativ wandte sie sich ab, um auf der anderen Seite einen imaginären Punkt am Horizont zu fixieren.

Beinahe wäre sie vor Schreck von der Sitzbank gefallen, als sie wenige Augenblicke später von zwei starken Händen um die Taille gepackt wurde. Mit einem Ruck zog Oliver sie auf seinen Schoß. Hart und fordernd presste er seine Lippen auf die ihren.

Kurzzeitig war sie wie erstarrt, glotzte ihn ungläubig an, doch in der nächsten Sekunde jagten lodernde Flammen durch ihren Körper. Ihre Augenlider klappten zu. Sie konnte ein Stöhnen nicht unterdrücken, öffnete unbewusst den Mund und ließ Olivers Zunge freien Lauf. Sein Kuss war ein Angriff auf all ihre Sinne, riss sie mit, elektrisierte sie. Blitzschnell kam sie von null auf hundert. Olivers leicht herber, männlicher Geruch stieg ihr in die Nase. Gierig schlang sie ihm die Arme um den Nacken, schmiegte sich an ihn, und spürte, dass er unter ihrem Hintern hart wurde. Voller Wonne rutschte sie über seine Erektion, was ihm ein heiseres Knurren entlockte.

Sie fühlte nur noch seine hungrigen Lippen. Selbst Mikes Anwesenheit war völlig in Vergessenheit geraten. Und da wusste sie es: Sollte er es wirklich darauf anlegen, würde sie sich ihm hier und jetzt hingeben.

„Meine Güte, Oliver", hauchte sie gegen seinen Mund. „Du hast recht, ich war eine solche Idiotin. Bitte, gib mir noch eine Chance. Ich will dich. So sehr!"

Er löste seine Lippen von ihren und blickte ihr in die Augen. Fünkchen des Triumphs tanzten in seinen

Pupillen, mischten sich mit einem glühenden Feuer, das Sophie beinahe in den Wahnsinn trieb. Sein heißer Atem ging stoßweise und prickelte über ihre Haut hinweg. Begierig glitten seine Finger über die Rundungen ihres Busens, spielten kurz mit den aufgestellten Nippeln und wanderten dann unter ihr Kleid. Er streichelte über ihr dünnes Spitzenhöschen, während er sie abermals küsste.

„Oh mein Gott", keuchte sie.

Er ließ seine Finger weiterhin über ihr Höschen gleiten, nun mit mehr Druck. Ihr Unterleib verkrampfte sich. Die Gefühle schlugen wie eine gigantische Welle über ihr zusammen, vernebelten ihr den Verstand. Sie wollte Oliver spüren, zwischen ihren Schenkeln. „Oliver, bitte. Fass mich richtig an. So tu doch etwas!", wimmerte sie. Doch als ihrer Kehle ein lautes Stöhnen entfuhr, ließ er sie abrupt los.

Mit verschleierten fragenden Augen blickte sie zu ihm auf. „Was ist, warum hörst du auf?"

„Unkultivierter Cowboy hin oder her. Ich habe dich gerade mal fünf Minuten lang geküsst, und dein Höschen ist klatschnass. Wenn ich wollte, könnte ich dich auf der Stelle vögeln oder dich allein mit meinen Fingern zum Schreien bringen. Was lässt dich glauben, dass du es in einer Ehe ohne vernünftigen Sex aushalten wirst?"

Mit sanfter Gewalt schob er sie von seinem Schoß und lehnte sich zurück. Er schloss die Augen und atmete mehrmals tief durch. An der Wölbung in seiner Hose erkannte sie, dass ihn diese Aktion bei Weitem nicht so kalt gelassen hatte, wie er vorgab.

Geschockt und jeglicher Worte beraubt, starrte Sophie mit leeren Augen aus dem Fenster und versuchte, sich zu sammeln. Ihre Lippen brannten von Olivers heißen Küssen. Ihr Herz klopfte wie ein

Presslufthammer. Und ja, ihr Höschen war feucht. Sie schlug die Oberschenkel übereinander, um dem Pochen zwischen ihren Beinen Einhalt zu gebieten.

Allmählich ließ die Erregung nach und machte einer Stinkwut Platz. Einerseits auf diesen arroganten Macho, andererseits auf sich selbst. Wie konnte ein Mann eine derartige Macht über sie ausüben? Er hatte ihr gerade heftig ihre Grenzen aufgezeigt. Das Schlimmste war jedoch, dass er mit seinen Behauptungen richtig lag.

Auch sie wollte endlich einmal guten Sex haben. Genau den Sex, von dem Samantha stets schwärmte, der angeblich die Erde unter einem zum Beben brachte. Die Erfahrungen, die Sophie gesammelt hatte, waren allesamt eine Katastrophe gewesen. Nicht einmal ein leichtes Rütteln hatte sie bislang vernommen.

Verflixt und zugenäht, sie hatte die Chance gehabt, die Nacht in Olivers Armen zu verbringen, und hatte sie vertan.

Beschämt dachte sie an den Tag im letzten Spätsommer zurück, als sie sich im Bikini im Garten gesonnt und Marco, der Gärtner, die Hecken geschnitten hatte. Ihre Eltern waren verreist gewesen.

Eine schwüle Hitze hatte Heidelberg im Griff. Marco arbeitete mit freiem Oberkörper. Er war fünfundzwanzig und italienischer Abstammung, verbrachte aber die Sommermonate meistens in Deutschland. Sein Köper bestand vorwiegend aus Muskeln, noch dazu war er braun gebrannt und erinnerte sie an diese blöde Werbung mit dem Cola-light-Mann.

Irgendwann verselbstständigten sich ihre Hormone. Sie schlenderte zu Marco hinüber und verwickelte ihn in ein Gespräch. Ihr letztes Sexabenteuer lag

Monate zurück, und dieser gut gebaute Südländer übte eine magische Anziehungskraft auf sie aus.

In Windeseile kapierte er, wonach ihr der Sinn stand. Er schob sie in den Schuppen mit den Gartengeräten und warf sie auf eine Liegestuhlauflage. Er hielt sich nicht mit unnötigen Zärtlichkeiten auf, riss ihnen beiden die Klamotten vom Leib und drang in sie ein. Die Spaten, Rechen und Schaufeln bildeten alles andere als eine romantische Umgebung. Obendrein dauerte das Ganze keine fünf Minuten.

Der Vorfall lag jetzt über ein halbes Jahr zurück. Danach hatte sie, aufgrund Ermangelung eines interessanten Partners, nicht mehr über Sex nachgedacht. Was ganz gut funktioniert hatte – bis gestern.

Sie hatte jegliches Zeitgefühl verloren, als Oliver sie aus ihren Gedanken riss.

„Wir erreichen jetzt den Las Vegas-Strip.“ Seine Stimme klang durch und durch sachlich. Nichts ließ mehr darauf schließen, dass es noch kurz zuvor recht heiß im Fond des Wagens zugegangen war. „Du hast Glück. Mein Hotel liegt fast am Ende, so bekommst du gleich einen vollständigen Überblick. Aber glaube mir, bei Nacht ist das alles noch viel beeindruckender.

Ich habe dir in meinem Hotel für zwei Nächte eine Suite reservieren lassen. Solltest du verlängern wollen, sag einfach an der Rezeption Bescheid. Ich werde vermutlich morgen abreisen, aber das spielt ja keine Rolle.“ Er zwinkerte ihr ermutigend zu. „Heute Abend findet anlässlich der Eröffnung ein Galadiner statt. Falls du Langeweile oder Hunger verspüren solltest, bist du herzlich eingeladen. Und, Sophie, noch etwas: Sei auf der Hut! Las Vegas und Los Angeles sind nicht ungefährlich für alleinreisende

Frauen, vor allem bei Nacht. Halte dich von dunklen Gassen fern. Selbst auf den Hauptstraßen ist Vorsicht geboten."

„Was trägt man denn in den Staaten zu einem Galadiner?"

Er grinste. „Na, wenn du sonst keine Probleme hast. Im Allgemeinen ein langes Kleid, auch wenn ich das für überbewertet halte. Aber keine Panik, mein Hotel beherbergt jede Menge exklusive Läden. Du kannst alles erstehen, was du nicht im Gepäck hast."

Sie schlug die Augen nieder und rief sich die gesperrte Kreditkarte ins Gedächtnis. „Gut, mal sehen." Nie und nimmer konnte sie sich ein vernünftiges Abendkleid leisten.

Oliver schien ihr Zögern zu bemerken. „Sophie, es ist kein Problem, wenn du lieber etwas anderes unternehmen möchtest. Ach, und bezüglich deines Autos … Mike wird sich darum kümmern. Ich würde dir ein Cabrio empfehlen. Ich finde, wenn man einmal im Leben nach Kalifornien kommt, sollte man das Land unter freiem Himmel erkunden."

Sie blickte auf. „Aber wie soll ich das denn …? Also, ich meine … Der Wagen, den du zurückgegeben hast. Er war bezahlt."

Ein Anflug der Erkenntnis blitzte in Olivers Augen auf. „Oh, ich verstehe. Jetzt sag aber nicht, deine Kreditkarte funktioniert immer noch nicht?"

„Doch, doch", schummelte sie. Allerdings war sie noch nie gut im Lügen gewesen.

Oliver griff mit einer Hand unter ihr Kinn und drehte ihren Kopf zu sich herum, sodass sie nicht umhinkam, ihn anzuschauen. „Was ist mit deiner Kreditkarte?"

Sie schloss die Augen. „Alles in bester Ordnung."

Doch anscheinend konnte man diesem Kerl kein X für ein U vormachen.

„Sophie“, seine Stimme klang vorwurfsvoll. „Sprich mit mir!“

In diesem Moment warf sie auch noch den letzten Rest ihrer Würde über Bord. *Scheißegal!* Er hielt sie ohnehin für eine Idiotin. „Mein Vater hat sie sperren lassen, als er die Abbuchung der Lufthansa gesehen hat. Also wie soll ich jetzt an einen Wagen kommen?“

Oliver fiel in den Sitz zurück. Zischend ließ er die Atemluft entweichen. „Mensch, Sophie, das hättest du dir doch denken können, dass ihm die Flugbuchung sofort ins Auge stechen würde.“

„Ich habe nicht so schnell damit gerechnet.“

„Ja, woher auch! Herrgott, Mädchen, hast du denn überhaupt nichts im Griff?“ Hastig fuhr er sich mit der Hand durchs Haar.

„Warum denkst du, dir ein Urteil über mein Leben erlauben zu können?“, giftete sie ihn an. „Ich musste mich nie um Finanzen kümmern. Mein Vater hat alles geregelt, mich quasi dumm gehalten. Niemals konnte man ihm irgendetwas recht machen. Du hast doch gar keine Ahnung, wie demütigend es sein kann, so aufzuwachsen.“

Oliver winkte ab. „Gut, mach dir keinen Kopf, du bekommst einen neuen Wagen. Und falls du weiteres Geld benötigen solltest, sag einfach Mike Bescheid. Ich trage selten viel Bargeld mit mir herum. Übrigens gibt es in meinem Hotel auch einen Laden, in dem man sich Abendgarderobe leihen kann. Du kannst mir ja alles zurückerstatten, sobald du erst einmal diesen reichen Kerl geheiratet hast“, setzte er mit angefressenem Unterton hinzu.

Sophie schluckte. *Dieser Arsch!* „Glaubst du im

Ernst, ich würde dein Geld annehmen? Da kennst du mich aber schlecht."

Da registrierte sie, dass sie eine schätzungsweise zwölfspurige kerzengerade Straße erreichten. Der Verkehr um sie herum nahm zu. Zeitgleich passierten sie eine Sphinx mit einer Pyramide. Dann ein Schloss, das sie an Disneyland erinnerte, und letztendlich die Skyline von New York. Ihre Blicke flitzten hektisch von einer Seite auf die andere. Mit leuchtenden Augen versuchte sie, so viel wie möglich aufzunehmen. Das Dilemma mit den Finanzen war vergessen. Ihr entgingen sogar Olivers belustigte Blicke, derart beeindruckt war sie von dem Eiffelturm und der Rialtobrücke.

Sie wurde erst wieder ihrer Umwelt gewahr, als die Scheibe, die sie von Mike trennte, leise summend herunterfuhr.

Oliver lehnte sich nach vorne. „Mike, lass mich bitte am Hinterausgang raus. Mir ist gerade nicht nach Small Talk. Sophie kannst du zum Haupteingang bringen."

„Geht klar, Oliver."

Der Wagen ging in Schritttempo über, während er ein gigantisches in der Sonne glänzendes Gebäude ansteuerte.

„So, das ist das *Dreams*", verkündete Oliver, nicht ohne eine gewisse Genugtuung in der Stimme.

Wie eine Steilwand erhob sich vor ihnen ein kupferfarbener Tower. *Grundgütiger!* Noch nie in ihrem Leben hatte Sophie ein Hotel mit solchen Ausmaßen erblickt – und sie hatte schon einige Hotels gesehen. Hastig rang sie nach Luft.

Ja, war denn das die Möglichkeit? Wo sie doch vermutet hatte, Oliver würde irgendwo eine Bruchbude von einem Hotel sein Eigen nennen.

„Sag, dass das nicht dein Hotel ist“, stammelte sie.

Er grinste. „Nicht schlecht für einen dahergelaufenen Cowboy, nicht wahr?“

Oje, wie peinlich war das denn? Am liebsten wäre sie tot umgefallen. Was hatte sie ihm alles an den Kopf geworfen? Doch plötzlich enterte ein anderer Gedanke ihren Kopf. Anstatt Bruno könnte sie doch eigentlich Oliver heiraten. *Genau, das war die Lösung!*

Rasch tauchte sie jedoch wieder in die Realität ein. Die Geschichte hatte einen klitzekleinen Haken. Oliver wollte sie nicht. Im Grunde genommen war er einzig auf eine Bettgeschichte aus. Tja, es waren oft winzige bedeutungslose Details, die ein wundervolles Happy End zum Scheitern brachten.

Bereits als ihr Mietwagen mitten in der Wüste ausgerollt war, hatte sie den Eindruck gewonnen, das Schicksal wolle sie ärgern. Jetzt hatte sie den Beweis. Zielstrebig hatte es sie zu dem nächsten Millionär geführt, der ebenfalls nichts anderes im Sinn hatte, als sie seinem Willen zu unterwerfen.

Die Limousine stoppte und riss Sophie aus ihren wirren Überlegungen. Ein Anflug heller Panik überkam sie. Tyrannischer Millionär hin oder her. Hatte Oliver das Auto erst einmal verlassen, würde sie ihn aller Voraussicht nach niemals wiedersehen. Die Vorstellung bereitete ihr Unbehagen. Ohne ihn würde sie sich in diesem riesigen Land ziemlich verloren vorkommen.

Als hätte er ihre Gedanken erahnt, wandte er sich ihr zu. „So, ich muss los. Sollten wir uns nicht mehr sehen, wünsche ich dir alles Gute für die Zukunft. Ich hoffe, du wirst den richtigen Weg einschlagen.“

„Du bist mir nicht mehr böse? Wegen gestern Nacht?“

Er schmunzelte. „Alles schon vergessen. Ich war mir schließlich von Anfang an darüber im Klaren, dass du irgendein mächtiges Problem mit dir herumschleppst. Ich hätte dich nicht bedrängen dürfen. Ach übrigens, ich besitze obendrein ein Hotel in Los Angeles. Ich möchte dir nahelegen, dich dort einzuquartieren, denn ich lege in meinen Häusern großen Wert auf hohe Sicherheitsstandards."

Sophie schnappte ungläubig nach Luft. Jeglicher Sauerstoff schien aus dem Wagen gewichen zu sein. Natürlich hatte er ein Hotel in Los Angeles. Wie vermutlich in jeder anderen amerikanischen Großstadt. *Zum Henker!* Wie hatte sie diesen Mann dermaßen unterschätzen können?

Sie hasste es, doch ihre Augen füllten sich mit heißen Tränen. „Ich weiß gar nicht, wie ich dir jemals danken soll. Und das mit dem dahergelaufenen Cowboy tut mir unsagbar leid. Ich hätte es ahnen müssen."

Er schluckte vernehmlich. „Weine nicht, Liebes." Eine Sanftheit lag plötzlich in seiner Stimme, die sie ihm nie und nimmer zugetraut hätte. Zärtlich fuhr er ihr mit dem Zeigefinger über die Wange und fing eine der Tränen ein. Abrupt ließ er jedoch von ihr ab und stieg aus. „Mach dir keine Gedanken. Ich habe das gerne getan. Leb wohl!"

Er wechselte noch ein paar Worte mit Mike, dann verschwand er aus ihrem Blickfeld und wahrscheinlich für immer aus ihrem Leben.

Als der Wagen zu guter Letzt unter einer glasüberdachten Einfahrt zum Stillstand kam, kämpfte sie weiterhin mit den Tränen.

Mike ging ihr beim Aussteigen zur Hand und führte sie durch eine Drehtür in die riesige Lobby.

Schlagartig war sie so fasziniert, dass sie vorübergehend ihren Kummer vergaß. Vollständig in Gold gehalten, mit Blumen, Wolken und Engeln geschmückt, vermittelte die Hotelhalle einen ausgesprochen noblen Touch und gab einem das Gefühl, geradewegs das Paradies zu betreten.

Ihr Begleiter ließ sie stillschweigend einige Sekunden lang alles bestaunen, danach schob er sie zur Rezeption. Sie wurde zuvorkommend mit Namen begrüßt und bekam die kleine Karte fürs Zimmer ausgehändigt. Auch der Lift war über und über mit Gold verziert.

Mit einer Keycard aktivierte Mike den Fahrstuhl. Fünfzigster Stock? *Unglaublich!* Die Fahrt erschien ihr wie eine Ewigkeit, endlich ertönte der leise Gong, als der Aufzug stoppte.

Sie wanderten durch einen nicht enden wollenden Gang, bis Mike vor einem der Zimmer abbremste. Er öffnete die Tür und ließ ihr den Vortritt.

O ja, Oliver! Das Hotel wird seinem Namen mehr als gerecht!, war der erste Gedanke, der ihr durch den Kopf schoss.

Kapitel 7

Die geräumige Suite bestach durch erfrischende Blautöne und wartete genau wie die Lobby mit aufwendigen Goldverzierungen auf. Die Sonne, die durch die raumhohe Fensterfront hereinflutete, ließ das Zimmer glitzern, als wäre es mit kostbarem Schmuck behängt. Eine weiße wolkenförmige Sitzecke aus Leder stand mitten im Raum, umgeben von unzähligen Lampen und Blumengestecken. In der Luft lag ein betörender Rosenduft. Abgerundet wurde die Gemütlichkeit durch einen offenen Kamin.

Sophie sauste als Allerserstes ans Fenster. Der Ausblick war überwältigend. Im Vordergrund der Strip mit seinen beeindruckenden Hotels, im Hintergrund die roten Berge Nevadas. Sie brannte jetzt schon darauf, dies alles bei Nacht zu bewundern.

Während Mike ihr Gepäck hereinschaffte, nahm sie den Rest der Suite in Augenschein. Ein Jacuzzi thronte in der Mitte des ausladenden Badezimmers. Auf einem Podest im Schlafraum harrte ein gewaltiges Himmelbett mit einem Baldachin darüber aus. Vergnügt jagte Sophie von einem Blumengesteck zum nächsten und schnupperte daran. *Hach, sie liebte frische Blumen so sehr!* Das alles war wie ein lebendig gewordener Traum.

Doch da riss Mikes Stimme sie recht unsanft in die Realität zurück. „Oliver hat mich gebeten, Ihnen den Strip zu zeigen. Wollen wir gleich los, Miss …?“ Er stockte kurz. „Entschuldigen Sie, ich kann mir Ihren Nachnamen einfach nicht merken.“

„Das ist auch nicht nötig, sagen Sie doch Sophie zu mir.“

Sie grübelte einen Moment. Nach dem gestrigen

Abend und der ungewöhnlichen Herfahrt war sie völlig durch den Wind. Dazu kamen die mitreißenden Eindrücke dieser quirligen Stadt. Sie musste erst einmal wieder zu sich selbst finden. „Wissen Sie was, Mike, ich würde mich gerne heute ein bisschen auf eigene Faust umsehen. Ich brauche ein paar Stunden für mich. Sollten Sie morgen noch vor Ort sein, dürfen Sie mir den Rest zeigen."

Sein Zögern entging ihr nicht. Schon klar. Oliver hängte mal wieder den Beschützer raus.

Widerwillig nickte er schlussendlich. „Wie Sie wünschen. Ich gebe Ihnen meine Handynummer, falls irgendetwas sein sollte, einfach melden. Viel Spaß, und verspielen Sie nicht zu viel Geld."

Sophie machte sich frisch, tauschte die Pumps gegen ihr einziges Paar flache Schuhe und sauste los. Kurz war sie versucht, sich die Ohrhörer ihres iPods in die Ohren zu stöpseln, doch letztlich entschied sie, die Stadt ohne jegliche Ablenkung auf sich wirken zu lassen. Sie wollte nicht nur Las Vegas erkunden, sondern auch darüber nachdenken, was Oliver ihr in der Limousine vor Augen geführt hatte – und zwar nicht bloß durch Worte, nein, vor allem durch Taten.

Sie marschierte auf den Strip hinaus und wanderte ziellos in eine Richtung. Die Geräuschkulisse versetzte sie im ersten Moment in Panik. Es mussten Tausende von Autos und Menschen unterwegs sein. Doch schon bald hatte sie sich an den Lärm gewöhnt. Sie staunte über die riesigen Hotels und die ausgefallenen Bars und Restaurants. Überall dröhnte Musik aus den Gebäuden. Hunderte von verschiedenen Gerüchen stiegen ihr in die Nase: Süßes, Gegrilltes, Frittiertes, Gebratenes, Chinesisches. Worauf hatte sie eigentlich Appetit? Letztendlich gönnte sie sich einen kleinen Hotdog, denn auch ihr Magen schien von den Eindrücken der letzten Tage so angefüllt zu sein, dass er nicht mehr vertragen konnte.

Schnell stellte sie fest, dass in dieser Stadt alles ein bisschen größer war als anderswo. Sie hatte bereits einige Kilometer zurückgelegt, aber immer noch nicht viel gesehen. Dafür kam sie aus dem Staunen nicht mehr heraus. Erschöpft ließ sie sich zu guter Letzt gegenüber der beeindruckenden Wasserspiele des Hotel *Bellagio* auf einer Bank nieder und verlor sich in ihren Gedanken.

Natürlich gab es lediglich ein Thema, das sie beschäftigte: Oliver Malloy. Sie konnte ihn einfach nicht aus ihrem Kopf verbannen. Allein bei der Erinnerung an ihn brandete eine heiße Woge durch ihren Körper. Sie wusste nicht, was dieser Mann in gerade mal zwei Tagen mit ihr angestellt hatte, aber so sehr hatte sie sich nie zuvor nach einem Kerl verzehrt. Er löste in ihr Gefühle aus, dir ihr fremd waren und sie vollkommen ratlos zurückließen.

Erneut stellte sie sich die Frage, ob sie nicht doch mit ihm hätte schlafen sollen? Bei den bemitleidenswerten Erfahrungen, die sie bisher gesammelt hatte, wäre Oliver mit Sicherheit eine Bereicherung gewesen. Was war bloß am Vorabend in sie gefahren? Warum hatte sie sich nicht einfach fallen lassen?

Zu Hause war das Thema Sex immer tabu gewesen. Mit viel Mühe und Sorgfalt hatte man für sie und Beatrice stets Internate ausgesucht, die unvorstellbar konservativ und kilometerweit von jeglicher Zivilisation entfernt waren. Aller Widrigkeiten zum Trotz hatte sich dennoch hin und wieder die Möglichkeit ergeben, den nächsten Ort zu besuchen. Aber abgesehen von Knutschen, Fummeln und ein paar schnellen Nummern, im Normalfall auf einer Autorückbank, hatte sie zu dieser Zeit nichts Bahnbrechendes erlebt.

Auch im Laufe ihres Studiums war in sexueller Hinsicht nichts Spektakuläres vonstattengegangen. Die meisten ihrer Kommilitonen waren Langweiler und Spießer gewesen. Abgehobene Söhne reicher Eltern.

Während ihrer Ausbildung zur Goldschmiedin war sie über ein Jahr hinweg mit einem jungen Mann liiert gewesen: Daniel. Aber er war ebenfalls weit davon entfernt gewesen, ein heißblütiger Liebhaber zu sein. Ein fein geschliffener Diamant hatte ihn immer mehr interessiert als Sophies Körper. Irgendwann hatte sie kapituliert und sich damit abgefunden, dass das Problem wohl an ihr lag.

Ihre Gedanken begaben sich auf die Reise zu Bruno. Obwohl er attraktiv war, konnte sie sich beim besten Willen nicht vorstellen, jemals von ihm geküsst zu werden. Und nachdem sie nun Olivers heiße Lippen auf den ihren gespürt hatte, war diese Idee in noch weitere Ferne gerückt. Aber sie wollte sich jetzt nicht mit Bruno belasten, so widmete sie ihre Aufmerksamkeit den fantastischen Wasserspielen vor ihrer Nase.

Nachdem sie die Fontänen zum dritten Mal bewundert hatte, nahm sie gemächlich den Rückweg in Angriff. Allerdings hatten die Kasinos inzwischen ihre Neugier erweckt.

Als sie das Erste betrat, stockte ihr der Atem. Sie kannte einige Spielkasinos in Europa. Alle zusammen hätten locker hier ihren Platz gefunden. Noch nie hatte sie ein derartiges Lichtermeer und solche Kohorten von Spielautomaten gesehen. Ziellos wanderte sie durch die Säle und hatte schon bald die Orientierung verloren. Erst nach längerem Suchen fand sie den Ausgang zum Strip wieder. Morgen würde sie ein paar Dollar riskieren, aber heute war ihr irgendwie nicht danach.

Als sie erschöpft ins *Dreams* zurückkehrte, setzte gerade die Dämmerung ein. Sie steckte ihren iPod in die dafür vorgesehene Dockingstation in der Suite, und während die melancholischen Klänge von *Les Misérables* den Raum mit Leben erfüllten, ließ sie sich am Fenster nieder und beobachtete staunend, wie sich in der Stadt Tausende von bunten Lichtern entzündeten, das Ganze umrahmt von einem spektakulären Sonnenuntergang. Oliver sollte einmal mehr recht behalten: Das war das Eindrucksvollste, was ihr je vor Augen gekommen war. Im Handumdrehen hatte die Faszination dieses einzigartigen Ausblicks sie gepackt.

Erst als es stockdunkel geworden war und ein lautes Knurren aus ihrer Magengegend ihr signalisierte, dass sie jetzt doch Hunger bekommen hatte, sprang sie auf.

Das Galadiner! Sie könnte dort eine Kleinigkeit zu sich nehmen und obendrein Oliver ein letztes Mal treffen. Aber was zur Hölle sollte sie anziehen? Nach der Erfahrung mit den rutschigen Schuhen und dem kurzen Rock in der Wüste war sie ein wenig einsichtiger geworden. Aufgrund der gesperrten Kreditkarte konnte sie jedoch nicht problemlos irgendeine sündhaft teure Robe erstehen.

Was hatte Oliver über das Ausleihen gesagt? Warum eigentlich nicht! Sie hastete zum Telefon und wählte Mikes Nummer. „Mike, Mike, ich würde gerne doch zu dem Diner kommen, kann ich mir jetzt noch ein Kleid ausleihen?“

Nach kurzem Zögern vernahm sie seine Antwort. „Das sollte das geringste Problem sein.“

Als sich einige Zeit später im Erdgeschoss die Fahrstuhltür öffnete und Sophie heraustrat, glaubte Mike, seinen Augen nicht zu trauen. Nun wusste er zumindest, was so lange gedauert hatte.

Das hochgesteckte Haar betonte ihren wohlgeformten, schmalen Hals. Die Augen hatte sie dunkel geschminkt und einen knallroten Lippenstift aufgetragen, der farblich zu dem schulterfreien Abendkleid passte, das sich an ihren Körper schmiegte wie eine zweite Haut. Das Dekolleté gewährte einen Blick auf den Ansatz ihres Busens, ließ aber mehr erahnen als erkennen. Auf einer Seite war das Kleid geschlitzt und entblößte beim Laufen eins von Sophies langen Beinen. Passend dazu trug sie rote hohe Sandalen und rote Handschuhe. Sie glitt über den Boden, als würde sie schweben.

Mike schnappte nach Luft. Nun, die Geldanlage hatte sich definitiv gelohnt. Denn als Sophie letztendlich zu dem Schluss gekommen war, doch noch das Galadiner zu besuchen, war der Zug mit dem Ausleihen bereits abgefahren gewesen. So hatte er gezwungenermaßen seine Kreditkarte gezückt.

Einen Moment lang hielt Sophie irritiert inne, dann aber entdeckte sie ihn und strahlte. Ein Lächeln, das die gesamte Lobby zu erhellen schien. *Alter Schwede!* Wenn Oliver heute bei dieser Frau nicht schwach wurde, würde sein Kumpel aller Voraussicht nach den Rest seines Lebens als erbitterter Single vor sich hinvegetieren.

Gentlemanlike reichte er ihr seinen Arm, sodass sie sich bei ihm unterhaken konnte. „Kommen Sie, Sophie, ich begleite Sie. Das Festmenü haben Sie leider verpasst, aber keine Sorge, es gibt ein Buffet für Nachzügler … Übrigens, Sie sehen fantastisch aus.“

Sie näherten sich einem Saal, aus dem lautes Stimmengewirr drang. Der mit bunten Orchideen dekorierte Raum verfügte über eine Bar, daneben befand sich besagtes Buffet, hinter dem ein Koch mit hoher weißer Mütze geschäftig hin- und hersauste.

Überall hatte man Stehtische aufgebaut, an denen elegant angezogene Menschen plauderten. Die meisten Damen trugen lange, ausgefallene Roben, die Männer Smokings. Und dank des geliehenen Kleides tanzte auch Sophie heute nicht aus der Reihe.

Ihre Augen verweilten eine Zeit lang auf dem glänzenden schwarzen Klavier auf der anderen Seite des Saales, danach nahm sie die gepolsterten Sitzecken ins Visier. Oliver allerdings konnte sie nirgendwo entdecken.

„Ich denke, ich mache mich als Erstes über das Buffet her. Leisten Sie mir Gesellschaft, Mike?"

„Oh, ich habe bereits gegessen. Falls es Ihnen nichts ausmacht, lasse ich mich an der Bar nieder. Sollten Sie Langweile haben, wissen Sie ja, wo Sie mich finden."

Auf dem Weg zum Buffet begegnete ihr ein schlaksiger Mann mit eigenartig blond gefärbten Haaren, der ihr irgendwie bekannt vorkam. Er blickte sie fragend an, dann lächelte er und bremste abrupt vor ihr ab.

Jetzt fiel es ihr wieder ein: die luxuriöse Hoteleröffnung an der Côte d'Azur – ihr Vater hatte das Ereignis genutzt, um seine kostbarsten Schmuckstücke dort an den Mann oder besser gesagt, die Frau zu bringen. Der Typ, der da vor ihr stand und ihr die Hand entgegenstreckte, war kein geringerer als Steve Wood, der wohl mächtigste Hotelmogul der Welt.

„Hallo, Prinzessin, was für eine Überraschung. Ich glaube, Sophie war Ihr Name, richtig? Was hat Sie denn nach Vegas verschlagen? Ich dachte, Sie treiben Ihr Unwesen einzig in Europa." Gierig glitten seine Blicke an ihr herab und schienen eine Schleimspur auf ihrer Haut zu hinterlassen.

Nichtsdestotrotz war sie gerührt, dass er sich überhaupt an sie erinnerte. „Hallo, Herr Wood, ja, Sophie ist korrekt. Schön, Sie wiederzusehen. Oliver Malloy ist ein Bekannter von mir. Er hat mich eingeladen."

„Oh, ich verstehe." Er blickte provozierend um sich. „Und wie finden Sie den Laden hier?"

„Was ich bisher gesehen habe, ist faszinierend."

Wood schüttelte missbilligend den Kopf. „Bullshit! Falls Sie mal in der Nähe sein sollten, wenn meine nächste Hoteleröffnung stattfindet, kommen Sie gefälligst vorbei! Dann werde ich Ihnen einmal demonstrieren, was ein richtiges Hotel und eine schillernde Party sind", erklärte er großspurig.

Er drückte ihr erneut fest die Hand, wobei Sophie schon Angst hatte, er würde sie gar nicht mehr loslassen, und bedachte sie mit einem weiteren lüsternen Blick. „Ich habe heute noch eine Einladung in Beverly Hills, aber danach wäre ich frei. Mein Jet steht bereit. Interesse, mich zu begleiten?" Er zwinkerte ihr herausfordernd zu.

Ach, du Schande! Dieser alternde Lüstling hatte ihr gerade noch gefehlt. „Tut, mir leid. Aber ich habe Oliver versprochen, ihm später ein wenig Gesellschaft zu leisten", improvisierte sie mit einem zuckersüßen Lächeln auf den Lippen.

Wood blickte sie noch einen Moment lang grübelnd an, während ein kleiner Muskel an seinem Kinn zuckte. Endlich ließ er von ihrer Hand ab. „Gut, dann eben ein anderes Mal", murmelte er mit einer Miene wie sieben Tage Regenwetter. Er fuhr herum, und schon war er in der Menschenmenge verschwunden.

Sophie atmete auf. Immerhin schien der Hotelmagnat zu wissen, wann er verloren hatte. Auch wenn er nicht wirklich damit umgehen konnte.

Schnellen Schrittes steuerte sie das Buffet an, auf dem die verführerischsten Leckereien angerichtet waren. Sie begann mit einer Suppe und einem Salat. Danach machte sie Anstalten, das Fischbuffet zu plündern. Sie unternahm gerade den Versuch, die verschiedenen Schalentiere zu identifizieren, als sie nahe an ihrem Ohr eine bekannte Stimme vernahm: „Na, Mylady, ist alles Ihren Wünschen entsprechend?"

Wie in Zeitlupe drehte sie sich um und versank in einem Paar himmelblauer Augen. Sofort jagte ein Prickeln über ihre Haut. „Oliver", entfuhr es ihr.

Aaarrgh! Sie hasste sich für die offensichtliche Euphorie in ihrer Stimme. Sie räusperte sich. „Schön, dich zu sehen. So kann ich mich zumindest gebührend von dir verabschieden. Ich hatte schon Angst, das wäre es jetzt gewesen."

Unauffällig musterte sie ihn. Im Smoking mit schwarzer Fliege sah er zum Niederknien aus. Er hingegen schien von ihrem Outfit relativ unbeeindruckt zu sein. Er blickte ihr unentwegt in die Augen, widmete seine Aufmerksamkeit weder dem Wahnsinnskleid noch ihrem Dekolleté, wo sie sich solche Mühe gegeben hatte, ihrem dürftigen Busen anhand eines Push-ups ein wenig Fülle zu verleihen.

„Ja, ich stand vorhin leider ziemlich unter Druck. Aber halb so wild, ich bin nämlich morgen auch noch vor Ort. Ich habe tagsüber Meetings, aber gegen Abend könnte ich dir zur Verfügung stehen. Darf ich dich zum Abschied zum Essen einladen?"

Was für eine Frage! Es fiel ihr unsagbar schwer, nicht über das ganze Gesicht zu grinsen. „Ich denke, das lässt sich einrichten“, äußerte sie so sachlich, wie unter den gegebenen Umständen eben möglich.

Er kratzte sich nachdenklich am Kinn. „Weißt du eigentlich, mit wem du dich da gerade unterhalten hast?“ Der Versuch, seiner Stimme einen nebensächlichen Tonfall zu geben, gelang ihm nur unzulänglich.

In diesem Moment machte Sophies Herz einen Luftsprung. *Ach, sieh mal einer an! Er hatte sie beobachtet.* „Du meinst Steve?“, antwortete sie mit dem gleichen beiläufigen Unterton. „Wir kennen uns seit einer Ewigkeit“, übertrieb sie maßlos. „Er hat ein französisches Schloss in ein herrliches Hotel umgewandelt. Das solltest du dir auf keinen Fall entgehen lassen, falls du demnächst nach Europa kommst.“

„Gut. Sophie, sei mir nicht böse, aber ich muss dringend noch ein paar andere Gäste bespaßen. Du weißt ja selbst, wie das bei solchen Anlässen ist. Soll ich dich morgen Abend so gegen 19 Uhr an deinem Zimmer abholen?“

„Ja, gerne. Aber ehe ich wieder einen Fauxpas begehe, frage ich lieber gleich: Was soll ich anziehen?“

Er grinste; das belustigte Flackern in seinen Augen, ließ keinen Zweifel daran, dass er gerade an ihren gestrigen Ausflug in die Wüste dachte. Provozierend begutachtete er sie von oben bis unten, wobei seine Blicke eine Spur aus Feuer auf ihrer Haut zu hinterlassen schienen. „Also, es muss nicht ganz so elegant sein wie heute, aber die Richtung kommt schon hin. Entschuldige mich, ich muss jetzt wirklich los.“ Er hauchte ihr noch einen flüchtigen Kuss auf die Wange, und weg war er.

Mist, er hat noch nicht einmal meine Zimmer-

nummer, schoss es ihr durch den Kopf, doch da wurde ihr klar, dass dies herauszufinden, wahrscheinlich eine seiner einfachsten Übungen war. Mit zittrigen Fingern lud sie sich wahllos mehrere Fischstücke auf den Teller. Als sie sich an einem der Tische niederließ, war ihr Appetit verflogen.

Himmel, was stellte dieser Kerl bloß mit ihr an?

Nachdem sie mit Müh und Not ein paar Happen hinuntergewürgt hatte, sank sie mit einem Glas Champagner in eine der gepolsterten Nischen. Aufmerksam lauschte sie der Klaviermusik. Melodien aus bekannten Musicals erfüllten den Raum. Sie seufzte melancholisch. Bei gefühlvoller Musik gelang es ihr immer, sich aus der Realität wegzuträumen. Ein schönes Lied trug sie davon, sie verlor sich voll und ganz darin und ließ den Alltag hinter sich.

Natürlich hatte ihr Vater diese künstlerische Ader mit steter Regelmäßigkeit unterdrückt, ansonsten hätte sie sicher einen musikalischen Beruf ergriffen. Immerhin nahm sie gelegentlich ein paar Klavierstunden, so konnte sie ihren Traum zumindest ansatzweise ausleben.

Als der Pianist eine Pause einlegte, blickte sie sich abermals neugierig im Saal um. Die Gästeschar hatte sich deutlich gelichtet. So war es dieses Mal ein Kinderspiel, Oliver auszumachen.

Auf der anderen Seite des Raumes war er in ein angeregtes Gespräch mit einer auffälligen Blondine vertieft. Eine Kaskade glänzender Locken wogte um ihre Schultern. Nur unzureichend ließ sich ihre üppige Oberweite unter einem schwarzen Trägerkleid verbergen.

So sahen also seine geschäftlichen Kontakte aus. *Dieser Mistkerl!* Die Weiber lagen ihm regelrecht zu Füßen. Vermutlich hatte er tatsächlich die Wahrheit gesagt, als er von seinen zahlreichen Bettgeschichten gesprochen hatte. Warum in aller Welt hatte sie nicht mit ihm geschlafen? Dann wäre sie vielleicht endlich in den Genuss eines kleinen Erdbebens gekommen.

Verdrossen sprach sie dem Champagner zu und leerte ihr Glas in einem Zug. Schon wenige Sekunden später stand erneut ein gefülltes vor ihr. Wo sie sich doch bereits leicht besäuselt fühlte. *Vollkommen gleich!* Ihr Zimmer war lediglich einen Katzensprung entfernt, so konnte sie zumindest ihren Unmut über Olivers Verhalten hinunterspülen. Gierig griff sie nach dem Glas.

„Entschuldigen Sie, darf ich Ihnen Gesellschaft leisten?“, drang in diesem Moment eine männliche Stimme zu ihr durch.

Sie blickte auf und registrierte einen großen schwarzhaarigen Mann. *Hmm, nicht schlecht.* Ein attraktiver Gesprächspartner war wirklich nichts Verkehrtes. „Aber gerne, nehmen Sie doch Platz.“

Diskret öffnete er das Jackett seines Smokings, rutschte ihr gegenüber auf das Polster und stellte sich als Peter Webster vor, New Yorker Hotelier. Was auch sonst?

Schon nach wenigen Minuten waren sie in ein lustiges Gespräch vertieft, wobei ihr völlig entging, dass ihr Champagnerglas ein ums andere Mal aufgefüllt wurde.

Mike hatte es sich in der Zwischenzeit an der Bar gemütlich gemacht. Da erwachte sein Headset mit einem lauten Knacken zum Leben. „Ja, Oliver! Wo brennt’s denn?“

„Hör mal, Mike, da versucht sich gerade so ein schmieriger Typ, an Sophie heranzumachen. Ich kenne ihn aus New York. Er heißt Webster und ist mir schon einmal in die Quere gekommen. Kannst du bitte ein Auge auf sie haben."

„Kein Thema, ich kümmere mich darum." Ein Grinsen glitt über Mikes Gesicht. So ganz ohne Wirkung schien Sophies Auftritt doch nicht geblieben zu sein. Oliver flirtete auf der gegenüberliegenden Seite des Saales mit einer aufreizenden Blondine, dennoch hatte er seine Augen bei Sophie. *Interessant!*

Mike wanderte ans andere Ende der Bar, von wo aus er Sophie besser in Augenschein nehmen konnte. Und tatsächlich: Der Typ redete wie ein Wasserfall auf sie ein und versorgte sie währenddessen unablässig mit Alkohol. Jeder, der Augen im Kopf hatte, konnte erkennen, welche Absichten er hegte.

Während Mike noch überlegte, wie er Sophie unauffällig von diesem Schweinehund weglotsen konnte, erhob sie sich. Sie schwankte ein wenig, doch Webster war sofort bei ihr, packte sie um die Taille und führte sie schnurstracks aus dem Raum. Mike folgte den beiden in ein paar Metern Entfernung, da er nicht für unnötigen Wirbel sorgen wollte.

„Nein, danke, ich komm allein zurecht. Sie brauchen mich nich in mein Zimmer zu bringen", lallte Sophie.

Doch ihr Begleiter ignorierte ihr Gerede und schubste sie in den Fahrstuhl.

Mit Argusaugen beobachtete Mike, in welches Stockwerk der Lift fuhr. Als er sah, dass er im fünfzigsten hielt, eilte er zum Expressfahrstuhl. Oben angekommen spurtete er los und war in dem Moment bei Sophies Zimmertür angelangt, als diese ins Schloss fiel. Er zückte seine Generalkarte und öffnete die Tür schwungvoll. Krachend flog sie gegen die Wand.

Erschrocken wirbelte Webster herum. Er hatte

Sophie auf das Sofa geworfen und sich über sie gebeugt. Sie leistete schwachen Widerstand, war aber offenbar zu betrunken, um sich erfolgreich zur Wehr zu setzen. Eins seiner Knie hatte er zwischen Sophies Schenkel gezwungen, was zur Folge hatte, dass ihr rotes Kleid mit dem langen Schlitz weit auseinanderklaffte und Mike einen Blick auf zwei schlanke Beine in dunklen Strümpfen gewährte.

Obwohl der Anblick verlockend war, galt sein einziges Interesse Webster. Mit zwei riesigen Schritten durchquerte er den Raum, packte Webster am Kragen und riss ihn von Sophie herunter.

Webster war versucht, etwas zum Besten zu geben, da krachte Mikes Faust schon mitten in sein Gesicht. Er blickte Mike einen kurzen Moment lang ungläubig an; eine Sekunde später plumpste er wie ein Kartoffelsack zu Boden, wo er bewegungslos liegen blieb.

Mike eilte zu Sophie, doch die Schnapsdrossel war indessen selig auf dem kuscheligen Sofa eingedöst. Ihr Kleid war durch den Kampf mittlerweile komplett verrutscht. Das schulterfreie Oberteil war nach unten geschoben, wohingegen der Rock noch weiter auseinanderfiel.

Mike atmete mehrmals tief durch, bevor er ihr mit spitzen Fingern das Kleid ein Stück nach oben zog. Als Nächstes klappte er die beiden Teile des Rocks über ihren Beinen zusammen. Doch der glatte Stoff glitt immer wieder herunter. Irgendwann schaffte er es, das Kleid ähnlich einer Serviettenfalttechnik zu befestigen.

Er sank in einen der Sessel. „Oliver“, sprach er in beiläufigem Tonfall in sein Headset, so als wolle er sich eine Pizza bestellen. „Kommst du mal bitte zu Sophies Suite hoch. Hier hat es ein kleines Problem gegeben."

Zähneknirschend entschuldigte Oliver sich bei seinem Date und machte sich auf den Weg nach oben. Er hatte schon eine gewisse Vorahnung, doch als er die Tür öffnete, bot sich ihm ein äußerst bizarres Bild: Sophie lag auf dem weißen Wölkchensofa, das einen heftigen Kontrast zu ihrem roten Kleid bildete, welches zwischen ihren Beinen auf kunstvolle Art zusammengeknotet war.

Mike saß in einem Wölkchensessel, der unter seiner Größe geradezu lächerlich erschien, und in der Ecke auf dem Boden hockte Peter Webster mit blutender Nase und aufgeplatzter Lippe.

Mit großen Schritten stürmte er auf Sophie zu. „Ist ihr etwas passiert?"

Mike winkte lässig ab. „Nein, nein, keine Panik. Sie ist während des ganzen Theaters eingepennt. Du hattest recht. Er hat versucht, sich über sie herzumachen. Aber die Tour habe ich ihm vermasselt."

Beide blickten in Websters Richtung, der wie ein Häufchen Elend auf dem Boden kauerte und alles Erdenkliche unternahm, um die Blutung in seinem Gesicht zu stoppen.

Verdrossen marschierte Oliver auf ihn zu. „Webster, Sie waren mir in New York bereits ein Dorn im Auge. Meine Geduld ist jetzt erschöpft. Verschwinden Sie auf der Stelle aus diesem Hotel, und lassen Sie sich ja nie wieder in einem meiner Häuser blicken! Haben Sie mich verstanden?"

Webster rappelte sich wortlos auf und verließ fluchtartig das Zimmer, wobei er strauchelte und um ein Haar der Länge nach hinschlug.

Olivers Blicke folgten ihm. „Jetzt hat er endgültig verspielt. Morgen früh werde ich dafür sorgen, dass er in der Hotelbranche so schnell keinen Fuß mehr auf den Boden bekommt“, knurrte er mit bedrohlich leiser Stimme.

Er heftete seine Augen wieder auf Sophie. „Mike, was sollen wir mit dieser Frau nur machen? Wir können sie nicht einen Tag alleine lassen, ohne dass ihr etwas zustößt. Ich hatte schon Bedenken, sie würde mit Wood losziehen. Wie hätte ich sie vor dem in Sicherheit bringen sollen?“

Mike nickte. „Hmm, vielleicht wäre ein Leibwächter ja die Lösung des Problems. Wir können uns ja abwechseln, dann wird es nicht ganz so anstrengend“, fügte er schmunzelnd hinzu.

„Einverstanden, morgen Abend übernehme ich. Aber, du weißt, dass danach ein paar Termine in New York anstehen. Im Klartext: Du bleibst hier und gibst auf Sophie acht, anstatt mich zu begleiten. Ich glaube, sie ist der größere Risikopatient.“

Mike runzelte die Stirn und schien kurz über die zeitliche Verteilung des Wachdienstes nachzugrübeln, den Oliver da vorgeschlagen hatte. Gleich darauf nickte er. „Geht klar. Nun sei aber mal ehrlich, hast du jemals ein attraktiveres Opfer beschützt? Warst du genauso hin und weg wie ich, als sie in diesem roten Fummel aufgetaucht ist? Ach, ich musste das Kleid übrigens kaufen. Es war nicht ganz billig. Aber das habe ich ihr nicht auf die Nase gebunden.“

Oliver schmunzelte. „Cleverer Schachzug. Der Anblick war es wert. Im ersten Moment dachte ich, ich hätte mein Hotel nicht *Dreams* nennen sollen. Jetzt träume ich schon am helllichten Tag. Aber mal eine ganz andere Frage, was machen wir jetzt mit ihr? Sollen wir sie hier liegen lassen?“

Mike sprang auf und hob Sophie hoch, als wäre

sie eine Feder. „Ich lege sie aufs Bett. Da hat sie es bequemer.“

Beide standen vor dem Bett und betrachteten gedankenverloren die schlafende Frau, die ab und an leise vor sich hingrunzte.

Plötzlich fuhr Mike herum. „Ziehst du sie aus und deckst sie zu?“, forderte er seinen Boss auf.

„Auf gar keinen Fall!“, versetzte dieser entrüstet. „Schick bitte zwei der Zimmermädchen hoch! Sie können sich um sie kümmern. Und sie sollen Kopfschmerztabletten mitbringen, die wird sie morgen früh brauchen. Ich muss wieder runter, ich habe da was am Laufen. Das heißt, falls die Lady nicht inzwischen das Weite gesucht hat.“

Mit diesen Worten eilte er an Mike vorbei, als wäre er auf der Flucht vor einem Grizzly.

Mike schüttelte ungläubig den Kopf. Wie konnte sein Kumpel jetzt an dieser wasserstoffblonden Braut Gefallen finden, während hier oben das entzückendste Geschöpf ruhte, das ihm seit Langem in die Quere gekommen war? Mike hatte zwar keine Ahnung, was in der vergangenen Nacht zwischen den beiden abgelaufen war, aber so eine Weltuntergangsstimmung wie am heutigen Morgen hatte Oliver schon lange nicht mehr an den Tag gelegt.

Und spätestens seit er im Rückspiegel diesen Kuss beobachtet hatte, dessen Heftigkeit ihm den Schweiß auf die Stirn getrieben hatte, war ihm klar, dass hier gewaltig die Funken flogen. Ungeduldig wartete er auf den Tag, an dem Oliver endlich wieder einer Frau begegnete, die ihn an mehr denken ließ als an unverbindlichen Sex. So hegte er im Geheimen die Hoffnung, Sophie brächte das vielleicht zuwege.

Aber warum hatte Oliver sich so vehement geweigert, sie auszuziehen? Sonst war er doch auch nicht so zimperlich, wenn es darum ging, eine hübsche Frau aus ihren Klamotten zu schälen. Und wie zur Hölle konnte sein Kumpel jetzt die Nacht mit einer anderen verbringen, wo er doch Stunden zuvor Sophie geküsst hatte, als hinge sein nacktes Überleben davon ab? Er hatte keine Antwort auf all diese Fragen, denn Olivers Seelenleben war seit dem Tod seiner Frau ein Buch mit sieben Siegeln.

Sophie unterschied sich in allem von Olivers normalen Dates. Sie bestach durch Natürlichkeit und war vermutlich weit davon entfernt, ein berechnendes Partygirl zu sein. Doch ihm war auch bewusst, wie sehr sie Oliver mit ihrer Naivität und Unselbstständigkeit auf die Palme brachte. Aber womöglich war sie ja genau das, was Oliver brauchte. Nur ob sie es schaffte, zu diesem verbitterten Mann durchzudringen, war dahingestellt. Gedankenverloren griff er nach dem Telefon und verständigte die Zimmermädchen.

Den ganzen Weg nach unten schickte Oliver Stoßgebete gen Himmel, dass Carry, so hieß das blonde Busenwunder, nicht verärgert abgezogen war. Die Frau war zwar dumm wie Bohnenstroh, doch das war ihm schnurz. Nach den Ereignissen mit Sophie gab es gerade nichts, was er dringender benötigte als eine Frau. Und für einen unverbindlichen Fick war Carry genau die Richtige, denn sie himmelte ihn förmlich an.

Zufrieden registrierte er, dass das Objekt seiner Begierde ungeduldig an der Bar auf ihn wartete. Er ließ sich neben ihr nieder und bestellte sich einen doppelten Whiskey.

„Was war denn los?“, schmollte Carry, während sie sich eine ihrer blonden Locken um den Finger wickelte. „Ich dachte schon, du hättest mich versetzt.“ Langsam kratzte sie mit ihren langen roten Fingernägeln seinen Ärmel hinauf.

„Tut mir leid. Wir hatten ein kleines Problem mit einem Gast. Aber es hat sich in Wohlgefallen aufgelöst.“ Er kippte seinen Whiskey hinunter und wandte sich ihr zu. Sein Blick fiel in ihren tiefen Ausschnitt, auf ihren hochgepressten Silikonbusen; plötzlich musste er an dieses elfengleiche Wesen denken, das im fünfzigsten Stock so selig seinen Rausch ausschlief. Das Gefühl, als er mit seiner Hand Sophies echte Brüste mit den steifen Brustwarzen ertastet hatte, war unbeschreiblich gewesen. Wie aus heiterem Himmel hatte er nicht die geringste Lust mehr auf diese Monstertitten, die ihm viel zu einladend vor die Nase gehalten wurden.

Als wäre ihm eins seiner Pferde auf den Fuß getreten, sprang er auf, entschuldigte sich erneut bei Carry, die ihn perplex anstarrte, und hetzte davon.

In seiner Suite angekommen, fiel er auf die Couch und schenkte sich einen weiteren Drink ein. Das war eine seiner schlechten Angewohnheiten, die sich vor einigen Jahren eingeschlichen hatte. In jedem Hotel ließ er sich eine Flasche Whiskey mit Eis bereitstellen. Er hatte schon häufig darüber nachgedacht, diese Anweisung zu widerrufen. Im Moment war er jedoch heilfroh, dass er es bisher unterlassen hatte.

Das war jetzt bereits die zweite Nacht, in der Sophie ihm seine dringend benötigte sexuelle Betätigung verdorben hatte. Was war nur eben in ihn gefahren? Warum hatte er Carry nicht mit hochgenommen? Sie hätte ihm mit dem größten Vergnügen gegeben, was er brauchte.

Seine Gedanken schweiften erneut zu Sophie ab. Sie würde morgen mit Sicherheit einen grässlichen

Kater haben. Aber was, wenn sie mitten in der Nacht aufwachte und sich nackt im Bett wiederfand? Wahrscheinlich würde sie sich zu Tode erschrecken.

Er sprang von der Couch auf, schnappte sich die Whiskeyflasche mitsamt Glas und spurtete die vier Stockwerke zu Sophies Suite hinunter. Leise öffnete er mit seiner Generalkarte die Tür.

Stille lag über dem Raum.

Er tastete nach einem der Lämpchen und schlich in dem gedämpften Lichtschein zu ihrem Bett. Erleichterung durchflutete ihn, denn Sophie schlummerte wie ein Murmeltier.

Die Zimmermädchen hatten ganze Arbeit geleistet. Auf einem Bügel thronte das rote Kleid. Er konnte nicht anders, er musste es einfach berühren und daran riechen. Seine Finger glitten über den Stoff, der aus reiner Seide zu bestehen schien.

Daneben lagen ordentlich aufgereiht die roten Handschuhe, ein paar halterlose schwarze Strümpfe sowie ein roter Spitzen-BH. Die Vorstellung, dass Sophie vermutlich nichts weiter trug als ein winziges Höschen, pumpte das Blut schneller durch seine Adern.

Verdammt, er war so was von notgeil!

Eine Sekunde lang war er versucht, zu Carry zurückzukehren. Doch dann schlüpfte er leise fluchend aus der Smokingjacke, öffnete die Fliege mitsamt dem oberen Hemdknopf und unternahm den fruchtlosen Versuch, es sich auf der viel zu kleinen Couch bequem zu machen. Vorsichtshalber stellte er den Wecker seines Handys, bloß für den Fall, dass er einnicken sollte.

Kapitel 8

Ein Piepen drang wie durch einen Nebel an Sophies Ohr und riss sie aus ihren Träumen. Irritiert schlug sie die Augen auf.

Das Erste, was sie wahrnahm, war ein riesiger Baldachin über ihrem Kopf, das Zweite, dass ihr Schädel sich anfühlte wie ein Bienenstock. *Herrje, wo war sie?*

Sie hob den Kopf leicht an, um die Quelle des Läutens ausfindig zu machen. Die Bewegung scheuchte jedoch die Bienen auf. Augenblicklich verstärkte sich das Brummen in ihrem Kopf. Mit schmerzverzerrtem Gesicht sank sie in die Kissen zurück und rollte sich vorsichtig zur Seite. Sie entdeckte Oliver, der ziemlich zerknittert auf dem kleinen Sofa gegenüber ihres Bettes hing.

Er kam gerade zu sich und versuchte mit fahrigen Fingern, sein plärrendes Handy ruhigzustellen. Noch immer trug er seine Smokinghose. Die Fliege hing ihm locker über das weiße Hemd. Vor ihm auf dem Boden stand eine fast leere Whiskeyflasche. Er sah mindestens genauso fertig aus, wie sie sich fühlte.

Sie stöhnte. „Oliver, was ist passiert?"

Er hatte sich inzwischen aufgerappelt. Sein Blick fiel auf die Tabletten auf Sophies Nachtisch. Er schnappte sich ein paar und schleppte sich in Richtung Bad.

„Sophie, hast du Kopfschmerzen?", erkundigte er sich leise, als er zurückkehrte.

Sie war schon wieder eingedöst. Bei seinen Worten zuckte sie hoch und glotzte ihn verständnislos an.

„Ob du Kopfschmerzen hast?", wiederholte er geduldig.

„Bist du jetzt unter die Hellseher gegangen? Mein Kopf dröhnt fürchterlich.“ Ihre Stimme war an Kläglichkeit kaum zu überbieten.

Er sank aufs Bett, reichte ihr ein Glas Wasser und eine Tablette. „Hier, nimm erst einmal eine.“

Sie richtete sich auf, wobei die Decke an ihr herunterglitt. Hastig griff sie danach, ehe sie Oliver noch am frühen Morgen ihren entblößten Oberkörper präsentierte. „Hilfe! Warum bin ich nackt?“, quiekte sie hysterisch auf, verstummte aber sogleich und presste eine Hand gegen die schmerzende Schläfe.

Er grinste schelmisch. „Was denn, Schatz? Sag bloß, du erinnerst dich nicht an die vergangene Nacht?“

Sie starrte ihn entgeistert an. „Nein, das ist jetzt nicht dein Ernst, oder?“

Er schüttelte missbilligend den Kopf. „Mannomann, das ist jetzt aber ein heftiger Tritt in die Eier. Du hast die drei heißen Nummern tatsächlich vergessen?“

In Sophies Gehirn arbeitete es fieberhaft. „Aber, warum lagst du dann komplett angezogen auf dem Sofa da drüben? Und wieso bin nur ich nackt?“ Ihre Hand fuhr unter die Decke. Sie registrierte mit Erleichterung, dass sie zumindest ein Höschen trug.

Nach und nach kamen ihr einzelne Bruchstücke wieder ins Gedächtnis: das Galadiner, Oliver mit dieser drallen Blondine, der viele Champagner, der Typ aus New York, dessen Namen ihr entfallen war. Danach jedoch hatte sie einen Filmriss. Wer hatte sie entkleidet und ins Bett gebracht? Und wie war Oliver in ihr Zimmer gekommen?

„Bitte, Oliver, sag mir endlich, was geschehen ist.“

„Nun gut, Spaß beiseite. Du leidest bereits genug.

Du hast viel zu tief ins Glas geschaut, und so ein schleimiger Kerl wollte das ausnutzen. Mike konnte ihn gerade noch davon abhalten, über dich herzufallen. Und damit du zur Ruhe kommst: Ausgezogen haben dich die Zimmermädchen. Ich wollte später noch einmal nach dir sehen und bin auf dieser grässlichen Couch eingeschlafen. Ich glaube, ich werde für das gesamte Hotel andere Sofas bestellen lassen. Diese Dinger sind ja an Unbequemlichkeit kaum zu überbieten."

Schmerzerfüllt rieb er sich den Nacken. „Das ist auch schon alles." Er sah sie an und hielt ihren Blick fest. „Und lass dir eins gesagt sein: Wenn wir beide es getan hätten, dann würdest du dich daran erinnern."

„Angeber", grummelte sie.

Oliver schmunzelte. „Es würde übrigens sehr zu meiner Beruhigung beitragen, wenn du dich in Zukunft nicht wieder von dem erstbesten Typen abfüllen lässt. Hatte ich dir nicht gesagt, du sollst vorsichtig sein?"

„Du hattest dunkle Gassen erwähnt. Von Hotels hast du nicht gesprochen", erwiderte sie trotzig.

„Sophie, du bist der naivste Mensch, der mir je in die Quere gekommen ist. Mike und ich haben daher beschlossen, dass er dir während der nächsten Tage Gesellschaft leisten wird. Als dein persönlicher Bodyguard sozusagen."

Sophie runzelte die Stirn. „Deine Fürsorge in allen Ehren, aber ich benötige keinen Bodyguard. Ich komme sehr gut alleine zurecht."

Schlagartig verschwand das Lächeln auf Olivers Gesicht, der Tyrann kehrte zurück. Mit offenem Mund bestaunte sie die Verwandlung.

„Du hörst mir jetzt einmal gut zu!", blaffte er sie

auch schon an. „Dummerweise fühle ich mich für dich in der Verantwortung. Und glaube mir, ich habe weiß Gott Wichtigeres zu tun, als dir ständig deinen süßen Arsch zu retten. Aber da du anscheinend nicht in der Lage bist, auf dich selbst aufzupassen, wird Mike das ab sofort übernehmen, ob dir das gefällt oder nicht.“

Mit diesen Worten sprang er auf. „Ich bestelle dir jetzt ein Frühstück. Du musst dringend etwas zu dir nehmen. Sobald es dir besser geht, kannst du Mike anrufen. Er brennt schon darauf, dir die Stadt zu zeigen. Gibst du mir später die Ehre eines Abendessens oder bist du zu erschlagen?“

Erneut versuchte Sophie, sich aufzurichten, wobei sie weiterhin krampfhaft die Decke festhielt, damit sie ihr nicht doch noch vom Busen rutschte. Am liebsten hätte sie ihm gesagt, er und sein Leibwächter sollten sich zum Teufel scheren, doch sie hatte momentan nicht den Nerv für eine solche Diskussion. Daher nickte sie gequält. „Abendessen geht klar. Danke, dass ihr mir diesen Typen vom Leib gehalten habt.“

Er winkte ab und wanderte in Richtung Tür. „Bedank dich bei Mike. Er hat die Hauptarbeit erledigt. Ich kann mir übrigens nicht vorstellen, dass dieser Kerl so schnell noch einmal irgendeiner Frau an die Wäsche gehen wird. Ich lasse dir in einer halben Stunde Frühstück bringen, einverstanden?“

Sie nickte abermals. Was blieb ihr auch übrig? Das war keine Frage gewesen, sondern eine Anordnung.

„Also dann, bis heute Abend. Ich bin um sieben hier.“ Mit einem dezenten Klicken fiel die Tür hinter ihm ins Schloss.

Sophie ließ sich in die Kissen zurücksinken und

schloss erschöpft die Augen.

Himmel, was war sie für ein erbärmliches Geschöpf! Oliver musste sie für den größten Trottel halten, der auf Gottes Erdboden wandelte. Der leere Tank, die ungeeigneten Klamotten, die gesperrte Kreditkarte, ihr feiger Rückzieher, als er mit ihr schlafen wollte. Und zu guter Letzt ließ sie sich von einem Unbekannten abfüllen, und er war gezwungen, zu ihrer Rettung zu eilen.

Peinlicher ging es wirklich nicht!

Anscheinend war sie in der Tat so unselbstständig, wie Samantha und ihr Vater dauernd beteuerten. Wo sie doch gemutmaßt hatte, ihr Leben einigermaßen im Griff zu haben. Offenbar gab es da dringenden Handlungsbedarf.

Sie schleppte sich ins Bad, schielte in den Spiegel, der sie mit einem gehässigen Grinsen zu begrüßen schien, und fiel vor Schreck beinahe tot um. Sie sah aus, als wäre ein Güterzug über sie hinweggerattert. Die Make-up-Reste waren verlaufen, vereinzelte Haarsträhnen hatten sich gelöst und hingen ihr als verzottelte Büschel ins Gesicht. Am liebsten hätte sie sich für alle Ewigkeit in dem ausladenden Whirlpool versteckt. Ob Oliver am Abend überhaupt auftauchte, war fraglich.

Außerdem interessierte sie brennend ein weiteres Detail: Was war mit der Blondine vom Vorabend passiert?

Nachdem sie geduscht und gefrühstückt hatte, nahm ihr Aussehen so langsam wieder menschliche Züge an. Sie schlüpfte in eine Jeans und ein T-Shirt, danach rief sie Mike an, der schon voller Ungeduld auf sie wartete.

Als sie im Erdgeschoss aus dem Fahrstuhl trat und

diesen großen, Furcht einflößenden Bären entdeckte, der ihr so ritterlich aus der Patsche geholfen hatte, konnte sie nicht anders. Sie stürzte auf ihn zu, sprang an ihm hoch, umarmte ihn ausgiebig und küsste ihn mehrmals auf beide Wangen.

Dem Entsetzen nach zu urteilen, das in seinem Blick lag, hätte Mike nichts Schlimmeres widerfahren können. Peinlich berührt schaute er um sich. Als Sophie endlich von ihm abließ, stieß er hörbar die Atemluft aus.

Sie trat einen Schritt zurück, legte den Kopf in den Nacken und blickte ihm tief in die Augen. „Vielen Dank, für das, was du gestern Abend für mich getan hast. Das werde ich dir nie vergessen."

Sein Gesichtsausdruck spiegelte Verwunderung wider. „Also, falls du von diesem Spinner aus New York sprichst, da musst du dich bei Oliver bedanken. Er kannte den Zeitgenossen von früher und hat mich gebeten, ihn dir vom Leib zu halten."

Überrascht riss sie die Augen auf. „Da hat Oliver mir aber etwas anderes erzählt." Was war dieser reiche Kerl für ein eigenartiger Mensch? Er hatte sie aus einer prekären Situation gerettet und tat ihre Dankbarkeit einfach so ab? *Versteh einer die Männer!*

„Wann hast du Oliver eigentlich gesehen?", durchbrach Mikes Stimme ihre Gedanken.

„Vorhin. Er hat bei mir übernachtet." Erst, als sie Mikes fassungslose Miene bemerkte, wurde sie sich ihrer Worte bewusst. Sofort fühlten sich ihre Wangen glühend heiß an. „Also …, ich meine. Nein, nein! Nicht, was du jetzt denkst." Sie winkte hektisch ab. „Er hat auf dem Sofa geschlafen. Er wollte heute Nacht noch einmal nach mir sehen und ist dabei wohl eingedöst."

Um Mikes Mundwinkel zuckte es spitzbübisch. Er verkniff sich jedoch jeglichen Kommentar. „Gut, gut“, konstatierte er schließlich mit einem belustigten Funkeln in den Augen. „Lust auf Shopping?“

Welche Frau könnte da schon Nein sagen? Ohne ein weiteres Wort zu verlieren, hakte sie sich bei ihm unter. Dieser grinste jetzt über das ganze Gesicht und führte sie nach draußen, um ihr die angesagtesten Shopping Malls von Las Vegas zu zeigen.

Sie erkundeten das Hotel *Venetian* und das *Palazzo*, in denen sich Unmengen von Designerläden befanden. Wo man auch hinsah, wurde das Gefühl erweckt, sich in Italien zu befinden. Kanäle, Paläste, nostalgische Laternen und echte Gondeln bestimmten das Gesamtbild. Gondoliere, die den kläglichen Versuch unternahmen, *La Traviata* zu singen, vervollständigten die Illusion.

Aufgrund ihres beengten Budgets erstand Sophie jedoch nur Kleinigkeiten. Immerhin war es ihr am Vortag gelungen, einen Geldautomaten zu finden, der ihre EC-Karte nicht verachtungsvoll wieder ausgespuckt hatte, so war sie zumindest wieder flüssig.

Mike lotste sie in das nächste Hotel, das *Caesars Palace*, wo er ihr die Forum-Shops präsentierte. Hier überkam einen der Eindruck, sich auf den Straßen des alten Roms aufzuhalten. Es gab eine Piazza, einen Brunnen und eine Lasershow, was die Glaubwürdigkeit des mittelalterlichen Roms allerdings ein wenig trübte. Aber vollkommen gleich, das war eben Las Vegas, und Kitsch war hier Programm.

Wem könnte sie wohl zu Hause mit einem Mitbringsel eine Freude bereiten? Hmm, schwierig. Ihr Vater würde sie für ein Geschenk aus Las Vegas lediglich beschimpfen. Er bezeichnete solche Orte in seiner altmodischen Art und Weise als Sündenpfuhl. Ihre Mutter, die sich meistens den Ansichten ihres Mannes anpasste, wäre dementsprechend genauso erschüttert über ein Souvenir aus dieser Stadt. Und wann sie ihre Schwester wiedersehen würde, stand in den Sternen.

Da kam ihr Samantha in den Sinn, die sie schon längst hatte anrufen wollen, es aber aufgrund der turbulenten letzten Tage völlig verschwitzt hatte. Sofort glitt ein Lächeln über ihr Gesicht.

Samantha und sie waren seit Urzeiten die besten Freundinnen. Samantha hatte vor zwei Jahren ihr Jurastudium beendet, und dank Intelligenz, Ehrgeiz und auch einem Hauch Skrupellosigkeit war ihre Freundin ein aufsteigender Stern am Juristenhimmel. Vor allem ihre männlichen Kollegen steckte sie liebend gern in die Tasche. Doch dem nicht genug. Samantha verspeiste Männer im Normalfall zum Frühstück. Wobei es ihr einzig und allein um Sex ging. Der Mann, an dessen Seite sie langfristig glücklich werden könnte, der musste wohl erst noch gebacken werden.

Neben ihrer Vorliebe für Hollywoodschnulzen besaß Samantha ein Faible für Stofftiere. Prompt machte Sophie sich auf die Suche nach einem Spielzeugladen. Schnell wurde sie fündig und zerrte Mike hinein. Bereits beim Eintreten wusste sie, dass sie die richtige Entscheidung getroffen hatte. An einer Wand verharrten Kohorten von Stoffhunden mit langen Ohren, einer schwarzen Nase und großen dunklen Augen. Sofort musste sie an den kleinen Buddy denken, was ihr vorübergehend aufs Gemüt schlug.

Kurz entschlossen erwarb sie einen der Stoffhunde und merkte erst beim Verlassen des Ladens, über welche Ausmaße das Tier verfügte. Das könnte auf dem Heimflug ganz schön eng werden.

Allmählich machten sich Sophies Füße schmerzhaft bemerkbar. „Ich glaube, ich habe genug für heute. Aber ich würde gerne noch einen Tag verlängern. Hast du eine Ahnung, ob das Hotelzimmer frei ist?“

Mike grinste. „Zufälligerweise kenne ich den Besitzer. Ich könnte da ein gutes Wort für dich einlegen.“

„Sind die Übernachtungen eigentlich sehr teuer? Weißt du, es gibt da ein kleines Problem mit meiner Kreditkarte.“

Mike schüttelte ungläubig den Kopf. „Ach, Sophie, darüber würde ich mir an deiner Stelle mal keine Gedanken machen.“

„Tue ich aber. Ich kann mich doch nicht von Oliver aushalten lassen. Sobald ich wieder flüssig bin, werde ich ihm das Geld überweisen.“

Mike winkte leger ab. „Ja ja. Tu, was du nicht lassen kannst. Wie sieht’s aus? Kurze Pause? Da drüben ist ein hervorragendes Lokal.“

Sophie nickte, woraufhin Mike sie in ein schickes italienisches Restaurant namens *Spago* schob.

Erschöpft fiel sie auf einen Stuhl. Die Entfernungen in Las Vegas waren gewaltig und mit nichts zu vergleichen, was sie aus Europa kannte. Es blieb völlig unbemerkt, wie viele Kilometer man zurücklegte. Und das, obwohl es in den Kasinos – und teilweise auch zwischen den Kasinos – Rollbänder wie am Flughafen gab. Diese Stadt war einfach immens. Aber nichtsdestotrotz hatte Sophie diesen pulsierenden Ort voller Leben und Unterhaltung bereits in ihr Herz geschlossen.

Nachdem sie beide eine köstliche Pizza verspeist hatten – Mike in einem Tempo, als hätte er seit Tagen nichts zu sich genommen –, nahm Sophie eine Sache in Angriff, die ihr mächtig auf der Seele brannte. „Mike, was ist eigentlich mit Olivers Frau passiert?“

Mike verschluckte sich an seiner Cola und hustete laut los. „Woher weißt du von ihr?“

„Er hat sie kurz erwähnt.“

„Oh!“, lautete die eloquente Antwort. Anschließend verfiel Mike in betretenes Schweigen.

„Bitte, Mike, nur ein paar Worte.“ Der Trick mit den großen bettelnden Augen musste doch auch bei diesem Koloss von einem Mann funktionieren, oder?

Ihr Gegenüber wand sich sichtlich. „Na gut, aber ich werde nichts erzählen, was Oliver nicht recht wäre.“

Ha! Geschafft!

Mike schien kurz in Gedanken abzuwägen, was er ausplaudern durfte. „Er hat sie während des Studiums in L.A. kennengelernt. Sie war Innenarchitektin. Was soll ich sagen? Es war die ganz große Liebe. Die beiden waren füreinander bestimmt. Und seit ihrem Tod ist er nicht mehr derselbe.“

„Wie ist sie gestorben?“ So schnell gab Sophie sich nicht geschlagen.

„Was denkst du wohl?“

Sophie zuckte mit den Schultern. „Woher soll ich das wissen?“

„Was meinst du, warum Oliver so ausgerastet ist, als er von deiner Autopanne gehört hat? Christine war auf dem Heimweg von einer Weihnachtsfeier, als ihr Wagen mitten in der Wüste liegen blieb. Sie rief Oliver an und bat ihn, sie aufzugabeln. Doch als er dort ankam, war es bereits zu spät. Der Truck, der ihren kleinen Sportwagen erfasst hatte, war regelrecht über sie hinweggefegt. Christine hatte keine

Chance gehabt. Sie war auf der Stelle tot."

Sophie schlug sich eine Hand vor den Mund. „Oh Gott, wie furchtbar! Wann ist das passiert?"

„Vor etwa sechs Jahren."

„Und wie lange waren die beiden verheiratet?"

„Ungefähr drei Jahre. Nach ihrem Tod war Oliver am Boden zerstört. Er hatte seine Kreativität und die Freude am Arbeiten verloren. Du musst wissen, er war zuvor als Architekt recht erfolgreich. Er hat ein paar Wahnsinnshäuser entworfen. Und plötzlich vegetierte er bloß noch so vor sich hin, vernachlässigte alle sozialen Kontakte und trank viel zu viel. Es war eine schreckliche Zeit, ich darf gar nicht daran zurückdenken." Was er aber offenbar doch tat, denn er verstummte.

Sophie befürchtete schon, ihre Informationsquelle wäre versiegt.

Nach einer gedankenschweren Pause nahm Mike den Faden jedoch wieder auf. „Als die Situation mit Oliver komplett außer Kontrolle geriet, griff sein Vater in die Trickkiste. Er schenkte ihm ein altes, heruntergekommenes Hotel und bat ihn, es zu renovieren. Zuerst weigerte Oliver sich vehement, doch irgendwann fand er Gefallen daran. Er hat ein wahres Meisterwerk erschaffen. Mittlerweile ist es eins der beliebtesten Hotels in Phoenix; er hat mehrere Architekturpreise und Auszeichnungen erhalten. So ist Oliver relativ schnell – und im Grunde genommen gänzlich ungewollt – zu einem bedeutenden Mann in dieser Branche geworden."

„Woher kennt ihr euch?"

„Wir sind zusammen aufgewachsen. Meine Eltern haben schon für Olivers Eltern gearbeitet. Aber die Malloys haben uns nie spüren lassen, dass wir nur Angestellte sind. Sie haben uns immer wie Freunde behandelt.

Zwischendurch hatten wir uns für einige Zeit aus den Augen verloren, da ich bei der Army war und Oliver in L.A. lebte. Doch vor etwa zwei Jahren rief er mich an und erkundigte sich, ob ich nicht genug vom Krieg spielen hätte und für ihn arbeiten würde. Die Herumreiserei kostete ihn zu viel Zeit. Mit einem Fahrer wäre er in der Lage, diese Stunden sinnvoll zu nutzen. Außerdem war er inzwischen ziemlich wohlhabend geworden, und dachte, jemand wie ich als Bodyguard an seiner Seite hätte eine abschreckende Wirkung. Ich habe das Angebot liebend gerne angenommen."

Mikes Augen verengten sich leicht. „Ach du Schande, ich habe dir bereits viel zu viel verraten. Wenn Oliver das wüsste, würde er mir den Hals umdrehen. Also binde ihm ja nicht auf die Nase, was ich dir alles erzählt habe!" Er schüttelte mit grimmiger Miene den Kopf. „Teufel noch mal, wie konnte ich mich dazu hinreißen lassen."

„Wie viele Hotels besitzt Oliver eigentlich?"

Mike blies die Wangen auf. „Puh, gute Frage. Oliver ist in den letzten Jahren ein knallharter Geschäftsmann geworden. Ihn interessieren vorwiegend Zahlen, und wenn ein Hotel nicht läuft, stößt er es postwendend ab. Daher habe ich ein wenig den Überblick verloren.

Aber schätzungsweise zwanzig Hotels in den Staaten, Kanada und Südamerika. Momentan macht er übrigens Anstalten, in den europäischen Markt einzusteigen. Doch jetzt genug aus dem Nähkästchen geplaudert."

„Mike, eine letzte Frage, bitte."

Wer konnte schon Sophies Dackelblick widerstehen.

„Na gut“, knurrte Mike, „aber wirklich nur noch eine.“

„Gab es nach Christines Tod eine Frau in Olivers Leben?“

„Eine?“, platzte es aus Mike heraus. „Hunderte!“ Er schlug sich eine Hand vor den Mund. „Vergiss das auf der Stelle! Das habe ich nie gesagt. Also Klartext: Egal, wo Oliver auftaucht, er ist stets von schönen Frauen umgeben. In der Realität ist er jedoch einsam wie ein Wolf. Er lässt einfach keine Frau mehr an sich heran. Tut mir leid, Sophie, aber mehr kann ich zu diesem Thema nicht beitragen.“ Er blickte sie einen Moment lang nachdenklich an. „Wenn du wissen willst, ob sich das jemals ändern wird, musst du der Sache selbst auf den Grund gehen. Aber pass auf, dass du dir nicht die Finger verbrennst. Du wärst nicht die Erste.“

Ihr Magen krampfte sich zusammen. Das war nun schon die zweite Person, die ihr nahelegte, sich von Oliver fernzuhalten. Wie kam eigentlich alle Welt auf die Idee, sie hätte ein gesteigertes Interesse an diesem Kerl? Außer vielleicht an einer einzigen Sache. Blitzschnell formierte sich in ihrem Kopf ein Gedanke.

Sie räusperte sich. Ein anderes Thema musste her. „Erzähl mir etwas von deiner Freundin, Mike!“

„Was ist das hier, ein Verhör? Frage- und Antwortspiel? Oder was?“

„Nur ganz kurz, bitte.“

„Also gut, dann ist aber endgültig Schluss. Wir haben uns vor etwa vier Jahren bei einer Tanzveranstaltung kennengelernt. Annie ist achtundzwanzig und Kosmetikerin. Außerdem ist sie der liebste Mensch der Welt.“

„Ist sie nicht traurig, dass du so viel unterwegs

bist."

„Ja und nein. Sie hat eine riesige Familie, und bei dem Trubel merkt sie manchmal gar nicht, ob ich da bin oder nicht."

„Habt ihr schon mal übers Heiraten nachgedacht."

„Aber sicher doch. Wir haben vor, uns nächsten Sommer das Jawort zu geben." Bei diesen Worten leuchteten seine Augen.

„Hast du ein Bild von ihr?"

„Natürlich." Er kramte ein Foto aus seiner Brieftasche und reichte es Sophie. Eine etwas korpulente, dunkelhäutige Frau lachte sie an, wobei ihre ebenmäßigen weißen Zähne bei jeder Zahnpastawerbung hoch im Kurs gestanden hätten.

Sophie betrachtete das Bild ein paar Sekunden lang eingehend, bevor sie es Mike zurückgab. „Woher weißt du, dass Annie die Richtige für dich ist? Dass du sie wirklich liebst?"

„Das ist eine ungewöhnliche Frage. Du hattest doch bestimmt auch schon Freunde. Woher hast du es da gewusst?"

„Ich glaube, ich war noch nie richtig verliebt."

„Aha! Also ist dir Mr. Right einfach noch nicht begegnet. Du wirst es wissen, sobald er dir über den Weg läuft. So war das zumindest bei Annie und mir. Wir haben uns getroffen, und im nächsten Moment waren wir fast schon ein Paar. Es war so, als wären wir beide als Personen unvollständig gewesen, zusammen sind wir jetzt eins. Aber nun ist die Fragestunde für heute beendet. Ich habe dir schon wieder mehr erzählt, als ich eigentlich wollte. Wie machst du das nur? Möchtest du jetzt ins Kasino zum Spielen?"

Sophie benötigte einen Augenblick, bevor sie eine Antwort zustande brachte. Sie beneidete Annie darum, dass dieser riesige Bär von einem Mann zu einem kuscheligen Teddy schrumpfte, wenn er mit leuchtenden Kinderaugen von ihr sprach. Sie wünschte sich in diesem Moment nichts mehr, als auch irgendwann einmal so geliebt zu werden.

„O ja, gerne. Wenn du mir zeigst, wie es funktioniert“, flüsterte sie schließlich.

„Klar doch. Komm, lass uns die Tüten im Hotel abstellen, anschließend gehen wir zocken.“

Im Kasino des *Dreams* angekommen, erklärte Mike ihr das Prinzip der einarmigen Banditen. Die ausgefallenen Animationen verzauberten Sophie auf der Stelle. Am meisten entzückte sie eine Jeannie, die aus der Flasche schlüpfte, sobald man einen Bonus auslöste. Vergnügt fütterte sie den Spielautomaten so lange mit Dollarscheinen, bis sie pleite war. *Huch!* Das war aber schnell gegangen. Da blieb ihr wohl nichts anderes übrig, als am nächsten Tag erneut einen Geldautomaten zu überfallen.

Als Mike ihrer Misere gewahr wurde, schob er ihr wortlos eine Fünfzigdollarnote zu. Erst widerstand sie der Versuchung, aber als sie über einen blinkenden Batman-Automaten stolperte, war ihr Stolz gebrochen. Gierig griff sie nach dem Geldschein. Und während Batman noch durch Gotham City jagte, verlor sie jegliches Zeitgefühl.

Als sie wieder auf die Uhr schaute, war es bereits achtzehn Uhr. „Ach du liebe Güte! Mike, ich muss los. Oliver holt mich in einer Stunde ab. Können wir morgen weiterspielen? Das macht einen irren Spaß.“

„Klar doch, ruf mich einfach an, sobald du ausgeschlafen hast. Ich wünsche dir viel Spaß heute Abend.“ Er zwinkerte ihr verschwörerisch zu. „Und Sophie, noch etwas: Stell Oliver nicht so viele Fra-

gen, darauf steht er noch weniger als ich."
„Meinst du, das wäre mir noch nicht aufgefallen?"

Kapitel 9

Oliver unterzog Sophie einer eingehenden Musterung, als diese am Abend voller Elan ihre Zimmertür aufriss.

Unvorstellbar, die Kleine war fit wie ein Turnschuh!

Die Jugend eben. Er konnte sich gut daran erinnern, dass er vor einigen Jahren solche Alkohol-Eskapaden auch einfacher weggesteckt hatte. Aber heute hatte er fast den ganzen Tag benötigt, um die Bodenhaftung zurückzuerlangen.

Bewundernd ließ er seine Blicke über sie gleiten. Sie trug ein kurzes schwarzes Kleid, das mit einem Träger um den Hals befestigt war, was gut zu ihrem hochgesteckten Haar passte. Für Sophies Verhältnisse war das Kleid allerdings relativ hochgeschlossen. Sie war leicht geschminkt und sah im Vergleich zu heute Morgen aus wie neugeboren. Ein paar dunkle Strümpfe und hohe Pumps rundeten das Gesamtbild des kleinen Schwarzen ab.

„Wie geht es dir?“, erkundigte er sich höflich.

„Danke, ich fühle mich pudelwohl. Der Tag mit Mike war spitze. Wir waren einkaufen, im *Venetian, Palazzo* und *Caesars*, danach waren wir noch zocken.“ Plötzlich blickte sie traurig drein. „Aber ich habe nur verloren.“

Oliver lachte. „Lass mich raten, jetzt bist du so richtig pleite.“

Sie winkte ab. „Schon, aber das Problem ist ja bloß vorübergehender Natur. Ich möchte übrigens morgen noch hierbleiben. Vorausgesetzt, das Zimmer ist frei. Und ich würde gerne auf deinen Vorschlag zurückkommen, mir eventuell das Geld für die Hotelrechnung vorzustrecken. Sobald ich wieder flüssig bin, werde ich dir jeden Cent überweisen. Versprochen!"

Oliver schüttelte in Gedanken den Kopf. Sophie war in seinen Augen eindeutig eine der Frauen, die in diesem Leben nicht mehr in der Lage sein würden, vernünftig mit Geld umzugehen. Vielleicht war es ja für sie wirklich die beste Lösung, irgendeinen reichen Schnösel zu heiraten, dann hätte sie schon eine Sorge weniger. „Das Zimmer steht dir so lange zur Verfügung, wie du es benötigst. Und mach dich wegen der Bezahlung nicht verrückt. Sieh es einfach als kleines Gastgeschenk an."

Offene Rebellion zeichnete sich auf ihrem Gesicht ab. „Das kommt überhaupt nicht infrage! Ich lasse mich nicht von einem Mann aushalten."

Er zog eine Augenbraue hoch. „Aushalten würde ich dich, wenn ich eine Gegenleistung bekäme. Doch wenn ich mich recht entsinne, hast du mir die verweigert. Aber lass uns jetzt nicht über Geld reden, das musste ich heute schon den ganzen Tag. Mein Bedarf ist gedeckt. Wie sieht es aus? Hast du Lust auf einen Aperitif? Ich würde dir gerne ein weiteres Highlight des Hotels zeigen."

„Ein Aperitif wäre fein", brummelte sie leicht verschnupft.

Offensichtlich war das Thema Finanzen noch nicht endgültig vom Tisch. Das war nun doch außergewöhnlich. Eine Aura von Stolz umgab diese verwöhnte Göre. Oliver hätte seine Hand dafür ins Feuer gelegt, dass sie das Potenzial dazu hätte, ihr Leben in den Griff zu bekommen. Aber leider hatte sie es bisher nicht fertiggebracht, über ihren Schatten zu springen.

Schade eigentlich, denn die Frau war so facettenreich wie ein ungeschliffener Diamant und stets für eine Überraschung gut. Im Grunde genommen hatte er sie am vergangenen Abend schon abgehakt gehabt, doch als sie in diesem Traum von einem Kleid mit der Aura einer Königin in den Saal geschwebt war, direkt in die gierigen Finger von Steve Wood, den sie anscheinend ganz schnell in seine Grenzen verwiesen hatte, war er nicht imstande gewesen, sie links liegen zu lassen. Bevor er richtig begriffen hatte, was er tat, hatte er die Einladung zum Abendessen ausgesprochen.

Aber warum?

Normalerweise führte er eine Frau zum Essen aus, um sie hinterher in sein Bett zu kriegen. Doch nach dem, was sich zwei Abende zuvor ereignet hatte, würde er Sophie nicht einmal mehr mit dem kleinen Finger anfassen. Sie war definitiv nicht der Typ für eine Affäre. Obendrein war es für seinen Seelenfrieden besser, sich an die Carries dieser Welt zu halten.

Mit einem großen Schritt trat er gentlemanlike beiseite, um Sophie passieren zu lassen. Sie stöckelte an ihm vorbei, und ihm stockte der Atem. Das von vorne so züchtig aussehende Kleid hatte einen Rückenausschnitt bis kurz über den Po. Und um diesen Ausschnitt zu betonen, schwang eine lange Goldkette über Sophies wohlgeformten Rücken.

Er schluckte. „Da hol mich doch der Teufel!"

Schwungvoll wirbelte Sophie herum. „Auf was wartest du? Willst du etwa den ganzen Abend hier im Gang verbringen?"

„Entschuldige, ich war gerade etwas irritiert. Sag mal, trägst du das Kleid nicht falsch herum?"

„Ha, der Witz ist alt. Das würde dir vielleicht gefallen, sähe aber bei Weitem nicht so elegant aus."

„Darauf würde ich nicht wetten."

Im Fahrstuhl dominierte Überraschung Sophies Gesichtsausdruck, als sich der Lift nach oben bewegte und nicht nach unten. In Stockwerk vierundfünfzig kam er zum Stillstand. Beim Aussteigen nahm Oliver das Kleid intensiver unter die Lupe. *Ganz schlechte Idee!* Denn urplötzlich wurde ihm heiß. Sophies knackiger Hintern zeichnete sich deutlich unter dem dünnen Stoff ab, genau wie die schmalen Ränder eines Strings. Da entdeckte Oliver den durchsichtigen Streifen eines BHs auf ihrem nackten Rücken und hätte in diesem Moment nichts lieber getan, als seine Hände über ihre makellose Haut gleiten zu lassen.

Er gab sich in Gedanken einen Tritt. *Nur ein Essen! Keine weiteren Hintergedanken!* In so ein Dilemma wie an den vergangenen beiden Abenden wollte er nicht noch einmal geraten.

Sie betraten den verspiegelten Vorraum eines Restaurants. Mit sanfter Gewalt schob er Sophie nach rechts in eine sichelförmige Bar mit raumhohen Fenstern. Er führte sie zu einem Platz mit einzigartigem Panoramablick über Las Vegas und die Wüste. Die Theke und die Tische mit den runden Sitznischen verfügten über eine indirekte Beleuchtung, sodass keine Reflexionen die Sicht trübten.

Sekunden später stand eine niedliche kleine Bedienung in einem gewagten schwarzen Kleid neben dem Tisch.

„Was hättest du gerne, Sophie?“, erkundigte Oliver sich.

„Ein Glas Champagner“, antwortete sie, ohne den Blick vom Fenster abzuwenden.

Oliver bestellte für sich das Gleiche. „Und, gefällt es dir?“

„Es ist phänomenal! Ist das ein Drehrestaurant?“

Er nickte. „Ich habe es selbst entworfen und *Desert Windows* genannt. Es war nicht gerade ein Kinderspiel, die Genehmigung dafür zu bekommen. In Europa gibt es viele solche Restaurants, aber hier sind sie doch eher die Ausnahme."

Sophie entging nicht, wie sehr ihn seine Arbeit erfüllte. Unwillkürlich schwirrte ihr die Geschichte durch den Kopf, die Mike ihr anvertraut hatte. Was, wenn Olivers Vater nicht auf die Idee mit dem maroden Hotel gekommen wäre?

Versonnen musterte sie den Mann ihr gegenüber. Er sah mal wieder zum Anbeißen aus. In dem eleganten schwarzen Anzug mit dem blassrosa Hemd und der farblich abgestimmten Krawatte strahlte er Eleganz und Männlichkeit zugleich aus. Eine todbringende Mischung. Kaum vorstellbar, dass dies der gleiche Kerl war, den sie drei Tage zuvor in verwaschenen Jeans und Holzfällerhemd kennengelernt hatte. Aber sie musste sich eingestehen, dass beide Varianten nicht zu verachten waren.

Genüsslich nippte sie an ihrem Champagner. „Was steht eigentlich in New York an?"

„Ich habe Termine mit verschiedenen Hoteliers. New York ist das Mekka der baufälligen Hotels. Es gilt herauszufinden, ob sich Sanierungen lohnen oder ob es doch eher auf einen Abriss und Neuaufbau hinausläuft."

„Kannst du das eigenständig beurteilen?"

„Nicht einmal annähernd. Die Abläufe weisen Ähnlichkeiten mit denen in Europa auf. Du brauchst Bankiers, Baufirmen und Zuständige von der Bauaufsichtsbehörde. Dann erst kann entschieden werden, ob gewisse bauliche Maßnahmen überhaupt durchführbar sind. Hin und wieder müssen sogar Stadträte oder Regierungsmitglieder konsultiert werden. Aber New York ist aufgrund seiner Lage, Einwohnerdichte und extremen Platznot sowieso ein heikles Thema. Da können sich Verhandlungen oft monatelang hinziehen."

„Das hört sich interessant an. Ich war noch nie in New York. Irgendwann muss ich dieser aufregenden Stadt auch einen Besuch abstatten."

Oliver konnte sich gerade noch auf die Zunge beißen. Einem Instinkt folgend, hatte er antworten wollen: *Dann begleite mich doch!* Schon einen Augenblick später zweifelte er an der Funktionstüchtigkeit seines Verstandes. Dies war definitiv der letzte Abend, den er mit Sophie verbringen würde. Sie war zwar eine außergewöhnliche Persönlichkeit, aber bisher hatte sie ihm nichts als Ärger bereitet.

Des Weiteren zog sie in Erwägung, irgendeinen Schwachmaten zu heiraten. Warum zum Geier sollte er sie jetzt auch noch mit nach New York nehmen? Wieder einmal konnte er sich auf seine Reaktion keinen Reim machen. Zumal es in New York auch einige reizende Ladys gab, die seine Anwesenheit stets zu schätzen wussten. Man sollte wirklich keine Eulen nach Athen tragen. Doch bei der Vorstellung, dass Sophie allein nach New York reisen würde, zog eine dunkle Gewitterwolke in seinem Kopf auf. Das wäre ihr sicherer Tod.

Währenddessen schaute die Todeskandidatin verträumt aus dem Fenster, ohne auch bloß den Hauch einer Ahnung zu haben, welche trüben Visionen Oliver gerade quälten. Es spielte sich ein herrliches Schauspiel ab – über der Wüste ging die Sonne unter. Orangefarbene Bänder zogen sich quer über den Himmel und ließen die Berge in einem roten Licht erleuchten. Die Dächer der Häuser und die Autos auf dem Strip glitzerten um die Wette.

Immer noch bis ins Mark erschüttert, über das, was er soeben um ein Haar angerichtet hätte, lehnte Oliver sich zurück und ließ Sophie den Anblick genießen.

„Oliver!“, riss ihn da eine tiefe Männerstimme aus seinen Tagträumen. Neugierig blickte er auf.

Ein Schmunzeln breitete sich um seine Mundwinkel aus, bevor er sich erhob. „Ryan, wie ich sehe, weilst du wieder unter den Lebenden. Alles okay, soweit?“, begrüßte er den groß gewachsenen dunkelhaarigen Mann mit Handschlag, der neben ihrem Tisch aufgetaucht war.

Dieser grinste. „Oh, frag nicht. Die Jungs und ich sind gestern noch in irgendeiner Table-Dance-Bar abgestürzt. Aber dein neues Hotel ist der Hammer. Hut ab!“ Seine Augen hefteten sich auf Sophie. Unverhohlenes Interesse machte sich auf seinem Gesicht breit, während er sie einer eingehenden Musterung unterzog.

Ungläubig starrte Sophie den Typen an. *Junge! Junge!* Wer auch immer der Kerl war, er war so was von heiß. Und ein Schrank von einem Mann. Die elegante braune Lederjacke über der Jeans verkörperte Lässigkeit pur. Seine grünen Augen blitzten schelmisch. Ihr Blick wanderte zu der kleinen Narbe an seinem Kinn, die ihn noch männlicher wirken ließ.

„Denk noch nicht mal daran!“, knurrte Oliver den Unbekannten in diesem Moment an.

Sophie schaute verwundert zwischen den beiden Männern hin und her.

Ryan lachte schallend auf, wobei er gleichmäßige weiße Zähne entblößte. „Nun mach mal halblang, Oliver. Es liegt nicht in meiner Absicht, in deinem Revier zu wildern. Aber zumindest vorstellen könntest du mir dein entzückendes Date.“

Oliver nickte, wenn auch ein wenig widerwillig. „Sophie, das ist mein Cousin, Ryan", bekundete er letztendlich. „Ryan, das ist Sophie, eine Bekannte aus Deutschland."

Ryan schüttelte Sophie die Hand und gab sie ihr nicht zurück. Stattdessen warf er ihr einen eindringlichen Blick aus seinen faszinierenden grünen Augen zu, der ihr den Atem stocken ließ. „Wie es der Zufall so will, bin ich demnächst in Berlin. Wir sollten unbedingt die Handynummern austauschen."

Oliver verzog das Gesicht. „Wie wär's, wenn du uns jetzt wieder allein lässt. Die Jungs warten sicher schon sehnsüchtig auf dich. Obendrein lass dir eins gesagt sein, sie ist wesentlich älter, als sie aussieht."

Ryan lachte erneut herzhaft, ließ endlich Sophies Hand los und schlug Oliver kameradschaftlich auf den Rücken. „Keine Panik, Kumpel. War nur ein Scherz. Du weißt doch, ich bevorzuge Blondinen. Viel Spaß noch, euch beiden." Er zwinkerte Sophie verschmitzt zu; im nächsten Moment war er auch schon verschwunden und gesellte sich auf der gegenüberliegenden Seite der Bar zu ein paar Männern, die einen allein durch ihre schiere Körpergröße einschüchterten.

„War das mit dem Alter jetzt wirklich nötig?", erkundigte Sophie sich mit verärgertem Unterton.

Oliver hob beschwichtigend eine Hand. „Lass mich zuerst ein paar Dinge klarstellen, bevor du mir den Krieg erklärst. Das war mein Cousin Ryan. Er spielt Eishockey in der NHL. Eigentlich ist er ein netter Kerl, aber der größte Womanizer, der mir je begegnet ist. Ich wollte dich lediglich vor weiteren Flirtattacken seinerseits bewahren. Mir ist nämlich nicht bekannt, dass er sich jemals mit einer Frau abgegeben hätte, die alt genug ist, um in den Staaten eigenständig Alkohol zu kaufen. Und auf den ersten Blick wirkst du eher wie ein junges Mädchen und nicht wie eine siebenundzwanzigjährige erwachsene Frau."

Sophie verdrehte die Augen. „Logisch, dass ihm die Frauen zu Füßen liegen. Er ist so was von scharf. Aber hatte ich dich nicht bereits darauf hingewiesen, dass ich keinen Beschützer brauche?"

Oliver seufzte. „Schon klar. Das hast du ja gestern Abend zur Genüge bewiesen. Die meisten Frauen lassen sich von Ryans nettem Lächeln täuschen. Aber lass dir eins gesagt sein, sobald er das Eis betritt, ist er die reinste Killermaschine. Was ist, Hunger?", lenkte er vom Thema ab, ehe Sophie weitere Fragen aufwerfen konnte. Der Letzte, mit dem er sich momentan beschäftigen wollte, war ein Weiberheld wie Ryan. Sein Cousin spielte da nämlich in seiner ganz eigenen Liga.

Glücklicherweise nickte Sophie. So verließen sie die Bar und betraten das gegenüberliegende Restaurant, wo ein übereifriger Kellner sie quer durch den Raum führte – selbst redend abermals zu einem Fenstertisch.

Nachdem sie den Haussalat und pochierten Lachs sowie eine Flasche Weißwein bestellt hatten, ging Sophie urplötzlich in die Offensive. „Oliver, wann bist du eigentlich gestern zu mir ins Zimmer gekommen?"

„Ehrlich gesagt habe ich nicht auf die Uhr gesehen. Warum interessiert dich das?"

„Das Dumme ist, mir fehlt irgendwo ein Stück."

„Du hast nicht viel versäumt. Wir haben diesen lästigen Kerl entsorgt und dich ins Bett verfrachtet. Als ich später noch einmal nach dir sehen wollte, bin ich auf dem Sofa eingeschlafen. Ende der Geschichte."

„Aber du musst doch in etwa wissen, wann du zurückgekommen bist?"

Misstrauisch beäugte er sie. „Worauf willst du hinaus?"

Sie zögerte ein paar Sekunden, schlug die Augen nieder und spielte mit dem Besteck. „Ich frage mich, wie viel Zeit du mit deinem wasserstoffblonden Geschäftstermin verbracht hast?"

Aha! Also daher wehte der Wind! Oliver konnte sich mit Müh und Not ein Grinsen verkneifen. Wie offen diese niedliche Person doch ihre Gefühle zur Schau trug. Er sollte sie unbedingt noch länger auf die Folter spannen.

„Ach, du meinst Carrie? Ja, ich hatte einiges mit ihr zu besprechen. Sie ist die Ex-Frau eines Bekannten und sehr am Hotelgewerbe interessiert."

Wie erwartet, ließ Sophie nicht locker. „Habt ihr euch den ganzen Abend an der Bar aufgehalten?"

„Was denkst du wohl?"

Sophie schien zu merken, dass sie so nicht weiterkam, denn sie blickte auf und schaute ihm todesmutig in die Augen. „Und, hast du mit ihr geschlafen?"

Er zog eine Augenbraue hoch. „Ein Gentleman genießt und schweigt. Außerdem wüsste ich nicht, was dich das angeht."

„Nichts, aber es würde mich trotzdem interessieren."

„Erklärst du mir, warum?"

Sie seufzte theatralisch. „Weißt du, ich habe viel über unser Gespräch im Auto nachgedacht. Du hattest mit einigem recht. Das mit dieser Hochzeit ist vermutlich eine echte Schnapsidee." Sie machte eine kurze Pause und nahm einen tiefen Schluck Wein, als ob sie sich Mut antrinken wollte. „Oliver, darf ich dich noch etwas fragen?"

„Das hängt ganz davon ab, was du wissen möchtest."

„Du sagtest, ich passe nicht in dein Beuteschema. Wie sind die Frauen, mit denen du dich normalerweise einlässt?"

Er ließ vernehmlich die Atemluft entweichen. „Das willst du jetzt nicht ernsthaft wissen, oder?"

„Und ob." Sie blickte an sich hinunter. „Stehst du auf diese riesigen Silikondinger?"

Er beugte sich über den Tisch und griff nach ihrer Hand. Seine Stimme klang rau, als er leise antwortete: „Ich glaube es nicht, dass wir diese Unterhaltung gerade wirklich führen. Aber eine Sache kann ich dir versichern: Deine Brüste sind fantastisch, genau so, wie sie sind."

Ein schwaches Lächeln huschte über ihr Gesicht. „Aber sie sind klein."

„Dafür sind sie echt. Obendrein hast du den geilsten Arsch, den ich seit Langem gesehen habe."

„Was ist es dann, Oliver? Was haben diese Frauen, was ich nicht habe?"

Er räusperte sich. Anscheinend war Sophie nicht gewillt, ihn vom Haken zu lassen, auch wenn er nicht den Hauch einer Ahnung hatte, wo dieses sinnfreie Gespräch hinführen sollte. „Das ist schwer zu erklären. Es handelt sich im Normalfall um starke, selbstbewusste Frauen, die genau wissen, was sie wollen. Es sind definitiv keine Mäuschen, die Herzen in den Augen haben und im Geiste schon die Hochzeitsringe aussuchen."

Ein wütendes Funkeln flackerte in Sophies dunklen Pupillen auf. „Du hältst mich für ein Mäuschen, das einzig darauf aus ist, unter die Haube zu kommen?"

Gott, die Frau war faszinierend, wenn sie zornig war! Er unterdrückte ein Schmunzeln. „Bin ich damit so auf dem Holzweg?“

Ungehalten ballte sie die Hände zu Fäusten. „Manchmal hasse ich dich geradezu. Du bist ein Macho der miesesten Sorte, ein Tyrann, ein ... Ach, was weiß ich noch alles.“

Am Nachbartisch saß ein älteres Ehepaar, das an Sophies lautstarkem Ausbruch sichtlich Anstoß nahm. Sie bedachten ihn und Sophie mit abschätzigen Blicken.

„Sophie, könntest du aufhören, das ganze Restaurant über meine charakterlichen Stärken zu informieren. Immerhin bin ich hier nicht vollkommen unbekannt.“

Sie blickte um sich. „Tschuldigung“, nuschelte sie. „Aber du liegst völlig falsch. Ich bin nicht auf der Suche nach einem Ehemann, sonst hätte ich ja wohl bedenkenlos Brunos Antrag angenommen. Darüber hinaus hatte ich noch nie Herzchen in den Augen. Im Gegenteil: Ich glaube, ich war in meinem ganzen Leben noch nicht richtig verliebt. Und ich finde, Sex wird fürchterlich überbewertet.“

„Was du nicht sagst.“

„Jawohl.“ Provozierend starrte sie ihm in die Augen.

„Vielleicht warst du bisher einfach nur mit den falschen Männern im Bett. Ich hatte beim besten Willen nicht den Eindruck, dass du frigide bist. Also muss der Grund anders geartet sein.“

Ein Anflug von Unsicherheit machte sich auf ihrem Gesicht breit. „Dieser Gedanke ist mir auch schon durch den Kopf geschossen.“ Nervös zupfte sie am Träger ihres Kleides herum. „Ehrlich gesagt, hat mich noch nie ein Mann so geküsst wie du. Mit wie vielen Frauen hast du schon geschlafen?“

Oliver produzierte einen erstickten Laut und prustete um ein Haar eine Ladung Wein über den Tisch. Sofort warfen ihm die älteren Herrschaften am Nebentisch erneut einen bösen Blick zu, den er geflissentlich ignorierte.

„Meine Güte, Sophie, so viele Fragen musste ich nicht mehr über mich ergehen lassen, seit ich bei meinen Eltern ausgezogen bin. Was willst du noch wissen? Kondomgröße? Kontostand?“

„Weder noch! Bestätige mir einfach, dass du sehr viel Erfahrung in diesem Bereich hast.“

„Warum sollte ich das bitte schön tun?“

Sie spielte erneut mit dem Träger ihres Kleides. „Nun, ich bin zu der Überzeugung gekommen, dass ich mich endlich einmal mit einem erfahrenen Mann einlassen sollte. Die Typen, mit denen ich bislang zusammen war, waren durch die Bank weg jung und egoistisch. Meine Freundin Samantha wechselt die Kerle wie andere die Unterwäsche, und sie schwärmt dauernd davon, wie beim Sex der Boden unter ihr bebt. Ich habe bisher noch nicht einmal ein sanftes Wackeln vernommen. Vielleicht würde mir die Entscheidung mit der Hochzeit ja leichter fallen, wenn ich wüsste, auf was ich in Zukunft verzichten müsste.“

Er schüttelte ungläubig den Kopf. „Samantha ist diejenige, die dir geraten hat, diesen Bruno auszunehmen wie eine Weihnachtsgans, richtig?“

Sophie nickte.

„Na, herrlich! Schade, dass sie kein Teenager mehr ist, ansonsten hättest du ihr Ryans Telefonnummer geben können, die beiden würden sich sicherlich hervorragend verstehen.“ Er beugte sich argwöhnisch nach vorne. „Und, hast du schon einen bestimmten Mann für dein Vorhaben im Visier?“

Sie nickte erneut und knotete an ihrer Serviette herum. „Allerdings. Ich dachte …, jetzt, wo wir uns bereits so nahegekommen sind. Außerdem habe ich deine Küsse sehr genossen.“ Ruckartig warf sie den Kopf in den Nacken. „Ja, ich denke, du wärst die geeignete Person dafür.“

Oliver blickte vermutlich einen Moment lang drein, als hätte man ihm einen Eimer Eiswasser über den Kopf geleert. *Ganz toll!* Das hatte er jetzt von seinem losen Mundwerk.

„Sophie, du hast mich schon einmal so angetörnt, dass ich kaum noch klar denken konnte und in letzter Sekunde einen Rückzieher gemacht. Woher soll ich wissen, dass du diese Nummer nicht erneut abziehst.“

„Nein, ich verspreche dir, dass das nicht mehr passieren wird. Hör zu, du ganz allein hast die Behauptung aufgestellt, ich könne nicht ohne Sex leben und wäre bisher immer mit den falschen Männern zusammen gewesen. Du hast diese Glut in mir entfacht. Jetzt bring das Feuer richtig zum Lodern und dann lösche es! Beende das, was du angefangen hast. Das bist du mir schuldig.“

„Und morgen früh sitzen wir dann beide mit einem schlechten Gewissen da, oder wie?“

„Keineswegs. Ich gehe momentan nicht davon aus, dass ich Bruno heiraten werde. Also, warum sollte ich mich ihm gegenüber in der Verantwortung fühlen?“

Zu Olivers Erleichterung wurde ihre Unterhaltung unterbrochen, da der Fisch serviert wurde. Er war köstlich, aber Sophie schien mit ihren Gedanken ganz woanders zu sein. Sie spielte mehr mit dem Essen, als dass sie aß.

Er konnte es nicht fassen, was sie sich da für einen Blödsinn in den Kopf gesetzt hatte.

„Du hast mir immer noch nicht verraten, ob du gestern Abend mit diesem blonden Gift geschlafen hast“, hakte sie postwendend nach, kaum dass sie das Besteck zur Seite gelegt hatte.

Er stöhnte. „Was ist daran eigentlich so interessant?“

„Nur mal gesetzt den Fall, wir sollten heute noch zur Sache kommen, würde es mich beruhigen, wenn du nicht erst vor ein paar Stunden dieses Busenwunder in den Armen gehalten hättest.“

„Nun gut, damit du endlich Ruhe gibst, du Quälgeist. Nein, es ist nichts passiert. Sonst noch Fragen?

„Allerdings! Wie viele Frauen waren es?“

Oliver raufte sich die Haare. „Das weiß ich nicht. Ich führe keine Strichlisten.“

„Gib mir eine Hausnummer. Zehn, fünfzig, hundert, tausend.“

Er sinnierte einen Moment lang. „Fünfzig könnte hinkommen, vielleicht auch ein paar mehr. Es ist ja auch nicht so, dass ich die Frauen ständig wechsle. Es gibt da in New York eine, das ich sehr schätze, in Chicago, in …“

Sophie riss schockiert die Augen auf. „Du hältst dir Geliebte? Ich fasse es nicht. Gute Güte, wir leben doch noch im Mittelalter.“

„Blödsinn! Jede dieser Frauen weiß sehr wohl, auf was sie sich einlässt. Und glaube mir, sie genießen es.“

„Bezahlst du sie dafür?“

Er seufzte. „Das liegt ganz im Auge des Betrachters. Lass es mich so ausdrücken: Sie sind Geschenken gegenüber nicht abgeneigt.“

Sie lehnte sich zurück und studierte stillschweigend sein Gesicht. Diese Offenbarung schien sie aus dem Gleichgewicht gebracht zu haben. Doch auch Oliver befand sich in einem Zwiespalt. Einerseits war die Verlockung groß, Sophie zu packen und in sein Bett zu tragen, andererseits hielt er sie nicht für abgeklärt genug, um damit umgehen zu können. Sie war in einer heiklen Situation; vermutlich würde eine gemeinsame Nacht alles noch komplizierter für sie machen.

Er schaute sie an und versank in ihren aufregenden Augen, hinter denen sich so unendlich viel verbarg. Was sollte er tun?

Nach einiger Zeit schien Sophie sein Schweigen und seine nicht zu deutenden Blicke nicht länger ertragen zu können. „Was ist, hast du es dir überlegt?“ Ungeduld beherrschte ihre Stimme. „Dein Zögern gibt mir nicht gerade das Gefühl, auch nur ein Fünkchen erotische Ausstrahlung zu haben.“

Er griff über den Tisch hinweg abermals nach ihrer Hand. „Anscheinend hast du nicht den Hauch einer Ahnung, welche Wirkung du auf mich ausübst? Mit diesen großen treuherzigen Augen, deinem sinnlichen Mund und den Klamotten, die einen Mann unaufhörlich in Versuchung führen, sie dir vom Leib zu reißen. Und als Krönung alles verpackt in diese Unschuldsmasche. Du hältst dich nicht für erotisch?“ Er stieß ein raues Lachen aus. „Du kannst dich gerne eigenhändig davon überzeugen, falls du mir nicht glaubst. Aber im Moment bin ich steinhart.“

Sophie schluckte vernehmlich. Ihre Kehle war plötzlich wie ausgetrocknet. Sie kniff die Oberschenkel zusammen, denn Olivers Worte waren direkt in ihren Unterleib vorgedrungen, wo sich all ihre Muskeln begehrlich zusammenzogen. „Danke“, hauchte sie. „Das war das Netteste, was mir je ein Mann gesagt hat … Und das Schärfste."

Er rang sich ein schwaches Grinsen ab. „Ich muss dir noch etwas über die Frauen offenbaren, mit denen ich normalerweise Sex habe. Die meisten von ihnen mag ich nicht einmal. Du hingegen bist ein liebenswertes Geschöpf, das ständig das Bedürfnis in mir hervorruft, dich zu beschützen. Versuch doch, mich zu verstehen. Ich kann nicht mit dir schlafen. Das würde deine ganze Situation noch erschweren."

Die Wut auf all die Frauen, mit denen er im Bett gewesen war, verrauchte in diesem Moment. Dennoch schmerzte seine Zurückweisung. Voller Verzweiflung erhob sie die Stimme: „Warum überlässt du diese Entscheidung nicht einfach mir? Ich bitte dich doch nicht, mich zu heiraten. Ich will einzig und allein mit dir ins Bett. Jetzt stell dich nicht so an!"

Wie vom Blitz getroffen, schossen die Köpfe der beiden älteren Leute am Nebentisch erneut zu ihnen herum. Unverhohlen musterten die Greise ihre befremdlichen Tischnachbarn.

Oliver wandte sich ihnen zu und schenkte dem alten Herrn sein schönstes Lächeln. „Das ist doch zum Verrücktwerden! Jedes Mal, wenn ich in diesem Restaurant speise, passiert mir so etwas. Geht es Ihnen auch so? Könnte an dem Lachs liegen, den sollten Sie unbedingt kosten."

Den beiden Rentnern fiel zeitgleich die Kinnlade herunter. Pikiert blickten sie in die andere Richtung.

Er widmete seine Aufmerksamkeit wieder Sophie, die sich mühsam ein Kichern verkniff. „Könntest du dich bitte ein wenig zurücknehmen? Wie soll mein Personal denn in Zukunft noch vor mir Respekt haben?"

„Sag mir doch einfach, ob wir in deine oder in meine Suite gehen."

„Vorher gibst du dich nicht geschlagen, oder?"
„Nein!"
„Okay, du hast gewonnen." Oliver gab dem Kellner ein Zeichen. Keinesfalls wollte er dieses heikle Thema länger in der Öffentlichkeit diskutieren. So erhob er sich und führte Sophie quer durch das Restaurant auf den Ausgang zu, wobei er die entsetzten Blicke der beiden älteren Herrschaften durchdringend auf seinem Rücken zu spüren glaubte.
Sie betraten einen separaten Gebäudeteil, in dem sich die exklusiven Suiten verbargen. Er öffnete eine massive Tür und knipste das Licht an. „Ich wollte ohnehin noch deine Meinung zu meiner Suite einholen. Es ist die Präsidentensuite. Ich habe sie selbst entworfen. Und bei dir weiß ich zumindest, dass du die Wahrheit aussprichst und mir nicht Honig ums Maul schmierst, wie die meisten Menschen in meinem Umfeld."
Sophies Blick nach zu urteilen, war sie sofort verzaubert.
Die Suite war schätzungsweise so groß wie die Schweiz. In einer Ecke befand sich ein grauer Designerschreibtisch und in der Mitte ein langer, festlich gedeckter Esstisch. Jede Menge Türen zweigten von dem riesigen Wohnzimmer ab. Aber das absolute Highlight waren einmal mehr die hohen Fenster und der Ausblick.
Während Sophie sich umsah, öffnete Oliver eine Flasche Champagner, legte die Anzugjacke ab, lockerte seine Krawatte und ließ sich gemütlich auf das bequeme Sofa sinken. Obgleich er sich nach wie vor nicht darüber im Klaren war, wie sich der weitere Verlauf des Abends gestalten würde, war er zweifellos entspannter als Sophie, die gerade fieberhaft umherjagte. Als sie auf ihrer Rundreise bei ihm Station

machte, drückte er ihr ungefragt ein Glas Champagner in die Hand, das sie postwendend an die Lippen führte.

„Möchtest du auch einen Whiskey? Ich glaube, ich könnte einen vertragen“, gestand er, während er schon an einer Flasche herumhantierte.

„O ja! Hervorragende Idee.“

Oliver focht einen inneren Kampf mit sich aus. Er konnte keinen Hehl mehr daraus machen: Ihm stand der Sinn durchaus danach, Sophie zu vögeln bis zum Sonnenaufgang. Sie erschien ihm wie eine verbotene Frucht. Der Drang, von ihr zu kosten, war allgegenwärtig.

Nachdem sie alles erkundet hatte, ließ sie sich neben ihn aufs Sofa fallen und schnappte ihren Drink, den sie in einem Zug hinunterkippte. Angewidert verzog sie das Gesicht, was ihm ein Grinsen entlockte.

Lässig lehnte er sich zurück, legte die Arme links und rechts auf die Lehne des Sofas und fixierte sie wortlos. Er würde ihr in keiner Weise entgegenkommen. Möglicherweise verließ der Mut sie ja noch rechtzeitig.

Sophies Nerven waren bis zum Zerreißen angespannt. Sie konnte sich des Gefühls nicht erwehren, gerade Angst vor der eigenen Courage zu bekommen. Vielleicht hätte sie den Abend einfach seinen Lauf nehmen lassen sollen. Aber so wie sie Oliver einschätzte, hätte er ihr keine weiteren Avancen gemacht.

Doch sie wollte herausfinden, wie es war, sich diesem Mann hinzugeben. So wie sie bei seinen Küssen bereits dahingeschmolzen war, würde es aller Wahrscheinlichkeit nach ein bleibendes Erlebnis werden. *Über fünfzig Frauen!* Puh, da konnte sie mit ihren vier oder fünf lausigen Liebhabern nicht mithalten. Aber so war zumindest gewährleistet, dass der Mann wusste, was er tat.

Verunsichert schielte sie zu ihm hinüber und versank prompt in seinen blauen Augen. Gott, sie sehnte sich so sehr danach, in seinen starken Armen zu liegen. Seine Blicke und sein Schweigen lagen wie eine schwere Last auf ihren Schultern.

Nervös schaute sie sich abermals im Raum um und entdeckte eine gut verborgene Wendeltreppe, die nach oben führte. „Wo geht es denn da hin?"

„Da oben befindet sich die eigentliche architektonische Meisterleistung: das Schlafzimmer. Doch bevor ich dir das zeige, musst du mir zuerst erklären, was du genau von mir erwartest." Er beugte sich nach vorne und sah sie provozierend an.

Sie versank erneut in seinen Augen, in denen unverkennbar der Schalk lauerte. Doch das war nicht alles. Seine Pupillen waren groß und dunkel vor Verlangen. *Du liebe Güte, er begehrte sie tatsächlich!* Alle Zweifel, die sie einen Moment lang gequält hatten, lösten sich in Luft auf. Sie sehnte sich nach diesem Mann, nach seinen Küssen und Berührungen. Sie wollte, dass er sie nahm. *Heute Nacht!* Sie würde diese Gelegenheit nicht ungenutzt verstreichen lassen.

Mit zittrigen Knien rappelte sie sich auf, trat vor ihn hin, griff nach seinen Händen und zog ihn vom Sofa hoch.

Bereitwillig ließ er es geschehen. Er vermittelte einen durch und durch gelassenen Eindruck. Eindeutig konnte er mit der Situation besser umgehen als sie.

„Was ich von dir will?", hauchte sie. „Ich möchte in deinen Armen alles um mich herum vergessen, mich dir voll und ganz hingeben. Lass die Erde unter mir erbeben, und bring mich zum Schreien. Zeige mir, dass Sex etwas Weltbewegendes sein kann. Ich habe schon viel über multiple Orgasmen gelesen, doch bisher halte ich das für ein Ammenmärchen. Und falls es einen Mann geben sollte, der mich vom Gegenteil überzeugen kann, bist das vermutlich du."

Mit diesen Worten drehte sie sich um und zog ihn auf die Wendeltreppe zu.

Kapitel 10

Als Sophie das Schlafzimmer betrat, entfuhr ihr ein Schrei des Entzückens. Dominiert wurde der Raum von einem Kingsize-Bett mit hohem Lederkopfteil. Des Weiteren gab es eine dazu passende lederne Sitzecke, eine silbrig glänzende Bar sowie einen Schreibtisch.

Oliver griff nach einer Fernbedienung: Sogleich erklang leise Musik, verborgene Lämpchen flammten auf, andere wurden gedimmt. Wie von Geisterhand entzündete sich in einer Ecke des Raumes das Feuer eines offenen Kamins.

Die kuppelförmige Zimmerdecke war in einem sehr dunklen, fast schwarzen Blau gehalten. Auf Knopfdruck leuchteten Hunderte winziger Lichter auf und vermittelten die Illusion eines Sternenhimmels. Die Wand dahinter bestand aus einer einzigen riesigen Glasscheibe.

„Geh einmal nach vorne ans Fenster!“, forderte Oliver sie auf, nachdem sie alles ausgiebig gemustert hatte. „Du darfst allerdings keine Höhenangst haben. Es ist nach außen geneigt, sodass du einen Winkel von einhundertundachtzig Grad überblicken kannst.“

Langsam steuerte Sophie die Scheibe an. Ihre Augen weiteten sich vor Überraschung, als sie unter sich den Hoteleingang sowie den kompletten Strip erkannte.

„Wow“, flüsterte sie ehrfurchtsvoll. „Man hat tatsächlich das Gefühl, über Las Vegas zu schweben.“ Sie blickte um sich und runzelte die Stirn. „Aber hier gibt es ja gar keine Vorhänge. Ist das nicht morgen früh fürchterlich hell?“

Er schmunzelte. „Keine Panik. Die Scheibe tönt

sich je nach Lichtverhältnissen von selbst. Man kann sie natürlich auch manuell nachstellen, falls man es heller oder dunkler haben möchte."

„Du musst ein Genie sein. Ich bin zutiefst beeindruckt", hauchte sie.

Was bei Oliver hingegen Eindruck hinterließ, war der atemberaubende Anblick, den Sophie vor dieser Kulisse bot. Sie hatte ihm den Rücken zugewandt und schielte fasziniert hinaus. Da sie sich nach vorne geneigt hatte, offenbarte das kurze Kleid die Ränder ihrer halterlosen Strümpfe.

Puh! Oliver hielt die Luft an, als sich die Enge in seiner Hose zurückmeldete. Mit Sicherheit würde er sich hinterher verteufeln, doch so langsam gab es kein Zurück mehr. Er war schließlich auch bloß ein Mann, und seine Männlichkeit war in den letzten beiden Tagen viel zu sehr strapaziert worden. Die ganzen guten Vorsätze waren mit einem Schlag dahin. Mit großen Schritten durchquerte er das Zimmer, trat hinter Sophie und berührte mit den Fingerspitzen sanft ihre nackten Schultern. Anschließend fuhr er mit einem Finger ihren Rückenausschnitt hinab, bis knapp über ihren Po, ehe er die Hand wieder nach oben wandern ließ.

Sie reagierte mit einer heftigen Gänsehaut, verharrte jedoch unbeweglich und genoss seine Berührungen.

Er nahm die zweite Hand hinzu und wiederholte das Spiel. Dieses Mal wanderten seine Finger bis zu ihrem Po und liebkosten ihn. Danach glitten sie erneut nach oben.

Sophies Atem ging nun stoßweise, doch sie regte sich noch immer nicht.

Er griff in ihren Nacken und öffnete den Knopf, der das Kleid zusammenhielt. Mit einem vornehmen

Rascheln fiel das seidene Teil zu Boden.

Sophie stand jetzt vor ihm, lediglich mit einem schwarzen Spitzen-String, halterlosen Strümpfen und ihren hohen Pumps bekleidet. Den BH konnte man aufgrund der durchsichtigen Träger nicht ausmachen. Auf dem nackten Rücken glitzerte die goldene Kette.

Für einen Augenblick vergaß Oliver das Atmen. Dieses Bild würde er wohl in seinem ganzen Leben nicht mehr aus dem Kopf verbannen können. Er ging einen Schritt zurück, um es besser auf sich wirken zu lassen. „Dreh dich um!“, forderte er mit heiserer Stimme.

Bevor Sophie seinem Befehl Folge leistete, griff sie jedoch mit erstaunlicher Gelassenheit in ihr hochgestecktes Haar, löste zwei Klammern, und die ganze Pracht fiel seidig glänzend über ihre Schultern. Als Nächstes nahm sie die lange Kette ab und legte sie behutsam neben das Bett. Dann erst wandte sie sich ihm gemächlich zu, als hätte sie das schon tausendmal getan. Diese Frau verwunderte ihn immer wieder aufs Neue.

Oliver war wie hypnotisiert von ihrem Anblick. Die Kombination der fast entblößten Sophie, gebadet in den goldenen Feuerschein des offenen Kamins, vor einer seiner baulichen Meisterleistungen raubte ihm den Verstand. Er konnte nicht genug davon bekommen, sie zu betrachten. Glücklicherweise ließ sie es wohlwollend und geduldig über sich ergehen, ohne sich zu rühren.

Er inspizierte ihre großen dunklen Augen und die verführerisch schimmernden Lippen. Sophies niedliche Brüste wurden durch einen transparenten schwarzen Spitzen-BH perfekt in Szene gesetzt. Olivers Augen glitten über ihren Bauch hinab und landeten auf dem dreieckigen Stück Stoff zwischen ihren

Beinen. Auch der Slip war leicht durchsichtig. Prompt verstärkte sich das stechende Gefühl in seiner Lendengegend, mit dem er sich nun seit Tagen herumquälte.

Mühsam riss er sich von dem Anblick los und überwand wiederum die Distanz zwischen ihnen. Als er dicht vor ihr stand, warf Sophie den Kopf in den Nacken und schaute ihm in die Augen. Ihre Blicke versanken ineinander. Plötzlich lag ein Zauber in der Luft. Die erotische Atmosphäre war geradezu greifbar.

Oliver hob Sophies Kinn mit einem Finger weiter an. *Teufel aber auch, er war so was von geil!* Sollte sie jetzt abermals einen Rückzieher machen, würde ein Mord geschehen.

Sophie keuchte auf, als seine Lippen die ihren berührten. Bereitwillig ließ sie seine Zunge in ihren Mund eindringen. Sie schob die Arme um seinen Nacken und fuhr zärtlich mit ihren Fingern durch sein Haar. Sie küssten sich erst sanft, fast spielerisch, doch schnell wurde daraus ein lustvoller, fordernder Kuss, in dem Oliver sich mit Haut und Haaren verlor.

Gierig flogen seine Hände über ihren Körper. „Sophie“, flüsterte er mit heiserer Stimme gegen ihre Wange. „Du fühlst dich unglaublich an.“

„Wirst du es tun, Oliver?“

Er atmete tief ein. „Du möchtest wissen, ob ich mit dir schlafen werde?“

Sie nickte.

„Darauf kannst du wetten.“

Seine Worte spornten sie an. So löste sie sich ein Stück von ihm und zupfte ungeduldig an seiner Krawatte herum. Nachdem die Krawatte gefallen war, machte sie sich an den Knöpfen seines Hemdes zu schaffen. Mit Müh und Not widerstand sie dem

Drang, es ihm vom Leib zu reißen. Sie wollte endlich Olivers nackten Körper spüren, denn momentan war die Bekleidungssituation äußerst ungerecht verteilt.

Sekunden später ging auch das Hemd zu Boden. Sie schmiegte sich an ihn, was ihn veranlasste, leise zischend auszuatmen. Seine Erektion pulsierte heftig an ihrer Hüfte. Dafür dass sie mitnichten in sein Beuteschema passte, schien er ganz schön erregt zu sein. Jetzt erst wurde ihr bewusst, wie breit seine Schultern waren. Seine Brust- und Bauchmuskulatur war stahlhart, sein Oberkörper ging V-förmig in eine schmale Taille über.

Indessen suchte seine Hand den Verschluss ihres BHs, der sich vorne zwischen ihren Brüsten befand. Überraschend schnell hatte er ihn gefunden; auch der BH flatterte davon.

Ein Keuchen entfuhr ihr, als Oliver sie unter Armen und Kniekehlen packte.

Mit Leichtigkeit hob er sie hoch, bevor er sie mitten auf dem riesigen Bett ablegte. In null Komma nichts war er über ihr und küsste sie erneut. Liebevoll glitten seine Lippen ihren Hals hinab, über ihre Brüste hinweg, hinunter bis zu ihrem Nabel. Spätestens in diesem Moment stand sie in Flammen. Ein heiseres Stöhnen entrang sich ihrer Kehle.

Er rückte ein Stück von ihr ab und rollte ihre halterlosen Strümpfe herunter. Sein Mund strich dabei federleicht über ihre Beine. Nachdem er ihr Schuhe und Strümpfe ausgezogen hatte, küsste er ihre Füße.

Sie schrie auf, als diese Berührungen, das Pochen in ihrem Unterleib noch verstärkten.

Oliver lachte leise, während er sich jeden ihrer Zehen einzeln vornahm.

Grenzenlose Lust ließ Sophie erbeben, jagte über ihren ganzen Leib hinweg. Sie wollte diesen Mann, musste ihn spüren. Wie lange wäre sie noch in der Lage, diese sanften Zärtlichkeiten zu ertragen, wo sie sich doch so sehr wünschte, dass er sie endlich nahm?

„Oliver, bitte“, wimmerte sie.

„Ganz ruhig, Sophie.“ Er knabberte spielerisch an ihrem Fußkettchen, bevor er sich mit seinen Lippen an ihrem rechten Bein hocharbeitete.

Sie verkrampfte sich. Das begehrliche Ziehen in ihrem Schoß nahm fast schon schmerzhafte Ausmaße an. Er küsste ihren Oberschenkel, ehe er sie mit seinem Mund durch ihr dünnes Spitzenhöschen hindurch liebkoste. Nun konnte sie einen Schrei der Lust nicht mehr zurückhalten.

Langsam schob Oliver ihr den Slip herunter. Sie lag nun vollkommen entblößt vor ihm, was ihr überhaupt nicht bewusst wurde. Sie stöhnte und wälzte sich hin und her, als seine Finger behutsam ihre empfindlichste Stelle berührten.

„Oliver, bitte nimm mich, ich halte das nicht mehr aus“, keuchte sie, während sie versuchte, ihn hochzuziehen.

Er schmunzelte und wirkte dabei so süß, dass sie ihn am liebsten verschlungen hätte. „Sophie, du wolltest, dass der Boden unter dir bebt. Also überlass die Führung mir! Ich versichere dir, ich weiß, was ich tue.“ Er schüttelte ihre Hände ab und küsste sich zu ihrer pulsierenden Mitte vor. Als er seine Zunge langsam in sie hineinschob, ging eine Erschütterung durch ihren Schoß.

Ihr Verstand kapitulierte, sie unterließ jeglichen Versuch, sich weiterhin zu sträuben. Mit einem leisen Stöhnen sank sie in die Kissen zurück und gab sich Olivers fachkundigem Mund hin.

„Oh mein Gott!“, ächzte sie. Ihr Zittern steigerte

sich, sie schrie abermals laut auf, und innerhalb von wenigen Sekunden explodierte sie unter seiner Zunge.

Sophies Körper zuckte und vibrierte. Sie konnte sich beim besten Willen keinen Reim darauf machen, was hier gerade mit ihr geschah. Normalerweise dauerte es ewig, bis sie einen Höhepunkt erreichte, wenn es denn überhaupt passierte. Heiße Wellen durchfluteten sie ohne Unterlass. Das Atmen kostete sie einige Mühe; trotzdem war es das süßeste Gefühl, das sie jemals gespürt hatte.

Anscheinend wollte Oliver ihr Zeit zum Beruhigen geben, denn er sprang auf und holte den Champagnerkühler und die Gläser von unten. Er legte sich neben sie aufs Bett und drückte ihr eins der Gläser in die Hand.

Sie schaute ihn verträumt an und nahm dankbar einen großen Schluck des kühlen Getränks, das herrlich prickelnd ihre Kehle hinunterrann.

Olivers Blick verharrte derweil auf ihrem Busen.

„Oliver, bitte schau mich nicht so an, das macht mich nervös. Manchmal hasse ich diese winzigen Brüste geradezu."

Ein Lächeln zuckte um seine Mundwinkel, als er aufsah. „Als ob es einzig auf die Größe ankäme. Dein Busen ist fantastisch. Und nervös machen sollte dich nur eine Sache: Ich schwöre dir, wenn du morgen dieses Bett verlässt, kannst du nicht mehr laufen. Denn so wie du auf meine Berührungen reagierst, könnte das eine verdammt heiße Nacht werden."

Sophie stöhnte auf. Seine Worte törnten sie an. Oliver war definitiv kein Mann, dem Selbstvertrauen fehlte. „Gut, dann wird es jetzt aber höchste Zeit, dich ebenfalls aus deinen Klamotten zu schälen."

Er grinste, als sie sich an seinem Gürtel zu schaffen machte, bevor sie seine Hose öffnete. Mitsamt den Boxershorts schob sie sie nach unten. Vorsichtig glitten ihre Hände über seine steinharte Erektion.

Nun entfuhr auch ihm ein unkontrolliertes Stöhnen. Dieses spielerische Abtasten machte ihn wahnsinnig. Sophies Unerfahrenheit war einfach entzückend und zehrte heftig an seiner Selbstbeherrschung. Zum Teufel, wenn sie nicht auf der Stelle ihre Finger von seinem besten Stück nahm, würde ein Unglück passieren.

„Stopp!“, befahl er. „Dafür hast du mich nun doch zu lange hingehalten.“ Er packte Sophie und warf sie auf den Rücken, schob ihre Arme nach oben über ihren Kopf und hielt sie dort mit einer Hand fest, während er sich über sie beugte und mit der Zunge ihre aufgerichteten Nippel verwöhnte.

Sie stöhnte und versuchte, ihre Hände freizubekommen. Doch den Gefallen tat er ihr nicht. „Was ist dein Problem? Möchtest du, dass ich aufhöre?“

„Ja, nein …, doch“, stammelte sie zusammenhanglos. „Ich will dich, Oliver, bitte.“

„Du willst es also wirklich durchziehen?“

„Unbedingt.“

„Heute muss mein Glückstag sein“, murmelte er. Mit einer Hand tastete er hinüber zum Nachttisch, öffnete mit den Zähnen eine Kondomverpackung und rollte sich das Gummi über. Langsam sank er zwischen ihre weichen Schenkel.

„Endlich.“ Begierig hob sie ihr Becken an.

Ungeachtet seiner Erregung zauberte ihre Ungeduld ihm ein Lächeln aufs Gesicht. So entschied er, sie noch ein bisschen länger leiden zu lassen. Vorsichtig ließ er einen Finger in sie hineingleiten, bevor er sie zärtlich streichelte.

Sie keuchte auf und drängte sich seiner Hand entgegen.

„Du kannst es kaum erwarten, dass ich ihn dir reinstecke, richtig?“

Sie gab einen erstickten Laut von sich. „Hör auf zu reden, tu endlich was!“

Als er ihr Zittern nicht länger ertragen konnte, schob er schließlich seinen harten Schwanz in sie hinein. Er schnappte nach Luft, als er ihre Enge spürte. Das Gefühl, sie zu guter Letzt doch noch unter sich zu haben, war verdammt erhebend.

„Sophie, du bist so feucht“, raunte er, während er Angst hatte, auch noch die letzte funktionierende Gehirnzelle zu verlieren. „Und so eng.“ Herrje, das Mädchen war so anders, als die Frauen, die er sonst in seinem Bett hatte. So unverbraucht und natürlich. Und die hohen Erwartungen, die sie an ihn stellte, machten es ihm nicht gerade leicht. Er musste sich zwingen, die Sache langsam anzugehen, denn sein Körper schrie geradezu nach Erlösung. So hielt er die Luft an und versuchte, an die unsinnigsten Dinge zu denken.

Was kein Leichtes war, denn seit er in Sophie eingedrungen war, schien sie jegliche Selbstbeherrschung verloren zu haben. Bei jedem seiner Stöße stöhnte sie lustvoll und flüsterte immer wieder seinen Namen. Ihr verschleierter Blick zeigte ihm, wie sehr sie es genoss.

So viel zum Thema: Sex wird überbewertet. Die Männer, mit denen sie bisher zusammen gewesen war, mussten allesamt Idioten gewesen sein. Die Kleine war heiß wie die Hölle.

Doch seine sanften, rhythmischen Bewegungen entsprachen offenbar nicht Sophies Vorstellungen: Sie schlang die Beine um seine Taille und zog ihn tiefer in sich hinein, wobei sie ihre Fingerspitzen fest in seine Pobacken presste.

Er atmete zischend aus. „Herrgott, Sophie, hatten wir uns nicht darauf geeinigt, dass ich die Führung übernehme. So halte ich das nicht lange aus.“

„Entschuldige, aber du machst mich total verrückt. Ich hätte nie gedacht, dass Sex so gut sein kann. Hör ja nicht auf! Bitte, ich brauche es fester.“

Oliver schüttelte ungläubig den Kopf. *Tja, die Geister, die ich rief!* Das hatte er nun davon, dass er sie so heiß gemacht hatte.

Sie wimmerte. „Oliver, was muss ich tun, damit du es mir endlich richtig besorgst?“

Ihre geflüsterten Worte zwangen ihn endgültig in die Knie. Unfähig, länger gegen sie anzukämpfen, steigerte er das Tempo und befürchtete, jeden Moment zu explodieren. Er schaute in ihr verzücktes von Leidenschaft geprägtes Gesicht. Sie hatte die Augen jetzt geschlossen, und er spürte, dass sie schon viel zu weit war, um überhaupt noch klar denken zu können. Der Satz mit den multiplen Orgasmen kam ihm wieder in den Sinn. Auf keinen Fall durfte er vor ihr kommen.

Erneut hielt er die Luft an. Nach ein paar weiteren Stößen merkte er, wie Sophies Körper unter ihm zuckte und sich aufbäumte. Ein erstickter Schrei der Lust entfuhr ihrer Kehle, bevor sie vor Glück schluchzte.

Endlich konnte auch er seine Anspannung lockern. So explodierte er wenige Sekunden nach ihr genauso heftig.

Ihre fest in seinen Rücken gekrallten Finger zogen ihn zu sich herunter, ihre Arme umschlossen ihn wie einen wertvollen Schatz, den sie nie wieder loslassen wollte.

Er ließ es geschehen. Willenlos und keuchend

sank er auf sie.

Er wusste nicht, wie viel Zeit vergangen war, als er unter sich ein Schniefen vernahm. Er zuckte hoch und sah in Sophies weit geöffnete Augen, aus denen kleine Tränen kullerten.

„Jetzt sag aber nicht, ich habe dir zu viel zugemutet! Wer konnte es denn gar nicht hart genug kriegen? Habe ich dir wehgetan?“

„Keineswegs.“ Sie räusperte sich, da ihre Stimme versagte. „Es ist nur … Ich habe so etwas noch nie erlebt“, gestand sie peinlich berührt. „Es waren einfach zu viele Emotionen. Tut mir leid, aber ich kann die Tränen nicht zurückhalten.“

Erleichtert atmete er aus. „Das ist auch nicht nötig. Eher ist es eine große Ehre für einen Mann, wenn eine Frau beim Sex Tränen der Lust vergießt. Zumindest wissen wir jetzt, dass du alles andere als frigide bist.“ Langsam glitt er von ihr herunter, was sie mit einem leisen Seufzen zur Kenntnis nahm.

Er marschierte ins Bad und kehrte kurz darauf mit einem Taschentuch zurück. Er rutschte neben sie und tupfte ihr sanft die Tränen von den Wangen. Sofort schmiegte sie sich an ihn und blickte ihn aus großen wässerigen Augen an. Seltsamerweise erinnerte sie ihn in diesem Moment an den kleinen Golden Retriever, der einen ähnlichen Blick draufhatte und ebenfalls ein Meister im Ankuscheln war. Kein Wunder, dass die beiden sich auf Anhieb so hervorragend verstanden hatten.

Lächelnd zog er sie in seine Arme. „Ja, das war nicht schlecht für den Anfang. Aber ich bin noch nicht mit dir fertig. Gib mir ein paar Minuten. Indessen trinken wir noch ein Glas. Und danach werde ich dich so lange vögeln, bis du um Gnade bettelst.“

Doch wenn er gemutmaßt hatte, sie mit dieser Aussage zu schockieren, lag er gründlich daneben. Sie rückte näher an ihn heran und griff nach dem Champagnerglas neben dem Bett. „Versprochen?“, hauchte sie.

Er grinste. „Worauf du dich verlassen kannst.“

Als sich Sophie wieder gefangen hatte, konnte sie der Versuchung nicht widerstehen, Olivers Körper genauer zu erkunden. Sie löste sich aus seiner Umarmung und knabberte liebevoll an seinem Ohrläppchen, woraufhin er mit einer Gänsehaut reagierte. Das ermutigte sie. So küsste sie sich seinen Hals hinab über seine breite Brust.

Er drehte sich entspannt auf den Rücken, schloss die Augen und ließ sie gewähren.

Gott, er war so süß, wenn er derart relaxt war! Das war nicht mehr der unnachgiebige Geschäftsmann und auch nicht der verbitterte Mensch, der der Liebe vor sehr langer Zeit abgeschworen hatte. Nein, im Moment war er einfach nur ein wundervoller Mann, der diese Nacht genauso sehr auskostete wie sie.

Ihre Hände strichen zärtlich über seine leichte Brustbehaarung und seine starken Arme. Wie sie es vermutet hatte, bestand alles an ihm aus Muskeln. Dieser nackte Männerkörper weckte ihr Verlangen aufs Neue.

„Wie kommt man eigentlich zu so einem Sixpack, wenn man den lieben langen Tag Millionen hin und her schiebt?“ Spielerisch ließ sie ihre Zunge um Olivers Nabel tanzen und registrierte erfreut, dass in seine Lendengegend abermals Bewegung kam.

Er stöhnte leise. „Meine Hotels sind mit den modernsten Fitnessstudios ausgestattet. Ich benötige nicht viel Schlaf. Daher trainiere ich häufig früh morgens, manchmal sogar mitten in der Nacht. Außerdem reite ich für mein Leben gerne, das verschafft mir Entspannung."

„Verstehe", flüsterte sie, während sie sanfte Küsse auf seinem Bauch und Unterleib verteilte.

Oliver genoss es, von ihr verwöhnt zu werden. Ihre Hände streichelten seine Oberschenkel und ließen einen wohligen Schauer durch seinen Leib rieseln. Ihre Neugier war entzückend. Sie war offenbar gewillt, jeden Millimeter seines Körpers zu erkunden. Ihre Finger wanderten in Richtung seiner Erektion, die prompt weiter anschwoll.

Da durchfuhr ihn ein unerwartetes Gefühl. Irritiert öffnete er die Augen und sah, wie sich Sophies heiße Lippen bis zum Anschlag über ihn schoben. Gekonnt ließ sie ihre Zunge über seinen Schwanz gleiten, und in diesem Augenblick wäre er um ein Haar gekommen. Hektisch schnappte er nach Luft. Hatte sie ihn mit ihrer angeblichen Unerfahrenheit etwa auf den Arm genommen? Doch als sie lustvoll an ihm saugte, spielte das alles keine Rolle mehr. Voll und ganz gab er sich ihren warmen, feuchten Lippen hin.

„Verdammt, Sophie, nicht so schnell!", fluchte er keine Minute später los, als es mal wieder höchste Zeit war, sie auszubremsen. Hastig zog er sie von sich weg und warf sie neben sich auf den Bauch.

Ungeachtet ihres Protestes griff er nach dem nächsten Kondom, kniete sich von hinten zwischen ihre Beine, packte sie an den Hüften und zog ihr Becken hoch.

Sie zuckte zusammen. „Äh, Oliver. Ich habe noch nie … Also, von hinten …"

Er gab ihr einen sanften Klaps auf den Po. „Keine Panik, das lag auch nicht in meiner Absicht, obwohl dein Arsch wirklich jede Sünde wert ist." Er schob ihr ein Kissen unter den Bauch. „Ich habe dir versprochen, dass du morgen nicht mehr laufen kannst. Und dafür werde ich jetzt sorgen. Ich finde, eine kleine Strafe hast du verdient, für die Nummer, die du vorgestern Nacht mit mir abgezogen hast." Mit einer fließenden Bewegung drang er in sie ein.

Ihr entfuhr ein unterdrückter Schrei. Doch bei seinem nächsten Stoß reckte sie ihm provozierend ihr Hinterteil entgegen. Hart und fordernd versenkte er sich in ihr.

Ihre Finger krallten sich in die Matratze. Hemmungslos stöhnte sie in das Kopfkissen. Sie wand sich unter ihm und schien gar nicht genug bekommen zu können, was ihm ein Schmunzeln entlockte. Er hatte doch gleich gewusst, dass die Kleine Feuer hatte. Genüsslich schob er sich immer wieder tief in sie hinein. Doch bevor sie kam, hielt er inne.

„Gott, Oliver!", keuchte sie in das Kissen. „Ich bin so kurz davor. Tu doch etwas!"

„Was du nicht sagst. Wie schon erwähnt, Strafe muss sein. Wir haben nur diese eine Nacht, und ich garantiere dir, du wirst sie so schnell nicht vergessen."

Sie gab ein gurgelndes Geräusch von sich. Doch dann fügte sie sich und ließ ihn gewähren.

Er nahm seine Bewegungen wieder auf, wechselte ab und zu das Tempo, um Sophie völlig in den Wahnsinn zu treiben. Allerdings reizte dieses kleine Spiel ihn ebenfalls über alle Maßen. Schon bald gelangte er an einen Punkt, an dem er die Kontrolle über seinen Körper verlor. Unwillkürlich steigerte er die Geschwindigkeit und stieß fester in sie hinein. Sie fühlte sich fantastisch an. Ihr heiseres Stöhnen gab ihm den Rest. Irgendwann spürte er nur noch ihre heißen Pobacken, die gegen sein Becken klatschten, hörte wie aus weiter Ferne ihre Lustschreie, und als ihr Unterleib in vollkommener Hingabe unter ihm zu zucken begann, ließ er sich gehen. Keine Sekunde später rollte auch über ihn ein heftiger Orgasmus hinweg.

Eng an Oliver geschmiegt, lag Sophie erschöpft und glücklich in seinem Arm und blickte hinaus in den Himmel. Sie waren zwischen einen Berg von Kissen gesunken, unter einer weichen Decke, in dem viel zu großen Bett. Niemals in ihrem ganzen Leben hatte sie sich derart geborgen gefühlt. In diesem Augenblick hätte sie am liebsten die Zeit angehalten. Sie wollte sich gar nicht in Erinnerung rufen, dass sie diesen wundervollen Mann nach dieser Nacht wahrscheinlich nie mehr wiedersehen würde.

„Oliver?"

„Mhm", brummte er.

„Ich wollte dir nur mitteilen, dass ich jetzt weiß, wie es ist, wenn die Erde unter einem bebt. Ich danke dir."

Er gluckste amüsiert. „Es war mir ein Vergnügen. Gerne würde ich dich die ganze Nacht zum Schreien bringen, doch ich benötige dringend ein paar Stunden Schlaf. Aber ich werde in Zukunft hin und wieder in Europa sein, vielleicht bietet sich ja irgendwann eine zweite Gelegenheit."

Er zog sie noch einmal fest in die Arme und küsste sie federleicht auf die Stirn. „Schlaf jetzt, Liebes, es ist schon spät."

Das Kosewort zauberte ihr ein Lächeln aufs Gesicht. Möglicherweise wendete sich ja doch noch alles zum Guten. Immerhin stellte er ein Wiedersehen nicht völlig infrage.

Sie drückte sich näher an ihn und hörte nach einiger Zeit an seinen gleichmäßigen Atemzügen, dass er eingeschlafen war. Gedankenverloren betrachtete sie noch lange die Sterne und fragte sich, was die nächsten Wochen, die aller Voraussicht nach ihr weiteres Leben bestimmen würden, wohl noch für Überraschungen für sie bereithielten.

Sie glaubte, zu erkennen, dass es über der Wüste schon hell wurde, als sie endlich in einen tiefen Schlaf fiel.

Kapitel 11

Als sie die Augen aufschlug, saß Oliver neben ihr auf dem Bett. Er trug einen schwarzen Anzug und nestelte an seinem Krawattenknoten herum.

Hallo! Wie war das möglich?

War es nicht erst Minuten her, dass er sie nackt in seinen Armen gehalten hatte?

Allem Anschein nach befand er sich bereits in Aufbruchstimmung. Sofort breitete sich eine tiefe Enttäuschung in ihr aus.

Als er bemerkte, dass sie wach war, strich er ihr mit dem Zeigefinger einer Hand zärtlich über die Wange. „Ich muss jetzt leider los. Mike wartet schon ungeduldig auf mich. Ich wollte dir noch Auf Wiedersehen sagen, und mich nicht einfach so davonschleichen. Wie fühlst du dich? Und was macht das Gewissen?"

„Danke", flüsterte Sophie schlaftrunken. „Abgesehen davon, dass ich hundemüde bin, geht es mir ausgezeichnet. Du hast mir die beste Nacht meines Lebens beschert. Ich werde keine Sekunde davon jemals bereuen."

Er beugte sich über sie und hauchte ihr einen sanften Kuss auf die Lippen, danach sprang er überstürzt auf und marschierte in Richtung der Treppe. Dort hielt er noch einmal inne. „Ich wünsche dir viel Glück für die Zukunft und hoffe, dass du die richtige Entscheidung treffen wirst. Du hast ja meine Telefonnummer. Du kannst mich jederzeit anrufen, solltest du Hilfe benötigen. Sobald mich meine Geschäfte nach Europa führen, werde ich mich bei dir melden. Ach übrigens, viel Vergnügen noch in der Stadt der Engel!"

Mit diesen Worten verließ er sie.

Fassungslos starrte sie die Decke an und wartete … Doch nichts geschah. *Echt jetzt?* Dieser Knallkopf war tatsächlich verschwunden? Nach einer solchen Nacht?

Langsam ging die Enttäuschung in brennende Wut über. Kleine Klümpchen der Bitterkeit formierten sich in ihrem Magen. Was glaubte dieser reiche Fatzke eigentlich, wer er wäre? Dachte der Herr Hotelmagnat, er könnte sie zu seiner Geliebten machen? Sie vögeln, wenn er einmal im Jahr über den großen Teich jettete?

Nie und nimmer! Das konnte er sich getrost abschminken. Ein Wunder, dass er ihr nicht ein Bündel Dollarscheine auf das Kopfkissen geworfen hatte. Wenn sie sich richtig ins Zeug legte, würde er sicher noch ein Auto und ein Appartement obendrauf packen.

Plötzlich kam sie sich in dem riesigen Bett furchtbar verloren vor. Sie zog sich die Decke über den Kopf und versuchte, das Denken einzustellen, denn einen klaren Gedanken zu fassen, fiel ihr momentan verdammt schwer.

Himmel, vielleicht war die revolutionäre Idee, mit Oliver zu schlafen, doch nicht das Nonplusultra gewesen. Sie war vermutlich eine schnelle Nummer für ihn gewesen, eine zusätzliche Kerbe in seinem Bettpfosten, wohingegen er ihr Leben mächtig auf den Kopf gestellt hatte. Nun blieb ihr nur eins übrig: Augen zu und durch. Nicht, dass man sie nicht vorgewarnt hätte.

Oliver atmete tief durch, als sich die Fahrstuhltür hinter ihm geschlossen hatte. Als Sophie ihn nach dem Aufwachen mit ihren großen Augen erwartungsvoll angeschaut hatte, war ihm schlagartig klar geworden, dass es für sein Seelenheil besser wäre, schnellstmöglich das Weite zu suchen. Mit fahrigen Fingern fuhr er sich durchs Haar. Wann war es ihm zum letzten Mal derart schwergefallen, eine Frau zu verlassen? Er konnte sich beim besten Willen nicht daran erinnern.

Er verstand sich selbst nicht. Warum zog ihn diese Unselbstständigkeit in Person dermaßen in ihren Bann? Zugegeben, Sophie hatte was. Sie war hochintelligent, besaß ein Herz aus Gold und vermittelte einem durch ihre Sorglosigkeit hin und wieder das Gefühl, die Welt sei gerecht. Ihre Nähe lud zum Träumen ein, erweckte sogar in einem Mann wie ihm, der jegliche Emotionen schon vor einer Ewigkeit weggesperrt hatte, Illusionen von einer glücklichen Zukunft.

Wehmütig dachte er an die vergangene Nacht zurück. Sophie war das Heißeste, was er seit sehr langer Zeit in seinen Armen gehalten hatte. Und wenn er ehrlich zu sich selbst war, war sein Bedarf an ihr noch lange nicht gedeckt. Nach seiner Rückkehr aus New York würde sie jedoch nicht mehr in den Staaten verweilen. Eine Fügung des Schicksals? Vermutlich. Nichts lag ihm ferner, als Sophie zu verletzen, denn ein Bauchgefühl sagte ihm, dass das zwangsläufig passieren würde, sollte er sie wiedersehen. Vielleicht wäre es ja besser, das Thema Sophie einfach auf sich beruhen zu lassen.

Der leise Gong des Fahrstuhls brachte seine Gedanken zum Schweigen. Oliver hastete hinaus und machte sich auf die Suche nach Mike, der draußen nervös um die Limousine herumtrottete.

„Na, endlich!“, rief Mike mit vorwurfsvollem Unterton. „Wenn du nicht schnellstens in die Gänge kommst, startet der Flieger ohne dich. Von Sophie kam heute auch noch kein Lebenszeichen. Habt ihr letzte Nacht die Klubs unsicher gemacht, oder was ist los?“

„Entschuldige, Mike, aber ich habe verschlafen.“

Mike starrte ihn fassungslos an. „Verschlafen? Du? Das glaube ich jetzt nicht.“

„Mach dir keinen Kopf wegen Sophie“, fuhr Oliver fort, Mikes Einwand völlig ignorierend. „Sie wird sich schon noch bei dir melden.“

Mike, der gerade im Begriff war, das Gepäck in den Kofferraum zu wuchten, erstarrte in der Bewegung. Mit ungläubiger Miene wandte er sich Oliver zu, woraufhin dieser postwendend im Heck des Wagens verschwand.

Nachdem Mike sich hinters Steuer geklemmt hatte, suchte er im Rückspiegel Olivers Blick.

Dieser jedoch hypnotisierte sein Handy.

Aber Mike ließ nicht locker. „Sag mir, dass das, was ich denke, nicht wahr ist!“

Oliver griff wortlos nach der Tageszeitung, die auf der Sitzbank lag, und verschanzte sich dahinter.

„Du konntest also deine Finger nicht von ihr lassen!“, zischte Mike. „Als ob Sophie noch nicht genug Probleme an der Backe hätte, musstest du sie jetzt auch noch durch dein Bett ziehen. Da gibt es Tausende andere, die geeigneter wären. Aber nein …“ Verärgert schüttelte er den Kopf. „Die Kleine gibt dir wohl den ganz besonderen Kick, habe ich recht?“

Oliver ließ kurz die Zeitung sinken. „Mike, ich hatte nicht wirklich eine Wahl. Diese Nacht ging definitiv auf ihr Konto.“

„Netter Versuch! Und du musstest das alles so über dich ergehen lassen und konntest dich nicht wehren?“

„Frag sie doch einfach selbst, wenn du mir nicht glaubst!“ Er fuhr die Trennscheibe hoch und signalisierte damit deutlich, dass er über dieses Thema kein weiteres Wort verlieren wollte.

Etwa eine Stunde nachdem Mike seinen schmollenden Chef am Flughafen abgesetzt hatte, rief Sophie endlich an.

„Hallo, Mike, können wir los?“

Beim Klang ihrer unbekümmerten Stimme durchfuhr ihn ein Anflug der Erleichterung. Womöglich hatte er Oliver ja doch unrecht getan. „Klar doch, ich warte in der Bar am Wasserfall auf dich.“

„Prima, bin schon unterwegs.“

Keine fünf Minuten später stürmte sie die Bar. Dieses Mal in einem roten Sommerkleid. Das dunkle Haar wehte wie eine Flagge hinter ihr her. Sie wirkte so jung und unschuldig, dass Mike sofort wieder an Olivers Aussage zweifelte.

Als Sophie ihn erblickte, rannte sie auf ihn zu und hauchte ihm abermals ein Küsschen auf die Wange.

So langsam fand Mike diese Art der Begrüßung überhaupt nicht mehr unangenehm oder peinlich. Aus den Augenwinkeln heraus unterzog er sie einer eingehenden Musterung. Er musste seine Einschätzung wohl revidieren. Eigentlich hatte er ein am Boden zerstörtes Häufchen Elend erwartet. Doch aller Unkenrufe zum Trotz schien Sophie guter Dinge zu sein.

Hmm, eventuell schuldete er seinem Chef eine Entschuldigung.

Indessen ließ Sophie sich in einen der Sessel fallen. Speziell diese Bar hatte es ihr angetan. Auch hier konnte man an jedem winzigen Detail erkennen, welch begnadeter Architekt Oliver war. Die marmorne Theke befand sich ein Stockwerk unter dem Kasino. Rechts und links davon legten sich Rolltreppen wie schützende Arme um die Bar. Gegenüber erhob sich eine riesige Fensterfront, hinter der ein Wasserfall über hohe Klippen in einen See stürzte. Sobald die leise Musik stoppte, hörte man das Tosen der Gischt.

Nachdem Sophie einen duftenden Latte macchiato zu sich genommen hatte, wollte sie sich noch einmal so richtig ins Kasinoleben stürzen. Mike zeigte ihr an diesem Tag weitere Kasinos, wie das *Luxor*, in dessen Innerem jede Menge ägyptische Bauwerke versteckt waren, oder das *Flamingo*, das tatsächlich lebende Flamingos beherbergte.

Immer wieder entdeckte Sophie ausgefallene Spielautomaten und kam nicht umhin, erneut einige Zwanzigdollarscheine zu opfern. Am Ende des Tages war sie völlig entkräftet und wollte bloß noch in ihr Bett, um den fehlenden Schlaf der vergangenen Nacht nachzuholen. Doch um einen Anruf bei Samantha, die bestimmt schon krank vor Sorge war, kam sie nicht länger herum.

„Hallo, Sammy! Ich bin es, Sophie", rief sie vergnügt ins Telefon, nachdem Samantha sich gemeldet hatte. „Rate mal, wo ich bin … In Vegas! … Nein, das ist kein Scherz. Ich bin wirklich hier."

Im Eiltempo erstattete sie über die Ereignisse der letzten Tage Bericht. Lediglich ein paar heikle Details Oliver betreffend, hielt sie zurück. Ansonsten hätte sie den ganzen Tag damit verbracht, Samanthas Fragen zu beantworten.

So plauderten die beiden Frauen noch eine Weile über Gott und die Welt, vor allem über Samanthas neueste männliche Eroberung, bei der es sich um einen Eishockeyspieler aus Mannheim handelte.

Sophie konnte sich das ungleiche Paar gut vorstellen. Samantha mit ihren ein Meter sechzig und den kleinen Rettungsringen am Bauch neben einem hochgewachsenen durchtrainierten Sportler.

Ryans Bild erschien vor ihrem geistigen Auge. Oh ja, Oliver hatte mit seiner Aussage einen Volltreffer gelandet. Sie kannte den Geschmack ihrer Busenfreundin. Diese würde zweifellos auf den smarten Kanadier abfahren. Gut gelaunt legte Sophie letztendlich auf.

Den nagenden Gedanken an Oliver hatte sie vorerst einmal Einhalt geboten. Sie würde die nächsten Tage genießen und nicht wegen eines Mannes Trübsal blasen. Schon gar nicht wegen eines Typen, der hin und wieder genauso ein herrisches Verhalten wie ihr Vater an den Tag legte.

Doch als sie am Abend in dem ausladenden Himmelbett lag, musste sie unweigerlich an ihn denken. Was er just in diesem Moment wohl machte? Ob er mit einer anderen Frau zusammen war? *Er sollte verdammt sein!* Warum hatte er ihr auch auf die Nase binden müssen, dass es da in New York jemanden gab?

Sehnsüchtig dachte sie an die einzigartigen Gefühle, die er in ihr hervorgerufen hatte. Sie wünschte sich nichts sehnlicher, als ihn irgendwann einmal wiederzusehen.

Am nächsten Morgen erwachte sie erstaunlich erholt. Sie hechtete aus dem Bett.

Los Angeles! Hollywood! Beverly Hills! Endlich würde dieser Traum in Erfüllung gehen.

Nachdem Mike ihr anwachsendes Gepäck, allem voran den riesigen Stoffhund, in seiner Limousine verstaut hatte, konnte es losgehen. Stundenlang düsten sie durch die Wüste.

Allmählich verflog Sophies Euphorie. Nahm denn diese Einöde nie ein Ende?

Nach einer ganzen Weile veränderte sich endlich die Landschaft. Rechts und links tauchten Felsabhänge auf, fast wie im Hochgebirge. Der Highway schlängelte sich nun in steilen Kurven abwärts. Schon bald trübte der herrliche blaue Himmel sich ein. Dafür wurden die Straßen breiter, und sie erreichten bewohnte Gebiete. Der Verkehr kam zum Erliegen, während Smog und Autoabgase ihre Nase kitzelten. Erst jetzt fiel ihr auf, dass die Wüste nach rein gar nichts gerochen hatte.

Zielsicher führte Mike sie durch ein unvorstellbares Gewirr von maroden Highways und Abfahrten, bis sie zu guter Letzt in Santa Monica am Pazifik ankamen.

Sophies erster Eindruck von Los Angeles war der eines hässlichen Molochs, der allein aus Autobahnen und Blechlawinen bestand. Nichtsdestotrotz sog sie tief die salzhaltige Meeresluft ein und freute sich, zum ersten Mal in ihrem Leben am Pazifischen Ozean zu sein.

Mike steuerte die Limousine in eine von Palmen gesäumte Einfahrt. Versteckt hinter Bananenstauden und anderen fremdartigen Gewächsen, lauerte ein weißes Gebäude, dessen Eingang aus einer breiten Glasfront bestand. Sie befanden sich mitten in einem exotisch angelegten Garten, der im Herzen dieser hektischen Großstadt wie eine Oase der Ruhe wirkte. Der süßliche Blumenduft übertrumpfte den schweren Geruch der Metropole.

Neugierig betrat Sophie die vornehme Lobby, die mit antiken Sesseln und Sofas ausgestattet war. An der Decke glitzerten Kronleuchter. In einer Ecke erblickte sie eine Bar mit einem edlen Flügel. Ihr Herz machte einen kleinen Luftsprung. Klaviermusik würde ihr sicherlich das Alleinsein erleichtern.

An der Rezeption händigte man ihr prompt den Zimmerschlüssel aus, auf den das Wort *Palms* aufgedruckt war. Als der Fahrstuhl sie und Mike in der oberen Etage wieder ausspuckte, empfand sie es als beruhigend, dass dieses Hotel nur zehn Stockwerke innehatte. Auch die Suiten waren kleiner als in Las Vegas, dafür aber sehr gemütlich. Sophie fiel ein Balkon ins Auge. Draußen eröffnete sich ein sagenhafter Blick über das grünblaue Meer und kilometerlange weiße Sandstrände.

Gierig reckte sie das Gesicht der Sonne entgegen. „Oh, Mike, das ist so herrlich! Ich weiß gar nicht, wie ich mich jemals bei Oliver und dir bedanken soll. Er weigert sich ja sogar, mich meine Hotelrechnung bezahlen zu lassen."

Mike lachte schallend auf. „Ich gehe nicht davon aus, dass ihn das in den Ruin treiben wird. Und, Lust auf einen Spaziergang am Meer?"

Und ob sie dazu Lust hatte. Sie brannte darauf, ihre Füße im warmen Sandstrand zu vergraben.

Am nächsten Morgen dirigierte Mike sie zu einem knallroten Cabrio und überreichte ihr den Schlüssel. Überrascht flitzten ihre Blicke zwischen ihm und dem Wagen hin und her.

Er zuckte mit den Schultern. „Oliver war der Meinung, er schuldet dir ein Auto."

Zögerlich griff sie nach dem Schlüssel.

Als hätte sie es geahnt! Neugierig umrundete sie das Fahrzeug, bei dem es sich um eine Corvette handelte. Eigentlich hatte sie die Angelegenheit mit dem Mietwagen völlig aus den Augen verloren, da sie ja jetzt in Mikes Begleitung war. Aber Oliver war wohl immer für eine Überraschung gut.

Kurz war sie versucht, das Gefährt abzulehnen. Keine Sekunde später rief sie sich jedoch ins Gedächtnis, dass dieser Tyrann ungefragt ihren Mietwagen zurückgegeben hatte. Sie beäugte das schnittige Cabrio noch einmal eingehend. Wie es wohl wäre, darin Hollywood zu erkunden?

Letztendlich siegte die Neugier.

Schon während der ersten Fahrt breitete sich ein zufriedenes Strahlen auf Sophies Gesicht aus, das im Lauf der nächsten Tage nur selten verschwand, denn Mike zeigte ihr alles Sehenswerte in Los Angeles und Umgebung. In der Corvette, die ziemliche Schlagseite hatte, sobald Mike eingestiegen war, fegten sie stundenlang die zerklüftete Küste entlang.

Er präsentierte ihr San Diego, das komplett mexikanische Stadtteile besaß. Sie besuchten die einmaligen Vergnügungsparks in Anaheim und verbrachten viel Zeit in Beverly Hills und Hollywood, da Sophie dort alles ganz genau unter die Lupe nehmen wollte. Ungeachtet ihrer eingeschränkten Finanzmittel konnte sie der Versuchung nicht widerstehen, auf dem Rodeo Drive, der nobelsten Einkaufsmeile der Stadt, das eine oder andere reduzierte Designerteil zu erstehen.

Sophie und Mike verstanden sich mittlerweile ohne Worte, alberten viel herum und genossen die gemeinsame Zeit. Ab und an wurde Sophies Laune allerdings getrübt, nämlich dann, wenn Mike mit Oliver telefonierte. Oliver ließ ihr zwar regelmäßig schöne Grüße ausrichten, doch nie kontaktierte er sie direkt.

Sie vermisste ihn unsagbar. Des Abends vor dem Einschlafen fehlten ihr seine Wärme und die Geborgenheit, die sie in seinen Armen verspürt hatte. Er hatte ihr tatsächlich das Gefühl vermittelt, nicht allein auf dieser Welt zu sein. Für kurze Zeit war da eine starke Schulter gewesen, an die sie sich hatte anlehnen können.

Sie kam nicht länger umhin, der Wahrheit ins Auge zu sehen: Sie hatte sich Hals über Kopf in den smarten Cowboy verliebt. Doch wie gewonnen, so zerronnen, denn trotz aller Bemühungen hatte sie es offenbar nicht geschafft, sich einen Platz in Olivers verschlossenem Herzen zu ergattern.

Aber ein Gutes hatte die Zeit mit ihm bewirkt. Er hatte ihr Selbstvertrauen gegeben und ihr klargemacht, dass sie nicht länger ein Opfer ihrer Erziehung sein durfte. Sie musste endlich anfangen, zu leben. Zwar konnte Oliver manchmal unausstehlich sein, aber sie wusste insgeheim, dass er für sie da wäre, sollten alle Stricke reißen. So war sie fest entschlossen, Bruno eine Absage zu erteilen und sich einen neuen Job zu suchen – was auch immer das für Konsequenzen mit sich bringen mochte.

Unaufhaltsam rückte ihr letzter Tag näher. Sie wollte gar nicht wahrhaben, dass sie dieses Paradies wieder verlassen musste. Noch einmal wanderten sie und Mike den Santa Monica Pier entlang. Ähnlich einem Schwamm versuchte Sophie, alle Eindrücke in sich aufzusaugen, sodass sie noch lange davon zehren konnte. Sie liebte Heidelberg, aber dieses Mal graute es ihr davor, dorthin zurückzukehren. Ihr Leben würde sich im Lauf der nächsten Tage gravierend verändern, das war so sicher wie das Amen in der Kirche.

Mit einem lachenden und einem weinenden Auge machte sie sich für den letzten Abend zurecht, da Mike sie in ein ganz besonderes Restaurant ausführen wollte. Sie hatte sich ein pfirsichfarbenes Kleid im Marilyn-Monroe-Stil mit passenden hohen Pumps dazu gekauft. Es war rückenfrei, mit einem Träger um den Hals und einem tiefen Ausschnitt. Der weite Rock war knielang und umspielte locker ihre Beine. Die kalifornische Sonne hatte ihrer Haut einen zarten Bronzeton verliehen, durch den das raffinierte Kleid noch besser zur Geltung kam. Sie steckte das Haar hoch, schminkte sich und war bereits lange vor dem vereinbarten Termin fertig.

Um die Zeit totzuschlagen, nahm sie schon einmal das Packen in Angriff. Netterweise hatte Mike ihr einen überdimensionalen Koffer spendiert, in dem sie ihre Habseligkeiten verstauen konnte. Nur der riesige Stoffhund und ein fast genauso großer schwarz-weißer Versace-Hut mussten draußen bleiben.

Ein Großteil ihres Gepäcks war bereits verpackt, als es klopfte. Sie stürmte los, öffnete die Tür und wurde kreidebleich.

Kapitel 12

Lässig an den Türrahmen gelehnt, stand dort Oliver. In dem maßgeschneiderten dunklen Anzug wirkte er gleichermaßen Respekt einflößend wie auch faszinierend.

Sophies Herzschlag setzte ein paar Sekunden lang aus, ihre Knie verwandelten sich in Pudding, und das Atmen geriet in Vergessenheit.

In diesem Moment wurde ihr eine Sache mit unerbittlicher Gewissheit klar: Das, was sie für diesen Mann empfand, ging weit über pure Dankbarkeit hinaus. Er hatte ihre Welt ins Wanken gebracht, ihr Herz voll und ganz vereinnahmt. Unfähig, auch nur ein einziges Wort von sich zu geben, schnappte sie gierig nach Luft. Noch nie in ihrem Leben hatte der unerwartete Anblick eines Menschen sie in einen solch emotionalen Aufruhr versetzt.

Als ihr Pulsschlag sich wieder beruhigte, breitete sich schlagartig ein unvergleichliches Hochgefühl in ihr aus, denn es gab einzig einen vernünftigen Grund für sein Auftauchen: Er wollte sie nicht gehen lassen.

Oliver schien ihre heftige Reaktion keineswegs verborgen geblieben zu sein, denn er zog verwundert eine Augenbraue hoch. „Was ist los, Sophie? Du wirkst, als hättest du einen Geist gesehen. Bist du enttäuscht, dass ich nicht Mike bin?“

„Blödsinn“, stotterte sie, als sie ihre Sprache wiedergefunden hatte. „Ich hatte einfach nicht damit gerechnet, dich jemals wiederzusehen.“

„Verstehe.“ Ein Anflug von Bitterkeit schwang in seiner Stimme mit.

Oh Mann, was war sein Problem? „Ich freue mich wirklich riesig, dich zu sehen. Ich hatte dich noch in

New York vermutet, das ist alles."

Doch anstatt sie endlich in seine Arme zu reißen, fiel Olivers Antwort äußerst sachlich aus. „Wir waren gezwungen, einen Teil der Verhandlungen zu vertagen. Es ist immer strapaziös, mit den Leuten an der Ostküste Geschäfte zu machen." Er betrachtete sie bewundernd von Kopf bis Fuß. „Aber ich sehe, die paar Tage Meeresluft haben dir gutgetan. Du siehst schöner aus als je zuvor. Wie gefällt dir das *Palms*?"

„Das Hotel ist wundervoll, ich möchte gar nicht mehr hier weg."

„Das trifft sich gut. Ich bin nämlich auf der Suche nach einer neuen Angestellten. Solltest du dich gut integrieren, ist der Job sicherlich ausbaufähig. Interesse daran?"

Ihr fiel die Kinnlade herunter. „Nun, es scheint tatsächlich Vorteile zu bergen, wenn man mit dem Chef schläft", brabbelte sie vor sich hin.

„Wie bitte?"

Sie winkte ab. „Ach, nichts. Vergiss es!"

Nachdenklich musterte sie ihn und verlor sich einmal mehr in diesen blauen Augen, die sie im Lauf der letzten Tage unablässig in ihren Träumen verfolgt hatten. Hatte er ihr gerade allen Ernstes einen Job angeboten? Ihre Gedanken überschlugen sich, während ihr Herz unkontrolliert vor sich hin wummerte.

Ehrlich gesagt, war das nicht so ganz das, was sie zu hören gehofft hatte, aber vielleicht benötigte Oliver ja ein wenig Anlaufzeit. Daher ging sie ebenfalls auf Distanz. „Das hört sich verlockend an, allerdings habe ich entschieden, als Erstes zu Hause reinen Tisch zu machen. Sollte der Job danach noch zu haben sein, können wir ja mal in die Verhandlungen gehen.“

Er kratzte sich versonnen am Kinn. „Sophie, was hast du auf dem Herzen? Ich habe das Gefühl, hier gerade mächtig fehl am Platze zu sein. Jetzt sag aber nicht, da läuft etwas zwischen dir und Mike!“

Sophie entfuhr ein glucksendes Geräusch. Die Vorstellung, ihren Eltern einen zwei Meter großen Schwarzen als ihren zukünftigen Schwiegersohn zu präsentieren, sorgte für gute Laune. Am besten würde sie zu diesem Date gleich den Notarzt mit einladen. „Scherzkeks“, kicherte sie. „Du weißt aber schon, dass Mike seine Annie heiß und innig liebt, oder?“

Oliver grinste. „So gefällst du mir schon besser.“

Er griff nach ihrer Hand und zog sie hinaus. „Komm mal mit, ich habe eine Überraschung für dich im Auto. Ein kleines Abschiedsgeschenk.“

Sophie liebte Überraschungen, so folgte sie ihm widerstandslos, auch wenn ihr das Wort *Abschiedsgeschenk* den nächsten Stich versetzte.

Oliver schlenderte auf den Kofferraum des Hummers zu und öffnete ihn theatralisch. Unter einer Decke verborgen entdeckte Sophie eine Kiste. Nun war ihre Neugier endgültig entfacht. Mit einem Ruck zog Oliver die Decke weg. Sie traute ihren Augen nicht: In einer grauen Box schnarchte Buddy leise vor sich hin.

Sophie stieß einen Freudenschrei aus, der den kleinen Hund aufweckte. Er streckte sich, blickte schlaftrunken um sich, dann schnüffelte er und sprang auf. Als er sie erkannte, tobte er wild umher und kläffte los.

Sie steckte ihre Finger durch die Gitterstäbe, um ihn zu kraulen. Sofort kam er zur Ruhe und leckte ihr genüsslich einen Finger nach dem nächsten ab.

Als sie sich wieder gefangen hatte, drehte sie sich zu Oliver um. „Ernsthaft? Du wirst dich doch nicht wirklich von Buddy trennen wollen?“

Er zog provozierend eine Augenbraue hoch. „Wenn du ihn nicht willst, nehme ich ihn eben wieder mit.“ Demonstrativ griff er nach der Decke.

„Nein, nein! Natürlich will ich ihn. Aber ich kann ihn dir doch nicht wegnehmen.“

„Ich kann mir jederzeit einen neuen Hund besorgen. Juanita ist völlig ratlos. Seitdem du weg bist, lungert er pausenlos hinter der Haustür herum und jault. Bei dem Versuch, ins Gästezimmer hochzuklettern, ist er mehrmals die Stufen heruntergepurzelt. Du scheinst in der Tat einen ganz speziellen Draht zu Tieren zu haben. Also, was ist? Bekommt er bei dir ein neues Zuhause?“

Tränen schwammen in ihren Augen. „Ich danke dir. Du hättest mir kaum ein schöneres Geschenk machen können“, flüsterte sie. Sie überwand den Abstand zwischen ihnen, umarmte Oliver und küsste ihn zaghaft auf die Wange. Seine Nähe und sein vertrauter Geruch verursachten ihr abermals weiche Knie. So zog sie sich blitzschnell zurück. Außerdem setzte Buddy gerade zu einem herzzerreißenden Jaulen an, da sie ihre Hand aus der Box genommen hatte.

„Gut, hätten wir das also auch geklärt.“ Oliver griff nach dem Käfig. „Lass ihn uns ins Hotel bringen, ich möchte ihn ungern länger im Auto lassen. Der Concierge kann sich fürs Erste um ihn kümmern. Und danach sollten wir etwas essen gehen. Ich bin kurz vorm Verhungern.“

„Darf ich ihn zuerst noch herausnehmen?“, bettelte Sophie.

„Lass das lieber! Sonst schaffen wir es nie ins

Restaurant."

Nachdem sie den erbärmlich winselnden Buddy abgeliefert hatten, fiel Olivers Blick auf ihre hochhackigen Pumps. „Das Lokal ist etwa eine Meile entfernt. Soll ich uns ein Taxi rufen lassen?"

Sophie schüttelte entschlossen den Kopf. „Ein bisschen Bewegung sollte mir guttun."

Oliver bot ihr gentlemanlike den Arm an und führte sie gemessenen Schrittes die palmengesäumte Uferpromenade entlang. Da sie sich kontinuierlich in Schweigen hüllte, berichtete er von seinen Erlebnissen in New York.

Nach einigen Minuten ertappte Sophie sich dabei, dass sie kein Wort aufnahm. Olivers Nähe brachte sie um den Verstand.

Sie wollte diesen Mann nicht verlieren!

Er war das Beste, was ihr in ihrem ganzen Leben passiert war. Oliver stellte etwas mit ihr an, was kein Mann zuvor geschafft hatte. In diesem Moment nahm sie sich fest vor, alles dranzusetzen, um ihn zu halten – wohl wissend, dass das keine einfache Übung werden würde.

Das kleine Restaurant, vor dem er abbremste, vermittelte von außen einen eher unspektakulären Eindruck. Doch schon beim Eintreten änderte Sophie schlagartig ihre Meinung. Die wenigen Tische waren lediglich durch Kerzenlicht beleuchtet, was sehr romantisch anmutete. Blieb zu hoffen, dass dieses Ambiente nicht zusätzlich an ihren Nerven zehrte. Aber sie spekulierte ja eigentlich weiterhin darauf, dass Oliver plötzlich niederkniete, einen Einkaräter aus der Tasche zauberte und sie gemeinsam in den Sonnenuntergang davongaloppierten – oder so ähnlich.

Während sie noch in Illusionen schwelgte, führte

ein Kellner sie an einen Ecktisch.

Langsam tauchte sie wieder in die Realität ein. *Verflucht sei Samantha, mitsamt ihrer Filme!* Sie musste endlich den Tatsachen ins Auge sehen, denn bisher wiesen die Zeichen keineswegs auf ein Happy End hin.

Oliver bestellte unterdessen Champagner. „Wie fühlst du dich an deinem letzten Abend?“, erkundigte er sich.

„Beschissen!“

Er schluckte vernehmlich. „Deine charmante Art hat mir gefehlt.“

„Wie sollte ich mich denn deiner Meinung nach fühlen?“, fuhr sie ihn ruppiger an, als beabsichtigt. „Morgen komme ich in ein kaltes, verregnetes Deutschland zurück, wo mich ein wütender Vater erwartet. Vermutlich habe ich keinen Job und keine Wohnung mehr. Obendrein sind meine Bargeldreserven erschöpft. Zu allem Überfluss bringe ich nun auch noch einen kleinen Hund mit. Und es gibt nichts auf der Welt, was mein Vater mehr verabscheut als Hunde.“

„Sophie, das ist sicherlich eine sehr unerfreuliche Situation, aber würdest du bitte aufhören, deinen Frust an mir auszulassen. Ich habe dir gerade einen Job angeboten. Du musst lediglich zustimmen, dann brauchst du nie mehr dorthin zurück. Ich werde dich mit all meiner Macht unterstützen, um dir aus dieser Misere zu helfen.“

Sie hatte das Champagnerglas inzwischen geleert und knallte es mit einem klirrenden Geräusch auf den Tisch. „Du redest bloß von diesem blöden Job. Gesetzt den Fall, ich bleibe hier, wie geht es dann mit uns beiden weiter?“

Er nickte wissend, als hätte er bereits auf diese

Frage gewartet. „Ich will vollkommen ehrlich zu dir sein. Die Nacht mit dir war verdammt heiß. Ich wäre nicht abgeneigt, das ab und an zu wiederholen. Aber mehr kann ich dir beim besten Willen nicht bieten. Was meinst du? Könntest du dich darauf einlassen?"

In diesem Moment trat der Kellner an den Tisch.

Um Zeit zu schinden, orderte Oliver eine zweite Runde Champagner, denn Sophie hatte die Speisekarte bisher mit Missachtung gestraft.

Als dieser serviert wurde, schnappte sie das volle Glas und nahm abermals einen kräftigen Zug.

Oliver kannte dieses Verhalten bereits. Sie trank sich Mut an. Er seufzte innerlich. Das hatte gewiss nichts Gutes zu bedeuten.

Langsam hob sie den Kopf und starrte ihm in die Augen. Ein wütender Zug hatte sich um ihre perfekten Lippen gebildet; ihre Haltung erinnerte ihn mal wieder an ein störrisches Pferd. Es war unverkennbar, welche Anstrengung es sie kostete, ihr Temperament zu zügeln. „Oliver, hast du mir gerade vorgeschlagen, mich zu deiner Geliebten zu machen?"

Oje, sein Angebot schien nicht auf fruchtbaren Boden gefallen zu sein! Er räusperte sich. „Wenn du es so ausdrücken möchtest, dann ja."

„Du hast sie doch wohl nicht mehr alle!", fauchte sie ihn ungehalten an. Ihre gute Erziehung hatte sich blitzschnell in Luft aufgelöst. „Ich könnte mir in der Tat vorstellen, hier zu leben, aber du müsstest mir schon ein wenig mehr bieten als einen Job und dein Bett. Ach, ich vergaß! Das Auto besitze ich ja bereits. Bestimmt schüttelst du auch noch ein Appartement für mich aus dem Ärmel. Du hast nicht die geringsten Skrupel, dir auf dieser Welt zu nehmen, was du willst. Ohne Rücksicht auf Verluste."

Oliver schnappte überrascht nach Luft. Es kam

nicht häufig vor, dass ihm jemand dermaßen heftig Paroli bot. Kurz brodelte Zorn in ihm auf, doch er schluckte ihn hinunter. Missmutig warf er eine Frage auf, deren Antwort er im Grunde genommen bereits kannte. „Und was wäre das, was ich dir bieten müsste?“

„Dich“, flüsterte Sophie kaum vernehmlich, während sie den Blick peinlich berührt zu Boden senkte. „Und zwar mit Leib und Seele.“

Teufel aber auch! Genau das hatte er vermeiden wollen. Zugegeben, auch an ihm war die Nacht mit Sophie nicht spurlos vorübergegangen. Seine Hotelsuite in New York war ihm leer erschienen, und er hätte einiges dafür gegeben, Sophie in seinem Bett zu haben. Es war ihr tatsächlich gelungen, winzige Risse in die Mauern zu sprengen, die seit Jahren sein Herz vor tief gehenden Gefühlen beschützten. Doch letztendlich war er zu dem Schluss gekommen, dass sie einfach nur eine Herausforderung darstellte, da sie sich so grundlegend von seinen sonstigen Frauenbekanntschaften unterschied. Sophies unvoreingenommenes Herz schien hingegen die volle Breitseite abbekommen zu haben.

„Sag nicht, ich hätte dich nicht gewarnt!“, setzte er schließlich zu einer schwachen Verteidigung an. Hektisch fuhr er sich mit der Hand durchs Haar. „Aber ich hätte es wissen müssen. Entschuldige, mein Fehler. Ich hätte es gar nicht erst so weit kommen lassen dürfen.“

Glücklicherweise tauchte da der Kellner erneut auf.

Um den Mann nicht länger an dieser unangenehmen Situation teilhaben zu lassen, bestellte Oliver kurzerhand das Tagesmenü und eine Flasche Weißwein.

„Danke“, hauchte Sophie, als der Ober sich entfernt hatte.

Oliver griff über den Tisch hinweg vorsichtig nach ihrer Hand. Wie sollte er ihr seinen Standpunkt verständlich machen? Zumindest konnte er jetzt Mikes frostige Reaktion verstehen, als er ihm eröffnet hatte, er wolle Sophie zum Abschied noch einmal zum Essen ausführen. Er schämte sich dafür, dass er kurz vermutet hatte, da liefe etwas zwischen den beiden. Aber Mike hatte ins Schwarze getroffen, er hätte nicht herkommen dürfen. Doch irgendwie war er nicht in der Lage gewesen, diese Frau einfach so gehen zu lassen. So musste sich wohl die Motte fühlen, die unaufhaltsam vom Licht angezogen wurde.

„Sophie, Liebes …“, begann er zögerlich. „Ich befürchte, ich muss jetzt ein paar Sachen über mich klarstellen. Und du kannst mir glauben, mein Inneres nach außen zu kehren, fällt mir alles andere als leicht.“ Er hielt kurz inne und nahm ebenfalls einen Schluck Champagner. „Meine Frau ist vor etwa sechs Jahren ums Leben gekommen. Sie wurde von einem Truck überfahren. Sie hatte nicht den Hauch einer Chance. Sie war auf der Stelle tot.“

Sophie brachte es inzwischen wieder über sich, Olivers Blick standzuhalten und lauschte gespannt seinen Worten. Mit keiner Regung gab sie zu erkennen, dass sie die Geschichte bereits kannte. Endlich rückte er mit der Sprache heraus.

„Ich habe diese Frau mehr geliebt als mein Leben. Wir hatten große Pläne. Zuerst wollten wir die ganze Welt bereisen und später jede Menge Kinder bekommen. Und von einer Minute auf die andere wurde diese Zukunft von einem betrunkenen Idioten zerstört.

Der Truckfahrer hat sich ein paar Tage danach das

Leben genommen. Ich weiß nicht, wozu ich fähig gewesen wäre, wenn er es nicht selbst getan hätte. Ich stand unter Schock und ertränkte mein Leid im Alkohol. Ich habe nicht mehr geschlafen und nichts mehr gegessen. Ich zog von Los Angeles zurück in die Wüste, weil ich es in unserer gemeinsamen Wohnung, in der mich alles an sie erinnerte, nicht mehr aushielt.

Doch auch das brachte keine Erleichterung. Ich hatte meinen Lebensmittelpunkt und damit auch meinen Lebenswillen verloren. Etwa ein Jahr lang war ich lediglich ein Schatten meiner selbst. Meine Eltern und Freunde machten sich furchtbare Sorgen und versuchten alles Erdenkliche, um mich ins Leben zurückzuholen, aber vergeblich."

Er verstummte, als der Kellner den ersten Gang, Mozzarella-Röllchen mit Lachs, servierte.

„Können wir hier kurz unterbrechen? Ich sterbe vor Hunger", erkundigte Oliver sich vorsichtig.

Sophie nickte. „Ich habe auch Kohldampf." Geistesabwesend tat sie sich an dem Lachs gütlich.

Nachdem Oliver seinen Teller geleert hatte, knüpfte er unverzüglich an seine Rede an. „Nach einiger Zeit konnte mein Vater das Elend nicht länger ertragen und griff zu einer List. Er schenkte mir ein altes, heruntergekommenes Hotel in Phoenix und bat mich, es zu renovieren. Er behauptete, er hätte es geerbt. Erst viel später, nach seinem Tod, habe ich den Kaufvertrag gefunden. Er hat diese überteuerte Bruchbude gekauft, um mich aus meiner Lethargie zu reißen."

„Anscheinend hat es funktioniert", äußerte Sophie.

„Allerdings. Zwar nicht sofort, aber jedes Mal, wenn die Sprache auf das Hotel kam, machte mein

Vater einen so geknickten Eindruck, dass ich aus einem schlechten Gewissen heraus Renovierungspläne entwarf. So musste ich gezwungenermaßen Kontakt zur Außenwelt aufnehmen und merkte gar nicht, wie ich Stück für Stück ins öffentliche Leben zurückkehrte.

Das Hotel erfreut sich heute großer Beliebtheit, und ich hatte meinen Spaß an der Arbeit wiedergefunden. Danach habe ich mich wie ein Wahnsinniger in neue Projekte gestürzt. Irgendwann habe ich den Entschluss gefasst, selbst ein Hotel zu entwerfen. So entstand das *Palms*." Er sinnierte einen Augenblick lang. „Es hat ungefähr zwei Jahre gedauert, bis ich wieder eine Frau wahrnahm. In dieser Zeit habe ich eine Mauer um mich herum aufgebaut und mir geschworen, mich niemals mehr gefühlsmäßig von einem anderen Menschen abhängig zu machen."

„Erklärst du mir, warum?"

„Ich könnte diese Machtlosigkeit und Leere, die ich nach Christines Tod empfunden habe, nicht noch einmal durchleben. Ich würde so etwas kein zweites Mal überstehen."

„Aber damit verdammst du dich zu einem Leben in ewiger Einsamkeit. Ist das nicht viel schlimmer? Außerdem ist die Gefahr, dass dir so etwas Furchtbares ein weiteres Mal passiert, doch verschwindend gering, oder?"

„Da hast du sicher recht. Aber solche Dinge sind nicht immer rational. Die Angst sitzt einfach zu tief."

„Das heißt, du willst mir nicht den Hauch einer Chance geben?" Ihre Stimme war von einem leichten Zittern unterlegt.

„Das ist keine Frage des Wollens. Es ist eher so, dass ich nicht mehr in der Lage bin, mich anderen Menschen gegenüber zu öffnen. Ich muss gestehen, du bist die erste Frau, die mich überhaupt zum Nachdenken bewogen hat. Du gingst mir während der letzten Tage einfach nicht aus dem Sinn, daher auch die Idee mit dem Job. Die Einstellung jedoch, die mich sechs Jahre lang über Wasser gehalten hat, kann ich nicht von heute auf morgen über Bord werfen."

„Und wenn wir mehr Zeit hätten?", hakte sie hoffnungsvoll nach.

Er betrachtete sie, wie sie so dasaß im flackernden Kerzenlicht, ständig bemüht, die Tränen zurückzuhalten, und ihn bat, sie zu lieben. Er konnte in ihren Augen lesen wie in einem offenen Buch. Jeder andere Mann hätte ihr in diesem Moment die Welt zu Füßen gelegt. Er jedoch war nicht dazu imstande.

Da platzierte der Kellner eine üppig belegte Platte zwischen ihnen. Es duftete verführerisch. Ohne zu zögern, unterbrachen sie das Gespräch und machten sich genüsslich über den frischen Fisch her.

Erst als kein Krümel mehr übrig war, beantwortete Oliver schweren Herzens ihre Frage. „Sophie, ich mag dich viel zu sehr, als dass ich dir falsche Hoffnungen machen möchte. Ich weiß nicht, ob ich diese Mauern, die ich um mich herum aufgebaut habe, jemals wieder komplett einreißen kann, oder ob da stets ein kleiner Rest stehen bleiben wird. Und du verdienst wahrhaftig einen Mann, der dich von ganzem Herzen liebt."

Er lehnte sich ein Stück zurück. Im Grunde genommen wollte er sie nicht noch stärker vor den Kopf stoßen, doch sie hatte ein Anrecht auf die volle Wahrheit. „Aber da ist noch mehr: Ich benötige eine starke Partnerin. Eine Frau, die mit beiden Beinen im Leben steht und nicht einfach nur gedankenlos in den Tag hineinlebt. Eine gereifte Persönlichkeit, um die ich mich nicht ständig sorgen müsste, die selbst auf sich aufpassen kann. Du kommst mir vor wie ein Küken, das gerade aus dem Nest gefallen ist und nur überleben kann, wenn es von jemandem unter seine Fittiche genommen wird.“

Er spielte gedankenverloren mit dem Stiel seines Glases. „Doch dafür bin ich denkbar ungeeignet. Manchmal, wenn die Pferde mit mir durchgehen, ist es wahrlich kein Zuckerschlecken an meiner Seite. Ich arbeite häufig rund um die Uhr, bin ein knallharter Geschäftsmann und gehe hin und wieder über Leichen. Ein Sensibelchen wie du würde das auf Dauer nicht ertragen. Es tut mir leid, selbst wenn die Umstände andere wären. Wir beide passen einfach nicht zueinander.“

Sophie stürzte ins Bodenlose. Jeglicher Anflug von Optimismus war bei Olivers Worten zerplatzt. Tja, sie hatte es wohl auf ganzer Linie vermasselt. Nicht nur, dass er nichts für sie empfand. Nein, er hielt sie für ein unselbstständiges, verwöhntes Geschöpf, das zwar mit dem goldenen Löffel im Maul aufgewachsen war, sich aber nicht eigenständig damit füttern konnte. Und im Geheimen wusste sie, dass er mit dieser Ansicht gar nicht so falsch lag.

Wie aus heiterem Himmel begriff sie zwei Dinge: Erstens, in ihrem Leben bestand dringender Handlungsbedarf für eine Veränderung - und zweitens, sie musste schleunigst von hier weg. Ansonsten würde Oliver ihr das Herz brechen - genau wie Dana es vorhergesagt hatte. Und ja, sie hatte sich mächtig die Finger verbrannt. Doch sie würde den Teufel tun und den Kopf in den Sand stecken. Keiner würde in Zukunft mehr die Scherben hinter ihr zusammenkehren müssen.

Diese Zeiten waren ein für alle Mal vorbei!

Oliver wollte eine toughe Frau, die konnte er haben. Sie straffte die Schultern und hielt provozierend seinen Blick fest. „Ich verstehe. Du bist also heute bloß gekommen, um mich ein weiteres Mal zu vögeln, bevor ich abfliege." Vulgäre Ausdrücke kamen ihr normalerweise schwer über die Lippen. Aber vielleicht gelang es ihr ja auf diese Art, Oliver aus seiner ruhigen Beherrschtheit zu reißen.

Hastig schüttelte er den Kopf. „Himmel, nein! Ich musste dich einfach noch einmal sehen, und ich wollte dir diesen Job anbieten." Schuldbewusst senkte er den Blick und schloss für einen Moment die Augen.

Ha! Bingo! Sie jubilierte innerlich. Sie hatte es tatsächlich geschafft, einen Oliver Malloy in die Knie zu zwingen. Er hatte ein schlechtes Gewissen.

Sekunden später hatte er sich wieder gefangen. „Nein, das war gelogen. Du liegst vollkommen richtig. Ich hatte in der Tat gehofft, dieser Abend würde in meinem Bett enden. Aber keine Angst, ich werde davon Abstand nehmen, denn ich möchte deine Gefühle nicht noch weiter strapazieren."

Seine Ehrlichkeit nahm ihr den Wind aus den Segeln. Ihre Wut verrauchte. Insgeheim wusste sie, dass sie ganz allein diese Lawine losgetreten hatte. Oliver hatte ihr nie das Blaue vom Himmel herunter versprochen. Im Gegenteil, er hatte ihr gegenüber von Anfang an mit offenen Karten gespielt.

„Okay, Cowboy", antwortete sie daher mit aufgesetzter Lässigkeit, „dann werde ich also morgen mein Pferd satteln und gen Osten reiten. Und mit ein bisschen Glück treffen wir uns in ein paar Jahren auf irgendeiner Weide wieder, und du hast es bis dahin fertiggebracht, diesen lästigen Stacheldrahtzaun um dich herum niederzutrampeln. Vielleicht ist der kleine Vogel ja dann erwachsen geworden und hat gelernt, eigenständig zu fliegen. Und nun trinken wir am besten einen Whiskey."

Oliver rang sich ein schwaches Grinsen ab, bevor er einmal mehr über den Tisch hinweg nach ihrer Hand griff. Aufmunternd drückte er ihre Finger. „Vertrau mir, du wirst mich in deiner jugendlichen Unbeschwertheit schnell vergessen haben. Obendrein werde ich bald fünfunddreißig. Will heißen: Ich bin auf dem besten Weg, ein alter Mann zu werden. Du solltest dir jemanden in deinem Alter suchen. Und zu deiner Information: Hier gibt es auch Cognac. Ich vermute, das entspricht eher deiner Geschmacksrichtung."

„Jetzt, wo ich gerade angefangen habe, mich an diesen schrecklichen Whiskey zu gewöhnen? Aber wo du recht hast, hast du recht. Ein Cognac wäre fantastisch."

Kurz darauf standen sie in dem menschenleeren Palmengarten des Hotels. Die Zeit zum Abschiednehmen war gekommen, doch Oliver fand einfach nicht die passenden Worte. „Lass uns noch ein paar Schritte gehen", schlug er daher vor. „Sophie, ich bin froh, dich kennengelernt zu haben. Du bist ein wundervoller Mensch. Ehrlich, geradlinig und gesegnet mit einer vornehmen Natürlichkeit, die mich häufig staunend zurücklässt. Wer weiß, vielleicht meint es das Schicksal ja gut mit uns, und wir begegnen uns wirklich irgendwann wieder."

Er kickte einen kleinen Ast aus dem Weg. „Doch momentan bleibt mir nichts anderes übrig, als mich von dir zu verabschieden. Ich denke, unter den gegebenen Umständen ist es für uns beide das Beste, vorerst einmal auf ein Wiedersehen zu verzichten. Mike wird dich morgen zum Flughafen bringen. Den

Mietwagen kannst du hier zurücklassen."

Mit hängenden Schultern tapste Sophie neben ihm her. Nach einigen Metern blieb sie stehen, legte mutig den Kopf in den Nacken und fing seinen Blick ein.

Der wehmütige Ausdruck in ihren wunderschönen Augen schnürte ihm die Kehle zusammen.

„Gut. Dann renne ich jetzt so schnell, wie mit diesen Schuhen möglich, nach oben und verbarrikadiere mich in meinem Zimmer. Ich möchte dir noch einmal für alles danken. Und lass mich zumindest morgen die Hotelrechnung bezahlen." Sie reckte den Hals, hauchte ihm ein hastiges Küsschen auf die Wange und drehte sich ruckartig um, bereit zur Flucht.

Der kleine Waschbär, der neugierig an ihren Füßen schnupperte, quiekte panisch auf, als Sophie um ein Haar auf ihn trat. Erschrocken sprang sie beiseite. „Du meine Güte, wo kommt der denn jetzt her?", murmelte sie noch, bevor sie auf ihren hohen Absätzen ins Straucheln geriet. Geistesgegenwärtig griff Oliver nach ihr. Sie hielt sich krampfhaft an ihm fest, um nicht doch noch zu stürzen. Er zog sie hoch, dabei kam sie ihm gefährlich nahe. *Zu nahe!*

Er wusste später nicht mehr, wie es dazu gekommen war, doch plötzlich lagen sie sich in den Armen und küssten sich. Nicht zärtlich, sondern hemmungslos und fordernd. Sie klammerten sich aneinander wie zwei Ertrinkende, denen die Atemluft ausging. Einige Minuten verweilten sie eng umschlungen, küssten sich unentwegt und kamen nicht voneinander los.

Irgendwann verlor Oliver die Beherrschung. „Verdammt, Sophie, ich will dich! Mehr als alles auf der Welt. Ich muss dich noch ein letztes Mal spüren." Suchend fixierte er den Boden. Als er sich vergewissert hatte, dass der Waschbär das Weite gesucht hatte, packte er Sophie seitlich unter Armen und Beinen, hob sie hoch und trug sie quer durch den Garten in die Hotelhalle.

Dort wollte ihn der Nachtportier im ersten Moment aufhalten, doch als der Mann voller Erstaunen feststellte, wen er vor sich hatte, hielt er seinem Boss doch lieber die Tür auf und drückte eifrig den Fahrstuhlknopf.

Bis sie oben angekommen waren, hatte Sophie seine Krawatte gelöst und sein Hemd aufgeknöpft und aus der Hose gezerrt. Oliver betete inständig, keinem weiteren seiner Angestellten zu begegnen.

„Der Schlüssel", murmelte er, als sie ihre Zimmertür erreicht hatten.

Sophie blickte ihn benommen an. Doch eine Reaktion blieb aus.

„Der Schlüssel!", wiederholte er ungeduldig. Er hatte sie bewusst nicht zu seiner Suite gebracht, das würde ihm später den Rückzug erleichtern.

Endlich begriff sie und kramte in ihrer Tasche nach der Keycard.

Als die Tür aufsprang, bugsierte er Sophie hinein, kickte die Tür mit einem Fußtritt zu und ließ die Frau in seinen Armen aufs Bett gleiten. Er feuerte Sakko, Krawatte und Hemd zu Boden und riss Sophie das Kleid vom Leib, während sie sich bereits am Reißverschluss seiner Hose zu schaffen machte.

Es dauerte lediglich ein paar Sekunden, bis sie beide völlig entblößt aufs Bett fielen.

Er unternahm den Versuch, nach seiner Brieftasche zu greifen, in der sich ein Kondom befand. Doch unmöglich! Sophie war unter ihm zum Liegen gekommen und zog ihn begehrlich zu sich herunter.

Gott, wie oft hatte er sich in den letzten Tagen

vorgestellt, sich einmal mehr in ihr zu versenken, ihre Enge auszukosten, hart und tief in sie hineinzustoßen. Seine Selbstbeherrschung hing gerade am seidenen Faden.

„Oliver, bitte“, hauchte Sophie nahe an seinem Ohr. „Ich brauche dich. In mir drin. Jetzt.“ Ihre Fingernägel gruben sich in seinen Rücken.

Du liebe Güte! Die Frau gab einem Mann keine Chance. Im Eiltempo verabschiedete sich sein Verstand. Mit einem festen Stoß drang er in sie ein. Immer wieder schob er sich erbarmungslos zwischen ihre Schenkel. Er konnte nicht anders, er hatte die Situation nicht mehr unter Kontrolle. Musste sich abreagieren, den Frust darüber abbauen, dass er ein gefühlloses Arschloch war und einer Heidenangst unterlag, sich jemals wieder auf eine Frau einzulassen.

Er befürchtete schon, ihr in seiner blinden Leidenschaft wehzutun, doch sie schien es zu genießen. Sie stöhnte seinen Namen und wand sich unter ihm wie eine Besessene. Als er sie aufschreien hörte und ihr ganzer Leib vibrierte, gewährte er ihr eine kurze Pause, denn er war viel zu angespannt, um lockerzulassen. Ohne sich aus ihr zurückzuziehen, rollte er sich mit ihr auf den Rücken, sodass sie auf ihm zum Liegen kam. Mit sanfter Gewalt drückte er ihren Oberkörper nach oben, bis sie aufrecht auf ihm saß.

Dann inhalierte er ihren Anblick. Ein paar dunkle Haarsträhnen hatten sich gelöst und streichelten ihre Brüste. Sophie hatte die Augen geschlossen; ihrem entrückten Gesichtsausdruck nach zu urteilen, schwebte sie im Orbit. Bis auf einen Pumps, den sie im Eifer des Gefechts vergessen hatten, war sie splitternackt. Er kam ihr mit seinem Becken entgegen, um sie in den richtigen Rhythmus zu bringen. Sofort drückte sie den Rücken durch, um ihn so intensiv wie möglich in sich zu spüren. Ihre Bewegungen wurden schneller, ekstatischer.

„Oliver“, keuchte sie. „Ja, oh mein Gott! Du bist so hart. Ich hätte nie gedacht, … ah!“ Die Welt um sie herum schien einmal mehr in den Hintergrund zu treten, und das war gut so. Sophie erbebte und schrie ihre Gefühle laut heraus.

Oje, er durfte gar nicht an die Gäste in den Nachbarzimmern denken. Aller Voraussicht nach würde es am nächsten Morgen Beschwerden hageln.

Sophie verharrte derweil regungslos auf ihm. „Sophie, alles in Ordnung mit dir?“

Sie nickte. „Aber sicher doch“, hauchte sie. „Gib mir eine Sekunde.“

Ha! Leichter gesagt, als getan! Er war kurz davor zu kommen. Er benötigte die Erleichterung. Jetzt! Sonst würde er durchdrehen.

„Entschuldige, aber das steht gerade nicht in meiner Macht.“ Er packte sie an den Hüften und stieß gierig in sie hinein.

Sie wimmerte, passte sich dann jedoch seinen Bewegungen an. Er sah ihre wippenden Brüste mit den knallharten Nippeln über sich und spürte, wie ihre Lust erneut erwachte. Unablässig keuchte sie seinen Namen.

Nun konnte auch er ein lustvolles Stöhnen nicht mehr unterdrücken. Kurz bevor sie beide fast gleichzeitig den Höhepunkt erreichten, nahm er noch am Rande wahr, wie ein paar Tränen über Sophies Gesicht kullerten, dann wurde er in andere Sphären katapultiert. Der Orgasmus schien ihn zu zerreißen.

Als er endlich wieder einen klaren Gedanken fassen konnte, war Sophie über ihm zusammengebrochen. Er wusste nicht, ob sie schlief oder einfach bloß stillschweigend ihre letzten gemeinsamen Minuten genoss.

Er rollte sie zärtlich von sich herunter.

Sie schlug die Augen auf und schaute ihn an. Einmal mehr hasste er sich dafür, dass ihre Miene Schmerz und Entmutigung widerspiegelte, denn hierfür war ganz allein er verantwortlich.

„Oliver, ich muss es dir einfach sagen. Ob du es hören willst oder nicht. Ich liebe dich. Egal, was auch passiert, ich werde dich ewig lieben“, flüsterte sie mit gesenkter Stimme, bevor sie die Augen wieder schloss.

Die Worte trafen ihn wie ein Dolchstoß.

Heiße Tränen pressten sich nun unter Sophies geschlossenen Augenlidern hervor.

Die Erkenntnis, dass sie dieses Mal nicht aus Leidenschaft weinte, schien ihn in Stücke zu zerfetzen.

Nach einiger Zeit beruhigte sich ihr Atem. Anscheinend war sie eingeschlafen.

Er rappelte sich auf und zog ihr den Pumps aus, den sie nach wie vor trug. Schweren Herzens warf er einen letzten intensiven Blick auf ihren entblößten Körper. Er deckte Sophie zu und kleidete sich an. Bevor er den Raum verließ, küsste er sie noch einmal auf die Wange. Wie ein Schwerverbrecher schlich er davon.

Am Morgen würde er so zeitig aufstehen, dass er ihr keinesfalls begegnete, andernfalls würde ihn sein schlechtes Gewissen umbringen. Des Weiteren würde er in den nächsten Tagen einen großen Bogen um Mike machen.

Nachdem er in seinem Zimmer rücklings auf das Bett gefallen war, jagten die Gedanken durch seinen Kopf wie Billardkugeln. An Schlaf war nicht zu denken. Wie hatte er derart die Kontrolle verlieren können?

Der Sex war der Hammer gewesen. Sophie war so eng, so feucht …, so feucht? *Scheiße!* Er hatte sie gerade ohne Kondom genommen. Wegen einer ansteckenden Krankheit brauchte er sich bei ihr gewiss nicht den Kopf zu zerbrechen, aber was, wenn er sie geschwängert hatte?

Er sprang auf und schenkte sich ein großes Glas Whiskey ein. Ob er in Anbetracht dieser Erkenntnis noch ein paar Stunden Schlaf finden würde, war fraglich.

Kapitel 13

Sophie saß mit Buddy auf dem Balkon, den Blick auf einen imaginären Punkt im grünlichen Pazifikwasser gerichtet. Als es klopfte, schoss sie erwartungsvoll hoch und riss die Tür auf.

Bei Mikes Anblick ging ihr Herz in den Sturzflug über, denn insgeheim hegte sie die Hoffnung, dass die Vorkommnisse der vergangenen Nacht einen Sinneswandel bei Oliver hervorgerufen hatten. Immerhin waren sie nur ein paar Kilometer von der Traumfabrik Hollywood entfernt. Und jeder Hollywoodfilm endete damit, dass der Held seine Herzensdame in der letzten Sekunde aufsuchte und sie anflehte, ihn niemals zu verlassen. Nun ja, bis zum Abflug verblieb ja noch ein wenig Zeit.

„Na, reisefertig?“ Mikes Stimme klang traurig. Auch ihm schien der Abschied schwerzufallen.

„Ja, bis auf Buddy, er muss noch in seine Box. Der arme Tropf tut mir jetzt schon leid. Er muss über elf Stunden Flug in dieser engen Kiste verbringen. Oliver hat mir extra Beruhigungstabletten für ihn mitgebracht, damit er es auch übersteht.“

Mike marschierte auf ihr Gepäck zu. „Wie war der gestrige Abend?“, erkundigte er sich beiläufig.

„Äh, nett“, nuschelte Sophie, während sie gegen die aufsteigende Hitze in ihren Wangen ankämpfte. Vorsichtshalber vergrub sie den Kopf in Buddys Fell. Sie herzte und küsste den Kleinen, bevor sie den Versuch unternahm, ihn in die Box zu locken. Er wehrte sich zwar anfänglich und jaulte, doch irgendwann resignierte er und ließ die Prozedur über sich ergehen.

Sophie schulterte ihre Handtasche, packte mit der

einen Hand den großen Stoffhund und mit der anderen die Hutschachtel. Als sie sich gerade fragte, wie sie den zappelnden Buddy transportieren sollte, griff Mike schon nach ihm.

Sie verstauten alles in Mikes Limousine, und unter Sophies wehmütigen Blicken verließen sie Santa Monica und steuerten im Eiltempo den gigantischen Flughafen von Los Angeles an. Ihr entging nicht, dass Mike sie mehrfach verstohlen von der Seite beäugte, jedoch glücklicherweise auf jedwede Frage verzichtete.

Betrübt verabschiedete sie sich an der Gepäckaufgabe von Buddy, der aufgrund seines Gewichtes den Flug im Frachtraum antreten musste. Mike begleitete sie bis zur Sicherheitskontrolle. Unablässig hielt sie währenddessen Ausschau nach Oliver. *Doch nichts!*

Als sie den Abschied nicht länger hinauszögern konnte, fiel sie Mike schluchzend um den Hals. „Wir bleiben in Kontakt“, stammelte sie unter Tränen. „Ich melde mich, sobald ich zu Hause bin. Bitte richte Juanita noch einmal liebe Grüße von mir aus. Ich hoffe so sehr, euch alle wiederzusehen.“

Auch in Mikes Augen schimmerten Tränen. Dieses Bild passte so gar nicht zu dem riesigen Bären, aber es war einfach rührend. „Mach es gut, Sophie! Natürlich halten wir den Kontakt. Spätestens nächstes Jahr, wenn ich meine Flitterwochen in Europa verbringe, werden wir uns sowieso treffen. Eventuell klappt es ja schon früher.“

Er drückte sie so fest an sich, dass ihr kurzzeitig die Luft wegblieb. Abermals schaute sie suchend um sich, nur, um festzustellen, dass immer noch kein Oliver in Sicht war. So schlurfte sie tapfer davon.

Als sie ihren Sitzplatz im Flugzeug eingenommen hatte – wobei sie die Flugbegleiterinnen und die umsitzenden Passagiere mit dem Unterbringen ihrer sperrigen Gepäckstücke beinahe in den Wahnsinn getrieben hatte – musste sie sich allmählich eingestehen, dass Oliver nicht mehr erscheinen würde.

Doch aller Widrigkeiten zum Trotz hatten die wenigen Tage an seiner Seite ihr Leben verändert. Sie wusste nun, wie es sich anfühlte, jemanden von ganzem Herzen zu lieben, und dass Sex etwas Wunderschönes sein konnte. Verdammt noch mal, sie musste endlich ihr Leben in die Hand nehmen und erwachsen werden! Dann würde es ihr vielleicht auch irgendwann gelingen, einen Mann wie Oliver Malloy an sich zu binden.

Nachdem die Türen verriegelt waren, rollte die Maschine auf die Startbahn und hob sanft ab. Sophie starrte unglücklich aus dem Fenster, erblickte einen letzten Sonnenuntergang über Los Angeles und Tausende von Lichtern. Die Nacht legte sich gemächlich über das Flugzeug; einzig der Mond und die Sterne begleiteten sie.

„Oliver, ich liebe dich", flüsterte sie in die Dunkelheit hinaus. „So sehr. Bitte, lass mich nicht alleine! Ich weiß nicht, wie ich das ohne dich schaffen soll. Ich brauche dich!" Ein dichter Tränenstrom rann über ihre Wangen. Sie konnte einfach nicht fassen, dass es alles vorbei sein sollte.

Sie versuchte, ihre Verzweiflung in Champagner zu ertränken, zwang sich, eine Kleinigkeit zu essen und machte es sich in ihrem Sessel bequem.

Dank des Alkohols dauerte es nicht lange, bis Sophie ins Reich der Träume versank und sich im Schlaf unaufhaltsam Deutschland näherte.

Als das Taxi vor der noblen Villa in Heidelberg stoppte, war Sophie dann doch glücklich, wieder zu

Hause zu sein. Sie liebte dieses Fleckchen Erde. Das Anwesen ihrer Eltern lag etwa drei Kilometer nördlich von Heidelberg oberhalb des Neckars. Der Blick von der Terrasse hinunter ins Neckartal war atemberaubend. Die Jugendstilvilla war seit ihrer Erbauung im Familienbesitz. Im Lauf der Jahre war sie vollständig renoviert worden und bot nun alle Annehmlichkeiten, über die ein modernes Haus verfügen sollte.

Seit ihre Schwester Deutschland verlassen hatte, konnte Sophie das obere Stockwerk im Großen und Ganzen für sich beanspruchen. Einer der Gründe, warum sie sich nicht schon vor geraumer Zeit nach einer eigenen Wohnung umgesehen hatte. Dafür nahm sie allerdings den Nachteil in Kauf, hin und wieder ihrem schlecht gelaunten Vater zu begegnen.

Netterweise schleppte ihr der Taxifahrer den schweren Koffer zum Hauseingang. Sie war gerade im Begriff, die Tür aufzuschließen, als diese schon von innen aufgerissen wurde.

Ihre Mutter begrüßte sie mit einem strahlenden Lächeln. Sophie warf dem zierlichen Persönchen einen liebevollen Blick zu.

Christina Bergmann war fünfundfünfzig, wirkte aber wesentlich jünger. Genau wie Sophie hatte sie brünettes langes Haar. Sophie war jedoch nicht entgangen, dass ihre Mutter in letzter Zeit ein wenig mit Farbe nachhelfen musste, um die ersten grauen Strähnen zu verdecken.

„Sophie!“, rief sie voller Freude und schloss ihre Tochter fest in die Arme. „Ich habe mir solche Sorgen um dich gemacht. Wo warst du nur? Ach, tritt doch erst einmal ein, dann kannst du mir alles erzählen! Um Gottes willen, wo kommen denn diese Unmengen Gepäck her?“ Mit diesen Worten zog sie

Sophie ungeduldig zur Tür hinein.

Sophie deponierte ihre Mitbringsel im Flur, lediglich die Box mit Buddy gab sie nicht aus der Hand. Sie öffnete das Türchen und konnte im letzten Moment verhindern, dass der unruhige Hund herausschoss, um seine neue Umgebung zu erkunden. Sie schnappte ihn und drückte ihn zärtlich an sich.

Der Blick ihrer Mutter hing wie gebannt an Buddy. „Du liebe Güte, der ist ja echt! Du weißt doch, dass dein Vater nicht gerade ein Hundeliebhaber ist."

„Ja, Mutti, aber das ist sein Problem. Das hier ist Buddy, und er wird ab sofort keinen Zentimeter mehr von meiner Seite weichen." Mit diesen Worten marschierte sie in die Küche, um sich und Buddy etwas zu trinken zu besorgen. Sie schenkte sich und ihrer Mutter ein Glas Wein ein. Allerdings fand sie auf Anhieb kein geeignetes Gefäß für Buddy. So nahm sie kurzerhand einen Suppenteller und füllte ihn mit Wasser, das er sogleich gierig aufschlabberte. Den pikierten Blick ihrer Mutter ignorierte sie geflissentlich.

Sie ließen sich im Salon nieder. Doch als Sophie gerade zur Berichterstattung ansetzen wollte, vernahm sie von oben ein immer lauter werdendes, vertrautes *Klack ... Klack ... Klack*. Nur wenige Sekunden später wackelte ihr Vater - auf seinen Krückstock gestützt - die breite Treppe herunter. Bei ihrem Anblick hielt er überrascht inne. Kein Anflug von Freude huschte über sein Gesicht, im Gegenteil, er setzte eine noch strengere Miene auf.

Sophie beobachtete ihn mit Argusaugen. Durch sein vollständig ergrautes Haar und den gebückten Gang wirkte er betagter, als er war. Früher war er ein stattlicher Mann gewesen. Leider war er nie sehr tolerant oder zu Späßen aufgelegt gewesen. Verschlimmert hatte sich das alles, als er vor einigen Jahren einem schweren Reitunfall erlegen war und seitdem auf eine Gehhilfe nicht mehr verzichten konnte. Außerdem war sich Sophie sicher, dass er nie verstanden hatte, warum der liebe Gott ihn mit zwei nichtsnutzigen Töchtern bestraft hatte, anstatt ihm einen würdevollen Sohn zu schenken.

In Anbetracht der zu erwartenden Moralpredigt lehnte sie sich zurück und verfiel automatisch in eine Abwehrhaltung.

Und tatsächlich, Heinrich Bergmann war noch nicht am Fuße der Treppe angelangt, als er bereits mit lauter, zynischer Stimme verkündete: „Sieh mal einer an, die verlorene Tochter ist zurückgekehrt! Ich hoffe, Gnädigste hatten einen angenehmen Urlaub, während hier alle vor Sorge beinahe gestorben sind.“

„Ja, danke. Ich hatte eine wundervolle Zeit.“ Sie ignorierte seinen gehässigen Tonfall völlig.

„Sophie wollte mir gerade von ihren Erlebnissen berichten. Setz dich doch zu uns, Heinrich, und trink ein Gläschen Wein mit uns“, versuchte ihre Mutter, die vergiftete Atmosphäre zu neutralisieren.

„Ich denke, wir sollten uns zuerst mit Sophie über die Zukunft der Firma unterhalten, ehe wir uns irgendwelche sinnlosen Reiseberichte anhören.“ Ruhelos tigerte er im Salon auf und ab. *Klack ... Klack ... Klack.*

„Das trifft sich gut“, griff Sophie den Ball auf. „Über genau dieses Thema wollte ich nämlich auch mit euch sprechen.“ Sie nahm all ihren Mut zusammen. „Nach reiflicher Überlegung bin ich zu dem Entschluss gekommen, die Firma zu verlassen. Dieses Schmuckgeschäft ist einfach nichts für mich. Sobald ich etwas Passendes gefunden habe, werde ich aussteigen.“

Ihr Vater blieb wie angewurzelt stehen und schnappte vernehmlich nach Luft. „Ich muss mich wohl verhört haben. Ich glaube, liebe Sophie, du hast da ein paar wichtige Details nicht verstanden. Dieser Betrieb ist mein Leben, ich habe ihn aus dem Nichts aufgebaut. Und ich erwarte von meiner Tochter, dass sie mich dabei mit all ihrer Kraft unterstützt."

Er kam einen Schritt näher. „Da das Alter jedoch auch an mir nicht spurlos vorübergeht, werde ich wohl über kurz oder lang gezwungen sein, einen Geschäftsführer einzustellen, denn mein eigen Fleisch und Blut ist dieser Herausforderung ja leider nicht gewachsen. Bis dahin verlange ich von dir vollen Einsatz. Und lass dir eins gesagt sein, solltest du noch einmal von heute auf morgen von der Bildfläche verschwinden, werde ich dir das Gehalt streichen."

Sophie hatte jetzt so langsam genug von seiner Boshaftigkeit und Selbstverherrlichung. Obendrein war sie stinksauer, dass er ihren blinden Gehorsam weiterhin voraussetzte. Hatte sie denn mit ihrer überstürzten Flucht kein Zeichen gesetzt? „Kommt überhaupt nicht infrage! Ich werde mit Sicherheit nicht mein ganzes Leben damit verbringen, irgendwelchen launischen Neureichen Schmuck aufzuschwatzen", erklärte sie mit fester Stimme.

Mit einem Knall seines Krückstocks auf den Boden versuchte sich Heinrich Bergmann, den verloren gegangenen Respekt seiner Tochter zurückzuholen. Das Einzige, was er damit allerdings erreichte, war, Buddy in Panik zu versetzen. Das Hündchen stieß ein verängstigtes Jaulen aus und schoss unter dem Tisch hervor.

Heinrich Bergmann starrte Buddy an, als wäre er ein kleines, grünes Marsmännchen. „Was ist denn das?“, stammelte er aschfahl.

„Ein Golden Retriever“, antwortete Sophie ruhig, obgleich sie die aufkommende Gewitterspannung in der Luft deutlich spüren konnte. „Sein Name ist Buddy. Ein Freund hat ihn mir geschenkt.“

Heinrich Bergmann musste erst dreimal tief Luft holen, bevor er zu einer Antwort ansetzte. Dementsprechend ähnelten seine nächsten Worte auch eher einem heiseren Zischen: „Du weißt genau, dass ich in meinem Haus keine Tiere dulde. Und schon gar keine Hunde. Also schaff dieses Biest gefälligst nach draußen!“

Sophie erhob sich, nahm Buddy auf den Arm, ging ein paar Schritte auf ihren Vater zu und schaute direkt in sein wutverzerrtes Gesicht.

„Buddy wird ab sofort mein ständiger Begleiter sein. Aber keine Sorge, ich werde mich in den nächsten Tagen ohnehin auf die Suche nach einer eigenen Bude machen. Und so leid es mir tut, solange wirst du dieses harmlose kleine Hündchen ertragen müssen.“

Heinrich Bergmann schnappte abermals gierig nach Luft, bevor sein Kopf die Farbe einer Tomate annahm. Seine Augen schienen aus den Höhlen zu treten. Fehlte nur noch, dass ihm Dampf aus den Ohren quoll.

„Raus, aus meinem Haus!“, presste er zwischen zusammengebissenen Zähnen hervor. „Und zwar auf der Stelle!“ Mit dem ausgestreckten Arm deutete er in Richtung Ausgangstür.

Augenblicklich sprang ihre Mutter auf. Der Schock stand ihr ins Gesicht geschrieben. „Heinrich, nun beruhige dich doch! Denk an dein Herz. Ich werde in aller Ruhe mit Sophie reden. Sie kommt sicherlich schnell zur Vernunft.“

Er schüttelte vehement den Kopf. „Da gibt es nichts mehr zu besprechen. Spätestens morgen ist Sophie verschwunden. Deine unnütze Tochter wird nicht länger die Füße unter meinen Tisch stecken." Er bedachte Sophie mit einem eisigen Blick. „Lass mir eine Adresse zukommen, wohin ich dir deine ganzen überflüssigen Habseligkeiten schicken kann! Ach ja, und in der Firma ist deine Anwesenheit natürlich auch nicht mehr vonnöten. Du warst eh nie eine große Hilfe." Mit diesen Worten wandte er sich ab und marschierte davon.

Klack ... Klack ... Klack

Mit einem erstickten Röcheln fiel Sophie aufs Sofa. Sie beugte sich vornüber und vergrub das Gesicht in den Händen. Ein klammes Gefühl machte sich in ihrem Magen breit, drohte, ihn umzudrehen. Herrje, was hatte sie bloß angerichtet? Wie sollte jetzt alles weitergehen? Wenn nicht ein Wunder geschah, saß sie knietief in der Patsche. Blieb zu hoffen, dass sie nicht ein wenig übers Ziel hinausgeschossen war.

Ihre Mutter rutschte neben sie und legte ihr tröstend einen Arm um die Schultern. „Sophie, Liebes, denk doch noch einmal in aller Ruhe nach. Diese Firma hat Zukunft. Dein Vater hat so viel Mühe und Zeit in sie investiert. Solltest du ihn jetzt im Stich lassen, wird er dir das vermutlich nie verzeihen. Du weißt doch, wie nachtragend er sein kann."

Sophie blickte auf. Wie so üblich war ihre Mutter weit davon entfernt, eine Hilfe zu sein. „Ich kann nicht, Mutti. Ich habe mir geschworen, mein Leben endlich in den Griff zu bekommen. Und es geht dabei nicht allein um mich, sondern obendrein um einen Mann. Zum ersten Mal bin ich verliebt, aber er will mich nicht, da ich unselbstständig bin wie ein Kleinkind." Hektisch sprang sie auf. „Ich werde jetzt erst einmal bei Samantha Unterschlupf suchen. Sobald ich weiß, wie alles weitergeht, gebe ich dir Bescheid."

Eine Träne der Verzweiflung kullerte über das Gesicht ihrer Mutter und ließ Sophie wankelmütig werden. Gott, was musste diese arme Frau denn noch ertragen? Rasch rief sie sich Olivers Worte wieder ins Gedächtnis. Er hatte recht. Sie steckte selbst bis zum Hals in Schwierigkeiten, sie konnte unmöglich die Verantwortung für das Leben ihrer Mutter übernehmen. Daran würde sie endgültig zugrunde gehen.

Sie schloss sie noch einmal fest in die Arme. „Weine nicht, Mutti. Alles wird gut." Doch ihre Stimme klang schwach, vermittelte keinerlei Zuversicht. Und bevor sie auch noch in Tränen ausbrach, fuhr sie herum und flüchtete mitsamt Buddy nach oben in ihre Zimmer.

Samantha staunte nicht schlecht, als Sophie mit ein paar Koffern, einer Armee von Tüten und einem kleinen Hund vor ihrer Tür stand. „Uiii, so viele Mitbringsel aus den Staaten hatte ich gar nicht erwartet." Sie beugte sich nach unten und kraulte Buddy. „Hallo, mein Süßer. Wer bist du denn?"

Sophie fiel ein Stein vom Herzen, als ihre Freundin so entspannt auf die unvorhergesehene Invasion reagierte.

Samantha löste sich von Buddy und ging auf Sophie zu. Ohne ein weiteres Wort zu verlieren, zog sie sie in die Arme. In diesem Moment konnte Sophie die aufgestauten Tränen nicht mehr zurückhalten. Sie brach in erbärmliches Schluchzen aus. „Sammy", flüsterte sie. „Alles ist schiefgegangen. Ich weiß nicht mehr weiter … Ich …" Die Tränen schnürten ihr die Kehle zu.

„Ist schon gut“, tröstete Samantha sie. „Komm erst mal rein!“ Mit diesen Worten schob sie Sophie in ihre schicke Altbauwohnung.

„David, Schätzchen!“, rief Samantha in Richtung des Schlafzimmers. „Schlüpfst du bitte in deine Klamotten und tust mir einen Gefallen? Es gäbe da ein paar Koffer reinzutragen.“

Erst jetzt bemerkte Sophie, dass Samantha nichts am Leib trug, außer einem langen Herrenhemd und auch ansonsten ziemlich zerzaust wirkte. „Oje, das tut mir leid. Ich wollte nicht stören.“

Doch Samantha winkte ab. „Lass es gut sein, wir waren bereits in der dritten Runde. Lange hätte er eh nicht mehr durchgehalten.“ Sie zwinkerte Sophie verschwörerisch zu.

Da flog die Schlafzimmertür auf und ein hochgewachsener blonder Typ mit freiem Oberkörper schoss heraus. Logisch, Samantha trug ja sein Hemd. Irritiert bremste er ab und blickte mit Fragezeichen in den Augen zwischen den beiden Frauen hin und her.

Samantha stellte sie einander vor, und nachdem David gehorsam Sophies Koffer und Taschen ins Gästezimmer bugsiert hatte und wieder im Besitz seines Hemdes war, küsste er Samantha noch einmal zärtlich, machte sich dann aber schleunigst vom Acker. Anscheinend hatte er begriffen, dass ein Mann hier gerade fehl am Platz war.

Samantha organisierte eine Flasche Wein. Wenig später fielen sie auf ihr kissenüberflutetes Sofa. Buddy nahm derweil neugierig die fremde Umgebung in Augenschein.

„Gut, Sophie, ich bin ganz Ohr. Mein letzter Stand war, dass du mit irgendeinem superreichen, gut aussehenden Cowboy durch Las Vegas tingelst. Doch anstatt ihn vom Fleck weg zu heiraten und damit alle

Probleme hinter dir zu lassen, stehst du nun wie ein Häufchen Elend mit einem kleinen Hund und deinem kompletten Hausstand vor meiner Tür. Man braucht kein Hellseher zu sein, um zu bemerken, dass irgendetwas mächtig aus dem Ruder gelaufen ist."

Sophie seufzte. „Das kann man wohl sagen. Fakt ist, er will mich nicht. Und um sein schlechtes Gewissen zu beruhigen, hat er mir vermutlich Buddy geschenkt." Sophie schwelgte in Erinnerungen und blinzelte ein paar Tränen weg. Schnell riss sie sich jedoch zusammen und gab Samantha mit zitternder Stimme einen Abriss über die Geschehnisse. Sie schloss mit den Worten: „Offensichtlich bin ich ein hoffnungsloser Fall. Jetzt habe ich weder einen Mann noch eine Wohnung und erst recht keinen Job. Zudem ist mein Konto so gut wie leer. Fürs Erste werde ich dir wohl oder übel auf der Tasche liegen müssen."

„Och, Sophie, das tut mir so leid. Aber sei nicht traurig. Wir finden eine Lösung. Vorerst bleibst du einfach hier. Das, was du getan hast, war sehr mutig. Endlich bist du auf dem richtigen Weg. Nun schläfst du erst einmal darüber – morgen sieht die Welt ganz anders aus. Und sobald du dich ein wenig gefangen hast, suchen wir dir als Allererstes einen neuen Job. Was ist mit diesem Bruno, wirst du seinen Antrag annehmen?"

Sophie schüttelte den Kopf. „Nein, nachdem ich Oliver kennengelernt habe, ist es vollkommen unmöglich, einen anderen zu heiraten. Außerdem muss ich mein Leben selbst in den Griff kriegen."

Samantha nickte. „Gute Entscheidung. Und nimm dir das mit diesem Cowboy nicht zu sehr zu Herzen. Womöglich ist das ja bloß eine vorübergehende Schwärmerei. Du warst zum ersten Mal in deinem

Leben mit einem Mann im Bett, der dich nach allen Regeln der Kunst durchgevögelt hat. Vielleicht hat dich das ja ein wenig geblendet."

Sophie musste schmunzeln. Es war so erfrischend, dass Samantha nie ein Blatt vor den Mund nahm. Wie sehr sie ihre Freundin vermisst hatte. „Es war nicht nur der Sex. Obwohl ich den wirklich nicht missen wollte. Oliver ist der interessanteste Mann, der mir jemals begegnet ist. Er leitet mit unvergleichlicher Souveränität ein Imperium, ist aber völlig bodenständig geblieben. Er behandelt jeden Menschen mit Respekt, egal, ob arm oder reich, vor allem seine Angestellten. Darüber hinaus ist er die Zuverlässigkeit in Person. Ich würde ihm blind mein Leben anvertrauen."

Sie blickte gedankenverloren zur Decke. „Wie sehr er seine Frau geliebt haben muss. Du müsstest den wehmütigen Ausdruck in seinen Augen sehen, wenn er von ihr spricht. Ich würde alles dafür geben, einmal von diesem Mann so angesehen zu werden."

Sekundenlang erfüllte Schweigen den Raum. Samantha schien es tatsächlich die Sprache verschlagen zu haben. „Oje, dich hat's aber ganz schön erwischt", bekundete sie zu guter Letzt.

Sophie nickte. „Sag ich doch. Wer ist übrigens David?"

Samantha kicherte. „Er ist süß, nicht? Er ist der Bruder einer früheren Mandantin. Er ist Softwareberater und wohnt in Hamburg, ist aber zurzeit häufig hier in der Gegend. Dumm nur, dass er in Heidelberg keine eigene Bude hat. Na ja, zur Not bekommst du ab und zu ein paar Euro, um ins Kino zu gehen."

Sophie grinste. Samantha war einfach ein Garant für gute Laune. „Abgemacht. Ach, da fällt mir ein …" Sie sprang auf und hetzte ins Gästezimmer. Als sie mit dem riesigen Stoffhund zurückkehrte, strahlte die für gewöhnlich so toughe Anwältin über das ganze Gesicht.

Als Sophie später in dem kleinen Gästezimmer ihre Klamotten auspackte, fiel ihr das rote Abendkleid in die Hände, das sie in Vegas zu dem Galadiner getragen hatte. Denn als sie den Versuch unternommen hatte, es zurückzugeben, hatte die Verkäuferin sie verständnislos angeglotzt.

Bisher hatte sie eigentlich die Absicht gehegt, Oliver einen satten Scheck zukommen zu lassen, sobald sie wieder flüssig war. Doch inzwischen war dieses Ziel in weite Ferne gerückt. Das wenige Geld, das sie noch besaß, würde mit Müh und Not reichen, um selbst ein paar Wochen über die Runden zu kommen. Und was danach kam, überstieg momentan ihr Vorstellungsvermögen.

Versonnen strich sie mit den Fingern über die Seide des Kleides. Der Stoff schmiegte sich an ihre Hand wie eine zweite Haut. Ein wundervolles Gefühl! Schade, in Zukunft würde sie höchstwahrscheinlich nicht mehr so häufig in den Genuss kommen, dass reine Seide ihre Haut küsste. Wie hatte ihr Leben innerhalb kürzester Zeit dermaßen aus dem Ruder geraten können? Vor ein paar Wochen war noch alles in bester Ordnung gewesen, und jetzt stand sie vor einem gigantischen Scherbenhaufen.

Seufzend sank sie aufs Bett. Doch Samantha hatte recht. Sie würde erst einmal ausschlafen, und sich dann in aller Ruhe überlegen, wie es weitergehen sollte. Plötzlich war da ein schmaler Silberstreif am Horizont.

Wann war sie jemals so glücklich gewesen, wie in den wenigen Tagen in den Staaten? Die unendliche

Weite dieses Landes hatte ihr ein Gefühl von Freiheit vermittelt. Zum ersten Mal in ihrem Leben schien sie dem goldenen Käfig entronnen zu sein. Das Schicksal hatte ihr die Chance auf einen Neuanfang zugespielt. Sie würde sie nutzen.

Erschöpft kroch sie unter die Decke.

Buddy ließ nicht lange auf sich warten. Er hüpfte neben sie auf die Matratze und machte es sich gemütlich. „Ich bin so froh, dass ich dich habe, mein Kleiner“, flüsterte sie, während ihr ein paar dicke Tränen über die Wangen kullerten und auf dem Kopfkissen zerplatzten. „Ohne dich wäre ich jetzt ganz allein auf dieser Welt.“ Bevor noch weitere zermürbende Gedanken sie quälen konnten, war sie schon eingeschlafen.

Kapitel 14

„Oliver Malloy ist also ein guter Bekannter von Ihnen?“, erkundigte sich die Personalchefin des vornehmen Hotels in Heidelberg.

Sophie nickte eifrig. „Ja, er hat sehr viel von seinem Know-how das Hotelwesen betreffend mit mir geteilt“, flunkerte sie.

Die Dame ihr gegenüber schob sich einmal mehr die Brille auf der Nase nach oben, was Sophies Nervosität noch steigerte. *Verdammt, gab es die Brille denn nicht in ihrer Größe!*

„Insofern sind Sie doch sicherlich im Besitz eines persönlichen Empfehlungsschreibens und Zeugnisses?“

Sophie schluckte. „Äh, nein. Das heißt, also im Moment nicht. Aber ich kann das natürlich gerne besorgen, wenn Sie Wert darauf legen.“

Ihre Gesprächspartnerin nickte. „Durchaus. Lassen Sie uns doch so verbleiben: Sobald Sie über die Unterlagen verfügen, senden Sie mir alles zu. Anschließend sehen wir weiter.“ Sie fingerte wieder an ihrer Brille herum, danach sprang sie auf.

Okay, Sophie hatte verstanden. Fehlte nur der Satz: *Rufen Sie uns nicht an, wir rufen Sie an!*

Mit hängenden Schultern tappte sie aus dem Hotel.

Zwei Wochen waren nun vergangen, seit sie dem Haus ihrer Eltern den Rücken gekehrt hatte. Nachdem sie den ersten Schock überwunden hatte, war sie unverzüglich die Jobsuche angegangen. Ins Schmuckgeschäft wollte sie allerdings nicht zurück. Sie hatte in Erwägung gezogen, irgendetwas mit Musik in Angriff zu nehmen. Ihre bodenständige

Freundin Samantha hatte ihr jedoch recht schnell verdeutlicht, dass das ausgemachter Schwachsinn wäre. Leider hatte sie Samanthas Argumentation nichts entgegenzusetzen. Da Sophie eine klassische Musikausbildung fehlte, war es fast unmöglich, kurzfristig in diesem Umfeld einen lukrativen Job zu ergattern.

So war sie auf die Idee gekommen, ihr Glück in einem Hotel zu versuchen. Das Hotelgewerbe hatte sie fasziniert. Sie war zutiefst beeindruckt von dem Servicegedanken, der in Olivers Häusern herrschte. Alles dort war an Perfektion kaum zu überbieten. Sollte man in der Lage sein, das in Europa umzusetzen, müsste jedes Hotel boomen. Voller Euphorie hatte sie sich daher auf die Suche nach einem Job in der Hotelbranche gemacht.

Doch da ihr auch hier eine branchenspezifische Ausbildung und die nötige Berufserfahrung fehlten, waren die Personalchefs in den Hotels, trotz der vielen Sprachen, die Sophie beherrschte, nicht wirklich von ihr angetan. Selbst ihr betriebswirtschaftliches Studium machte wenig Eindruck. Ob sie Oliver tatsächlich um ein Empfehlungsschreiben bitten sollte? Aber würde er ihr den Gefallen überhaupt tun? Er hielt sie ja offensichtlich für ein kleines Dummchen. Rasch verwarf sie den Gedanken wieder.

Frustriert schleppte sie sich die Treppen zu Samanthas Wohnung hinauf. Als sie aus Samanthas Schlafzimmer eindeutige Geräusche vernahm, wurde sie noch niedergeschlagener. Auf Zehenspitzen schlich sie in ihr Zimmer. Die dünnen Wände ließen sie jedoch an jedem noch so leisen Stöhnen teilhaben.

So konnte das nicht weitergehen! Sie brauchte dringend ein Einkommen, um ihrer Freundin nicht länger im Wege zu stehen.

Sie warf sich aufs Bett, schaltete den iPod ein und stöpselte sich die Kopfhörer ins Ohr. Wie so üblich verursachten die melodischen Klänge von David Garretts Geige im Handumdrehen eine beruhigende Wirkung. Nachdem Sophie in einen unruhigen Schlaf abgedriftet war, übernahm glücklicherweise ihr Unterbewusstsein die Kontrolle. Einmal mehr träumte sie vom glitzernden Colorado River, der sich unerbittlich seinen Weg durch die Felsmassive Arizonas suchte, und von einem Cowboy mit blauen Augen, der sie bis zum Morgengrauen küsste.

„Sie wollen mich ernsthaft einstellen?" Sophies Augen weiteten sich ungläubig.

Der untersetzte kahlköpfige Mann ihr gegenüber grinste selbstgefällig. „Absolut, allerdings sind wir ein kleines Hotel. Ich kann Ihnen natürlich kein solches Gehalt anbieten wie die großen Ketten. Aber in Anbetracht dessen, dass Sie Quereinsteigerin sind, sollte das schon in Ordnung gehen, oder?"

Sophie nickte eifrig. „Gar kein Thema! Ich werde Ihnen ewig dankbar sein, wenn Sie mir eine Chance geben."

„Ihnen ist aber schon klar, dass Sie Mädchen für alles wären. Das heißt, Sie sind nicht nur für die Rezeption zuständig, sondern müssten sich auch mal um das Frühstück, den Roomservice und andere anstehende Dinge kümmern. Können Sie damit leben?"

„Selbstverständlich."

„Hervorragend, also sehe ich Sie am Montag."

Freudestrahlend stürmte sie eine halbe Stunde später Samanthas Wohnung. „Sammy, Sammy, ich habe endlich einen Job!"

Samantha blickte von ihrem Laptop auf. „Echt jetzt? Im *Hilton* oder im *Marriott*?"

„Na ja, es ist eher ein kleines Hotel, in der Heidelberger Altstadt. Es heißt *Goldener Käfer*."

Samantha rümpfte die Nase. „*Goldener Käfer*! Wer steigt denn in so was ab?"

„Ach, Sammy, es ist ja bloß für den Anfang. Sobald ich ein wenig Erfahrung gesammelt habe, kann ich bestimmt wechseln."

„Nun gut, dein Wort in Gottes Ohren. Hast du einen Vertrag?"

Stolz zerrte Sophie ein Stück Papier aus ihrer Handtasche und reichte es Samantha. Diese überflog es und verzog missmutig das Gesicht. „Ganz ehrlich, als Vertrag kann man das wohl kaum bezeichnen. Genau genommen ist nichts geregelt, und das Gehalt ist auch nicht gerade umwerfend. Große Sprünge wirst du damit nicht machen können. Hast du denn versucht, ein wenig mehr herauszuschlagen?"

Sophie schüttelte verlegen den Kopf. „Daran habe ich gar nicht gedacht. Aber versprochen, sobald ich mich eingearbeitet habe, werde ich nach einer Gehaltserhöhung fragen."

Voller Zuversicht trat Sophie ein paar Tage später ihren Dienst hinter der Rezeption an. Rasch fand sie heraus, dass die Hotelsoftware aus dem letzten Jahrhundert stammte. Sie zog es ernsthaft in Erwägung, die Zimmer auf Zuruf zu vergeben und die Rechnungen manuell zu erstellen, das würde höchstwahrscheinlich schneller gehen als mit diesem vorsintflutlichen Buchungssystem.

Doch allen Erwartungen zum Trotz verliefen die ersten Tage zufriedenstellend. Das Hotel wurde vorwiegend von Amerikanern, Asiaten und Südländern frequentiert, die ihren Urlaub in Heidelberg verbrachten. Aufgrund ihrer Sprachkenntnisse war Sophie in der Lage, sich ausgiebig mit jedem Hotelbesucher zu unterhalten, was die Gäste sehr schätzten. Eifrig verteilte sie Sightseeing-Tipps und kam so in den Genuss satter Trinkgelder.

Herrlich! Bald könnte sie sich eine eigene kleine Bude leisten. Sie wollte Samantha keinen Tag länger als nötig auf der Tasche liegen. Endlich befand sie sich auf dem richtigen Weg.

Einzig eine Kleinigkeit trübte ihre anwachsende Euphorie immer wieder. Oliver fehlte ihr mehr, als sie es in Worte fassen konnte. Es war längst überfällig, sich bei Mike zu melden, doch sie brachte es einfach nicht übers Herz. Zuerst musste sie ein wenig Abstand gewinnen und sich mit dem Gedanken abfinden, Oliver niemals mehr zu Gesicht zu bekommen. Um ihr schlechtes Gewissen zu beruhigen, schrieb sie Mike zumindest eine SMS und informierte ihn darüber, dass alles in bester Ordnung wäre und sie wohlbehalten zu Hause angekommen sei.

Ansonsten verbrachte sie ihre Freizeit mit Samantha. Sie machten die Heidelberger Altstadt unsicher oder lungerten des Abends auf dem Sofa herum und ließen sich von Hollywoodschnulzen berieseln. Nach und nach kehrte eine gewisse Ruhe und Routine in Sophies Leben ein.

Doch dann kam der Tag, an dem die Küchenhilfe des Hotels erkrankte.

„Spiegeleier?“ Sophie starrte den schlaksigen Amerikaner an, als hätte er gerade ein lebendes Spanferkel bestellt.

„Nein, tut mir leid. Hier gibt es nur Rührei“, äußerte sie nach kurzer Bedenkzeit. Es hatte sie Stunden gekostet, bis die Rühreier nicht mehr anbrannten. Und jetzt orderte dieser Kerl so etwas Utopisches wie Spiegeleier. Auf gar keinen Fall konnte sie sich auch noch dieser Herausforderung stellen. Dazu war ihre Zeit definitiv zu knapp bemessenen. Mit zerknirschter Miene machte der Typ sich letztendlich vom Acker.

Nachdem alle Gäste das Frühstück ohne größere Nachwirkungen überstanden hatten, begutachtete Sophie mit gerümpfter Nase das Chaos, das sie in der kleinen Küche angerichtet hatte. Der Ofen wirkte, als wäre er mit Ei überbacken. Überall hatten sich Eierschalen ausgebreitet. Rund um die Kaffeemaschine standen braune Pfützen, und aus dem Toaster qualmte es verdächtig. Verdrossen machte sie sich daran, das Schlachtfeld zu beseitigen. Hoffentlich war das eine einmalige Angelegenheit, denn zur Küchenhilfe war sie offenbar nicht geboren.

Doch die Kollegin tauchte auch am nächsten Tag nicht auf, so musste Sophie erneut ran. Was ihren kompletten Terminplan durcheinanderwirbelte und dafür sorgte, dass sie bis in die Nacht im Hotel ausharrte, um die Buchhaltung auf Vordermann zu bringen.

Als sie zu später Stunde erschöpft Samanthas Wohnung betrat, starrte sie irritiert auf die Federn, die das Wohnzimmer bevölkerten.

Das Sofa wirkte wie ein Hühnerstall. Inmitten des Chaos lag Buddy, der wohl aus Langeweile Samanthas heiß geliebte Kissen zerlegt hatte. Ihre Freundin weilte seit zwei Tagen auf einem Kongress; allem Anschein nach hatte es dem Hund heftig missfallen, den ganzen Tag auf sich gestellt zu sein.

Den Tränen nahe, sank Sophie auf eine Ecke des Sofas.

Sofort schoss Buddy auf sie zu und blickte sie aus seinen großen treuherzigen Augen an.

Sie konnte ihm noch nicht einmal böse sein. „Weißt du was, morgen begleitest du mich einfach ins Hotel. Einverstanden?“ Sie pustete ihm eine Feder von der Nase und vergrub den Kopf in seinem weichen Fell.

Ihr Chef war jedoch alles andere als begeistert von dem vierbeinigen Gast. Doch nachdem Sophie ihm versichert hatte, dass die Problematik nur vorübergehender Natur sei, zog er verdrossen ab. Erfreulicherweise nahm ein paar Tage später auch die Küchenhilfe ihren Dienst wieder auf, und Sophie bekam ihre Arbeitszeiten endlich in den Griff.

Neugierig besichtigte sie erste Wohnungen. Es gab eine weitere Hürde zu meistern: Die Apartments in der Nähe der Heidelberger Innenstadt konnte sie sich mit ihrem mickrigen Gehalt nicht leisten. Und ein Auto besaß sie nicht. Sie hatte sich nie Gedanken über einen fahrbaren Untersatz gemacht, da sie jederzeit auf den Fuhrpark der Firma hatte zurückgreifen können. *Herrje, was für eine Zwickmühle!* Sie benötigte dringend eine kleine Finanzspritze.

Nachdenklich inspizierte sie zu Hause ihre Designerklamotten, Handtaschen und Schuhe. Sie käme wohl nicht umhin, zum ersten Mal in ihrem Leben eine Anzeige bei eBay zu schalten.

„Frau Bergmann“, fiel ihr Chef ein paar Tage später über sie her, als sie am Morgen das Hotel betrat. „Das wird aber auch Zeit! Ihr Typ ist gefragt. Das Zimmermädchen hat sich den Fuß gebrochen. Sie müssen auf der Stelle einspringen.“

„Aber, ich habe doch nicht die geringste Ahnung

davon", versuchte sie, das drohende Unheil abzuwenden.

Ihr Chef winkte lässig ab. „Halb so wild! Einfach Betten machen, mal durchwischen, Staub saugen und das Bad putzen, das ist auch schon alles. Zwei der Gäste sind schon abgereist, dort können Sie sich gleich ans Werk machen. Und beeilen Sie sich ein bisschen! Sie wissen ja, heute Nachmittag erwarten wir eine ganze Busladung neuer Gäste."

Minuten später stand Sophie in einem der Zimmer und blickte hilflos um sich. *Grundgütiger, wo sollte sie anfangen?* Das Bett war bis zur Unkenntlichkeit zerwühlt, im Bad hatten sich großflächig gebrauchte Handtücher verteilt; auf dem Boden lagen Unmengen von Kartoffelchips. Letztendlich schnappte sie sich den Staubsauger und stürzte sich in das Chaos.

Als sie die Toilette des zweiten Raumes begutachtete, hätte sie sich um ein Haar in selbige übergeben. Konnten Menschen wirklich solche Schweine sein? Mit spitzen Fingern griff sie nach der Toilettenbürste und machte sich, ohne überhaupt hinzuschauen, ans Werk. Schon nach kurzer Zeit schmerzte ihr Kreuz, und sie hatte sich zwei Fingernägel abgebrochen. Nach und nach wirkten ihre Hände nicht mehr wie die einer Dame, sondern erinnerten an einen Bauarbeiter. In jedem Zimmer erwarteten sie neue Überraschungen. Als sie neben einem Bett drei benutzte Kondome fand, war das Maß des Erträglichen überschritten.

Sie sackte auf die Knie und vergrub schluchzend das Gesicht in den Händen. Verzweiflung schlug ihre Klauen in Sophies Fleisch. Wie tief konnte ein Mensch denn noch sinken?

Erst als ihr Chef den Raum betrat, blickte sie auf. Sie erhoffte sich sein Mitleid. *Doch Pustekuchen!* Er machte sie zur Minna.

Nun hatte sie endgültig genug. Sie rappelte sich auf, sammelte ihren Hund ein und rauschte aus dem Hotel. Zu Hause fiel sie weinend aufs Bett, zog sich die Decke über den Kopf und entschied, sich dort für alle Ewigkeit zu verstecken.

Als Samantha am Abend die Wohnung betrat, hatte Sophie den Weinvorrat bereits erheblich dezimiert.

Tröstend schloss Samantha sie in die Arme. „Was ist denn los, Schätzchen?"

„Ich schaffe das nicht", schluchzte Sophie. „Vielleicht sollte ich doch irgendeinen reichen Sack heiraten. Alles ist besser, als in dieses Hotel zurückzukehren."

Samantha wiegte sie in den Armen wie ein Kleinkind. „Ist ja gut, Sophie. Lass den Job sausen, der war eh nichts für dich. Morgen suchen wir dir in aller Ruhe etwas Neues, einverstanden?"

Doch das gestaltete sich schwierig. Weiterhin war keines der angesagten Hotels im Umkreis gewillt, Sophie einen vernünftigen Job anzubieten. So verdiente sie sich ein paar Euro, indem sie Studenten und Schülern Nachhilfe in Sprachen erteilte. Gelegentlich führte sie ausländische Reisegruppen durch Heidelberg oder jobbte in einem Café.

Allmählich schwante ihr, dass sie sich gezwungenermaßen doch wieder dem Schmuckgeschäft zuwenden musste, auch wenn es ihr davor graute. Aber was für eine Wahl hatte sie schon?

Als sie und Samantha eines Abends zusammensaßen und zum wiederholten Male Jobangebote im Internet wälzten, läutete es an der Tür.

Verwundert blickte Samantha auf die Uhr. „David wollte mich doch erst in einer Stunde abholen?"

Sie schoss hoch und jagte nach draußen.

Sophie riss vor Überraschung Mund und Augen auf, als sie den Mann erkannte, der Sekunden später die Wohnung betrat.

Kapitel 15

„Bruno?“ Sophie nahm den groß gewachsenen Mann ungläubig in Augenschein. „Was führt dich hierher?“

Er kam zwei Schritte näher. „Hallo, Sophie. Lange nicht gesehen. Entschuldige bitte den Überfall, aber ich war gerade in der Nähe und dachte, ich nutze die Gelegenheit, um einmal in aller Ruhe mit dir zu reden. Schenkst du mir ein paar Minuten deiner Zeit? Und wie geht es dir überhaupt?“ Er legte den Kopf schief und warf ihr einen auffordernden Blick zu.

Samantha verharrte derweil an der Wohnzimmertür und musterte Bruno unverhohlen. Er roch nach einem atemberaubend guten Rasierwasser, was auch Buddy zu begeistern schien. Bevor Sophie noch irgendetwas erwidern konnte, jagte der Hund auch schon auf Bruno zu und unternahm den Versuch, an ihm hochzuklettern.

Meine Güte, die teure Hose!, schoss es Sophie durch den Kopf.

Bruno jedoch beugte sich lächelnd hinab. „Na, wen haben wir denn da?“ Er kraulte Buddy und hatte sich damit sofort in das kleine Hundeherz geschlichen. Zufrieden winselnd kuschelte sich das Tier an ihn.

Als Bruno sich wieder aufrichtete, musste Sophie sich eingestehen, dass sein Körper in dem braunen Hemd und der farblich abgestimmten Bundfaltenhose ausnehmend sexy wirkte. Einen eindrucksvollen Kontrast dazu lieferten seine eisgrauen Augen. Das dunkle Haar war perfekt gestylt, seine ebenmäßigen Gesichtszüge spiegelten zeitlose Schönheit wider. Dennoch fehlte dieses Prickeln, das sie bei Olivers

Anblick grundsätzlich verspürt hatte.

„Danke der Nachfrage. Eine Glückssträhne habe ich gerade nicht“, äußerte sie letztendlich. Sie wies auf einen der Stühle. „Setz dich doch. Möchtest du einen Kaffee?“

Mit einer fließenden Bewegung nahm Bruno Platz. „Wenn es keine Umstände macht.“

„Hört mal ihr beiden …“, brachte sich in diesem Moment Samantha aus dem Hintergrund ein, „ihr habt bestimmt einiges unter vier Augen zu bereden. Will heißen: Ich bin dann mal weg.“ Sie griff nach ihrer Handtasche, signalisierte Sophie noch hinter Brunos Rücken ein Daumen-hoch-Zeichen, und schon fiel die Wohnungstür hinter ihr ins Schloss.

Während Sophie den Kaffee organisierte, kraulte Bruno Buddy, der ihm wie ein Schatten gefolgt war und nun zu seinen Füßen lag. „Das mit deinem Vater tut mir leid. Ich hätte nie erwartet, dass er dir so etwas antun würde“, eröffnete er das Gespräch. „Sophie, ich kann dich nur noch einmal bitten, meine Frau zu werden. Damit wären all deine Probleme Geschichte.“

Sie schüttelte den Kopf. „Du bist wirklich ein Schatz. Aber nein! Vor ein paar Wochen habe ich dein Angebot noch in Erwägung gezogen. In der Zwischenzeit haben sich allerdings ein paar grundlegende Dinge geändert.“ Sie seufzte. „Ich habe einen Mann kennengelernt, den ich von ganzem Herzen liebe. Leider ist diese Zuneigung einseitiger Natur. Dich zu heiraten, erscheint mir unter den gegebenen Umständen nicht fair. Wer weiß, vielleicht hätte das mit uns beiden ja etwas richtig Gutes werden können. Doch diese Aussicht ist in weite Ferne gerückt.“

Bruno fixierte versonnen seine Kaffeetasse. „Nein, hätte es nicht. Bitte, versprich mir, dass das, was ich dir jetzt offenbare, unter uns bleibt. Egal, wie auch immer diese Unterredung hier enden wird."

Sophie starrte ihn entgeistert an. „Großes Pfadfinderehrenwort", murmelte sie schließlich.

Er zögerte noch ein paar Sekunden, die ihr vorkamen wie eine Ewigkeit. Endlich gab er sich einen Ruck und blickte auf. „Fakt ist: Ich habe mich noch nie sonderlich zu Frauen hingezogen gefühlt. Ich liebe einen Mann und lebe seit Jahren in der Angst, das könnte an die Öffentlichkeit geraten. Einer meiner wichtigsten Geschäftspartner ist die arabische Welt, es wäre unmöglich, weiterhin mit ihnen Geschäfte zu machen, sollten sie das jemals in Erfahrung bringen."

Er zuckte leicht mit den Schultern. „Daher die Idee mit der Hochzeit. Ich dachte, eine Heirat würde einen gewissen Deckmantel über mich werfen. Du weißt ja, welche Spekulationen die Presse über mein Liebesleben anstellt. So gab es natürlich auch schon das eine oder andere Gerücht, ich würde auf Männer stehen. Aber kein Mensch würde das nachverfolgen, sollte ich erst verheiratet sein."

Er seufzte verhalten. „Und da ich dich sehr schätze und seit Jahren miterlebe, wie du unter deinem Vater zu leiden hast, fiel meine Wahl auf dich. Selbstverständlich hätte ich dir alles offenbart, falls du Interesse gezeigt hättest." Er warf ihr einen auffordernden Blick zu. „Könntest du dir unter diesen Umständen vorstellen, eine Ehe mit mir einzugehen? Ich würde dafür sorgen, dass du für alle Zeiten finanziell abgesichert bist. Du könntest übrigens auch bei mir wohnen. Meine Villa in Auerbach ist ohnehin viel zu groß für eine einzelne Person. Im Gegenzug müsstest du lediglich den Schein wahren, dass ich hetero bin. Na, wie hört sich das an?"

Seine Worte lasteten schwer auf ihr. Wie einfach es jetzt wäre, *Ja* zu sagen und sich schlagartig wieder in Sicherheit zu wiegen. Doch sie hatte sich geschworen, zukünftig auf eigenen Beinen zu stehen.

Entschieden schüttelte sie daher den Kopf. „Nichts für ungut, aber ich muss mein Leben endlich selbst in den Griff bekommen. Vielleicht ist es ja gar nicht nötig, zu heiraten, um dein Problem zu lösen. Warum gibst du mich nicht einfach als deine Freundin aus. Wir lassen uns ab und an zusammen ablichten, besuchen gemeinsam die eine oder andere Veranstaltung, und schon glaubt kein Mensch mehr, dass du im Grunde genommen nichts mit Frauen anfangen kannst. Was hältst du davon?"

Bruno blickte ein wenig ratlos drein. „Und wenn wir uns auf den Mittelweg einigen würden? Eine Verlobung? Das wäre absolut unverbindlich, würde mich aber hoffentlich wieder ins rechte Licht rücken. Es versteht sich von selbst, dass ich dich unterstützen werde, wo ich nur kann."

Sophie legte die Stirn in Falten. *Eine Verlobung!* Herrje, das hatte ihr jetzt gerade noch gefehlt. Als hätte sie keine anderen Sorgen. „Entschuldige, Bruno, aber meine Welt liegt momentan ziemlich in Scherben. Ein Problem jagt das nächste. Und eigentlich ist es mir vollkommen schnurz, ob du mich als deine Freundin oder Verlobte ausgibst. Ich sehe da keinen großen Unterschied."

Bruno studierte nachdenklich ihr Gesicht. „Sophie, dein Stolz in allen Ehren. Aber was kann ich für dich tun? Sprich mit mir!"

Eine unglaubliche Wärme lag in seinem Blick; in dem Moment wusste sie, dass sie diesem Mann bedingungslos vertrauen konnte. Was für ein Verlust für die Frauenwelt, dass dieser gut aussehende, gefühlvolle Kerl auf Männer abfuhr.

Sie strich sich eine Haarsträhne hinters Ohr. „Oje, wo soll ich anfangen? Ich habe mich in Arizona unsterblich in einen Cowboy verliebt, der noch dazu einer der größten Hotelmagnaten der Vereinigten Staaten ist. Aber ich werde ihn niemals bekommen, da er immer noch seiner verstorbenen Frau nachtrauert und so viele emotionale Altlasten mit sich herumträgt, dass es schon gruselig ist. Des Weiteren bin ich pleite, finde keinen Job und kann mir keine eigene Wohnung leisten. Obendrein warte ich tagtäglich auf den Bescheid, von meinem Vater enterbt worden zu sein."

Bruno schluckte vernehmlich. „Das würde zu dem Alten passen", grummelte er, während er aufsprang und gedankenverloren im Raum umhermarschierte.

Sophie winkte ab. „Aber das spielt jetzt auch keine Rolle mehr. Mein Vater hat den Bogen definitiv überspannt. Meinetwegen soll er sein Vermögen doch der Kirche vererben. Ich will es nicht mehr. Das Einzige, was ich benötige, ist einen vernünftigen Job."

Bruno bremste ab und sackte vor ihr in die Hocke. „Sophie, du kannst morgen bei mir in der Firma anfangen. Damit hätten wir dieses Problem schon gelöst. Und wie bereits erwähnt, steht dir auch mein Haus zur Verfügung."

Sie schüttelte hektisch den Kopf. „Das steht nicht zur Diskussion! Ich hasse den Schmuckhandel wie die Pest."

Er verzog ein wenig pikiert das Gesicht. „Okay, die Message ist angekommen. Ich bin außerdem Anteilseigner einiger anderer Firmen. Was interessiert dich?"

„Irgendetwas mit Musik", flüsterte sie. „Ich liebe

Musik."

Bruno unterzog sie einer nachdenklichen Musterung. „Ich bin auch ein großer Musikfan. Aber damit kannst du nicht von heute auf morgen Geld verdienen. Gut, ich könnte dir eine Plattenfirma kaufen, ein Orchester … Was auch immer!" Er zuckte mit den Schultern.

„Hervorragend, und schon ist das Thema vom Tisch! Warum in Gottes Namen gerate ich ständig an Kerle, die jedes Problem mit Geld lösen?" Zornig blinzelte sie ihn an. „Schon kapiert, das mit der Musik wird wohl ewig ein Wunschtraum bleiben. Ich würde gerne in einem Hotel arbeiten. Aber keiner gibt mir in diesem verdammten Land eine Chance. Bruno, ich habe jahrelang studiert, jede Menge Berufserfahrung, spreche sieben Sprachen. Da ich jedoch aus einer anderen Branche komme, ist das Einzige, was man mir anbietet, ein Job als Zimmermädchen. Seit wann ist dieses Land so ungerecht?"

Er hob abwehrend beide Hände. „Okay, ich habe dein Anliegen verstanden. Meine Firma arbeitet mit mehreren internationalen Hotelketten zusammen. Ich kann mich mal umhören. Muss es denn hier in der Nähe sein?"

Sie schüttelte den Kopf. „Je weiter weg von meinem Vater, desto besser. Und komm erst gar nicht auf die Idee, mir ein Hotel zu schenken. Ich werde keinerlei Almosen annehmen."

Er runzelte versonnen die Stirn. „Da fällt mir ein, ein Bekannter hat mir letztens erzählt, dass ihm eins seiner Hotels in Monaco Schwierigkeiten bereitet. Wäre das etwas für dich?"

Ein verträumtes Lächeln huschte über ihr Gesicht. „Ich liebe die Côte d'Azur."

Bruno verdrehte die Augen. „Ja, wer tut das nicht?

Aber ich rede nicht von einem Aufenthalt in einem Club Med. Das Hotel scheint kurz vorm Konkurs zu stehen. Mein Bekannter war schon nahe dran, es zu verkaufen. Vielleicht schaust du es dir einfach mal an und findest heraus, ob da noch etwas zu retten ist. Das ist mit Sicherheit ein anspruchsvoller Job. Womöglich kannst du dir ja den einen oder anderen Tipp bei deinem amerikanischen Freund einholen. So hättest du einen Vorwand, um mit ihm in Kontakt zu treten.“ Er zwinkerte ihr verschwörerisch zu. „Ich bin übrigens auch häufig an der Côte d'Azur. Insofern könnten wir uns ab und an gemeinsam in der Öffentlichkeit zeigen.“

Sophie fiel ein Stein vom Herzen. Warum erschien ihr die ganze Welt plötzlich rosarot? „Oh, Bruno, das hört sich fantastisch an.“

„Damit hat sich vermutlich auch das Thema Wohnung erledigt. In dem Hotel kannst du höchstwahrscheinlich unterkommen. Gut, ich kümmere mich um alles. Versprich mir, dass du dich an mich wendest, falls du Probleme haben solltest. Mich interessiert das Hotelgewerbe zwar nicht sonderlich, aber ich habe jede Menge Kontakte, von denen du profitieren könntest. Darf ich im Gegenzug unsere Verlobung bekannt geben?“

Sophie hörte nur noch mit halbem Ohr zu. In Gedanken war sie bereits an der französischen Riviera. „Klar, tu, was du nicht lassen kannst!“

Kapitel 16

Erschöpft betrat Sophie am Abend die heruntergekommene Suite im oberen Stockwerk des Hotels *Etoile* in Monaco.

Buddy jagte ihr schwanzwedelnd entgegen.

„Immer mit der Ruhe, mein Süßer, lass mich erst das Kostüm ausziehen, sonst ist es wieder von oben bis unten verfusselt."

Im Jogginganzug ließ sie sich später aufs Sofa fallen und griff nach einem Baguette mit Käse, das sie in der Hotelküche stibitzt hatte.

Vier turbulente Wochen lagen hinter ihr.

Hals über Kopf war sie mit ein paar Koffern und einem Golden Retriever im Gepäck an die Côte d'Azur umgesiedelt. Allerdings hatte Bruno es sich nicht nehmen lassen, vor ihrer Abreise noch offiziell ihre Verlobung zu verkünden. Seitdem trug sie einen gefälschten Verlobungsring, und Bilder von ihr und Bruno kursierten in der Presse, da er darauf bestanden hatte, seinen Beziehungsstatus publik zu machen, um sein leicht angeschlagenes Image aufzupolieren.

Voller Vorfreude war sie in Monaco eingetroffen, um dann einen Schock nach dem nächsten zu bekommen. Von außen war das Hotel eine imposante Erscheinung. Das alte Schlösschen thronte hoch über Monaco und bot einen gigantischen Blick auf die spektakuläre Kulisse des Stadtstaates. Doch sobald man es betrat, fiel das Grauen über einen herein. Das Hotel war marode, verschmutzt, und dem Personal fehlte jegliche Motivation. Der Pool muffelte, der Garten war verwahrlost und das Essen miserabel. Ein Servicegedanke war nicht existent.

Nun, Ursachenforschung hatte Sophie hier zumindest keine betreiben müssen, sogar ein Blinder hätte erkannt, warum die Gäste ausblieben. Der Besitzer war ein etwas in die Jahre gekommener Franzose, der sich in letzter Zeit keinen Deut um das Hotel gekümmert hatte, da es jahrelang eine Goldgrube gewesen war. Vor einigen Monaten hatte er einen neuen General Manager eingesetzt, der das Nobelhotel so richtig zugrunde gewirtschaftet hatte, bevor er sich bei Nacht und Nebel ins Ausland abgesetzt hatte. Folglich war Sophie von heute auf morgen Geschäftsführerin dieses vergammelten Schuppens geworden. *Was für ein Albtraum!*

Doch sie hatte sich fest vorgenommen, den Laden zu seiner früheren Blüte zurückzuführen. Und zwar ohne fremde Hilfe. Sie wollte unter Beweis stellen, dass sie nicht der hoffnungslose Fall war, für den alle Welt sie hielt. Ihr Vater würde Augen machen – und Oliver natürlich.

Couragiert hatte sie die Ärmel hochgekrempelt und versucht, zu retten, was noch zu retten war.

Der Eigentümer hatte ihr ein begrenztes Renovierungsbudget zur Verfügung gestellt und ihr ein Jahr eingeräumt. Sollte das Hotel bis dahin nicht wieder ausgebucht sein, würde er es abstoßen. Seitdem schuftete sie wie eine Verrückte.

Anfänglich hatte sie Hunderte von Angeboten gewälzt, war aber schnell zu dem Schluss gekommen, dass eine Sanierung des kompletten Gebäudes aus finanzieller Hinsicht unmöglich wäre. Daher ließ sie ein Zimmer nach dem nächsten modernisieren und erneuerte nach und nach die Einrichtung. Vor allem die verwanzten Matratzen und Teppiche bescherten ihr schon bei ihrem Anblick Flöhe. Danach vermietete sie die bereits renovierten Räume günstig an Gäste, die sich an den Bauarbeiten im Umfeld nicht störten, was ihr zumindest einen Notgroschen einbrachte.

Doch es hakte an allen Ecken und Enden. Das Essen war grottenschlecht. Aber einen vernünftigen Koch einzustellen, hätte bei den wenigen Gästen keinen Sinn gemacht. So stand sie morgens um fünf auf und kümmerte sich eigenhändig um das Frühstück. Wie man Rühreier zubereitete, wusste sie ja glücklicherweise schon. Obendrein organisierte sie ein paar zuverlässige Lieferdienste, die die Gäste versorgten, die auf Roomservice bestanden.

Als Nächstes feuerte sie zwei unzuverlässige Zimmermädchen. So kam sie nicht umhin, sich einmal mehr als Putzfrau zu betätigen. Ob der ungewohnten körperlichen Anstrengung konnte sie sich während der ersten Tage abends kaum mehr bewegen. Von ihren manikürten Fingernägeln hatte sich nun auch noch der letzte verabschiedet. Mehrfach war sie drauf und dran gewesen, alles hinzuwerfen, doch bisher hatte das ihr neu erwachter Stolz nicht zugelassen.

Nachmittags arbeitete sie in dem verwahrlosten Garten des Hotels, da sie das Geld für einen Gärtner einsparen wollte. Mittlerweile war das Haus wieder umgeben von einem Meer blühender Blumen, und obwohl die Beete nicht gerade durch Professionalität glänzten, hielt so langsam eine gewisse Idylle Einzug.

Nach dieser Aktion gab Sophie es endgültig auf, ihre Hände zu pflegen, denn sie wirkten inzwischen, als wäre sie unter die Totengräber gegangen. Auch des Nachts war ihr keine Ruhe vergönnt. Diese Zeit nutzte sie, um Mails zu lesen, Reservierungen zu bestätigen oder den Internetauftritt zu aktualisieren.

Seufzend lehnte sie sich auf dem Sofa zurück und

biss hungrig in das Baguette. Sie hatte schon viel erreicht, dennoch gab es noch Unmengen von Baustellen, bevor das Hotel wieder in seinem früheren Glanze erstrahlen würde. Vor allem haperte es an routiniertem Personal. Der Swimmingpool musste gereinigt und saniert werden. Seriöse Lieferanten, günstige Reinigungen und viele Tausend Dinge mehr mussten aufgetrieben werden. Doch sie wollte das im Alleingang bewältigen. Sie war nicht gewillt, sich bei Oliver oder Bruno Rat einzuholen. So benötigte eben alles seine Zeit.

Nachdem sie das Baguette verspeist hatte, zappte sie noch ein wenig durch die Fernsehkanäle, bevor sie sich ins Bett rollte und augenblicklich in einen tiefen Schlaf abdriftete. Sie war fertig wie ein Brötchen, aber eine Auszeit von diesen Plackereien war nicht in Sicht.

Tausende Kilometer weiter westlich wurde Mike mitten in der Nacht von einem lauten Klirren im Hauptgebäude aufgeschreckt. Er griff nach seiner Pistole und schlich hinüber.

Dort angekommen blieb er lauschend stehen. Alles war mucksmäuschenstill. Im Haus herrschte Dunkelheit, einzig aus Olivers Büro schimmerte ein schwacher Lichtstrahl. Das war nichts Ungewöhnliches. Oliver arbeitete oft rund um die Uhr. Vielleicht war ihm ja lediglich etwas heruntergefallen. Doch Mike wollte auf Nummer sicher gehen und klopfte an die Bürotür. Sie war nur angelehnt und öffnete sich leise knarrend ein kleines Stück - von innen kam keine Reaktion.

Da er Oliver nicht erschrecken wollte, klopfte er erneut. Als wiederum keine Reaktion erfolgte, linste er zaghaft in den Raum und bemerkte Glassplitter auf dem Boden. Beunruhigt sprang er mit gezückter Waffe ins Büro. Dort bot sich ihm ein schockierendes Bild.

Oliver war über seiner Computertastatur auf dem Schreibtisch zusammengesunken, wobei er die Maus mit einer Hand fest umklammert hielt. Neben ihm verweilten ein leeres Glas und eine halb volle Whiskeyflasche. Bei den Scherben auf dem Boden handelte es sich um eine weitere Whiskeyflasche. Allem Anschein nach war sie leer gewesen.

Mike schnürte es die Kehle zu. Es war keine Premiere, einen solchen Anblick ertragen zu müssen. Vor einigen Jahren war es gang und gäbe gewesen, dass er Oliver sternhagelvoll in irgendeiner Ecke des Hauses vorgefunden hatte. Aber seitdem hatte er dieses Elend glücklicherweise nie mehr mit ansehen müssen.

Was war nun wieder vorgefallen?

Oliver hielt sich seit Sophies Abflug ziemlich bedeckt. Er ging jeglichem Gespräch aus dem Weg und igelte sich in seinem Büro ein. Doch Mike kannte seinen Kumpel zu gut. Er wusste, dass ihn etwas beschäftigte. Offenbar war ihm die süße Deutsche stärker unter die Haut gegangen, als er es sich selbst eingestehen wollte. So hatte Mike die Hoffnung noch nicht aufgegeben, Oliver würde irgendwann die Entscheidung treffen, Sophie zurückzuholen. Doch bisher war das leider nicht eingetreten.

Darauf bedacht, nicht in die Scherben zu treten, schlängelte Mike sich vorsichtig um den Tisch herum. Erleichterung erfüllte ihn, als Oliver grunzend ausatmete. Immerhin hatte er sich die Lichter nicht vollständig ausgeblasen.

„Oliver, wach auf!" Er schüttelte seinen Boss leicht, doch dieser regte sich nicht. Mike versuchte, ihm die Computermaus aus der Hand zu nehmen. Da verschwand der Bildschirmschoner.

Mike glaubte, seinen Augen nicht zu trauen, als er auf dem Monitor eine strahlende Sophie erblickte. An ihrer Seite befand sich ein attraktiver dunkelhaariger Mann. Hastig zerrte er Oliver die Maus aus der Hand und scrollte durch den Bericht. Er konnte zwar den deutschen Text nicht verstehen, die Fotoserie jedoch sprach Bände.

Nun neugierig geworden, schob er Oliver beiseite, zog sich einen Stuhl heran und betrachtete die Aufnahmen ausgiebig. Sie zeigten die beiden Turteltäubchen in einem blumengesäumten Garten, wie sie sich küssten und Ringe tauschten. Der Mann wirkte ausgesprochen sympathisch, und Sophie blickte drein, als hätte sie die große Liebe ihres Lebens gefunden. Wäre da nicht dieses schnarchende Bündel im Sessel neben ihm gewesen, hätte er die beiden ohne Zweifel für ein glückliches Liebespaar gehalten.

Aber wie sollte er das deuten, was hier in den letzten Wochen vorgefallen war? Dass Sophie sich in Oliver verliebt hatte, wäre einem Blinden aufgefallen. Oft genug hatte er sie leiden gesehen, auch wenn sie grundsätzlich den Versuch unternommen hatte, ihre wahren Gefühle zu verbergen. Es konnte doch nicht angehen, dass sie sich innerhalb kürzester Zeit einem anderen an den Hals geworfen hatte. Nein, derart wankelmütig schätzte er Sophie nicht ein.

Ein dichter Schleier der Verwirrung hatte sich über Mike gelegt, als er den Computer ausschaltete. Er beseitigte die Scherben auf dem Boden so gut wie möglich, dann packte er Oliver und schleifte ihn auf die kleine Couch im Büro. Nachdem er ihm die Stiefel von den Füßen gezerrt hatte, deckte er ihn zu. Er wollte gar nicht daran denken, wie es dem armen

Kerl am nächsten Morgen gehen würde.

Nachdenklich verließ er das Haupthaus und schlich zurück in seine Wohnung im angrenzenden Gebäudetrakt.

Entnervt ließ Sophie den Telefonhörer sinken und lehnte sich auf ihrem Schreibtischstuhl zurück. Seit zwei Monaten quälte sie sich jetzt in dem Hotel herum und hatte bisher nichts zuwege gebracht, außer das ganze Haus gegen sich aufzubringen. Die neu eingestellte Leiterin Housekeeping hatte postwendend den Dienst quittiert, als Sophie sie darum gebeten hatte, doch so leise zu arbeiten, dass nicht auch noch der letzte Gast durch den scheppernden Reinigungswagen aufgeweckt wurde. Das Ende vom Lied war, dass Sophie ein weiteres Mal selbst die Zimmer reinigte.

Das Restaurant hatte zwar wieder eröffnet, allerdings konnte der neue Küchenchef nicht mit Geld umgehen. Bei jeder Lebensmittelbestellung musste sie ihm vorrechnen, was er investieren durfte. Meistens folgten dann langwierige Diskussionen, die ihr noch den letzten Nerv raubten.

Immerhin war sie nach längerem Suchen auf ein schmuckes Weingut in der Nähe aufmerksam geworden, das ihnen erstklassigen Wein zu akzeptablen Preisen lieferte. So hatte sie nachmittags einen gemütlichen Wein-Käseempfang eingeführt, um die wenigen Gäste bei Laune zu halten. Im Garten blühten gelbe Mimosen und verliehen ihm einen Teil des wundervollen Flairs, für das die Côte d'Azur weltweiten Ruf erlangt hatte.

Jetzt musste nur noch der Pool saniert und zusätzliches Personal angeheuert werden. Danach wollte sie eine aufwendige Werbekampagne starten, um neue Gäste anzulocken. Doch gerade hatte ihr die einzige bezahlbare Poolsanierungsfirma den Termin verschoben.

Verflixt und zugenäht! Ohne einen brauchbaren Pool konnte sie keinerlei Werbeanzeigen platzieren, geschweige denn ein Hotel eröffnen.

Ihre Gedanken wanderten zu Oliver. *Ach, wenn sie ihn doch jetzt um Hilfe bitten könnte!* Er wüsste genau, welche Fäden in so einem Fall zu ziehen wären. Aber sie wollte ihm ja beweisen, dass sie auf eigenen Füßen stand, da konnte sie kaum nach wenigen Wochen wie ein Kleinkind angekrochen kommen und seine Unterstützung einfordern.

Sie hatte einige der Telefonate mitverfolgt, die Oliver geführt hatte. Entweder hatte er die Leute unerbittlich auf ihr Fehlverhalten hingewiesen oder mit bedrohlich leiser Stimme auf sie eingeredet, was seine Widersacher meistens recht schnell auf den Boden der Tatsachen zurückgebracht hatte. Doch leider hatte sie nicht das Auftreten und die Macht eines Oliver Malloy. Wie würde er in einem solchen Fall vorgehen? Klar, der Firma den Laufpass geben und eine andere beauftragen, aber dafür fehlte ihr das nötige Kleingeld.

Da kam ihr eines seiner Gespräche ins Gedächtnis. *Ich nutze später meine Beziehungen in den Aufsichtsrat und lasse diesen Idioten feuern,* drang seine Stimme so klar und deutlich zu ihr durch, als stünde er leibhaftig in ihrem Büro.

Einen Moment lang widerstrebte ihr diese Vorgehensweise, doch Sekunden später griff sie entschlossen zum Telefon. „Bruno, ich bräuchte mal deine Hilfe."

Bruno gluckste vergnügt. „Schätzchen, auf deinen Anruf habe ich schon lange gewartet." Erheiterung dominierte seine Stimme. „Nur Frauen unternehmen den Versuch, ihre Probleme alleine aus der Welt zu schaffen, Männer bilden Seilschaften. Das ist der einfachere Weg."

Sie verdrehte die Augen. *Er musste es ja wissen!* In welcher Liga spielte er doch gleich? „Mag sein, aber ich dachte, ich kriege das auch so in den Griff."

„No way!" Bruno lachte. „Sophie, das ist kein Anzeichen von Schwäche, so funktioniert die Wirtschaft nun mal. Also, was hast du auf dem Herzen?"

„Ich benötige schnellstmöglich eine Poolsanierungsfirma, die mir zu einem fairen Preis in den nächsten Wochen den Pool auf Vordermann bringt. Irgendwie habe ich das Gefühl, die versuchen durch die Bank weg, mich über den Tisch zu ziehen. Kannst du ausnahmsweise einmal deinen Einfluss geltend machen?"

Bruno hüllte sich einen Augenblick in Schweigen. „Kein Problem", verkündete er dann fröhlich. „Ich habe da einen Bekannten im Segelklub, der hat irgendetwas mit dieser Branche am Hut. Ich werde mich darum kümmern."

Sophie schnappte ungläubig nach Luft. „Wie das war es jetzt? Ich ärgere mich seit Tagen mit diesen Kerlen herum, und du tätigst einen Anruf, und schon soll alles in trockenen Tüchern sein? Sag mir, dass das ein Scherz ist."

Bruno lachte schallend. „Nein, Darling, Networking eben. Gewöhn dich besser schon mal daran. Kann ich noch etwas für dich tun?"

„Hmm, wenn du mich so fragst. Ich könnte obendrein neue Flachbildschirme gebrauchen, diese uralten Flimmerkisten sind eine Katastrophe. Kennst du da zufälligerweise auch jemanden?"

Inzwischen waren seit ihrer Rückreise aus den USA über drei Monate vergangen. Sie hatte ein mächtig schlechtes Gewissen, da sie sich immer noch nicht bei Mike gemeldet hatte. Aber die letzten Wochen waren derart turbulent gewesen, dass es einfach nicht in ihrer Möglichkeit gestanden hatte.

Couragiert griff sie nach ihrem Handy. „Hallo, Mike, hier ist Sophie“, eröffnete sie gut gelaunt das Gespräch.

Schweigen schlug ihr entgegen. „Oh, hallo Sophie, was für eine Überraschung! Wie geht es dir?“, vernahm sie nach einigen Sekunden endlich seine Stimme. Allerdings fehlte die vertraute Wärme in seinem Tonfall.

„Was ist los, Mike? Kommt der Anruf gerade ungelegen?“

„Nein, nein, alles in bester Ordnung. Wir haben im Internet deine Verlobungsbilder gesehen. Herzlichen Glückwunsch!“

Prompt rutschte ihr das Herz in die Hose. *Ach du liebe Güte!* Oliver hielt sie für vergeben. Kein Wunder, dass sie nichts mehr von ihm gehört hatte. Sie musste Mike unbedingt über die tatsächliche Situation in Kenntnis setzen. „Mike, das ist alles bloß Schein. Bruno und ich haben ein Abkommen geschlossen, wir helfen uns gegenseitig.“

Diese Erklärung erschien ihr selbst nicht sonderlich plausibel, aber da Bruno sie zu Stillschweigen verpflichtet hatte, wusste sie nicht, wie sie es ansonsten hätte rechtfertigen sollen. „Ich leite inzwischen übrigens ein Hotel. Ich habe bei meinem Vater gekündigt und bin nach Monaco gezogen“, plapperte sie kopflos weiter, da Mike nicht viel zu dem Gespräch beizutragen hatte. „Ich gebe dir mal meine neue Adresse und Telefonnummer. Ach, Buddy geht es fantastisch. Er ist mächtig gewachsen und frisst mir regelrecht die Haare vom Kopf."

Als Mike nach wie vor nicht antwortete, war sie so langsam mit ihrem Latein am Ende. „Mike, was ist dein Problem? Es tut mir leid, dass ich mich so lange nicht gemeldet habe, aber ich hatte fürchterlichen Stress. Bist du mir deswegen böse?"

„Nein, nein, ich habe einfach die Welt nicht mehr verstanden. Ich hatte den Eindruck, dir liegt etwas an Oliver. Da habe ich mich wohl getäuscht."

„Keineswegs! Im Grunde meines Herzens liebe ich Oliver. Aber da ich ihn sowieso niemals haben kann, spielt das doch eigentlich gar keine Rolle, oder?"

„Wie kommst du darauf, dass du ihn nicht haben kannst?"

Sophie stutzte. „Auf was willst du hinaus? Hat Oliver etwas gesagt, als er die Bilder gesehen hat?"

„Was er gesagt hat?" Mike stieß ein höhnisches Lachen aus. „Es hat fast zwei Tage gedauert, bis er so nüchtern war, dass er überhaupt wieder einen zusammenhängenden Satz von sich geben konnte. In so einem katastrophalen Zustand habe ich ihn seit Jahren nicht erlebt."

Jetzt wusste Sophie endlich, wodurch sie sich Mikes Zorn zugezogen hatte. Ihr Herz jedoch vollführte einen kleinen Luftsprung. Womöglich gab es ja doch noch eine Chance für sie und Oliver.

„Das tut mir furchtbar leid. Aber Oliver hat mir klipp und klar zu verstehen gegeben, dass er mich nicht will. Daher habe ich mir auch keinerlei Gedanken darüber gemacht, wie er auf meine Verlobung reagieren würde. Des Weiteren habe ich nicht damit gerechnet, dass ihr das überhaupt mitbekommt."

„Hat er das wortwörtlich ausgesprochen?" Mike

schien verblüfft zu sein.

„Allerdings! Ich habe ihm am letzten Abend meine Liebe gestanden, und er hat mich davongejagt wie ein lästiges Hündchen. Also was hättest du an meiner Stelle getan?“

„Das ist wieder so typisch für ihn“, grummelte Mike. „Entschuldige, Sophie, aber das hat er mir natürlich verschwiegen.“

„Mike, ich möchte nicht, dass du wütend auf mich bist. Glaube mir, mein Herz schlägt weiterhin einzig für Oliver. Zwischen mir und Bruno läuft rein gar nichts. Und das Letzte was ich will, ist, dich deswegen als Freund zu verlieren.“

„Keine Bange, ich weiß, dass Oliver in mancherlei Beziehung eine harte Nuss ist. Vielleicht braucht er ja einfach mehr Zeit.“

„Ich hätte ihm alle Zeit der Welt gegeben, doch auch darauf wollte er sich nicht einlassen. Ich würde euch so gerne besuchen kommen, denn ich träume jede Nacht von den Weiten Arizonas, aber ich kann Oliver im Moment noch nicht gegenübertreten. Es tut alles viel zu weh.“

„Das kann ich verstehen. Hauptsache, du weißt, dass du hier immer willkommen bist.“

„Danke dir. Du bist ein wahrer Schatz. Richte bitte allen liebe Grüße aus! Bis bald.“

Mit zittrigen Fingern drückte sie das Gespräch weg. Sie hatte während der letzten Wochen mehrfach versucht, sich Oliver aus dem Kopf zu schlagen, was ihr nicht einmal ansatzweise gelungen war. Nun hatten Mikes Worte erneut Hoffnungen in ihr geweckt. Wie sollte sie jemals von diesem Mann loskommen?

Kapitel 17

Mit einem Lächeln im Gesicht beobachtete Sophie vom Balkon ihrer Suite aus die jungen Männer, die den Pool abstrahlten. Im Hintergrund glitzerte das azurblaue Wasser des Mittelmeeres. Kleine Oliven- und Zitronenbäume wiegten sich im weitläufigen Garten des Hotels genüsslich im Wind. Der Winter stand in den Startlöchern, dennoch waren die Temperaturen angenehm mild. In der Luft lag der süßliche Duft von Lavendel und vermittelte Sophie ein lange vermisstes Glücksgefühl.

Am Morgen waren neue Liegestühle angeliefert worden, und die Flachbildschirme, die Bruno irgendwo zu einem Spottpreis aufgetrieben hatte, waren ebenfalls installiert. Die meisten Zimmer waren mittlerweile grob renoviert. Und nach und nach begriff Sophie, wie der Hase in der Geschäftswelt lief. Man musste Leute mit ihren eigenen Waffen schlagen. Machtspielchen spielen. Politik machen. Die bloße Erwähnung von Brunos Namen reichte häufig aus, um einen Deal unter Dach und Fach zu bringen.

Noch dazu hatte sich ein weiteres Wunder ereignet: Zum ersten Mal in ihrem Leben setzte sie mit Freuden ihre Kenntnisse als Goldschmiedin ein. Hin und wieder benötigte sie ein wenig Ablenkung von dem stressigen Hoteljob. Daher hatte Bruno ihr Abfallprodukte aus seiner Firma zukommen lassen, aus denen sie nun Schmuckstücke bastelte, die sie in Vitrinen im Hotel ausstellte. Während David Garretts klassische Geigenklänge sie begleiteten, lötete, feilte und emaillierte sie voller Begeisterung. Und das Ergebnis konnte sich sehen lassen. Kleine Perlen und Edelsteine zierten nun Ringe, Ketten und Schlüsselanhänger.

Des Weiteren beabsichtigte sie, ein Klavier in der Hotelhalle aufzustellen. Mit etwas Übung sollte sie durchaus in der Lage sein, ihre Gäste hin und wieder mit einer musikalischen Einlage zu verwöhnen. Doch momentan ließen ihre Finanzen das noch nicht zu. Aber aufgeschoben, war nicht aufgehoben.

Auch hatte sie einen zuverlässigen Lebensmittellieferanten und eine günstige Reinigung ausfindig gemacht; jetzt musste sie nur noch das leidige Thema Personal in den Griff bekommen, dann stand einer pompösen Neueröffnung nichts mehr im Wege. Doch gerade das mit den Angestellten war in Monaco eine schwierige Angelegenheit, denn die großen Hotels vor Ort hatten sich zielsicher die besten Arbeitskräfte aus der Region gesichert, sodass für sie ausschließlich die zweite Wahl übrig blieb.

Nachdenklich ließ sie sich an ihrem Schreibtisch nieder, wobei ihr Blick auf die Einladung zu einer Schmuckmesse in New York fiel. Das kam jetzt völlig ungelegen. Da Bruno jedoch in Saudi-Arabien weilte, hatte er ihr nahegelegt, ihn dort zu vertreten. Er verfocht die Meinung, seine Verlobte wäre wie geschaffen dafür.

Allerdings zögerte sie noch. Das *Etoile* stand kurz vor der Eröffnung, und sie hatte definitiv andere Dinge im Kopf als einen Trip nach New York. Doch sie schuldete Bruno einen Gefallen. Und ob sie das Hotel nun zwei oder drei Tage früher in Betrieb nahm, war eigentlich schnuppe. Denn sie lag gut in der Zeit. Außerdem wäre eine kleine Ablenkung sicher angenehm. Sie hatte in den letzten sechs Monaten rund um die Uhr geschuftet und sich nicht einen freien Tag gegönnt.

Entschieden griff sie zum Telefon. „Sammy, hast

du Lust, mit mir zum Christmasshopping nach New York zu fliegen? Ich werde dort eine Messe besuchen, aber noch zwei Tage anhängen. Wenn ich schon den langen Flug in Kauf nehme, möchte ich zumindest noch etwas von dieser Wahnsinnsstadt sehen."

Samantha seufzte. „Oh, Sophie, liebend gerne, aber ich habe Tom versprochen, mit ihm Skifahren zu gehen. Warum hast du das nicht früher gesagt?"

„Ging leider nicht, ich habe gestern erst davon erfahren. Ist aber kein Beinbruch, dann fliege ich eben alleine. Viel Spaß im Schnee, und sieh zu, dass du ab und zu auf die Bretter kommst!"

Kichernd beendete sie das Gespräch. Tom war Samanthas neueste Errungenschaft. Sophie wusste nur, dass er Chirurg war. Da Samanthas Beziehungen jedoch erfahrungsgemäß eine sehr kurze Haltbarkeitsdauer besaßen, war nicht davon auszugehen, dass sie ihn jemals kennenlernen würde.

Sie schaute auf ihre Uhr und nahm erneut das Telefon zur Hand. Nach wenigen Sekunden meldete sich eine tiefe Männerstimme.

„Hallo, Mike, wie geht es dir?"

„Sophie, was für eine Überraschung! Schön, von dir zu hören."

„Mike, ich werde eine Ausstellung in New York besuchen. Die Hotels scheinen ziemlich ausgebucht zu sein. Hast du eine Idee, wo ich unterkommen könnte?"

„Für welchen Zeitraum?"

„Der Kongress ist am zwölften Dezember. Ansonsten ist es mir egal. Ich muss zusehen, dass ich noch einen Flug bekomme, das ist alles."

„Wie lange möchtest du bleiben?"

„Ich dachte an vier Übernachtungen."

„Geht klar. Ich melde mich in den nächsten Minuten wieder."

Während sie auf seinen Rückruf wartete, durchsuchte sie das Internet schon einmal vorsorglich nach Flügen. Schnäppchen gab es leider keine mehr, aber da sie in Brunos Auftrag reiste, würde er ihr sicher eine kleine Finanzspritze zukommen lassen.

Es dauerte keine Viertelstunde, bis ihr Telefon klingelte. Gierig stürzte sie sich darauf. „Ja, hallo, Mike!"

„So, ich könnte dir das Melrose Hotel in der Nähe des Central Park anbieten. Wie wäre es vom Elften bis zum Fünfzehnten?"

„Das passt hervorragend. Kannst du die Reservierung vornehmen?"

„Schon passiert."

„Gehört das Hotel Oliver?", erkundigte sie sich zaghaft.

„Na, was meinst du wohl?"

Die nächsten Worte kosteten sie einiges an Überwindung. „Wie geht es ihm denn?"

Mike seufzte. „Er arbeitet viel zu viel, gönnt sich nicht eine freie Minute. Es gibt unzählige Projekte, die noch in diesem Jahr über die Bühne gehen müssen."

„Verstehe. Mike, du bist nicht zufällig in dieser Zeit in der Nähe von New York? Dann könnten wir uns endlich einmal wiedersehen."

„Bis jetzt ist das nicht geplant. Aber ich habe Annie schon lange versprochen, mit ihr zum Christmasshopping in den Big Apple zu fliegen. Mal schauen, vielleicht lässt sich da ja was arrangieren."

„Ach, das wäre toll, so würde ich Annie auch gleich kennenlernen."

„Wir werden sehen. Ich gebe dir auf jeden Fall

Bescheid."

Sie verabschiedete sich von Mike und tanzte ausgelassen um den Schreibtisch herum. In Gedanken malte sie sich bereits aus, was sie in New York kaufen würde. Das Geld, das sie im Hotel verdiente, war zwar nicht fürstlich, aber für ein paar neue Kleidungsstücke sollte es allemal ausreichen.

Die Fahrt vom Flughafen nach Manhattan enttäuschte Sophie anfänglich, bis endlich die Spitze des Empire State Building zum Vorschein kam. Als das Taxi schließlich in die Hochhausschluchten einbog, hielt es sie vor Aufregung kaum mehr auf ihrem Sitz. Gierig drückte sie sich die Nase an der Seitenscheibe platt, um ja nichts zu verpassen.

Nach einigen Minuten bremste der Fahrer vor einem schmalen Gebäude ab. Eine Treppe mit rotem Teppich führte auf eine unspektakuläre Drehtür zu. Das sollte das Hotel sein? Anscheinend, denn sofort eilten zwei Pagen in Livree heraus und kümmerten sich um ihr Gepäck.

Sie trat ein und staunte Bauklötze. Hinter dem unscheinbaren Eingang befand sich eine lange in Gold gehaltene Halle. Riesige Kronleuchter erhellten den vornehmen Raum. Wie in allen von Olivers Hotels duftete es nach frischen Blumen - ungeachtet der Tatsache, dass draußen tiefster Winter herrschte.

Zuvorkommend begleitete eine langbeinige Blondine im Businesskostüm sie zum Fahrstuhl. Wieder einmal schien die Fahrstuhlfahrt kein Ende zu nehmen.

Das Zimmer, das man ihr zugewiesen hatte, entpuppte sich als herrliche Suite mit Ausblick auf den Central Park und die umliegenden Hochhäuser. Es besaß sogar einen kleinen Balkon, was in New York wahrscheinlich eine Rarität war. Am meisten jedoch faszinierte sie aufs Neue das Himmelbett mit dem Baldachin darüber, auch wenn es sie ein wenig melancholisch stimmte. Erinnerungen an Las Vegas wurden wach; sie musste mit Gewalt die aufsteigenden Tränen hinunterschlucken. Schnell schob sie die Gedanken beiseite und stürzte sich ins New Yorker Getümmel.

Sie stürmte kreuz und quer durch die Stadt und wusste gar nicht, wo sie zuerst hinschauen sollte. Überall glänzte und glitzerte es. Elfen flogen in den Schaufenstern umher, Kobolde wanderten unter ihnen hindurch, und immer wieder tauchte Santa Claus auf. Staunend erblickte sie Weihnachtsbäume, die mit Walt-Disney-Figuren, gelben Cabs oder roten Telefonzellen geschmückt waren.

Stundenlang irrte sie beeindruckt zwischen den Wolkenkratzern umher und kam sich unvorstellbar winzig vor. Mit einsetzender Dunkelheit gewann die Stadt erst so richtig an Faszination. In den Hochhäusern entzündeten sich nach und nach Millionen von Lichtern, und die Weihnachtsbeleuchtung kam umso mehr zur Geltung.

Erst als Sophie es vor Kälte nicht mehr aushielt, ließ sie sich von einem Taxi zum Hotel zurückkutschieren, suchte ihr Zimmer auf und fiel erschöpft, aber glücklich in einen tiefen Schlaf.

Die Messe brachte ihr ein paar reizvolle Trends näher. Vor allem Broschen und Anstecknadeln, die durch ein antikes Erscheinungsbild punkteten, erweckten Sophies Interesse. Sobald sie wieder eine freie Minute aufbringen konnte, würde sie sich in der behelfsmäßigen Werkstatt, die sie im *Etoile* errichtet hatte, an die Arbeit machen. Seltsam, aber seit ihr

Vater ihr nicht mehr mit seinen Umsatzzahlen im Nacken saß, hatte sie einen ganz anderen Bezug zu Schmuck bekommen.

Gut gelaunt kaufte sie sich am nächsten Morgen als Erstes eine Mütze, einen dicken Pullover und endlich richtige Winterstiefel. In diesem Outfit würde ihr auch die beißende Kälte nichts mehr anhaben können. Sie schlenderte durch *Macys* und *Bloomingdales* sowie über die Madison und die Fifth Avenue. Schon um die Mittagszeit war sie so mit Tüten behängt, dass eine Rückkehr ins Hotel unabdingbar war.

Als sie ihr Zimmer betrat, fand sie eine Nachricht, die unter der Tür hindurchgeschoben worden war. Sie enthielt die Worte: *Treffpunkt heute achtzehn Uhr. Hotelbar. Abendessen. Gruß Mike.*

Sophie machte vor Freude einen kleinen Luftsprung. Hatte er es also doch geschafft! Sie brannte darauf, Mike wiederzusehen und obendrein seine zukünftige Frau kennenzulernen.

Ihr verblieben noch ein paar Stunden, so spazierte sie gemütlich durch den Central Park, wo sie die Schlittschuhläufer auf der Eisfläche beäugte, die zu fetziger Weihnachtsmusik ihre Runden drehten. Sie spielte mit dem Gedanken, sich ebenfalls aufs Eis zu wagen, da es aber bereits sechzehn Uhr war, begab sie sich lieber auf den Rückweg, um sich für den Abend frisch zu machen.

Schon lange vorm vereinbarten Zeitpunkt saß sie ungeduldig in einer Nische der Hotelbar. Dort herrschte reger Betrieb, aufgrund dessen bemerkte sie den großen blonden Mann im Anzug nicht, der die Bar betrat und sich suchend umschaute.

Kapitel 18

Mit offenem Mund gaffte Oliver die dunkelhaarige Frau an, die er im ersten Augenblick kaum wiedererkannt hatte. Sie wirkte völlig verändert. Ihre Haare waren ein wenig kürzer und schienen etwas von dem seidigen Glanz eingebüßt zu haben, den er immer so geliebt hatte. Sie trug einen Hosenanzug und einen hochgeschlossenen Pullover, was kein Stück zu ihr passte. Was war mit ihren verrückten, freizügigen Kleidern passiert? Er atmete tief durch, um seine Fassung zurückzuerlangen.

In diesem Moment schaute Sophie auf. Sie erstarrte sichtlich, riss die Augen auf und konnte den Blick genauso wenig von ihm abwenden wie er von ihr. Die Bar um ihn herum verblasste, alle Geräusche traten in den Hintergrund. Er nahm nur noch Sophies große dunkle Augen wahr, die ihn ins Bodenlose stürzen ließen.

Wie ferngesteuert, marschierte er auf sie zu. „Sophie, was für eine Überraschung."

Sie räusperte sich. „Oliver, was machst du denn hier?", krächzte sie.

In Anbetracht dessen, dass ihr sogar die Stimme versagte, schien sie definitiv nicht auf ein Wiedersehen mit ihm vorbereitet gewesen zu sein. „Das sollte ich dich fragen. Immerhin ist das hier mein Hotel. Lass mich raten: Mike hat dich herbestellt, richtig?" *Was hatte sich Mike bloß dabei gedacht, sie auf so hinterhältige Art und Weise zusammenzuführen?*

Sophie nickte. „Weißt du, wo er ist?"

„Zufälligerweise. In Arizona."

Verwirrung spiegelte sich auf ihrem Gesicht wider. „Das heißt, er ist gar nicht in New York?"

„Du hast es erfasst.“ Oliver knöpfte sein Jackett auf, ließ sich neben sie auf das gemütliche Sofa fallen und bestellte sich einen Whiskey.

„Für mich bitte einen doppelten“, murmelte Sophie in Richtung der Bedienung.

Während Oliver langsam seinen Whiskey trank, musterte er die Frau an seiner Seite wortlos. Einmal mehr übte Sophie eine unerklärliche Faszination auf ihn aus. Daran änderte auch die Tatsache nichts, dass sie so fremd wirkte. Ihre wundervollen Augen erschienen ihm müde und übernächtigt. Ein strenger Zug lag um ihren süßen Mund. Auf rätselhafte Art und Weise schien sie einen Teil ihrer Jugend und Arglosigkeit eingebüßt zu haben.

Als sie nach ihrem Whiskeyglas greifen wollte, wanderte sein Blick zu ihren kurzen Fingernägeln. Verwundert packte er ihre Hand. Die Haut war rau. Dicke Blasen zierten die Handflächen. „Was in aller Welt ist mit deinen Händen geschehen?“

Sofort entriss sie ihm ihre Finger und versteckte sie unter dem Tisch. „Gartenarbeit“, nuschelte sie.

„Du und Gartenarbeit? Seit wann bist du in der Lage, eine Kaktee von einem Kürbis zu unterscheiden?“

Sie zuckte betont lässig mit den Schultern. „Ein neues Hobby.“

Seine Irritation wuchs. „Mir ist zu Ohren gekommen, dass du dich verlobt hast.“

Sophies Augenlider flatterten. Nervös schob sie sich ein paar Haarsträhnen aus dem Gesicht. „Ja, aber es ist nicht das, wonach es aussieht. Bruno und ich haben ein Abkommen geschlossen. Wir unterstützen uns gegenseitig.“

„Und wie sieht dieses Abkommen im Detail aus?“ Provokation dominierte seinen Tonfall.

Sophie ahnte, dass das nichts Gutes zu bedeuten hatte. Mutig schaute sie ihm direkt in die Augen, in diese faszinierenden blauen Augen, dessen zärtlicher Blick ihr monatelang gefehlt hatte. Doch momentan fand sie darin keinen Hauch Sanftheit. Im Gegenteil, Funken des Unmuts und der Bitterkeit tanzten in Olivers Pupillen. Er schien ziemlich ungehalten zu sein. Und aus Erfahrung wusste sie, dass er ungenießbar sein konnte, wenn er eine Wut im Bauch hatte.

Sie unternahm den Versuch, ihrer Stimme einen sachlichen Klang zu verleihen. „Oliver, mir ist schon klar, dass du von mir enttäuscht bist, weil ich das jetzt doch durchgezogen habe. Aber es war für alle Beteiligten die beste Lösung. Und so eine Verlobung ist schließlich im Handumdrehen wieder aus der Welt geschafft.“ Um von dem heiklen Thema abzulenken, wich sie auf unverfänglicheres Terrain aus. „Immerhin bin ich jetzt nicht mehr von meinem Vater abhängig. Ich lebe seit Neuestem in Monaco, und du wirst es nicht glauben: Ich leite ein Hotel. Das heißt, ich versuche es zumindest.“

Doch auch dieser Ansatz ging gründlich in die Hose, denn Oliver zog verächtlich eine Augenbraue hoch. „Ich weiß. Aber kannst du mir mal verraten, wie du ausgerechnet an diesen maroden Laden gekommen bist?“

„Du kennst das *Etoile*?“

„Um in meinem Job erfolgreich zu sein, ist es unerlässlich, über die Finanzlage der Konkurrenz im Bilde zu sein. Außerdem besitze ich seit Kurzem ebenfalls ein Hotel in Monaco. Das dürfte es deiner Bruchbude nicht gerade einfacher machen.“

Sie hielt in der Bewegung inne. „Dir gehört ein Hotel in Monaco? Welches?“

Er bedachte sie mit einem herablassenden Blick. „Sophie, wie willst du denn ein Hotel in den Erfolg führen, wenn du nicht mal darüber auf dem Laufenden bist, was um dich herum vorgeht? Als Hotelier muss man Augen und Ohren ständig offen halten, was den Wettbewerb betrifft."

Ein Knoten der Wut bildete sich in ihrem Inneren. Sie hasste es, wenn er sie auf diese hochmütige Art und Weise behandelte. Das erinnerte sie zu sehr an ihren Vater. „Entschuldige, aber ich hatte in letzter Zeit andere Dinge im Kopf. Willst du mir nicht endlich sagen, welches Hotel dir gehört?"

„Na, was meinst du wohl? Das *Palace*."

Jetzt fiel ihr endgültig die Kinnlade herunter. *Natürlich das Palace! Was auch sonst?* Es war das glamouröseste und teuerste Hotel, das es in Monaco gab. Logisch, dass sich ein Oliver Malloy nicht mit etwas Geringerem zufriedengab.

„Wow", hauchte sie ehrfurchtsvoll. „Ich gratuliere." Sie stutzte einen Moment. „Das heißt, du warst in letzter Zeit in Monaco?"

Er nickte.

„Und du hast es nicht einmal für nötig gehalten, dich bei mir zu melden?"

„Ich sah dazu keinerlei Veranlassung. Immerhin bist du verlobt. Schon vergessen? Aber du hast mir immer noch nicht verraten, wie du ausgerechnet an das *Etoile* gekommen bist?"

„Es gehört einem Bekannten von Bruno."

Etwas Dunkles, Gefährliches blitzte in seinen Augen auf. „Verstehe. Diese Verlobung scheint dir ja einige Vorteile zu bringen. Was für ein Glück, dass du dir diese Option offengehalten hast."

Sein eisiger Blick bohrte sich in ihren, und irgendwie hatte sie das Gefühl, den Mann ihr gegenüber gar nicht mehr zu kennen. Wo waren die Wärme und Vertrautheit hin, die zwischen ihnen geherrscht hatten?

„Das habe ich von dir gelernt, dass man sich seine Beziehungen zunutze machen soll", äußerte sie trotzig.

„Was du nicht sagst! Aber anscheinend hast du das Konzept nicht richtig verstanden, sonst wärst du nicht in einem derart verkommenen Schuppen gelandet. Ich hatte dir einen Job in einem funktionierenden Hotel angeboten. Doch da hast du dich geweigert, deine Kontakte zu nutzen."

Sie stieß verärgert die Atemluft aus. „Oliver, du wolltest mich zu deiner Geliebten machen. Allein deswegen hast du mir dieses Angebot unterbreitet."

Er zuckte betont lässig mit den Schultern. „Stimmt. Und jetzt hat das ein anderer übernommen. Habt ihr bei eurem Deal eigentlich auch vereinbart, wie oft er dich vögeln darf? Vielleicht schenkt er dir ja irgendwann ein intaktes Hotel, wenn du immer schön artig die Beine breitmachst."

Ihr blieb die Luft weg. Schockiert starrte sie ihn an. „Du verdammter Mistkerl!", zischte sie. Noch bevor er reagieren konnte, schlug sie ihm mit der flachen Hand mitten ins Gesicht. Wütend sprang sie auf, schnappte sich Jacke und Tasche und flüchtete durch die Hotelbar nach draußen in Richtung Straße.

Es dauerte ein paar Sekunden, bis Oliver sich gefasst hatte. Nachdenklich rieb er sich die schmerzende Wange. Er konnte sich nicht daran erinnern, je zuvor von einer Frau geschlagen worden zu sein. Aber es gab auch wenige Frauen, die ihn so zur Weißglut brachten wie Sophie. Ihre überraschende Verlobung hatte ihm völlig den Boden unter den Füßen weggezogen. Ihre ganzen Liebesbekundungen waren ihm wie blanker Hohn erschienen. Daher hatte er auch nicht vorgehabt, ihr jemals wieder unter die Augen zu treten.

In der Hoffnung, dass nicht zu viele Leute auf den peinlichen Vorfall aufmerksam geworden waren, sprang er einem Instinkt folgend ebenfalls auf und hetzte ihr hinterher. Als er zur Tür hinaus in die schneidend kalte Nachtluft trat, sah er sie gerade noch im Central Park verschwinden.

Ach du grüne Neune! Nicht bei Nacht in den Central Park!

Er legte einen Schritt zu, warf sich im Laufen seinen Mantel über und verfluchte die arktische Kälte. Herrgott, wegen dieser Frau würde er sich noch die Eier abfrieren! Glücklicherweise hatte er Sophie schon nach einigen Metern eingeholt. „Sophie, bleib stehen!“, brüllte er. „Der Central Park ist gefährlich!“

Ohne sich auch nur einen Deut um seine Worte zu scheren, flitzte sie weiter. Der Schnee knirschte unter ihren Füßen, während das Mondlicht schimmernde Reflexe auf ihr haselnussbraunes Haar warf. Inzwischen war er ihr dicht auf den Fersen, aber sie dachte gar nicht daran, anzuhalten. Schnurstracks preschte sie in die Finsternis hinein. Er packte sie am Arm, doch ihre glatte Daunenjacke glitt ihm aus den Fingern.

Ihm blieb keine andere Wahl.

Mit einem beherzten Sprung stürzte er sich von hinten auf sie und brachte sie zu Fall. Sie landete kopfüber in einem Schneehaufen, aus dem sie prustend und spuckend nach einigen Sekunden wieder zum Vorschein kam. Ohne einen Moment zu zögern, hob er Sophie hoch, warf sie sich über die Schulter und schleppte sie mit großen Schritten aus der Dunkelheit des Parks heraus. So sehr sie auch zappelte und sich wehrte, sein eiserner Griff ließ nicht locker.

Erst als sie den beleuchteten Teil erreicht hatten und die Straße in Sichtweite war, ließ er sie mit einem Plumps in einen weiteren Schneehaufen fallen.

„Arschloch!“, war das erste Wort, das sie über die Lippen brachte, nachdem sie die Ladung Schnee in ihrem Mund ausgespuckt hatte.

Er streckte ihr eine Hand entgegen.

Ihre Miene ließ keinen Zweifel zu, dass sie ihn gerade dorthin wünschte, wo der Pfeffer wuchs, doch nach kurzem Überlegen griff sie zu und ließ sich von ihm hochziehen.

Als sie wieder auf den Füßen stand, klopfte sie sich hektisch den Schnee von den Klamotten und aus dem Haar. Danach wandte sie sich ihm langsam und bedrohlich zu. Ihre Wangen waren von der Kälte gerötet. Auf ihrem zornigen Gesicht tummelten sich kleine Schneeflocken, während ihre blitzenden Augen tausend Giftpfeile auf ihn abzufeuern schienen.

Es fiel ihm schwer, sich ein Schmunzeln zu verkneifen. Zumindest ihr Temperament hatte sie bewahrt.

„Damit du es weißt, ich schlafe nicht mit Bruno!“, tobte sie auch schon los. Sie schnappte atemlos nach Luft, pikste ihm mit dem Zeigefinger einer Hand mehrmals heftig in den Brustkorb und ließ weiter Dampf ab. „Er verlangt von mir keine Gegenleistung. Er ist der nobelste und ritterlichste Mensch, der mir jemals begegnet ist. Und ich werde nicht zulassen, dass du mich oder ihn ein weiteres Mal beleidigst!“

Aufgebracht stampfte sie mit einem Fuß auf den Boden. „Außerdem möchte ich dich daran erinnern, dass du derjenige warst, der mich abserviert hat. Warum regst du dich jetzt darüber auf, dass ich mit einem anderen Mann verlobt bin? Selbst wenn ich vierundzwanzig Stunden am Tag mit ihm hemmungslosen Sex haben sollte, müsste das für dich so interessant sein, wie wenn in China ein Sack Reis umfällt.“

Nachdem sie ihrem Zorn Luft gemacht hatte, drehte sie sich mit einem Ruck um und stapfte in Richtung Hotel davon.

Gedankenverloren folgte er ihr.

Kurz bevor sie die Straße erreicht hatte, packte er sie am Arm, wirbelte sie herum und drängte sie mit dem Rücken gegen einen Baum. Er platzierte sich dicht vor ihr, sodass ihr nicht die geringste Chance zur Flucht blieb. Sein Gesicht war dem ihren nun ganz nahe. Ihr Atem zauberte kleine weiße Wölkchen in die kalte Nachtluft.

„Liebst du ihn?“, presste er hervor.

Überraschung zeichnete sich in ihren Augen ab. Dann schüttelte sie hektisch den Kopf. „Natürlich nicht! Wie oft soll ich dir denn noch erklären, dass diese Verlobung eine reine Farce ist.“

„Ich habe die Bilder im Internet gesehen. Dieser Bruno sieht phänomenal aus, und du schmachtest ihn an, als wäre er die Liebe deines Lebens. Gut, du hast mir gerade erklärt, dass er nichts von dir erwartet. Aber wie sieht es denn eigentlich umgekehrt aus? Macht dich dieser Kerl nicht scharf? Wie hältst du es aus, mit einem so attraktiven Mann zusammen zu sein, ohne an Sex zu denken? Und versuch jetzt nicht, mir weiszumachen, dass du keinen Mann brauchst.“

Sie seufzte verhalten. „Meine Güte, Oliver, warum seid ihr nur alle so schwer von Begriff? Mike wollte es mir am Anfang auch nicht abkaufen. Mein Vater hat mich von Kindesbeinen an zum Schauspielern erzogen. Wie hätte ich ansonsten seine widerliche, stinkreiche Kundschaft ertragen sollen? Alle Welt glauben zu machen, Bruno und ich wären ein Paar, ist eine meiner leichtesten Übungen."

Sie pustete sich eine nasse Haarsträhne aus dem Gesicht. „Und ja, Bruno sieht verboten gut aus. Aber dummerweise gibt es seit über sechs Monaten für mich nur einen einzigen Mann auf der Welt, den ich gerne in meinem Bett hätte. Und ausgerechnet dieser Kerl benimmt sich gerade wie der größte Idiot aller Zeiten." Trotzig hielt sie seinem Blick stand.

Schlagartig hatte sie ihm mit dieser Aussage den Wind aus den Segeln genommen. Er nahm sie schweigend ins Visier. Diese ausdrucksstarken Augen. Diese begehrenswerten vollen Lippen, die herausfordernd schimmerten. Seine Nase registrierte ihren himmlischen Duft, den er so lange vermisst hatte. Ihr heißer, schneller Atem prickelte über seine Haut hinweg. In diesem Moment konnte er sich nicht mehr zurückhalten. Er küsste sie.

Sie zuckte zusammen und gab ein gurgelndes Geräusch von sich.

Für ihn kam die Berührung einem Stromschlag gleich, ein Angriff auf all seine Sinne. Er fühlte, wie auch Sophies Pulsschlag sich beschleunigte und sich eine zunehmende Unruhe in ihrem Körper ausbreitete. Als sie erbebte, ließ er seine Zunge sanft über ihre kalten, nassen Lippen gleiten.

„Gott, Sophie", flüsterte er gegen ihre Wange.

Die Schneeflocken in ihrem Haar waren inzwischen geschmolzen. Das Wasser lief ihr über das Gesicht und fing sich an ihrem Mund. Zärtlich küsste er es weg. Es war ein faszinierendes Gefühl, sofort spürte er wieder dieses vertraute Stechen in der Lendengegend. Nichts hatte sich geändert. Er war immer noch scharf auf sie.

Sie keuchte auf, wobei sie leicht den Mund öffnete. Wie unter Zwang glitt seine Zunge in diese warme, einladende Höhle.

Ohne den Hauch eines Zögerns, erwiderte Sophie seinen Kuss.

Urplötzlich loderte trotz der kalten Winternacht ein Feuer in Olivers Körper auf, das sich kaum mehr kontrollieren ließ. Es konnte sich allein um Sekunden handeln, bis der Schnee unter seinen Füßen schmolz.

„Oliver, was machst du mit mir?“, stöhnte Sophie auf, als er sich nach einiger Zeit von ihr löste. „Du brauchst mich nur zu berühren, und schon werde ich wahnsinnig.“

Er schob sie ein Stück von sich und fing ihren Blick ein. Ihre Augen waren vor Lust verhangen. „Ich weiß nicht, was da zwischen uns passiert. In deiner Nähe setzt auch mein Gehirn regelmäßig aus. Bitte entschuldige, dass ich mich dermaßen danebenbenommen habe. Ich glaube, die Ohrfeige habe ich verdient.“

„Was …? Ach, schon vergessen … Ich hatte so sehr gehofft, du würdest dich bei mir melden.“

Die Wehmut in ihrer Stimme brachte ihn beinahe um den Verstand. Er zog sie wieder an sich und küsste sie sanft aufs Haar. „Sophie, du bist verlobt. Es ist nicht meine Art, mir eine Frau mit einem anderen Mann zu teilen. Egal, wie geil sie mich auch immer macht.“

Sie seufzte leise und kuschelte sich näher an ihn. „Ach, Oliver, wenn du mich nur wolltest, müsstest du mich mit niemandem teilen.“

„Du weißt doch, dass ich dir nicht geben kann, was du dir so sehr wünschst.“

Sie antwortete nicht. Stattdessen hauchte sie ihm einen Kuss auf die empfindliche Haut unter seinem

Ohrläppchen, was ihn zischend einatmen ließ. „Verdammt, Sophie! Was hast du vor?“

„Nichts, was dir nicht gefallen würde. Hattest du viele Frauen in letzter Zeit?“ Sie pustete sanft gegen seinen Hals.

Er keuchte auf. „Nimmst du mich schon wieder ins Kreuzverhör? Aber nein, nicht eine Einzige, seit deiner Abreise.“

„Ach sieh mal einer an! Und warum nicht?“

„Keine Zeit, kein Interesse, keine Gelegenheit“, murmelte er.

„Kein Interesse?“ Sophie schmiegte sich enger gegen seinen Körper. „So fühlt sich das aber für mich nicht an.“ Verführerisch rieb sie ihr Becken an seiner entstehenden Erektion.

„Ich habe nicht behauptet, dass ich an dir kein Interesse hätte.“

„Verstehe.“ Sie löste sich von ihm und blickte ihm provokativ in die Augen. „Das trifft sich gut. Dann schaff mich jetzt endlich in dein Bett. Hier ist es nämlich ungemütlich kalt.“

„Sophie, ich …“, druckste er unbeholfen herum. Ihre Direktheit trieb ihn in den Wahnsinn. Was war mit der Frau passiert? Hatte sie sich zum männermordenden Vamp entwickelt?

Er schob sie eine Armlänge von sich, um wieder klar denken zu können. „Ich halte das für keine gute Idee. Wir haben uns seit über einem halben Jahr nicht gesehen. Ich käme mir vor, wie der letzte Mistkerl, wenn ich auf der Stelle über dich herfallen würde. Wie wäre es mit einem Essen?“ Der Abstand zu ihrem Körper brachte ihm Erleichterung. So langsam setzte sein Denkvermögen wieder ein. „Meinst du, du kannst deine Lust so lange zügeln?“, fügte er anzüglich grinsend hinzu.

„Ich schon, aber ich weiß ja nicht, wie das in deinem Fall ist“, parierte sie. „Können wir vorher noch kurz im Hotel vorbeigehen, damit ich mir die nassen Sachen ausziehen kann. Weißt du, irgendein Idiot hat mich in den Schnee geworfen.“

Er grinste. „Glaubst du im Ernst, wir kämen dann noch zum Essen?“

„Oliver, ich meine doch nur die Jacke und die Schuhe.“

Auf Olivers Vorschlag hin, ließen sie sich zu einem der besten Steakhäuser New Yorks bringen, das durch sein dunkles, verruchtes Interieur eher an einen Nachtklub erinnerte.

Sie starteten mit einem Glas Champagner, was ihnen reichlich Zeit gab, sich über die Ereignisse der letzten Monate auszutauschen.

Oliver unternahm mehrfach den Versuch, sie über ihre Tätigkeit im *Etoile* auszuquetschen. Doch sie hielt sich bedeckt. Er durfte keinesfalls den Eindruck gewinnen, sie sei auf seine Hilfe angewiesen. Denn im Moment war das Hotel noch weit davon entfernt, zu funktionieren. So lenkte sie jedes Mal geschickt vom Thema ab, wenn er die Sprache darauf brachte. Doch es war kein Kinderspiel, einem Oliver Malloy etwas vorzumachen. Daher atmete sie erleichtert aus, als er die Angelegenheit endlich auf sich beruhen ließ.

Zwischendurch hätte Sophie sich am liebsten gezwickt, um sicherzustellen, dass sie nicht träumte. Sie konnte es kaum fassen, aber sie saß in der Tat mit Oliver am Tisch. Seit Monaten hatte sie davon geträumt, ihn wiederzusehen, und nun war es ganz unverhofft passiert. Der Eifersuchtsanfall, den er an den Tag gelegt hatte, ließ Hoffnung in ihr aufkeimen.

Dennoch musste sie sich mit Händen und Füßen dagegen wehren, noch tiefer in den Sog dieser unerwiderten Liebe hineingezogen zu werden.

Ständig ertappte sie sich dabei, dass sie Olivers Erzählungen nicht folgte, da sie mit ihren Gedanken ganz woanders war. Glücklicherweise beschränkte er sich hauptsächlich darauf, ihr von seinen laufenden Hotelprojekten zu berichten. So war es kein Weltuntergang, wenn sie das eine oder andere verpasste.

Im Nu hatten sie herausgefunden, dass Mike alles perfekt initiiert hatte. Oliver befand sich auch am nächsten Tag noch in New York. Seine Wut auf Mike war mittlerweile verflogen. Sie konnten jetzt sogar herzhaft darüber lachen, wie dreist Mike sie beide in die Falle gelockt hatte. Einzig die Geschichte mit Bruno schien ihm weiterhin unter den Nägeln zu brennen.

Wie einfach wäre es gewesen, Oliver die ganze Wahrheit zu offenbaren. Doch da sie Bruno hoch und heilig versprochen hatte, ihn nicht zu outen, unterließ sie es.

Im Laufe des Abends bemerkte Sophie, wie Olivers Augen mehrfach gebannt über ihr Gesicht und ihren Körper wanderten. Sie hatte die Jacke ihres Hosenanzugs abgestreift und trug einen leicht durchsichtigen wollweißen Pullover, der hauteng anlag. Jedes Mal, wenn sie sich streckte oder aufrichtete, glitt Olivers Blick über ihren Busen, wo er dann sekundenlang verweilte.

Eine ähnliche Entdeckung machte sie beim Nachtisch. Zum Kaffee wurde ein köstliches Sortiment an Schokoladenkeksen serviert. Der erste Bissen schmeckte so unerwartet gut, dass sie sich genießerisch die Krümel von der Unterlippe leckte. Olivers entrückter Blick, der sich nicht von ihrem Mund lösen konnte, war eine einzige Genugtuung.

Allmählich bereitete ihr dieses Spiel Freude. Durch kleine Bewegungen und Gesten konnte sie diesen ansonsten so beherrschten Mann völlig aus dem Konzept bringen. Schon nach kurzer Zeit war Oliver die Unruhe in Person. Ständig wechselte er die Sitzposition. Irgendetwas in der Beziehung zwischen ihnen hatte sich verändert. Sie schien gerade die Oberhand zu haben. Oliver wollte sie, das war unverkennbar. Aber warum kämpfte er eisern gegen dieses Verlangen an?

Couragiert legte sie ihm eine Hand auf den Oberschenkel und beugte sich nach vorne. „Oliver, was hältst du davon, ins Hotel zurückzukehren?“, säuselte sie, während sie ihm tief in die Augen blickte.

Er zog eine Augenbraue hoch. „Was soll das hier werden?“

„Wonach sieht es denn aus? Ich versuche, dich zu verführen.“

„Aha.“ Er schluckte vernehmlich. „Sophie, auch wenn ich gerade nichts lieber tun würde, als dich die ganze Nacht zum Schreien zu bringen, wissen wir beide, dass ich nicht gut für dich bin. Ich möchte dir kein weiteres Mal wehtun.“

„Dann tu es einfach nicht! Nun komm schon, Oliver. So schüchtern kenne ich dich gar nicht.“

„Dir ist schon klar, dass du mit dem Feuer spielst?“, raunte er mit tiefer Stimme.

„Keine Angst, ich habe mich bereits verbrannt. Beim zweiten Mal tut es nicht mehr ganz so weh.“

„Du hast dich verändert.“

„Nein, Oliver. Du hast mich verändert. Du wolltest eine toughe, bodenständige Frau. Doch jetzt bist du anscheinend nicht in der Lage, damit umzugehen.“ Frech ließ sie ihre Hand seinen Oberschenkel hinaufwandern. Was war in sie gefahren? Der Wunsch, Oliver zu beweisen, dass sie kein eingeschüchtertes Mädchen mehr war, brachte ihre schamloseste Seite zum Vorschein.

„Immerhin lernst du schnell."

Sie beugte sich nach vorne. „Willst du mich, Oliver?", hauchte sie gegen seine Wange.

Er atmete zischend aus. Hastig griff er nach ihrer Hand und legte sie auf die harte Wölbung in seiner Hose. „Beantwortet das deine Frage?"

Sie schnappte überrascht nach Luft. *Hoppla!* Er schien sie in der Tat vermisst zu haben. Ein unglaubliches Glücksgefühl stieg in ihr auf. „Insofern erklär mir doch bitte, auf was du noch wartest."

Im Hotel standen sie unschlüssig im Foyer. Eine leichte Befangenheit hatte sich nach dem überstürzten Abgang aus dem Restaurant zwischen ihnen ausgebreitet.

Letztendlich steuerte Oliver die Bar an. Sie ließen sich in einer gemütlichen Ecke nieder, wo er zwei Whiskey bestellte und Sophie gedankenverloren fixierte.

Kaum zu glauben! Was war mit dem naiven, planlosen Mädchen geschehen, das er kennengelernt hatte? Sie schien im Eiltempo flügge geworden zu sein. Aber welche Sophie gefiel ihm eigentlich besser? Die junge Frau ihm gegenüber versetzte ihn mit ihrer Zielstrebigkeit in maßloses Erstaunen.

Eine ihrer Haarsträhnen hatte sich, wahrscheinlich durch den nassen Schnee, nach außen gedreht. Geistesabwesend griff er danach und spielte damit. Nach einer Weile strichen seine Finger verträumt über Sophies Wange, bis hinab zu ihrem Mund. Sie öffnete die Lippen und saugte einen seiner Finger ein.

Plötzlich nahm er nur noch ihre warmen Lippen und ihre Zunge wahr. Tausend obszöne Gedanken schossen ihm durch den Kopf. Prompt wurde er wieder hart.

Ruckartig zog er seinen Arm zurück. „Ich halte das nicht mehr aus“, knurrte er. „Los, komm mit!“ Er packte ihre Hand und schleifte sie in Richtung Aufzug. Als sich die Fahrstuhltür hinter ihnen geschlossen hatte, war es mit seiner Beherrschung vorbei. Er presste Sophie mit dem Rücken gegen eine Wand und küsste sie voller Inbrunst. Als er sie anhob, um sie auf dem Geländer an der Fahrstuhlwand abzusetzen, schlang sie sogleich die Beine um seine Taille.

Ein Stöhnen entrang sich ihrer Kehle, als sie mit seiner heftigen Erektion in Berührung kam.

Oben angekommen machte er sich erst gar nicht die Mühe, sie loszulassen, sondern trug sie - wieder einmal in der Hoffnung, keinem seiner Angestellten zu begegnen - den Gang entlang. Hektisch ließ er die Tür zu seiner Suite auffliegen, schleppte Sophie hinein und warf sie geradewegs aufs Bett.

Ohne einen Augenblick zu vergeuden, zog er ihr den Pullover über den Kopf. Begehrlich wanderten seine Hände über ihre festen Brüste in dem Spitzen-BH. Er half ihr, sich von Hose und Stiefeln zu befreien und zollte ihrem Körper in der weißen Unterwäsche Bewunderung.

„Gott, Sophie, ich hatte völlig vergessen, wie schön du bist!“ Mit diesen Worten knöpfte er sein Hemd auf und ließ es von den Schultern rutschen.

Im Eiltempo schälte er sie aus den Dessous. Sie stöhnte voller Lust auf, als er über die Rundungen ihrer Brüste und die harten Brustwarzen streichelte, die ungeduldig darauf warteten, liebkost zu werden.

Da war es um ihn geschehen: Oliver konnte die

aufgestaute Erregung nicht länger kontrollieren. Wie oft hatte er Sophie im Geiste so vor sich gesehen. Splitterfasernackt, stöhnend, feucht. In Windeseile entledigte er sich seiner Hose. „Du machst dir kein Bild davon, was du mit mir anstellst." Seine Stimme klang heiser. „Ich muss dich jetzt einfach haben." Fieberhaft suchte er in seiner Jacke nach einem Kondom.

Sophie legte ihm eine Hand auf den Arm. „Lass gut sein! Beim letzten Mal ging es doch auch ohne. Ich nehme die Pille. Und ich schwöre dir, du warst der letzte Mann, der mich angefasst hat."

Eine Welle der Erleichterung schwappte bei ihren Worten über ihn hinweg, denn die Vorstellung, sie könnte damals in Los Angeles schwanger geworden sein, hatte ihm lange keine Ruhe gelassen. Doch dann hatten ihm ihre Verlobungsbilder einen gewaltigen Schock versetzt. Wie hätte er unter diesen Umständen sicher sein können, dass es auch wirklich sein Kind wäre? So hatte er entschieden, das Thema auf sich beruhen zu lassen.

Er schob sich zwischen ihre Schenkel und versuchte, die Sache langsam anzugehen. Aber Vorspiel war heute einfach nicht sein Ding. Zu lange hatte er auf die Frau unter sich verzichten müssen. Voller Gier drang er in sie ein. Als er ihre Enge und Feuchtigkeit spürte, entglitt ihm die Kontrolle. Kraftvoll stieß er immer wieder in sie hinein. Erst als sie kurze Zeit später hemmungslos aufschrie und unter ihm erzitterte, kam er zu sich.

Ungläubig beobachtete er Sophies heftige Reaktion. Ihre Wangen und ihr Dekolleté waren von einer sanften Röte überzogen. Sie zitterte, während sie seinen Namen flüsterte.

Er blickte in ihr vor Lust verzerrtes Gesicht. „Sophie, das glaube ich jetzt nicht. Bist du etwa gerade gekommen?“

Überrascht riss sie die Augen auf. „Wäre das ein solches Vergehen?“

Er schüttelte lächelnd den Kopf. „Ganz im Gegenteil, du bist einfach immer für eine Überraschung gut.“ Entweder war diese Frau unersättlich oder sie hatte tatsächlich die Wahrheit gesagt, als sie ihm von ihrem enthaltsamen Leben berichtet hatte.

Sie machte Anstalten, etwas zu erwidern, doch er verschloss ihr mit seinen Lippen die ihren. Im nächsten Moment trieb er sich mit unverminderter Heftigkeit erneut tief in sie hinein. Sie keuchte in seinen Mund, was beinahe ausgereicht hätte, um ihn ebenfalls kommen zu lassen. Er hielt die Luft an und riss sich zusammen, bewegte sich langsam in ihr.

Gierig schlang sie ihm die Beine um die Taille, ließ ihn gewähren und genoss leise stöhnend jede seiner Bewegungen. Schnell übernahm jedoch sein Körper das Regiment, und seine Stöße wurden härter, unkontrollierter.

„Ah, Sophie“, keuchte er. „Du bringst mich um.“

Er befürchtete schon, ihr wehzutun, doch da versank sie in einem weiteren Höhepunkt. Als er ihre ungezähmte Leidenschaft spürte, war es auch um ihn geschehen. Sekunden später wurde er von einem mächtigen Orgasmus überrollt.

Kapitel 19

Sie erwachten am frühen Morgen eng aneinandergeschmiegt durch das Läuten seines Handys.

„Mist!“, knurrte Oliver, „ich habe einen wichtigen Termin.“

Sophie gähnte herzhaft, rückte aber keinen Millimeter von ihm ab. „Och, Oliver. Du bist einer der mächtigsten Männer der Staaten. Den Termin wirst du doch wohl absagen können.“

Für den Bruchteil einer Sekunde schien er in Versuchung zu geraten, letztendlich schob er sie jedoch mit sanfter Gewalt von sich. „Das geht leider nicht. Und für meine Verhältnisse bin ich schon recht lange bei dir geblieben. Sollen wir uns zum Mittagessen treffen?“

„Gerne, was schlägst du vor?“

„Weißt du, wo die Eislaufbahn vor dem Rockefeller Center ist? Um dreizehn Uhr?“

„Mhm“, brummte Sophie, drehte sich um und bewegte sich nicht mehr.

Nachdem sie sich bis in die frühen Morgenstunden hinein geliebt hatten, fühlte sie sich wie erschlagen. Sie spürte noch, wie Oliver sie federleicht auf die Wange küsste, dann war sie schon wieder ins Reich der Träume versunken.

Pünktlich um dreizehn Uhr hielt ein Taxi am Straßenrand, und Oliver stieg aus. Er trug einen langen braunen Kaschmirmantel über einem dunklen Anzug und hatte lässig einen beigefarbenen Schal um den Hals geschlungen.

Es war eine wundervolle Kulisse. Der riesige geschmückte Weihnachtsbaum vor dem in den Himmel ragenden Rockefeller Center und dazu die leise Weihnachtsmusik. Auch wenn der Duft der verbrannten Hotdogs, die überall angeboten wurden, die Stimmung ein wenig dämpfte, hatte die Atmosphäre etwas unglaublich Romantisches. So hatte Sophie es kaum erwarten können, bis Oliver endlich erschien. Und wie jedes Mal übte sein Anblick eine unerklärliche Faszination auf sie aus.

Er kam lächelnd auf sie zu und küsste sie leicht auf die Wange, doch als sie verzückt die Arme um seinen Nacken schlang, wurde aus dem flüchtigen Begrüßungsküsschen ein langer, leidenschaftlicher Kuss.

Die Passanten, die sie teils grinsend, teils pikiert anstarrten, traten völlig in den Hintergrund. Nichts war mehr existent, außer Olivers heißen Lippen.

Nach einigen Minuten löste er sich schwer atmend von ihr. „Ich habe mir extra den Nachmittag freigenommen, um dir New York zu zeigen, aber ich verspreche dir, wenn du so weiter machst, wirst du heute nicht mehr viel vom Big Apple zu sehen bekommen."

Sophie schmunzelte. „Hast du heute Nacht schon etwas Bestimmtes vor?"

Oliver tat so, als müsse er angestrengt nachdenken. „Nein, du hast Glück. Heute Nacht stehen noch keine Termine in meinem Kalender."

„Gut, dann lass uns jetzt New York erkunden und alles Weitere auf die Nacht verschieben, einverstanden? Ich habe übrigens einen Wahnsinnskohldampf."

Oliver grinste und führte sie zu einem unscheinbaren American Diner, wo sich Sophie einen gigantischen Burger bestellte und ihn, unter Olivers staunenden Blicken, bis auf den letzten Krümel verschlang.

Danach brachte er sie zur Wall Street und zum One World Trade Center, das wie ein gewaltiger Finger in den Himmel ragte und sie aufgrund seiner Höhe zutiefst beeindruckte. Mit Tränen in den Augen betrachtete sie die Gedenkstätte, die zu Ehren der Opfer der furchtbaren Terroranschläge errichtet worden war.

Nach einem Abstecher zur Freiheitsstatue erkundeten sie noch Chinatown, Greenwich Village und Soho. Die Stadt war einfach der Hammer! Sophie konnte sich gar nicht daran sattsehen.

Sie hatten das Abendessen noch nicht richtig beendet, als Oliver sie bereits zielstrebig in seine Suite schob. Kaum waren sie eingetreten, hielt er Sophie auch schon in den Armen und war bemüht, sie schnellstmöglich aus den vielen überflüssigen Klamotten zu schälen, bevor er sie mit Haut und Haaren vernaschte.

Sophie schwebte wie auf Wolken. In einem Moment war er die Zärtlichkeit in Person, um sie Minuten später völlig enthemmt herzunehmen. Oliver war ungelogen der aufregendste Mann, der ihr jemals begegnet war. Sie wünschte sich nichts mehr, als auch zukünftig Zeit an seiner Seite verbringen zu dürfen. Feigerweise hatte sie das Thema bisher jedoch geflissentlich ignoriert und einfach so in den Tag hineingelebt. Doch es ging kein Weg daran vorbei. Ihre Abreise stand bevor. Allein bei dem Gedanken schien eine eiskalte Hand nach ihrem Herzen zu greifen.

Beim Frühstück war sie so neben der Spur, dass sie nicht einmal registrierte, was sie gerade aß. Die Spannung, die in der Luft lag, war greifbar. Irgendwann hielt Sophie es nicht mehr aus. „Oliver, werde ich dich wiedersehen?“

„Darüber habe ich mir auch schon den Kopf zerbrochen“, gestand er. „Ich bin allerdings noch zu keiner vernünftigen Lösung gekommen. Sophie, ich genieße deine Nähe. Du bringst mich tatsächlich dazu, hin und wieder abzuschalten. Um mit dir zusammen zu sein, habe ich gestern Nachmittag zwei wichtige Termine abgesagt. Und glaube mir, so etwas ist bei mir nicht an der Tagesordnung.“

Er rührte gedankenverloren in seinem Kaffee umher. „Obendrein ist der Sex mit dir das Beste, was ich in den letzten Jahren erlebt habe. Für eine gemeinsame Nacht würde ich sogar alle paar Wochen nach Europa fliegen, doch ich weiß, dass das nicht das ist, was du wirklich willst.“ Er hielt inne und schaute sie an. Ein Anflug von Wehmut blitzte in seinen wundervollen Augen auf. „Es tut mir leid, aber ich befürchte, ich kann dir einfach nicht mehr bieten. Bitte nimm mir das nicht übel.“

Sophie hatte das Gefühl, er hätte ihr gerade ein Messer mitten ins Herz gestoßen. Sie liebte diesen Mann, wie man einen Menschen bloß lieben konnte. Und ihm ging es weiterhin ausschließlich um Sex. In diesem Moment brach ihre Welt zusammen. Heiße Tränen brannten hinter ihren Lidern, doch sie blinzelte sie weg. „Du würdest allen Ernstes über den Atlantik jetten, um mich flachzulegen? Es geht dir nur um Sex? Ich fasse es nicht.“

Er schüttelte hektisch den Kopf. „Sophie, nein. So habe ich das nicht gemeint. Es ist nur …“

„Weißt du was?“, schnitt sie ihm schroff das Wort ab. „Ich hasse dich, Oliver Malloy! Scher dich einfach zum Teufel, und wage es nicht, mir jemals wieder in die Quere zu kommen!“ Mit einem lauten Klirren warf sie das Besteck auf den Teller, sodass das Rührei nur so durch die Gegend spritzte. Ehe er noch zu seiner Verteidigung ansetzen konnte, sprang sie auf und flitzte aus dem Frühstücksraum, wobei sie den verzweifelten Versuch unternahm, ihr Herz mitzunehmen.

Oliver schloss die Augen. Na, herrlich, das hatte er ja so richtig vermasselt! Vielleicht sollte er in Zukunft nicht mehr in seinen eigenen Hotels absteigen, denn Sophie schaffte es immer wieder, ihm eine Szene zu machen.

Nachdenklich lehnte er sich zurück. Es imponierte ihm, dass sie sich auf dem besten Weg befand, endlich auf eigenen Füßen zu stehen. Sie hatte nicht viel über ihre Tätigkeit im *Etoile* verlauten lassen und sich vehement geweigert, irgendwelche Tipps oder Unterstützung von ihm anzunehmen, da sie das alles ohne fremde Hilfe bewerkstelligen wollte.

Auf der einen Seite erfüllte ihn das mit Stolz, auf der anderen Seite hatte er Angst, sie würde unter der Belastung zusammenbrechen. Sie wirkte erschöpft und müde; er vermutete, dass sie aufgrund der finanziellen Lage des *Etoile* überall selbst Hand anlegen musste. Wie ein Stein hatte sie in den letzten beiden Nächten in seinen Armen geschlummert. Sie musste körperlich am Ende sein.

Er konnte nicht länger leugnen, wie sehr Sophie ihm unter die Haut ging. Aber er unterlag der fürchterlichen Angst, dass ihre sexuelle Anziehungskraft ihm gänzlich die Sinne vernebelte. Seine Gedanken drehten sich im Kreis. Er war einfach nicht in der Lage, über seinen Schatten zu springen und ihr weitere Zugeständnisse zu machen. Kurz zog er in Erwägung, Sophie zum Flughafen zu begleiten und sich gebührend von ihr zu verabschieden.

Doch schließlich entschied er, sie in dem Glauben zu lassen, es sei nun endgültig vorbei. Er würde sich jetzt auf seine Ranch zurückziehen und in sich gehen. Er wusste ja, wo er Sophie finden würde.

Als Sophie am Nachmittag das Flugzeug bestieg, kam ihr das alles vor wie ein schreckliches Déjà-vu. Eine unsichtbare Hand schien ihr die Gurgel zuzudrücken, während sich die Einsamkeit wie eisige Kälte in ihrem Leib ausbreitete. Zu erfahren, dass Oliver in ihr weiterhin nur eine Affäre sah, hatte ihr jegliche Beherrschung geraubt.

Er hatte noch nicht einmal versucht, sie zu beschwichtigen. Weder hatte er sich von ihr verabschiedet noch sich entschuldigt. Und das, nachdem er sie zwei Nächte lang um den Verstand gebracht hatte.

Oh, wie sie diesen Kerl hasste! Alles, was ihn interessierte, war ihr Körper. Sie hatte ihm ihr Herz zu Füßen gelegt, und er hatte sie gnadenlos von sich gestoßen.

Da formierte sich eine Idee in ihrem Kopf. Ein Plan, den einzig eine Frau aushecken konnte, die zutiefst verletzt war. Die nichts mehr zu verlieren hatte und bereit war, über Leichen zu gehen.

Was hatte er zu ihr gesagt?

Wir passen einfach nicht zusammen. Ich brauche eine starke Frau.

Wutentbrannt ballte sie die Hände zu Fäusten. Sie würde ihm einen Denkzettel verpassen, den er so schnell nicht vergaß. Koste es, was es wolle, aber sie würde Mittel und Wege finden, um einem Oliver Malloy zu beweisen, dass sie nicht nur ein dummes Betthäschen war, sondern eine toughe Businessfrau.

Kapitel 20

Ungläubig starrte Oliver auf die Gästezahlen des *Palace Hotel* in Monaco, die einen Einbruch von sage und schreibe fünfzig Prozent verzeichneten. Was in Dreiteufelsnamen geschah dort? Er konnte es einfach nicht nachvollziehen.

Wie üblich hatte er das Hotel vor dem Erwerb auf Herz und Nieren überprüfen lassen. Die nötigen Umbaumaßnahmen waren beendet, dennoch blieben die Gäste aus. Noch dazu unterlag das Resort heftigen Personalfluktuationen, was Oliver ein Dorn im Auge war. Funktionierende Angestellte waren das A und O jedes Hotels. Doch in Monaco schienen die Mitarbeiter den Laden zu verlassen, wie die Ratten ein sinkendes Schiff. Es war wohl allerhöchste Zeit, ein paar Führungspositionen neu zu besetzen.

Verdrossen griff er nach dem Telefon und wählte die Nummer des General Managers. „Bertrand, ich habe gerade die aktuellen Zahlen des *Palace* vorliegen, was zur Hölle geht bei Ihnen vor?"

Er vernahm ein Seufzen am anderen Ende der Leitung. „Es tut mir so leid, Monsieur Malloy, aber ich bin absolut machtlos. Das *Etoile* wirbt uns nicht nur die Gäste ab, sondern darüber hinaus auch das Personal. Sie müssen wissen, die haben einen neuen General Manager, eine Frau, ein richtiges Miststück kann ich Ihnen sagen. Die fährt verdammt schwere Geschütze gegen uns auf."

Oliver fiel um ein Haar das Telefon aus der Hand. Ja, es war seiner Aufmerksamkeit nicht entgangen, dass das *Etoile* sich zu einem wahren Publikumsmagneten entwickelt hatte. Im Lauf der letzten Wochen hatte er mit Überraschung festgestellt, dass

Sophie eine extrem aggressive Werbe- und Preispolitik fuhr. Aber solch drastische Auswirkungen auf sein Hotel hätte er nie und nimmer in Betracht gezogen.

Konnte das einzig ein unglücklicher Zufall sein oder war der Angriff von langer Hand vorbereitet? Ob sein unrühmlicher Abgang in New York der Auslöser gewesen war? Einige Monate waren seitdem vergangen. Doch bisher hatte er es nicht übers Herz gebracht, sich zu einem Wiedersehen mit Sophie durchzuringen. Denn eins war ihm mehr als bewusst, sollte er ihr jemals wieder gegenübertreten, müsste er ihr mehr bieten als ein gemeinsames Schäferstündchen.

Aber wer hätte schon vermutet, dass diese kleine Hexe ihm den Krieg erklären würde? Sie schien verflucht schnell begriffen zu haben, wie die Geschäftswelt funktionierte. Einverstanden, er würde den Fehdehandschuh aufnehmen, den sie hingeworfen hatte.

Er schnaubte ins Telefon. „Bertrand, wann hatten Sie eigentlich vor, mich über dieses Desaster zu informieren? Wenn das *Palace* komplett den Bach runtergegangen ist?“

„Äh, nein. Also, ich dachte, der kleine Einbruch wäre bloß vorübergehender Natur.“

Oliver verzog das Gesicht. *Was für ein Idiot!* „Tragen Sie mir bis morgen alle Fakten zusammen! Ich komme persönlich nach Monaco.“

Irritiert blickte Oliver von seinem Laptop auf, als es an der Zimmertür seiner Hotelsuite im *Palace* klopfte. Wer konnte denn das jetzt sein?

Da kam ihm ein ernüchternder Verdacht. *O nein! Bitte nicht Sophie!*

Ob dieser verflixte Greifenstein sie über die Geschehnisse, die im Hintergrund abliefen, informiert hatte? Vermutlich lag es jetzt in Sophies Absicht, ihn zur Rede zu stellen. Das war das Letzte, was er für den Moment gebrauchen konnte. Denn seit er in Monaco aus dem Helikopter gestiegen war, lief nichts so, wie der Plan es vorgesehen hatte.

Gut getarnt mit Hut und Trenchcoat, hatte er dem *Etoile* einen Besuch abgestattet und festgestellt, dass Sophie ein wahres Prachtstück aus dem heruntergekommenen Hotel gemacht hatte. Allein die Lobby mit ihrem Blumenschmuck und den goldenen Verzierungen machte so richtig etwas her. Natürlich war ihm sofort ins Auge gestochen, dass sie die Ideen allesamt in Vegas geklaut hatte. Aber egal, das stand ihr zu.

Voller Verblüffung hatte er die Schmuckstücke begutachtet, die sie in auffälligen Glasvitrinen ausstellte. Sie hatte die Kollektion *Dreams* genannt, was seine Aufmerksamkeit überhaupt erst darauf gelenkt hatte. Anscheinend hatte Sophie die Teile selbst kreiert. Sie waren filigran und kein bisschen protzig, punkteten aber durch schlichte Eleganz. Spiegelten in allem die junge Frau wider, die er vor über einem Dreivierteljahr kennengelernt hatte: verträumt, verspielt, mit einem Hauch von Melancholie. Und passten nicht wirklich zu der skrupellosen Geschäftsfrau, die während der letzten Wochen zielstrebig das strategisch wichtige Personal des *Palace* abgeworben hatte, bis sein Hotel nahezu lahmgelegt war.

Mit ausgefallenen Veranstaltungen machte sie ihm obendrein die Gäste abspenstig. Sie organisierte Fondueabende, Weinproben, Wettbewerbe, Verlosungen und weiß der Teufel was sonst noch. Erstaunlicherweise schienen die Urlauber dieses Unterhaltungsprogramm zu lieben, denn sie rannten ihr geradezu die Bude ein.

Um diesem Treiben Einhalt zu gebieten und zu verhindern, dass das *Palace* völlig ausblutete, hatte er keine andere Chance gesehen, als das *Etoile* zu kaufen. Doch in dem Moment, als er sich mit dem Eigentümer auf einen maßlos überzogenen Preis geeinigt hatte, war Sophies verdammter Verlobter auf der Bildfläche erschienen und hatte ihn um eine satte Million überboten.

Augenblicklich hatte sich ihm die Frage aufgedrängt, welcher Mann für eine Frau, mit der er angeblich nichts hatte, einfach so ein paar Millionen aus dem Ärmel schüttelte, um ihr den Arbeitsplatz zu sichern. Eine zufriedenstellende Antwort hatte er bisher nicht gefunden, was ihm zugegebenermaßen ein wenig auf den Magen schlug.

Nun blieb ihm wohl nichts anderes übrig, als den ohnehin schon horrenden Preis noch einmal zu überbieten. Aber wie weit würde dieser Greifenstein das Spiel treiben?

Daher wollte er momentan keinesfalls einer erzürnten Sophie gegenübertreten. Denn es lag in seiner Absicht, sie vor vollendete Tatsachen zu stellen.

Da klopfte es schon wieder. Er rappelte sich leise auf und schlich wie ein Einbrecher zur Tür.

Als er durch den Spion linste, entdeckte er einen großen, dunkelhaarigen Mann. Erleichtert öffnete er die Tür, schaute dann aber verdutzt drein, als er den Typen erkannte. „Das glaube ich jetzt nicht! Was führt Sie hierher?"

Bruno blickte ihn verwundert an. „Sie wissen, wer ich bin?"

„Oh ja, ich kenne die Leute, die den Versuch unternehmen, mir ins Handwerk zu pfuschen. Es ist stets von Bedeutung, seine Feinde im Auge zu behalten."

Bruno zuckte gleichmütig mit den Schultern. „Hervorragend, dann hätten wir uns die lästige Prozedur des Vorstellens schon gespart. Wollen Sie mich nicht hineinbitten, Malloy!"

Oliver trat widerwillig einen Schritt zur Seite. „Ungern, aber mir bleibt wohl nichts anderes übrig. Möchten Sie einen Drink oder lohnt sich das nicht, da Sie hoffentlich rasch wieder verschwunden sind?"

„Das hängt ganz von Ihnen ab. Und danke, ich trinke keinen Alkohol."

Oliver verzog das Gesicht. *Was für ein Warmduscher!* „Ich hoffe, es stört Sie nicht, wenn ich mir einen gönne", bekundete er, während er die Whiskeyflasche schon entkorkt hatte. „Nehmen Sie doch Platz!", er wies mit der Hand auf eine Esstischgruppe.

„Also, womit kann ich dienen?", hakte er erneut nach, als er auf den Stuhl gegenüber von Bruno rutschte und sich zu seinem Leidwesen eingestehen musste, dass der Kerl in natura mindestens genauso attraktiv war wie auf den Bildern.

„Zumindest vergeuden Sie Ihre Zeit nicht mit unnötigem Small Talk", äußerte Bruno mit zynischem Unterton. „Es gibt zwei Gründe, die mich herführen. Erstens wollte ich dieses alberne Spiel beenden, das uns im Endeffekt ein paar zusätzliche Millionen kosten könnte." Er sah Oliver provozierend in die Augen. „Und zweitens wollte ich den Mann kennenlernen, der die tollste Frau der Welt behandelt, als wäre sie eine billige Nutte."

Oliver stockte der Atem. Der Kerl fuhr ja mächtige Geschütze auf. Das Gespräch schien interessant zu werden. „Was veranlasst Sie zu der Annahme, dass ich das tue?"

„Wie würden Sie es bezeichnen, wenn man eine Frau erst tagelang durch sein Bett zieht, um sie anschließend davonzujagen wie einen räudigen Straßenköter?“

Oliver unterzog seinen Besucher einer unverhohlenen Musterung. In Brunos grauen Augen tobten wütende Funken. Anscheinend war der Kerl auf Krieg aus. Nur zu, den konnte er haben. „Und das, während Sie sich mit irgendwelchen stinkreichen Arabern um sinnlose Goldpreise streiten und beinahe vor Eifersucht umkommen.“

Bruno nickte. „Wohl wahr. Dem habe ich nichts entgegenzusetzen.“

Olivers Mund war plötzlich staubtrocken. *Von wegen vorgetäuschte Verlobung!* Dieses kleine Miststück hatte ihn auf ganzer Linie belogen. Aber wieso war dieser Kerl überhaupt darüber im Bilde, dass er Sophie in New York getroffen hatte? Vielleicht hatte Bruno lediglich einen Schuss ins Blaue abgefeuert.

„Wie kommen Sie eigentlich zu der Annahme, dass zwischen mir und Sophie etwas gelaufen sei?“

„Sie hat es mir erzählt.“

Oliver schluckte. „Okay, gesetzt den Fall, Ihre Behauptung entspräche der Wahrheit: Wieso sollten Sie Ihrer Verlobten ohne schwerwiegende Konsequenzen durchgehen lassen, dass sie sich mit einem anderen Mann vergnügt?“

Nun blickte Bruno verdattert drein. „Ich hatte vermutet, sie hätte Ihnen reinen Wein eingeschenkt, bezüglich unseres Abkommens?“

Oliver stellte klirrend das Whiskeyglas auf dem Tisch ab. „Wollen Sie mir jetzt etwa auch noch weismachen, dass Sie es seit Monaten schaffen, Ihre Finger von dieser tollen Frau zu lassen?“

Bruno fiel die Kinnlade herunter. Mit offenem

Mund starrte er Oliver an. „Sie hat es Ihnen nicht verraten?“

„Was hat Sie mir nicht verraten?“ Kopflos schoss Oliver hoch und wanderte durch den Raum. „Sie treibt es also doch mit Ihnen. Himmel, was war ich für ein Hornochse?“ Allein die Vorstellung, dieser Kerl würde Sophie unter sich zum Stöhnen bringen, trieb ihm die Schweißperlen auf die Stirn. „Wissen Sie was! Sie können das *Etoile* haben, ich habe kein Interesse mehr daran. Ich ziehe mein Angebot zurück.“

Bruno hob abwehrend beide Hände. „Nein, nein. Das ist alles ein riesengroßes Missverständnis. Ich habe Sophie in meinem ganzen Leben noch nicht angefasst.“ Er holte vernehmlich Luft. „Fakt ist, ich habe es nicht so mit Frauen. Aber bitte tun Sie mir den Gefallen und hängen das nicht an die große Glocke.“

Oliver sank fassungslos wieder auf seinen Stuhl. Ein erlösendes Gefühl kroch durch seinen Körper, während eine tonnenschwere Last von ihm abzufallen schien.

„Was genau wollen Sie damit ausdrücken?“, vergewisserte er sich, nicht, dass er da etwas in den falschen Hals bekam.

Bruno schmunzelte. „Ich bin wirklich beeindruckt, dass Sophie keine Silbe darüber verloren hat.“ Er beugte sich ein Stück nach vorne. „Ja, Sie haben richtig verstanden. Ich empfinde nichts für Frauen. Ich habe seit fünf Jahren einen festen Freund. Aber erst, seit alle Welt der irrigen Annahme unterliegt, ich wäre mit Sophie verlobt, ist dieses Verhältnis lebenswert geworden.

Sie müssen wissen, die Gerüchteküche brodelte bereits heftig. Daher war ich auf der Suche nach einer Lösung für dieses Problem. Sophie kam mir wie gerufen. Sie war am Boden zerstört, hasste ihren Job. Ihr Vater ist ein schrecklicher Tyrann. Also habe ich sie gebeten, meine Frau zu werden, um ein wenig Ruhe in meinem Privatleben einkehren zu lassen und sie obendrein aus ihrem goldenen Gefängnis herauszuholen. Sie war unschlüssig und verschwand Hals über Kopf in die Staaten, um eine Entscheidung zu treffen."

Er seufzte unterdrückt. „Doch als sie zurückkam, hatte sie sich in Sie verliebt und weigerte sich vehement, mich zu heiraten. Sophies Leben hätte während der letzten Monate so viel einfacher verlaufen können. Da Sie jedoch auf starke Frauen stehen, wollte sie es selbst in den Griff bekommen. Ich nehme an, sie hat Ihnen auch nicht verraten, dass sie seit einem Dreivierteljahr rund um die Uhr schuftet, um dieses Ziel zu erreichen?"

„Sie ist all meinen Fragen geschickt ausgewichen."

Bruno nickte wissend. „Dachte ich mir schon. Das Einzige, was ich zu Sophies Erfolg beigetragen habe, war, ihr den Job im *Etoile* zu verschaffen. Und das, wo der Besitzer den Laden schon abgeschrieben hatte. Ja, und im Gegenzug ließ sie sich auf das Gerücht mit der Verlobung ein. Ich habe ihr lediglich den Weg geebnet, alles andere hat sie selbst zuwege gebracht. Sie hat das Hotel vor dem Ruin gerettet und dem *Palace* nahezu die Luft abgedreht."

Er bedachte Oliver mit einem vorwurfsvollen Blick. „Sie hätten sie in den ersten Monaten erleben sollen, Malloy. Sie war am Ende, ich rechnete jeden Tag damit, dass sie hinwirft oder zusammenbricht. Doch sie hat das durchgezogen. Sie hat den Garten bearbeitet, Wände gestrichen, ja, sogar Toiletten geputzt. Nur um sich und Ihnen zu beweisen, was in ihr steckt.

Und zum Dank haben Sie sie in New York wieder nur benutzt. Doch dabei haben Sie den Bogen überspannt. Sophie kam kochend vor Wut zurück. Anschließend hat sie tagelang Bücher über das Hotelwesen gewälzt und sich bei den erfahrensten Wirtschaftsberatern Tipps eingeholt, um herauszufinden, wie man ein Unternehmen erfolgreich leitet, ein anderes hingegen vernichtet."

Er lehnte sich zurück. „Wie eine Besessene hat sie so lange gekämpft, bis der Besitzer des *Etoile* ihr das Budget aufgestockt hat und sie somit in der Lage war, dem *Palace* das kompetente Personal abzuwerben. Und Sie können Gift darauf nehmen, ich werde alles in meiner Macht stehende tun, um zu verhindern, dass Sie sie fertigmachen. Sie mögen in den USA ein großer Fisch sein, aber in Europa sitze immer noch ich am längeren Hebel."

Oliver raufte sich stillschweigend die Haare. „Mann, ich bin ein solcher Esel", murmelte er schließlich. „Wissen Sie, dass mir Ihre Verlobungsbilder beinahe eine Alkoholvergiftung eingebracht haben?" Gierig kippte er seinen Whiskey hinunter und schenkte sich postwendend den nächsten ein. Wie oft hatte er sich Sophie in den Armen dieses Mannes vorgestellt? Wie oft hatten diese Bilder ihm den Schlaf geraubt? Und innerhalb von wenigen Minuten hatte sich das Problem in Luft aufgelöst. Sophie hatte ihn tatsächlich nie belogen. Ein ganzer Steinbruch schien ihm vom Herzen zu fallen.

Bruno musterte ihn aus wachen Augen. „Darf ich Sie etwas fragen? Was empfinden Sie eigentlich für Sophie?"

Oliver stieß zischend die Atemluft aus. „Wenn ich

das bloß selbst wüsste!“ Er kratzte sich nachdenklich am Kinn. „Zugegeben, ich kann nicht bestreiten, dass mich ihre Veränderung maßlos beeindruckt hat. Als ich sie kennengelernt habe, war sie ein reiches, verzogenes Geschöpf, das den Kopf lediglich benutzte, um ihn zum Friseur zu tragen. Und hätte ich sie nicht unter meine Fittiche genommen, hätte sie in den Staaten keinen Tag überlebt.“ Er grinste schwach. „Aber jetzt, ich kann es immer noch nicht fassen, mit welcher Professionalität und Routine sie mein Hotel demontiert hat. Einfach genial!“

Bruno starrte ihn irritiert an. „Das heißt, Sie sind ihr nicht böse?“

„Nichts liegt mir ferner.“

„Der Spaß kostet Sie vermutlich Millionen.“

„Gut erkannt, aber das ist es mir wert.“

Bruno schluckte vernehmlich. „Ich verstehe nicht, warum Sie dann beabsichtigen, das *Etoile* zu kaufen. Ich ging davon aus, dass Sie Sophie feuern und ihren Ruf für alle Zeit ruinieren wollen.“

Oliver lehnte sich zurück und lachte herzhaft. „Weit gefehlt, ich wollte sie zum General Manager von beiden Hotels machen, um sie ausbaden zu lassen, was sie angerichtet hat.“

In Brunos Augen blitzte ein Anflug von Erkenntnis auf; schließlich grinste er. „Die Idee gefällt mir.“ Er legte den Kopf schief. „Malloy, seien Sie endlich ehrlich zu sich selbst! Sie lieben Sophie.“

Oliver zog eine Augenbraue hoch. „Da wissen Sie mehr als ich.“

Bruno beugte sich vertrauensvoll über den Tisch und platzierte seine Hand auf der von Oliver, was diesen leicht zurückzucken ließ. „Ich habe mich in den letzten Wochen ein wenig über Sie schlaugemacht. Ich war ernsthaft in Sorge um Sophie. Ich habe ihr mehrfach ans Herz gelegt, sich nicht mit Ihnen anzulegen, da sie Ihnen nicht gewachsen ist. Doch diese Frau kann so was von starrköpfig sein."

Er schüttelte leicht den Kopf. „Ich hatte definitiv Angst, Sie würden sie dem Erdboden gleichmachen, so wie jeden Kontrahenten, der sich Ihnen in den Weg stellt. Und dafür, dass Sie das nicht beabsichtigen, gibt es genau eine plausible Erklärung: Kein Mann, nicht einmal ein Milliardär wie Sie, verzeiht seiner Geliebten, dass sie ihn um einige Millionen erleichtert. Aber für die Frau, die er von ganzem Herzen liebt, ist das ein durchaus angemessener Preis. Also benehmen Sie sich endlich wie ein Mann! Stehen Sie zu Ihren Gefühlen!"

Oliver stutzte. Seltsam, die Idee, Sophie zu vernichten, war ihm nicht eine Sekunde lang durch den Kopf geschossen. Im Gegenteil, nachdem der erste Schock über den Gewinneinbruch verdaut war, hatte er sich köstlich darüber amüsiert, wie sie ihn zum Narren gehalten hatte. In diesem Moment wurde ihm bewusst, dass Bruno recht hatte. Er war diesem chaotischen Geschöpf voll und ganz verfallen.

Diese Erkenntnis traf ihn wie ein Schlag in den Magen. Mit zittrigen Fingern griff er erneut nach der Whiskyflasche.

„Meinen Sie, Sophie wird mir mein Verhalten in New York verzeihen können?", fragte er schlussendlich.

„Ehrlich gesagt, weiß ich es nicht. Ich denke, ihre Wut ist inzwischen verraucht. Aber Sophie hat sich verändert. Sie ist eine toughe Geschäftsfrau geworden. Sie müssen sich vermutlich ganz schön ins Zeug legen, wenn Sie sie zurückhaben wollen. Aber tun Sie mir den Gefallen und spielen Sie nicht mehr mit ihr. Das hat sie nicht verdient."

„Versprochen. Noch ein allerletztes Spiel. Doch dabei benötige ich Ihre Hilfe.“

Kapitel 21

Als Sophie die Gangway zu Olivers Learjet erklomm, hatte sie ein mulmiges Gefühl im Bauch. Brunos Worten und Gesichtsausdruck nach zu urteilen, musste sie sich mit ihrem unbedarften Vorgehen ihr eigenes Grab geschaufelt haben. Oliver schien zu schäumen vor Wut, seit er herausgefunden hatte, wer für den Millionenverlust seines Hotels zuständig war.

Aber wie hätte sie auch vermuten können, dass der Typ so durchgeknallt war und gleich ein ganzes Hotel kaufen würde? Seit gestern war er ihr Boss, und sie hatte nicht den geringsten Zweifel daran, dass sie in nächster Zukunft nicht mehr im Besitz eines Jobs sein würde. Tja, nun war sie in Gewässer geraten, für die ihre Schwimmkünste definitiv nicht ausreichten.

Gut, ihr Pseudo-Verlobter hatte überall in der Wirtschaft seine Hände im Spiel und würde sie mit Sicherheit irgendwo unterbringen können, aber er hatte sie darauf hingewiesen, dass es in der Hotelbranche nicht gerade von Vorteil sei, einen Mann wie Oliver Malloy zum Feind zu haben. Wäre ihr Name erst einmal verbrannt, würde es sich problematisch gestalten, erneut eine vernünftige Position in einem der renommierten Häuser zu bekommen.

Sie hatte Bruno noch nie so zerknirscht erlebt wie an diesem Morgen, denn normalerweise war er die Zuversicht in Person. Also schien sie wirklich bis zum Hals im Dreck zu stecken. Bruno hatte ihr sogar nahegelegt, mit allen fairen und unfairen Waffen ums nackte Überleben zu kämpfen und zur Not ihren neuen Boss mithilfe ihrer weiblichen Reize zu besänftigen. So trug sie trotz der ungemütlichen Temperaturen ein knallenges rotes Stretchkleid mit tiefem Ausschnitt, das ihre Formen vorteilhaft zur Geltung brachte.

Sie atmete tief durch und straffte die Schultern. Todesmutig betrat sie die Höhle des Löwen.

Moderne weiße Ledersessel mit kleinen Tischen dazwischen stachen ihr ins Auge. An einem harrte Oliver aus und hackte auf einen Laptop ein. Als er sie bemerkte, schloss er prompt den Rechner, stellte ihn beiseite und erhob sich. Ihr Blick wanderte über den maßgeschneiderten schwarzen Anzug, der seine breiten Schultern betonte, hinauf zu seinen Lippen und blieb an seinen opalblauen Augen hängen, die sie mit unergründlichem Ausdruck musterten.

In diesem Moment wusste sie, dass sie diesen Mann niemals hassen konnte, auch wenn sie sich das noch so oft einredete. Sie war einfach nicht imstande, sich seinem Zauber zu entziehen. *Gott, wie hatte sie ihm nur so etwas Dummes antun können?*

„Hallo Oliver!"

Er nickte leicht mit dem Kopf und bedachte sie mit einem herablassenden Blick. „Sophie."

Als er einen großen Schritt auf sie zumachte, wich sie einem ersten Impuls folgend zurück, bis sie begriff, dass er ihr lediglich den Mantel abnehmen wollte.

„Setz dich doch!", er wies auf einen der Sessel. Während er den Mantel zur Seite hängte, plünderten seine Augen schamlos die Rundungen ihres Körpers.

Hastig nahm sie Platz.

Ein junger, ihr unbekannter Mann verriegelte die Tür, bevor er zügig wieder ins Cockpit verschwand.

Enttäuschung schnürte ihr die Kehle zu. „Ist Mike nicht hier?" Vielleicht hätte sie zumindest in ihm einen Verbündeten gehabt.

„Nein, da ich nicht wusste, wie lange meine Anwesenheit hier vonnöten ist, habe ich nicht auf seine Begleitung bestanden.“ Oliver hantierte an einer kleinen Bar herum und stellte zwei gefüllte Gläser auf den Tisch. Der Farbe nach handelte es sich bei dem Getränk um Whiskey.

Schnell griff sie nach einem Glas und führte es an die Lippen.

Oliver sank auf den Sitzplatz ihr gegenüber.

Mit einem Ruckeln setzte sich der Jet in Bewegung.

„Wohin bringst du mich?“

„Das wirst du schon sehen“, äußerte er mit eisigem Unterton.

Sie schluckte. *Du liebe Güte, hatte der Mann eine Laune.* „Wenn ich gewusst hätte, dass wir nach San Francisco in die Oper fliegen, hätte ich mir etwas anderes angezogen“, murmelte sie.

„Wie bitte?“

Sie winkte ab. „Ach, vergiss es!“

Er beobachtete sie wortlos, was sie noch nervöser machte.

Fieberhaft rutschte sie auf dem Sessel hin und her. „Willst du mir nicht endlich verraten, warum ich hier bin?“, forderte sie ihn schließlich heraus, da er anscheinend nicht gewillt war, das Gespräch zu eröffnen. „Möchtest du mir eventuell ein Lob aussprechen? Es kommt sicherlich nicht häufig vor, dass ein Oliver Malloy von einer blutigen Anfängerin ausgebootet wird.“

„Das ist richtig. Mich interessiert zu allererst, warum du diesen Rachefeldzug gegen mich gestartet hast?“

„Da fragst du noch!“, platzte es aus ihr heraus. „Du hast mich benutzt! Ich war lediglich eine schnelle Nummer für dich. Doch dem nicht genug: Genau wie mein Vater hast du mir niemals zugetraut, dass ich etwas Erfolgreiches auf die Beine stellen könnte." Trotzig reckte sie das Kinn in die Luft. „Jetzt habe ich euch allen das Gegenteil bewiesen!"

„Weißt du, was mich dieser Spaß kostet?"

Sie schüttelte den Kopf.

„Bis jetzt habe ich einen Gewinneinbruch von schätzungsweise einer Million Euro. Und ich vermute, bis der Schaden behoben sein wird, kommen zwei weitere obendrauf. Vom Imageverlust ganz zu schweigen. Hast du auch nur den Hauch einer Idee, wie du das wiedergutmachen willst?"

„Ich wüsste nicht, warum ich das tun sollte?"

Er lehnte sich zurück. „Vielleicht weil ich dein neuer Boss bin und du deinen Job behalten möchtest."

Sie schnaubte. „Als ob du mir eine Chance geben würdest!"

„Das hatte ich eigentlich vor. Lass mich dir ein Angebot unterbreiten."

Sein Blick wanderte zu ihrem Dekolleté, blieb daran hängen und schien ihre Nervenenden zu durchfahren. Eine eiskalte Hand griff nach ihrem Herzen. *Nein, das würde er nicht wagen ...? Oder doch?*

Ein leichtes Vibrieren erschütterte das Flugzeug, als die Maschine abhob, doch Sophie war so abgelenkt, dass sie es kaum wahrnahm.

Oliver räusperte sich und schaute ihr wieder in die Augen. „Also, als Erstes wirst du den Schaden in Ordnung bringen. Du leitest mit sofortiger Wirkung zusätzlich das *Palace*. Wie du das zeitmäßig bewerkstelligst, ist mir schnuppe. Ich habe gestern den General Manager gefeuert. Du hast völlig freie Hand."

Sophie riss ungläubig die Augen auf. „Du entlässt

mich nicht? Du beförderst mich?“

„Richtig erkannt. Zumindest vorerst. Was mit dir passiert, sobald das *Palace* wieder läuft, sei dahingestellt. Aber momentan finde ich die Vorstellung absolut faszinierend, dass du von nun an unter mir arbeitest“, äußerte er mit zweideutigem Unterton. „Also, einverstanden?“

„Habe ich eine Wahl?“

„Nicht, wenn du deinen Job behalten möchtest.“

Er ließ seine Blicke erneut über ihren Körper gleiten. Das kurze rote Kleid war ein wenig hochgerutscht und gab einen Großteil ihrer Oberschenkel frei. Ohne einen Anflug von Schamgefühl starrte er sie an.

Als sie es bemerkte, zerrte sie hektisch das Kleid nach unten. „Und zweitens?“, hakte sie nach.

Er blickte auf, als hätte sie ihn aus einer Trance gerissen. „Ach ja. Ich werde in nächster Zeit häufiger in Europa sein, da ich beabsichtige, hier weitere Hotels zu erwerben. Währenddessen hätte ich dich gerne in meinem Bett.“

Hätte er ihr eine Ohrfeige versetzt, wäre sie vermutlich weniger überrascht gewesen. Einen Moment lang war sie schockgefrostet, hastig griff sie abermals nach dem Whiskeyglas und nahm einen großen Schluck. „Das ist jetzt nicht dein Ernst?“, stammelte sie, als sie ihre Sprache wiedergefunden hatte.

„Worauf du dich verlassen kannst!“

„Du bist ziemlich direkt. Bei dir weiß man zumindest immer, woran man ist.“

Er zuckte mit den Schultern. „Das spart Zeit.“

„Ich dachte, ein Verhältnis mit dem Chef gehört sich nicht.“

„Zweifellos. Aber in unserem Fall ist das Kind ja bereits vor geraumer Zeit in den Brunnen gefallen.“

Nachdenklich trommelte sie mit den Fingerspitzen auf die Tischplatte. „Du versuchst aber nicht gerade, mich zu erpressen, oder?“

„Glaube mir, wenn ich das vorhätte, würde ich es anders anstellen. Mein Anliegen ist eher eine Bitte, ein Wunsch.“ Er schwenkte sein Glas, sodass die Eiswürfel darin klirrten. „Sex mit dir ist faszinierend. Ich kann ehrlich gesagt, nicht genug davon bekommen. Vor ein paar Monaten warst du noch nicht für eine Affäre bereit. Aber du hast dich verändert. Aus dem jungen Mädchen mit den Herzchen in den Augen ist eine skrupellose Geschäftsfrau geworden. Ich denke, nun solltest du auch stark genug sein, um dich auf eine rein körperliche Beziehung mit einem Mann wie mir einzulassen. Obendrein finde ich, du schuldest mir etwas. Vielleicht kann ich ja so ein wenig schneller über den Millionenverlust hinwegsehen, den du mir verursacht hast.“

„Verdammter Mistkerl!“, knurrte sie. „Ich wusste es doch von Anfang an: Du bist keinen Deut besser als mein Vater. Durch und durch ein Tyrann.“ Hektisch sprang sie auf, marschierte zum Fenster und spähte hinaus. Rechts entdeckte sie das Mittelmeer. Anscheinend flogen sie gen Osten. Wo er sie wohl hinbrachte?

Sie wirbelte herum und musterte ihn, wie er da selbstgefällig in dem Sessel ausharrte, die langen Beine lässig übereinandergeschlagen. Eine unglaubliche Aura der Macht umgab ihn, und trotz allem – oder gerade deswegen - wirkte er unverschämt sexy.

„Und wenn ich *Nein* sage?“

„Wenn es das ist, was du wirklich willst, werde ich das wohl oder übel akzeptieren müssen.“

„Ich dachte, ich wäre dir langweilig geworden.“

Er schwenkte die Eiswürfel erneut in seinem Glas

umher und fixierte das Getränk mit aufgesetztem Interesse. „Du bist alles andere als langweilig."

„Würde es neben mir andere Frauen geben?"

„Das hängt ganz von dir ab. Falls du mir vorbehaltlos gibst, was ich brauche, könnte ich davon absehen."

Was sollte sie tun? Zugegeben, mit ihm zu schlafen, war beileibe keine Strafe. Aber ihr missfiel die Art, wie er sie dazu bringen wollte. Er nutzte ihr schlechtes Gewissen aus, um sie gefügig zu machen. Doch irgendein kleines Teufelchen flüsterte ihr unentwegt zu, dass es weitaus schlimmer hätte kommen können. Wenn sie bedachte, welch finanziellen Schaden sie Oliver beschert hatte, kam sie im Großen und Ganzen recht glimpflich davon.

Und wow! Sie konnte es noch gar nicht fassen. Sie würde ab sofort das *Palace* leiten. Eines der angesagtesten Hotels Europas. Sie würde sich richtig ins Zeug legen, um es so schnell wie möglich in die Gewinnzone zurückzuführen.

Eigentlich war es doch von jeher klar gewesen, dass sie irgendwann als die Geliebte eines reichen Kerls enden würde. Was war daran so verwerflich? Sie hätte es schlechter treffen können. Der Mann war ein Gott, und die Vorstellung, von nun an regelmäßig in seinen Armen zu liegen, hatte durchaus etwas Reizvolles. Es gab gewiss Unmengen von Frauen, die liebend gerne mit ihr getauscht hätten.

Obendrein schätzte er die Situation völlig richtig ein. Sie war nicht länger das kleine verträumte Mädchen, das den mächtigen Hotelmagnaten anhimmelte. Inzwischen begegneten sie sich auf Augenhöhe. Na ja, zumindest annähernd.

Spätestens nach ihrer Heimkehr aus New York hatte sie begriffen, dass sie diesen Mann niemals mit

Leib und Seele besitzen würde. Aber sie konnte sich etwas anderes sichern: nämlich hammermäßigen Sex mit dem heißesten Mann, den sie kannte. Wenn er nicht bereit war, ihr mehr zu geben, würde sie sich vorerst mit dem abfinden, was sie haben konnte. Noch war nicht aller Tage Abend.

In diesem Moment traf sie eine Entscheidung, auf die Gefahr hin, ihrem Herzen den Todesstoß zu versetzen. Sie ließ sich auf die größte Herausforderung ihres Lebens ein: auf Oliver Malloy.

„Hut ab, Malloy! Jetzt hast du mich also dort, wo du mich von Anfang an haben wolltest. Nicht wahr? Das war es doch, was du die ganze Zeit über ins Auge gefasst hattest: mich zu deiner Geliebten zu machen."

Er zog eine Augenbraue hoch. „Ich kann nicht bestreiten, dass mir der Gedanke das eine oder andere Mal durch den Kopf geschossen ist."

„Was wolltest du eigentlich damit ausdrücken: *Falls ich dir gebe, was du brauchst*?"

„Bisher bin ich im Bett recht zaghaft mit dir umgesprungen."

Sie schnappte überrascht nach Luft. „Wirst du mir wehtun? Ich meine, jetzt auch noch körperlich?"

„Gott, Sophie! Es lag nie in meiner Absicht, dir wehzutun." Er hatte die Stimme erhoben. Offensichtlich hatte ihre Frage seine steinerne Maske kurzzeitig verrutschen lassen. Er räusperte sich. „Wohingegen du vorsätzlich versucht hast, mich in den Ruin zu treiben. Und nein, ich gehöre nicht zu den Männern, denen einer abgeht, wenn sie eine Frau schlagen."

„Hab ich ein Glück!"

„Heißt das, du stimmst zu?"

Sie zuckte betont lässig mit den Schultern. „Wir werden sehen. Ich möchte das an ein paar Bedingungen knüpfen.“

Ein tückisches Schmunzeln tanzte um seine Mundwinkel. „Es hätte mich enttäuscht, wenn du das nicht gesagt hättest.“

„Versprich mir, mich nicht zu feuern, sobald das *Palace* wieder läuft. Und falls ich das Hotel irgendwann aus freien Stücken verlassen sollte, will ich ein Zeugnis und ein persönliches Empfehlungsschreiben von dir. Darüber hinaus wirst du mir jobtechnisch niemals Steine in den Weg legen. Ach, und keine anderen Frauen, während ich mit dir zusammen bin!“

Oliver jubilierte innerlich. Dass sie sich auf seinen Vorschlag einließ, konnte nur eins bedeuten: Sie liebte ihn noch immer. Sophie war definitiv nicht die Frau, die mit einem Mann ins Bett stieg, für den sie nichts empfand. Außerdem war er mächtig stolz auf sie. Die Kleine hatte tatsächlich gelernt, zu kämpfen. Endlich hatte er es mit einer ebenbürtigen Partnerin zu tun.

Erwartungsvoll starrte sie ihn aus ihren großen dunklen Augen an, in denen nicht bloß Funken der Wut aufblitzten. Nein, da war noch mehr. Sein Anliegen schien sie anzuspornen, sie in irgendeiner Art und Weise herauszufordern.

Seine Blicke glitten über das kurze Kleid, das mehr offenbarte, als gut für ihn war, und plötzlich wurde ihm die Hose zu eng. Er fuhr sich mit den Fingern in den Hemdkragen, öffnete den oberen Knopf und löste die Krawatte.

Das war zwar nicht der Plan gewesen, aber manchmal musste ein Mann eben tun, was ein Mann tun muss. Sie hatten noch eine Stunde Flugzeit vor sich, die würde er nicht ungenützt verstreichen lassen.

„Akzeptiert. Du hast drei Monate. Dann ist das

Palace wieder ausgebucht. Und jetzt lass uns zu Teil zwei der Abmachung übergehen. Komm her!“ Er stand auf und entledigte sich seiner Jacke. Während er wieder Platz nahm, öffnete er seinen Gürtel. Aus den Augenwinkeln heraus beobachtete er, wie Sophies Augen sich ungläubig weiteten.

Ihre Kehle fühlte sich mit einem Mal staubtrocken an. Ihr Blut fing an zu kochen. „Hier und jetzt?“

Er schaute sich demonstrativ um. „Was spricht dagegen?“

„Und was ist mit den Piloten?“

„Was soll mit denen sein?“

„Na, falls einer hereinkommt.“

„Wird er nicht. Los jetzt, Süße! Du trägst ein Kleid, das einen Priester verrückt machen würde. Und jetzt machst du hier einen auf schüchtern.“

Er klappte den Mitteltisch beiseite. „Mach schon, ich will dich!“ Mit dem angewinkelten Zeigefinger winkte er sie zu sich.

Langsam schritt sie auf ihn zu.

„Zieh dein Höschen aus!“

Sie verharrte in der Bewegung. „Ich soll was tun?“

Er verdrehte theatralisch die Augen. „Mensch, Sophie. Muss ich denn alles zweimal sagen? Los jetzt, ich will dich ficken.“

Ihr stockte der Atem. *Hilfe!* So hatte er noch nie mit ihr gesprochen. Zeigte er nun zum ersten Mal sein wahres Gesicht? War das der Ton, in dem er mit seinen Geliebten kommunizierte?

Wenn ja, war das verdammt geil.

Völlig unerwartet breitete sich Hitze zwischen ihren Beinen aus, und ihre Brustwarzen verhärteten sich.

Ihm schien ihre Reaktion keineswegs entgangen

zu sein, denn der Anflug eines Grinsens zuckte um seine Lippen.

Na warte! „Wer sagt, dass ich ein Höschen trage?“

Oliver entgleisten kurzzeitig die Gesichtszüge, bevor er tief Luft holte. „Tust du nicht?“

„Das wirst du wohl nie erfahren. Er sei denn, du packst mir noch einen Dienstwagen obendrauf.“

In seinen Augen blitzte der Schalk auf. Er schien das Spiel zu genießen. „Welche Marke?“, erkundigte er sich trocken.

„Egal, Hauptsache ein Cabrio.“ Sie griff mit einer Hand unter ihr Kleid und zerrte den winzigen roten Slip herunter. Er fiel zu Boden und kringelte sich um ihre Füße. Vorsichtig stieg sie mit ihren hohen schwarzen Pumps darüber.

Sie bemerkte Olivers Blick, der sie mit Haut und Haaren zu verschlingen schien. Seine Augen waren nie dunkler gewesen vor Begierde, und in diesem Moment brodelte ungezügeltes Verlangen in ihr auf.

Es fühlte sich so verrucht an, ihm hier ohne Höschen gegenüberzustehen. Sie war ihm quasi ausgeliefert. Sie befand sich in seinem Jet, auf einem Flug ins Nirgendwo. Er beherrschte sie, sowohl beruflich als auch körperlich. Nahm ihr die Luft zum Atmen. Nichtsdestotrotz brachte diese Erkenntnis sie mächtig auf Touren. Nie hatte sie sich mehr als Frau gefühlt wie in diesem Moment, denn im Geheimen wusste sie, dass sie eine nicht zu unterschätzende Macht über ihn besaß.

Oliver nickte. „Das mit dem Cabrio lässt sich einrichten. Aber lass uns später darüber reden. Jetzt komm her! Setz dich auf mich“, forderte er sie mit rauer Stimme auf.

Ohne noch eine Sekunde zu zögern, gehorchte sie.

Sie brauchte diesen Mann, war süchtig nach ihm, und sie wollte ihn auf der Stelle spüren.

Sie hielt sich an seiner Schulter fest und kletterte auf seinen Schoß, wobei sie sich links und rechts von ihm auf das weiße Lederpolster kniete. Seine Hände legten sich auf ihre Hüften und zogen sie so nah an sich, dass sie seine Erregung spürte. *Du liebe Güte!* Er war steinhart. Ein unkontrolliertes Stöhnen entfuhr ihr.

„Oh, Baby, ich brauche dich. Los küss mich!“, befahl er.

Dass seine Stimme keinen Widerspruch duldete, machte die Worte umso heißer. Sollte er das Spiel noch ein bisschen weiter treiben, würde ihr Körper in Flammen aufgehen.

Sie schob die Arme um seinen Nacken und senkte den Kopf, um ihn zu küssen. Dabei beging sie den Fehler, ihm in die Augen zu sehen. Das war ihr Untergang. Sie versank in diesem tiefen Blau, ertrank geradezu darin. Sein Blick drang bis in ihr verborgenstes Inneres vor. Er streichelte sie mit seinen Augen, während er sie gleichzeitig verschlang und ihr das Gefühl vermittelte, sie anzubeten. *Nun denn!* Wenn das die Art war, wie er mit seinen Geliebten umging, wollte sie nie mehr etwas anderes sein.

Für einen Moment schien die Zeit stillzustehen, dann lächelte er. „Du bietest mir schon wieder die Stirn, wolltest du mich nicht küssen?“ Das Timbre seiner Stimme klang plötzlich anders. Unverhohlene Zärtlichkeit lag darin. Nur Oliver Malloy war in der Lage, von einer Sekunde auf die nächste seine Stimmung so vehement zu verändern.

Langsam senkte sie ihren Mund auf den seinen. Sogleich verloren sie sich in einem nicht enden wollenden Kuss. Mit seiner Zunge teilte er ihre Lippen und küsste sie mit einer solchen Leidenschaft, dass ihr kurzzeitig die Luft wegblieb. Seine Hände glitten gierig über ihren Körper, stahlen sich unter ihr Kleid und legten sich um ihren Po, bevor er schließlich mit einer Hand seine Hose öffnete und eine gigantische Erektion befreite. Er hob Sophie hoch und setzte sie so auf sich ab, dass er sofort vollständig in sie eindrang.

Sie schrie kurz auf. Überraschung, ein köstlicher Schmerz und Lust vermischten sich und zwangen sie vollends in die Knie.

„Oliver“, hauchte sie ehrfurchtsvoll, als er sein Becken hob, um tief in sie hineinzustoßen. „Du bringst mich vollkommen um den Verstand.“

„Das will ich doch hoffen.“

Sie schlang die Arme um seinen Hals und unterstützte jede seiner Bewegungen. Ihr Mund befand sich dicht an seinem Ohr. Immer wieder entfuhren ihr unterdrückte Lustschreie, was auch Oliver das eine oder andere Stöhnen entlockte.

Völlig unvermittelt explodierte sie mit der Kraft einer Bombe. Eine heiße Woge jagte durch ihren Körper. Sie wimmerte vor Lust, als ihr Kopf gegen seine Schulter sank. „Was stellst du nur mit mir an?“, keuchte sie. „Wenn das jedes Mal so sein wird, dann bin ich liebend gern deine Geliebte.“

Er grinste. „Vertrau mir, es wird immer so sein. Und jetzt setz dich wieder auf! Ich bin noch lange nicht mir dir fertig. Zuerst werde ich dich noch einmal zum Schreien bringen.“

Er hielt Wort. Kurz nachdem Sophie ein zweites Mal zitternd über ihm zusammengebrochen war, fand auch Oliver Erlösung in einem mächtigen Orgasmus. Er hielt sie so lange in den Armen, bis das Flugzeug in einen leichten Sinkflug überging, erst dann schob er sie sanft von sich.

„Sophie, auch wenn es mir schwerfällt, aber du musst jetzt aufstehen, sonst kommt uns doch noch einer der Piloten in die Quere."

Fieberhaft sprang sie auf, zupfte ihr Kleid nach unten und klaubte ihr Höschen vom Boden auf, mit dem sie in der Bordtoilette verschwand.

„Verrätst du mir jetzt, wo du mich hinbringst?", warf sie die Frage auf, nachdem sie zurückgekehrt und wieder auf ihren Sessel gerutscht war. Neugierig spähte sie zum Fenster hinaus.

„Zürich. Ich habe ein Geschenk für dich."

Verwundert blickte sie auf. „Zürich? Ein Geschenk? Womit habe ich mir das denn verdient?"

„Ja, daran ist die ganze Sache beinahe gescheitert. Aber es ist nun einmal mein Stil, meine Geliebten mit kleinen Aufmerksamkeiten bei Laune zu halten. Ungeachtet dessen, ob sie es verdienen oder nicht."

Sophie fiel die Kinnlade herunter. Für ein paar Minuten war sie glücklich gewesen und hatte ihr Dilemma vergessen. „Weißt du, wo du dir dein Geschenk hinstecken kannst?", fauchte sie ihn an.

Oliver lachte schallend auf, äußerte aber kein weiteres Wort.

Am Flughafen erwartete sie eine dunkle Limousine, in die sie schweigend einstiegen. Fast lautlos bahnte das Fahrzeug sich seinen Weg um den Zürichsee herum, bevor es eine steil ansteigende Straße in Angriff nahm, die durch dichte Wälder führte.

Vor einem weiß gestrichenen, alten Patrizierschloss kam der Wagen schließlich zum Stillstand. Durch einen aufwendig angelegten Renaissancegarten steuerten sie das Gebäude an und betraten die lichtdurchflutete Lobby.

Sogleich eilte eine schlanke, grauhaarige Frau in einem biederen Kostüm auf sie zu. „Herr Malloy, ist das schön, Sie endlich einmal wiederzusehen!“, machte sie ihrer Begeisterung in bestem Schweizerdeutsch Luft.

Oliver reichte ihr lächelnd die Hand. „Ja, Frau Schneider, es ist lange her. Ich hoffe, es geht Ihnen gut“, förderte er in fließendem Deutsch zutage.

Sophie glaubte, ihren Ohren nicht zu trauen. *Dieser verdammte Mistkerl sprach Deutsch!* Das hatte er niemals mit nur einer Silbe erwähnt.

Die grauhaarige Dame winkte ab. „Ach, das Alter. Aber, ich will nicht jammern.“

Oliver griff nach Sophies Arm und schob sie vor sich. „Darf ich Ihnen meine zukünftige Frau vorstellen. Sophie Bergmann.“

Unisono rissen die beiden Frauen den Mund auf.

Sophie gaffte Oliver fragend an, der ziemlich belustigt wirkte. Sie hatte keine Ahnung, was er damit bezweckte, aber wohlweislich unterließ sie es, ihm in die Suppe zu spucken.

Die Schneider hatte sich inzwischen gefangen und reichte ihr mit feucht schimmernden Augen die Hand. „Ich freue mich so, Sie kennenzulernen“, brachte sie euphorisch zum Ausdruck. „In meinen kühnsten Träumen hätte ich mir nicht vorgestellt, dass das jemals wieder passieren würde.“

Mit schlechtem Gewissen schüttelte Sophie die ihr entgegengestreckte Hand.

Nachdem die Lady endlich von ihr abließ, händigte sie Oliver einen Schlüssel aus. „Es ist alles, wie gewünscht, Herr Malloy. Noch einen wunderschönen Abend, Ihnen beiden.“ Sie blickte zum Abschied erneut lächelnd zwischen Oliver und Sophie hin und her.

Oliver ergriff Sophies Hand und zog sie eine breite Marmortreppe hoch. Fasziniert beäugte Sophie das gepflegte Treppenhaus. Kleine Lämpchen warfen ein warmes, gedämpftes Licht auf den glänzenden Marmor und erhellten einzelne Gemälde. Vor einer weißen Flügeltür blieb er stehen. Er schloss auf und ließ Sophie den Vortritt in ein riesiges Zimmer, das einen Wohn- und Essbereich beherbergte.

„Oliver, was sollte das eben?", fiel sie umgehend über ihn her, nachdem sich die Tür hinter ihnen geschlossen hatte.

„Was denn?", fragte er mit Unschuldsmiene.

Sie verdrehte die Augen. „Wieso stellst du mich als deine zukünftige Frau vor? Die nette Dame hat sich wirklich für uns gefreut. Warum musstest du ihr so eine fette Lüge auftischen?"

„Ich kenne Frau Schneider seit Ewigkeiten. Sie war eine Bekannte meiner Mutter." Er zuckte mit den Schultern. „Hätte ich dich als eine meiner zahlreichen Geliebten vorstellen sollen?"

Autsch! Er wusste doch stets, wie er ihr einen Schlag unter die Gürtellinie versetzen konnte.

Er ließ sie und ihren empörten Gesichtsausdruck links liegen und marschierte auf eine Terrassentür zu. Nachdem er sie geöffnet hatte, trat er hinaus.

Mürrisch folgte Sophie ihm. Was blieb ihr auch anderes übrig?

Doch als sie die Terrasse betrat, war ihr Unmut in null Komma nichts verraucht. Der überwältigende Ausblick über den See und die umliegenden Wälder raubte ihr den Atem. Im Hintergrund bahnte sich gerade ein herrlicher Sonnenuntergang an. Das Wasser glitzerte, als hätten sich Tausende von Diamanten darauf niedergelassen. Jenseits des Sees funkelte protzig die Stadt. „Du meine Güte, ist das fantastisch", hauchte sie ehrfurchtsvoll.

Er begutachtete sie interessiert. „Gefällt es dir?"

„Was für eine Frage! Das Schloss ist der Wahnsinn, und die Lage erst. Wem gehört es?"

„Im Moment noch mir. Meine Mutter hat es mir vererbt. Sie war gebürtige Schweizerin. Ich habe keine große Verwendung dafür, aber nach ihrem Tod habe ich es auch nicht übers Herz gebracht, es zu veräußern. So habe ich es in ein Hotel umgewandelt. Es wurde in die Kategorie *Small Leading Hotels of the World* aufgenommen, falls dir das etwas sagt. Es besitzt lediglich sechs Suiten, die normalerweise Monate im Voraus ausgebucht sind." Er wanderte zu einem kleinen Tisch und griff nach einer Flasche Champagner, die dort in einem Kühler verharrte. Mit einem lauten Plopp gab er dem Korken seine Freiheit zurück. Er füllte zwei hohe Champagnerflöten und reichte Sophie eine davon.

„Was soll das heißen, es gehört im Moment noch dir? Du wirst dieses Juwel doch wohl nicht verkaufen wollen?" Sie blickte auf das Glas. „Was gibt es eigentlich zu feiern? Und wieso hast du mir nie verraten, dass du Deutsch sprichst?"

Mit einem Schritt überwand er die Distanz zwischen ihnen und schaute ihr tief in die Augen. Im Bruchteil einer Sekunde zog er sie erneut in einen Strudel der Emotionen.

Er schüttelte kaum merklich den Kopf. „So viele Fragen auf einmal. Sophie, ich habe dir doch gesagt, dass ich ein Geschenk für dich habe. Ich würde dir gerne dieses Schloss zu Füßen legen. Du kannst damit machen, was immer du möchtest. Es vermieten, weiterhin als Hotel nutzen oder aber es zum Ferienhaus umbauen lassen. Ich denke, meine Mutter würde wollen, dass du es bekommst."

Sophie wich alle Farbe aus dem Gesicht. „Auf gar keinen Fall!“, quiekte sie empört. „Wie oft soll ich dir denn noch sagen, dass ich mich nicht von dir aushalten lasse. Du wirst mich nicht dafür bezahlen, dass ich mit dir ins Bett steige.“

„Dummerchen, du bist wirklich leicht hinters Licht zu führen. Dieses Anwesen liegt mir sehr am Herzen. Meine Mutter hat hier eine glückliche Kindheit verlebt. Glaubst du im Ernst, ich würde dieses Erbstück irgendeinem x-beliebigen Betthäschen überlassen?“ Er griff nach ihrer Hand und fing erneut ihren Blick ein. „Das hier soll ein Hochzeitsgeschenk sein. Sophie, ich liebe dich und möchte dich heiraten. Willst du meine Frau werden?“

Klirrend knallte Sophies Champagnerglas zu Boden. Oliver runzelte die Stirn. „So viel zum Thema Romantik. Warte, ich hole dir ein neues, und tritt nicht in die Scherben.“

Gesagt, getan. Nachdem er ihr eine weitere Champagnerflöte in die Hand gedrückt hatte, schob er sie nach vorne an die Brüstung. Er zerrte ein Kästchen aus der Jacketttasche, ließ es aufschnappen und hielt ihr einen glitzernden Ring vor die Nase.

Sophies Blicke flitzten hektisch zwischen ihm und dem Schmuckstück hin und her. *Was passierte hier gerade?* Mittlerweile hatte sie sich halbwegs an den Gedanken gewöhnt, eine Affäre mit Oliver einzugehen, da steuerte er schon wieder in eine andere Richtung. Wäre sie jemals in der Lage, voll und ganz hinter seine Fassade zu schauen? Wohl eher nicht.

„Du liebst mich?“, erkundigte sie sich mit zittriger Stimme, während ihr Herzschlag ihren Brustkorb zu sprengen schien.

Er nickte. „Mehr, als du dir vorstellen kannst.“

„Seit wann?“

Er verzog das Gesicht. „Was ist denn das jetzt wieder für eine Frage? Wahrscheinlich schon ziemlich lange, nur war ich mir dessen nicht bewusst. Bruno hat mich darauf gebracht. Er meinte, dass ich dir nicht den Kopf abgerissen habe, nach alledem, was du mit meinem Hotel veranstaltet hast, wäre allein damit zu erklären, dass ich dir bedingungslos verfallen bin … Nun ja, ich befürchte, er hat mitten ins Schwarze getroffen."

„Bruno?"

„Ja, er war Anfang der Woche bei mir."

„Er war …? Aber warum?"

„Hör zu, ich werde erst wieder eine deiner Fragen beantworten, sobald du meine beantwortet hast. Also, was ist jetzt? Heiratest du mich?"

„Du willst mich nicht mehr zu deiner Geliebten machen?"

„Das ist erneut eine Gegenfrage. Und nein, in Wirklichkeit stand mir nie der Sinn danach, mich auf eine Bettgeschichte mit dir einzulassen. Genau genommen habe ich, seit ich dich kenne, keine andere Frau mehr angefasst, denn du hast mir von Anfang an völlig den Kopf verdreht. Bruno und ich waren einfach der Meinung, einen kleinen Dämpfer hättest du verdient. Damit du in Zukunft ein wenig genauer abwägst, mit wem du dich anlegst."

„Bruno weiß Bescheid?"

Oliver nickte.

„Oh!", schnaubte Sophie. „Na warte, der kann sich auf was gefasst machen!" Sie blickte an sich hinab. „Jetzt verstehe ich auch, warum ich halb nackt bei dir auftauchen sollte, um dich zu beschwichtigen. Und dann diese Show im Flieger. Ihr habt mit mir gespielt."

Oliver tippte ungeduldig mit einer Fußspitze auf

den Boden. „Sophie, ich warte!“

„Du willst mich allen Ernstes heiraten?“

„Traust du mir in der Tat zu, dass ich mit so etwas scherzen würde?“

Sophie fühlte sich wie vor den Kopf gestoßen. Verwirrt wandte sie sich ab, blickte in den Sonnenuntergang und ließ die Atmosphäre auf sich wirken. Eins musste man Oliver lassen, er hätte den Ort und Zeitpunkt kaum romantischer auswählen können. Doch wer sagte ihr denn, dass er nicht abermals mit ihr spielte?

Sollte sie wirklich am Ziel ihrer Träume angelangt sein? Nach dieser monatelangen emotionalen Odyssee. Ihr Verstand wollte das Glücksgefühl, das Olivers Worte in ihr ausgelöst hatten, nicht zulassen. In ihrem Kopf drehte sich alles, sie war unfähig, auch bloß einen klaren Gedanken zu fassen.

In diesem Moment machten sich all die Strapazen der letzten Monate bemerkbar. Ihre Kraftreserven waren erschöpft. Ein Zittern erschütterte ihren Körper. Mit einem knirschenden Geräusch stellte sie die Sektflöte auf der Brüstung ab und hielt sich Hilfe suchend an dem Mäuerchen fest, als ihre Knie nachzugeben drohten.

Sofort war Oliver bei ihr. Mit sicherem Griff packte er sie am Oberarm, drehte sie zu sich herum und zog sie an sich. Kraftlos sank sie gegen ihn. Seine Umarmung fühlte sich himmlisch an, wie ein Rettungsanker in schwerer See, gab ihr das Gefühl, endlich nach Hause gekommen zu sein.

„Sophie, was ist los? Geht es dir nicht gut? Bitte, rede mit mir.“ Offensichtliche Sorge schwang in seiner Stimme mit, während er sie besitzergreifend festhielt.

Da brach ihre letzte Bastion. Sie konnte die Tränen nicht länger zurückhalten. „Oliver“, nuschelte sie in sein Hemd. „Ich liebe dich so sehr.“ Sie blickte auf. „Und ja, ich kann mir nichts Schöneres vorstellen, als dich zu heiraten … Vorausgesetzt, du meinst das wirklich ernst.“

Ein Anflug der Erleichterung huschte über sein Gesicht. „Puh, mir fällt ein Stein vom Herzen. Ich hatte schon befürchtet, du würdest mir eine Abfuhr erteilen.“ Er wischte ihr mit einem Finger eine Träne von der Wange. „Ich versichere dir, mir war es noch nie im Leben mit irgendetwas ernster.“

„Oliver, bitte entschuldige, aber mir zittern gerade heftig die Knie. Dein Antrag hat mich völlig umgehauen. Wenn ich mit allem gerechnet hätte, aber damit sicher nicht. Ich glaube, ich muss mich zuerst einmal setzen.“ Suchend schaute sie sich nach einem Stuhl um.

Mit einer flinken Bewegung packte Oliver sie unter Schultern und Kniekehlen und hob sie auf seine Arme. „Nicht nötig, denn ich werde dich für den Rest deines Lebens auf Händen tragen.“

Sie blickte zu ihm auf.

Die letzten Strahlen der untergehenden Sonne brachen sich in seinen Augen und hüllten ihn in ein goldenes Licht.

Ihr ging das Herz auf. So musste sich unendliches Glück anfühlen.

Ein Lächeln breitete sich allmählich auf ihrem Gesicht aus. „Das Angebot nehme ich gerne an. Aber willst du mich nicht endlich küssen, Cowboy?“

Epilog

Als Sophie die Augen aufschlug, wusste sie im ersten Moment nicht, wo sie sich befand. Doch dann fiel ihr Blick auf das zerwühlte Laken neben sich, und die Erinnerung setzte schlagartig ein.

Kaum zu glauben, dass sich noch alles zum Guten gewendet hatte. Denn es war wahrlich kein Kinderspiel gewesen, das *Palace Hotel* wieder in einen florierenden Laden zu verwandeln. So hatte sie während der letzten Monate geschuftet wie ein Galeerensträfling, aber letztendlich hatte sich der Aufwand gelohnt. Die beiden Hotels waren nun rund um die Uhr ausgebucht. Daher hatte sie vor zwei Wochen einen neuen General Manager eingestellt, um endlich den Mann zu heiraten, den sie über alles liebte.

Bei dem Gedanken an Oliver glitt ein glückseliges Lächeln über ihr Gesicht. Er hatte sie verändert, hatte sie wachsen und zu einer selbstständigen Frau werden lassen. Um ein Haar wäre sie daran zerbrochen, doch sie hatte die Puzzleteile aufgesammelt und sie zu einem neuen Ganzen zusammengesetzt. Oliver unterstützte sie in allem, duldete ihre Schwächen und förderte ihre Talente.

Er war jetzt der Fels in ihrer Brandung und gab ihr all die Wärme und Geborgenheit, auf die sie ihr Leben lang hatte verzichten müssen, und am heutigen Tag sollten all ihre Träume endgültig in Erfüllung gehen.

Übermütig hüpfte sie aus dem modernen Kingsize-Bett. Ihre Hand wanderte zu dem Schalter neben dem Nachttisch. Keine Sekunde später bewegte sich die elektrische Jalousie mit einem kaum vernehmlichen Surren nach oben.

Das helle Sonnenlicht ließ Sophie im ersten Moment blinzeln, doch als sich ihre Augen daran gewöhnt hatten, offenbarten die raumhohen Fenster in Olivers Schlafzimmer einen spektakulären Blick über das zum Anwesen gehörende Weideland.

Die unendlichen Weiten Arizonas beeindruckten Sophie immer wieder, vermittelten ihr ein unvergleichliches Gefühl der Freiheit. Einzelne Kakteen bevölkerten die Täler des ausladenden Areals. In weiter Ferne erstreckten sich bewaldete Hügel. Davor grasten ein paar Rinder und Schafe. Eine kleine Staubwolke, die ein vorbeigaloppierender Cowboy aufgewirbelt hatte, legte sich wie sanfter Nebel über die Gegend und ließ sie umso zauberhafter wirken.

Diese wundervolle Landschaft würde von jetzt an ein Teil ihres Lebens sein. Denn Oliver und sie hatten sich darauf geeinigt, im Winter das gemäßigte Klima Arizonas zu genießen, dafür aber die Sommermonate weitestgehend in Europa zu verbringen. Und da sie das kleine Schloss in Zürich in ihr Herz geschlossen hatte, sollte es ihr Hauptwohnsitz werden.

Sie riss sich von dem Ausblick los, schlüpfte hastig in Jeans und T-Shirt und jagte die Treppe hinunter.

In der Küche angekommen, servierte eine strahlende Juanita ihr als Allererstes ein köstliches Omelett, wobei sie sorgsam darauf achtete, dass Sophie jeden Krümel aufaß. Was ihr in Anbetracht des nahenden Ereignisses alles andere als leichtfiel, denn in ihrem Magen machte sich allmählich eine kaum mehr zu unterdrückende Aufregung breit.

Als Juanita sie endlich aus ihren Klauen entließ, sauste Sophie in den Salon hinüber, wo Samantha und eine hochgewachsene Frau schon ungeduldig auf sie warteten.

Glücklich fiel Sophie zuerst ihrer Freundin und dann Annie, Mikes frisch angetrauter Ehefrau, in die Arme.

Annie war eine reine Frohnatur. Sie lachte ununterbrochen, schüttelte ständig ihre langen Locken und konnte keine Minute still sitzen. Aber sie hatte eine solch herzliche Art, dass Sophie sie vom ersten Moment an gemocht hatte.

Gehorsam nahm Sophie auf einem Stuhl inmitten des Raumes Platz, woraufhin die beiden Frauen verzückt über ihr Haar und ihr Gesicht herfielen, um sie für die bevorstehende Zeremonie herzurichten.

Ein paar Stunden später betrat Sophie stilvoll geschminkt und frisiert, den weitläufigen Garten des Haupthauses. Dort war ein typisch amerikanisches Buffet aufgebaut: mit Heerscharen von Salaten, Ofenkartoffeln, gegrillten Maiskolben sowie allen Arten von Kuchen. Auf einem gigantischen Grill drehte sich schon seit dem Vortag ein ganzer Ochse und verbreitete einen Duft, der ihr das Wasser im Munde zusammenlaufen ließ.

Die Ranch war mit weißen Lilien geschmückt worden, Sophies Lieblingsblumen. Wie in einer Filmszene überspannte in der Mitte des gepflegten Rasens ein weißer Baldachin ein kleines Podest. Nur wenige Stühle waren vonnöten, da sie und Oliver einvernehmlich auf eine Hochzeit im engsten Kreis bestanden hatten.

Wie angewurzelt hielt Sophie in der Bewegung inne, als sie des Mannes gewahr wurde, der ungeduldig neben dem Podest auf sie wartete. Er trug einen schwarzen Anzug mit einem dazu passenden Stetson sowie schwarzen Cowboystiefeln und sah einfach göttlich aus.

Wie gut, dass in diesem Moment ein bulliger Kerl neben sie trat und ihr den Arm reichte, denn ihr zitterten gerade mächtig die Knie.

„Du siehst fantastisch aus“, flüsterte Mike ihr zu. Er schaute schmunzelnd in Olivers Richtung. „Oliver ist ein verdammter Glückspilz.“

Ebendieser Glückspilz ließ seine Blicke gerade ehrfurchtsvoll über ihr eng anliegendes cremefarbenes Satinkleid gleiten, während sie an Mikes Arm langsam auf ihn zuschritt.

Augenblicklich wurde es ihr warm ums Herz. *Wie sehr sie diesen Mann liebte!*

Kurz schweiften ihre Blicke zu den wenigen Anwesenden ab. Sie entdeckte Bruno, Juanita und Annie, dann Dana, Mary, Jack und Robin. Ganz besonders freute sie sich, dass ihre Mutter es sich nicht hatte nehmen lassen, die weite Reise über den Atlantik anzutreten. Den kleinen Wermutstropfen, dass ihr Vater sich standhaft geweigert hatte, auch nur einen Fuß in den *Wilden Westen* zu setzen, steckte sie problemlos weg.

Auch ihre Schwester Beatrice war mit ihrem Mann Giovanni und den beiden süßen Bambini aus Italien angereist. Die Kinder spielten etwas abseits mit Buddy, wobei es nicht ersichtlich war, wer mehr Spaß daran hatte, die Kinder oder der Hund.

Daneben stand Samantha, die sich gerade verstohlen ein Häppchen vom Buffet stibitzte.

Sophie unterdrückte ein Lächeln. Samantha war einfach die Beste. Ihre Freundin hatte ohne zu zögern ihren Aufenthalt in Arizona verlängert, als ihr der erste gut gebaute Cowboy auf Olivers Ranch begegnet war. Sie würden in den nächsten Tagen sicherlich noch viel Spaß miteinander haben.

Sophie entfuhr ein glucksendes Geräusch, als sie den kleinen Waschbären bemerkte, der sich neben dem Buffet gierig über eine Baked Potatoe hermachte, die er irgendwie ergattert haben musste. Ein Lächeln machte sich auf ihrem Gesicht breit, denn ein Bauchgefühl sagte ihr, dass nun nichts mehr schiefgehen konnte. Die Tierchen hatten sie von Anfang an begleitet, waren so eine Art Glücksbringer für sie geworden. Und dass der kleine Kerl ihr nun die Ehre seines Besuches gab, erschien ihr wie ein Zeichen. Diese Hochzeit stand definitiv unter einem guten Stern.

Schmunzelnd wandte sie sich dem Mann zu, mit dem sie in wenigen Minuten den Bund der Ehe eingehen würde.

Oliver blickte verdutzt drein, ob ihrer seltsamen Reaktion. Doch da wurde er ebenfalls auf den Waschbären aufmerksam, was ihm ein wissendes Lächeln aufs Gesicht zauberte. Er zwinkerte ihr verschmitzt zu.

Sofort pochte ihr Herz ein paar Takte schneller.

Sie trat Oliver gegenüber und versank in seinen blauen Augen. Lediglich am Rande nahm sie die Worte des Predigers wahr, so gefangen war sie von dem Mann, an dessen Seite sie den Rest ihres Lebens verbringen wollte. Olivers Blicke hüllten sie ein in einen Schleier des Glücks. Seine Nähe vermittelte etwas Friedvolles mit einem Anflug von Unendlichkeit und ließ sie vor Freude leise seufzen.

Erst als sie sich die Ringe angesteckt hatten und der Satz: *Sie dürfen die Braut jetzt küssen* ertönte, erwachte sie aus ihrer Trance.

Oliver nahm den Prediger unverzüglich beim Wort. Ohne auf die Anwesenden Rücksicht zu nehmen, griff er nach ihrer Taille, zog sie an sich und küsste sie, als ginge es ums nackte Überleben.

„Ich liebe dich“, hauchte sie gegen seine Lippen, als er endlich von ihr abließ.

„Ich weiß“, entgegnete er auf seine bescheidene Art und Weise, bevor er nach ihrer Hand griff und sie in den Kreis ihrer Freunde und Verwandten führte. Vorbei an dem kleinen Waschbären, der sie neugierig musterte, ehe er sich mit Heißhunger über eine weitere Kartoffel hermachte.

Wenn ihr ab sofort keine Neuveröffentlichung mehr verpassen möchtet, dann registriert euch unter der Rubrik News für meinen Newsletter.

http://www.amandafrost.de/

Dreams – Eines Nachts in Quebec (Teil 2)

Zwei Menschen - zwei Leben! Getrennt durch einen Ozean ahnen sie nichts voneinander, bis das Schicksal sie zusammenführt. Ryan ist einer der populärsten Eishockeyspieler Kanadas und ein richtiger Bad Boy, Samantha hingegen eine aufstrebende Heidelberger Anwältin.

Ihre erste Begegnung gleicht einem Vulkanausbruch. Heiß und explosiv! Doch schnell holt sie der Alltag ein, denn für beide steht die Karriere im Vordergrund.

So muss zuerst ein Unglück geschehen, und es bedarf eines Richterspruchs, damit die Liebe eine Chance bekommt.

Aber kann eine Romanze über zwei Kontinente hinweg überhaupt funktionieren?

Dreams – Nacht über Miami (Teil 3)

Sie könnten unterschiedlicher nicht sein. Dennoch haben sie eine Gemeinsamkeit: Sie kämpfen beide um die IndyCar-Meisterschaft.

Ginger ist die erfolgreichste Frau im amerikanischen Rennsport und der Liebling der Nation. Aufgewachsen im Sunshine-State Florida, führt sie mit ihrem langjährigen Freund Charly ein zufriedenes Leben.

Nick hingegen hat gerade einen aufsehenerregenden Prozess gegen seine Exfrau verloren, woraufhin er Deutschland den Rücken gekehrt hat.

Doch die Faszination und Hitze des Motorsports ist allgegenwärtig, und plötzlich sprühen nicht nur auf der Rennstrecke die Funken.

Eine junge Frau zwischen zwei Männern. Für wen wird sie sich entscheiden?

Weitere Bücher der Autorin:

S.T.A.R.S. Shadow

Als ob CIA-Agent Ethan Parker nicht schon genug Probleme am Hals hätte, wird der komplette Flugverkehr über dem nordamerikanischen Kontinent aufgrund eines Vulkanausbruchs eingestellt. Da Ethan dringend von San Diego nach Chicago muss, teilt er sich notgedrungen den letzten vorhandenen Mietwagen mit der Polizistin Madison Delano.

Eine Odyssee quer durch die Vereinigten Staaten beginnt. Über eine der aufregendsten Straßen der Welt: die Route 66.

Zwei eiskalte Profis, die mehr als einmal in hitzige Situationen geraten, und sich zuerst so gar nichts zu sagen haben. Bis sie in Erfahrung bringen, dass beide etwas voreinander verbergen.

Ein Wettlauf gegen die Zeit, der die Gefühle zweier Menschen ordentlich durcheinanderwirbelt.

S.T.A.R.S. Summer

Nach einem verheerenden Zwischenfall ist die Karriere der aufstrebenden Secret Service Agentin Keira Summer zerstört. Sie verfällt in eine tiefe Depression. Erst die Sicherheitsfirma S.T.A.R.S. gibt ihr eine zweite Chance.

Als der egozentrische Millionär Christopher Fleming beinahe einem Attentat zum Opfer fällt, übernimmt Keira die Rolle seiner Leibwächterin. Ohne auch nur zu ahnen, dass sie nicht nur gegen skrupellose Gegner kämpft, sondern obendrein gegen die Anziehungskraft ihres Schützlings.

Ein Mann, der alles auf der Welt als käuflich erachtet – bis er Keira kennenlernt.

Endless – In einem anderen Leben (Teil 1)

Mein Name ist Audrey Keen, geboren wurde ich 1766 als Emily Beauchamp im kanadischen Quebec. Ach, was ich noch erwähnen sollte: Ich bin unsterblich!

Alle, die ich je geliebt habe, sind tot. So habe ich mich schweren Herzens entschieden, keinen Menschen mehr an mich heranzulassen. Stattdessen habe ich mein Leben der Forschung gewidmet.

Bei einer Routineüberprüfung tritt eines Tages dieser junge, ehrgeizige FBI-Agent in mein Leben. Er muss wohl von Anfang an geahnt haben, dass ich etwas zu verbergen habe.

Während er nichts unversucht lässt, mein Geheimnis ans Licht zu bringen, vergesse ich in seiner Nähe ab und an, dass ich mich nie wieder verlieben wollte.

Aber kann ich ihm vertrauen?

Endless – Kein Leben ohne dich (Teil 2)

Mein Name ist Kyle Edwards. Mit meinen dreiunddreißig Jahren bin ich einer der jüngsten Special Agents des FBI.

Ein halbes Jahrzehnt ist vergangen, seit mir das Wichtigste genommen wurde, was ich jemals besessen habe: meine geliebte Audrey. Ich habe diesen Verlust nie ganz überwunden. Mein Job war daher während der letzten Jahre mein Ein und Alles. Doch als endlich Frieden in mein Privatleben einzukehren scheint, werde ich auf das Überwachungsfoto einer Kamera in Südafrika aufmerksam. Ich kann nicht glauben, was ich sehe und beschließe, der Sache auf den Grund zu gehen.

Vom Tod geküsst (Teil 1)

Er ist der Tod! Und er kommt, um sie zu holen!

Doch was, wenn sie nicht sterben kann? Und zudem völlig fasziniert von dem teuflisch gut aussehenden Fremden ist? Diese Frage muss sich die Krankenschwester Lilly stellen. Denn anscheinend gibt es nur eine Alternative: Sie muss sterben, ansonsten wird Sebastian in der Hölle schmoren. Doch soll das wirklich das Ende sein?

Wofür lebst du, wenn du längst gestorben bist?

Packende Fantasy, prickelnde Erotik und eine Liebe, die sich über den Tod hinwegsetzt.

Vom Tod geliebt (Teil 2)

Was könnte eine erfolgreiche Fantasy-Autorin mehr begeistern als ein Zusammentreffen mit einem Wesen der Unterwelt? Natürlich nichts! So ist Olivia hin und weg, als sie den smarten Alexander kennenlernt, der von sich selbst behauptet, der Tod persönlich zu sein. Als sie jedoch herausfindet, dass er sie belogen hat, bricht für sie eine Welt zusammen. Was sie allerdings nicht weiß: Die einzige Chance, Alexanders Leben zu retten, ist ihre Liebe!

Ist der Tod das Ende oder erst der Anfang?

Packende Fantasy, prickelnde Erotik und eine Liebe, die den Tod besiegen will!

Vom Tod begehrt (Teil 3)

Was, wenn dem Herrscher der Hölle plötzlich langweilig wird und er sich in den Kopf setzt, die Menschheit ein wenig aufzumischen? Dumm nur, dass der Ring, der ihm auf der Erde Gestalt verleihen soll, eine massive Fehlfunktion hat. So landet Luzifer statt auf den Partymeilen der internationalen Metropolen in einem 500-Seelen-Nest in Südengland und sitzt dort fest. Und ausgerechnet die bodenständige Ärztin Delilah, der reinste Engel, rettet ihn aus einer prekären Situation. Was für eine Ironie des Schicksals. Wo er doch einfach nur seinen Spaß haben wollte! Doch die junge Frau scheint ganz andere Pläne mit ihm zu haben.

Darf sich Gut und Böse verlieben?

Packende Fantasy, prickelnde Erotik und eine Liebe, die es niemals geben dürfte!

Impressum

E-Book

1. Auflage 2016

c/o Markus Trottnow, Blumenstraße 35,
85774 Unterföhring

Lektorat: Media-Agentur Gaby Hoffmann,
www.profi-lektorat.com

Umschlaggestaltung: MT Design, www.mt-design.at
Bildnachweis: ©InnervisionArt,
www.shutterstock.com
©Krunja, www.shutterstock.com
©IgorZh, www.shutterstock.com

Druck: Create Space

Email: Amanda.frost@aol.com
Homepage: http://amandafrost.de
Twitter: http://twitter.com/frostamanda
Facebook: https://www.facebook.com/Amanda-Frost-Autorin-1480903415477014/

Printed in Poland
by Amazon Fulfillment
Poland Sp. z o.o., Wrocław

56775088R00204